U0450711

[美] 乔治·R.R.马丁（George R.R. Martin）
莉萨·塔特尔（Lisa Tuttle） 著
任战 译

Windhaven
George R.R. Martin
Lisa Tuttle

风港

湖南文艺出版社
HUNAN LITERATURE AND ART PUBLISHING HOUSE
博集天卷
CS-BOOKY

·长沙·

莱奥纳多·达·芬奇

一旦你尝过飞行的滋味，再在地面上行走时，你会一直仰望天空；因为那是你曾经到达的地方，也是你渴望回归的地方。

目录

序章 / 001

风暴 / 008

单翼 / 076

坠落 / 212

尾声 / 344

序章

风暴怒吼了大半夜。

女孩和母亲共睡在一张大床上,躺在扎人的羊毛草毯子下面,醒着,听着。雨打在柠檬木板搭建的屋子上,雨声单调,持续不断,远处有时会传来雷鸣。闪电劈过时,会有细细的光透过百叶窗射进来,照亮这个小房间。雷电过去后,房里又是一片黑暗。

女孩听到水滴到地上的"啪啪"的声音,知道房顶又漏了。雨水会让硬实的土地变成泥浆,母亲肯定要大发雷霆,不过那也没有办法。母亲不太擅长修补屋顶,而且她们也没有钱请人来修。母亲对她说,总有一天,这座小破房子会在风暴中倒塌,"那时候我们就能再次见到你父亲了"。女孩不太记得父亲的样貌,但是母亲经常提起他。

一阵狂风吹过,百叶窗晃动起来,女孩听到了木头断裂的声音,糊窗的油纸也噼啪作响,她害怕起来。母亲还在睡着,对发生的一切浑然不觉。女孩不敢吵醒她。母亲脾气暴躁,她可不愿意因为孩子害怕了就被叫醒。

墙壁也吱嘎作响,又一次摇晃起来;闪电和雷声几乎同时到来。女孩在她的毯子下瑟瑟发抖，不知道她们今夜会不会去跟她的父亲重逢。

她的担心并未成真。

终于，风暴过去了，就连雨都停了。房间里恢复了黑暗和平静。

女孩把她的母亲摇醒。

"干吗？"母亲问，"干吗？"

"风暴停了，妈妈。"孩子说。

听到这句话，女人点点头，坐起身来。"穿好衣服。"她一边吩咐女孩，一边在黑暗中摸索自己的衣服。天至少还有一个小时才会亮，不过她们一定要尽早赶到海滩。风暴中总会有船只遇难，比如一些在海上待得太晚或走得太远没有来得及归航的小渔船，有时候就连大的商船也没能躲过。如果在风暴过后去海滩，就有可能找到被冲到岸边的东西，各种东西。有一次，她们找到一把带锻造金属刃的匕首，把它卖了，吃了两周的饱饭。不过，要是想找到好东西，就不能懒。懒人会等到天亮时才去，注定一无所获。

母亲背了一个空帆布袋用来装东西。女孩的裙子上有大口袋。她俩都穿了靴子。母亲还拿了一根长杆，它的顶端带着弯曲的木钩子。万一发现水里有东西够不着，她们就能用到这根杆子。"快走，孩子，"母亲说，"别磨蹭。"

海滩上漆黑而寒冷，冰凉的西风不断刮来。她们不是来得最早的。那里已经有三四个人了，他们正在浸满水的沙地上搜寻，留下一个个靴子印，脚刚抬起来，靴子印中就灌满了水。有一个人拎着一盏提灯。她们从前也有一盏好用的提灯，那时她的父亲还活着，不过后来她们就只能把提灯卖掉，母亲为此抱怨了很多次。她的夜视力没有女儿好，有时会在黑暗中摔跤，也经常错过她本应该看见的东西。

如往常一样，母女俩分开了。孩子沿着海滩往北走，她的母亲往南走。"天亮之后就回来，"母亲嘱咐道，"你还有家务要干。天亮后就什么都不剩下了。"孩子点点头,快步跑开了。

那天的收获并不丰厚。女孩沿着海边走了很久,眼睛盯着地面,寻找,一直在寻找。她希望能找到些东西。如果她能带着一块金属回家,或者斯库拉的牙——像她的胳膊一样长、弯曲、发黄、令人胆寒——母亲说不定会对她笑,夸她是个好姑娘。母亲不常夸她,大多数时候,母亲都骂她老做白日梦,还净问些蠢问题。

稀薄的晨光逐渐吞没了星辰,女孩的口袋里只有两片乳白色的海玻璃和一只蛤蜊。蛤蜊足有她的手那么大,外壳像石头一样粗糙,这说明它的肉是黑色的,像黄油一样滑润,是最好吃的那种。可惜她只找到一只。其余被冲到海岸上的都是无用的浮木。

女孩正要按照母亲的吩咐往回走,突然看到天空中的金属光——一闪而过的银色反光,就像一颗新生的星,那光盖过了其他所有东西。

光在北边,海面上方。她看着光最初出现的地方,片刻之后它又出现了,这次偏左一点。她明白这是什么:飞行者的飞翼反射了太阳的第一缕光芒,此时阳光尚未完全洒向世界的其他地方。

女孩想要跟上,她想跑,想去看。她也喜欢看鸟类飞翔,无论是小小的雨信鸟、凶猛的夜鹰还是食腐鸢,都爱看。但她最爱看的是那些身佩巨大银翼的飞行者。可是,天马上就要亮了,母亲吩咐她天亮前要回去。

她奔跑起来。她想,如果她抓紧时间,跑过去再跑回来,或许就可以在母亲想起她之前看一小会儿。所以她跑呀跑呀,从赖床的懒人们身边跑过去——那些人刚刚出门来到海滩上。蛤蜊在她的口袋里晃动着。

她到达着陆地时,东方的天空已经呈现出淡淡的橘色。那是一片开阔的沙地,飞行者们经常在此处降落,就在他们起飞的高崖之下。女孩喜欢爬上去,坐在崖顶往远处看,风会灌满她的头发,她的小腿悬在崖边晃荡着,四周全是天空。不过,今天没有时间,她必须赶快回去,否则母亲会生气的。

反正她来得也太迟了。飞行者已经在降落了。

他最后一次优雅地飞越沙滩，飞翼在女孩头顶三十英尺[1]的高处扫过。她站在那里，睁大了双眼。就在水面上方，飞行者侧着身体——一只银翼垂下，另一只仰起——突然绕了一个大圈，掉转了方向。接着，他展平飞翼，向前滑行，姿态优美地开始下降。他掠过沙地，几乎没有碰到沙子。

沙滩上还有别的人——一个年轻的男人和一个年长的女人。飞行者滑行时，他们随他一起奔跑，帮他停下来，然后不知做了什么，飞翼便耷拉了下来。飞行者解开固定飞翼用的缚带，与此同时，那两个人缓慢而小心地把飞翼收折起来。

女孩发现这是她喜欢的飞行者。她知道世界上有很多飞行者，她见过许多个，甚至能认出一些。不过，只有三个人经常来，就是住在她所居的岛上的那三个。在女孩的想象中，他们一定都把家安在高高的悬崖上，住在像鸟巢一样的房子里，但墙壁是用珍贵的银色金属建造的。那三个人中有一个是严厉的灰头发女人，总是苦着一张脸。还有一个是个男孩，黑头发，异常英俊，声音动听。不过她最喜欢的还是现在海滩上的这个男人，他高且瘦，肩膀像她父亲的一样宽，胡子刮得很干净，棕色的眼睛，一头红棕色的鬈发。他经常笑，似乎也比别人飞得更频繁。

"你。"他说。

女孩惊恐地抬起头，看见那人正冲着她笑。

"别害怕，"他说，"我不会伤害你。"

她后退一步。她经常看飞行者们飞翔，却从来没有被留意过。

"她是谁？"飞行者问他的助手，那人正站在他的身后，拿着折好

---

[1] 1英尺合0.3048米。——编者注

的飞翼。

年轻人耸耸肩:"一个挖蛤蜊的孩子,我不认识,但以前见过她在附近溜达。你想让我赶走她吗?"

"不。"男人说着,再次朝女孩笑笑。"你为什么这么怕我?"他问,"没关系的,我不介意你到这里来,小姑娘。"

"妈妈告诉我不要打扰飞行者。"女孩说。

男人大笑起来。"哦,"他说,"但你并没有打扰我。等你长大了,或许你会成为飞行者的助手,就像我身边的这两位朋友一样。你喜欢这样吗?"

女孩摇摇头:"不。"

"不?"他耸耸肩膀,仍然笑着,"那么你想做什么?飞?"

女孩怯生生地点点头。

年长的女人窃笑一声,但飞行者瞥了她一眼,皱起眉头。他走到孩子身边,弯下腰,牵起她的手。"是这样的,"他说,"如果你打算飞,就必须练习,知道吗?你想练习吗?"

"想。"

"你现在还太小了,不能佩戴飞翼。"飞行者说,"来。"他用有力的大手抱住她,把她举到他的肩膀上。女孩的小腿垂到他的胸口,慌乱的小手试图抓住他的头发。"不行,"他说,"如果你要当个飞行者,就不能总想抓住什么。你的胳膊就是你的飞翼。你能把胳膊伸直吗?"

"能。"孩子回答。她举起胳膊,把它们像翅膀一样伸开。

"你的手臂会感觉到累,"飞行者提醒她,"但你不能把它们放下来。如果你想飞,就不能这么做。飞行者必须拥有一双永不疲惫的手臂。"

"我很强壮。"女孩倔强地说。

"很好。你准备好飞翔了吗?"

"是的。"孩子开始扇动她的胳膊。

"不,不,不,"他说,"别扇。要知道,我们不是鸟儿。我以为你看过我们飞。"

孩子试着回忆。"风筝,"她突然回答,"你们像风筝。"

"有时是的。"飞行者对这个回答很满意,"也像夜鹰,或者其他翱翔的鸟儿。要知道,我们并不是真的在飞,我们像风筝一样滑行,我们乘着风,所以你不能扇动手臂。你要把它们伸直,试着感受风。你现在能感觉到风吗?"

"能。"风比之前暖和了,带着浓烈的大海的味道。

"好,现在用你的手臂捕捉风,让风把你吹起来。"

她闭上双眼,试着感受风吹动双臂。

她开始活动了。

飞行者在沙地上疾走,就像被风吹动。风动时,他也突然改变方向。她始终保持手臂挺直。风似乎变强了,他奔跑起来,越来越快。女孩在他的肩膀上颠上颠下。

"你会带我飞进海里的!"他叫道,"转弯,转弯!"

她倾斜她的"飞翼",就像她见过的飞行者们经常做的那样,一只手向上,一只手向下。飞行者拐向右边,开始绕圈奔跑,直到她终于再次伸平手臂。他沿着来时的路奔跑起来。

他跑呀跑,她继续飞翔,最后他俩都笑得喘不过气来。

最后,他停下了。"足够了,"他说,"初学者不应该过度练习。"他微笑着把她从肩上举起,放到沙地上。"好啦。"他说。

胳膊举了那么久,感觉有些酸疼,但她兴奋得快要炸裂了,尽管她知道家里有一顿揍正等着她。太阳早就升在地平线上方了。"谢谢你。"她说,仍然有些气喘吁吁。

"我叫鲁斯。"那人说,"如果还想飞的话,找个时间再到这里来。我没有自己的小飞行者。"

孩子激动地点点头。

"那么你呢?"男人边说边拂去衣服上的沙,"你叫什么?"

"玛丽斯。"她回答。

"好名字,"飞行者愉快地评价道,"好了,我必须走了,玛丽斯。不过,也许我们下次还能一起飞,对不对?"他朝她笑笑,转身沿着海滩走开了。两个助手跟在他身后,其中一人拿着他折起来的飞翼。他们边走边聊,玛丽斯听到了他的笑声。

突然,她拔腿跑了起来,努力想要跟上他的长腿迈出的步伐,一路扬起沙尘。

他听到她追赶的声音,转过身来:"怎么了?"

"给你!"她说着,从口袋里掏出那只蛤蜊,递给他。

男人脸上露出惊讶的表情,但他马上又温柔地笑了。他庄重地接过蛤蜊。

她伸出双手,用力抱了抱他,然后跑开了。她展开双臂,跑得那么快,就像在飞。

风暴

风暴中,玛丽斯在海面上方十英尺的地方,伸展巨大而柔韧的金属飞翼,御风飞行。她飞得恣意狂放,无所畏惧。危险让她兴奋,浪花让她喜悦,寒冷对她构不成丝毫困扰。天空呈现出不祥的钴蓝色,风势蓄积,越来越猛烈,可她有飞翼,这就够了。哪怕现在就死去,她也是在飞翔中快乐地死去的。

她比以往哪一次飞得都好。她不假思索地在气流中翻转、滑行,准确地捕捉到每一道向上或向下的风,从而飞得更远,飞得更快。她不会做出错误的选择,从未被迫在跳跃的海浪上方狼狈挣扎,纯粹为了好玩,她才会故意逆风。其实,更安全的飞法是像个孩子似的飞得高高的,离海面能有多远就升多远,从而避免失误。可是玛丽斯紧贴着海面,正如真正的飞行者。此时只要碰到大海,哪怕只是飞翼稍稍撞到水,就意味着笨拙地从天空坠落,也意味着死亡——带着展开后长达二十英尺的飞翼,人是没有办法游泳的。

玛丽斯的大胆,是建立在对风的了解之上的。

她看见前方的海平面上有一个漆黑而弯曲的影子,像一段绳索,那是斯库拉的脖子！还没来得及细想，她的身体便做出了反应：右手拉下飞翼的皮质控制柄，左手往上推，整个身体向上冲。巨大的银色飞翼——薄如蝉翼，几乎没有重量，却无比结实——随着她的身体一起侧转，向上。一只翼尖在翻滚的白色浪花上轻轻一点，另一只高高仰起；玛丽斯找到了更多的上升风，开始攀升。

死亡，从天空坠落的死亡，她以前不是没有想过，但她不会这样结束——像一只莽撞的海鸥般从天空跌落，成为某只饥饿的怪兽的午餐。

几分钟之后，她追上了那头斯库拉。她稍做停顿，然后在刚脱离它攻击范围的地方嘲讽地绕飞一周。她可以看见它的身体几乎露出了水面，一排光滑的黑色背鳍有节奏地扇动着，长脖子上的小脑袋缓缓地从一边晃到另一边。它并没有在意她的存在。她想，或许它已经尝过飞行者的味道，然后发现自己并不喜欢。

风更冷了，充满了海盐的味道。风暴在积蓄力量，她能感到气流的振动。玛丽斯情绪高昂，很快就把斯库拉远远甩在了身后。又只剩她独自一人了。她毫不费力地飞着，穿越海与天组成的越来越黑暗的空旷世界，能听到的只有风吹在飞翼上的声音。

小岛及时地从大海中显露：这是她的目的地。玛丽斯为旅程结束得太快而叹息，开始降落。

吉娜和托尔，两个当地陆民，是此时在着陆坑边值班的人。玛丽斯不知道他们不值班的时候干什么营生。她在上方盘旋一圈以吸引他们的注意力。看到她后，这两个人从软沙上站起身，朝她挥手。等她第二圈飞回来时，他们已经准备好了。玛丽斯继续下降，直到她的双脚离地只有几英寸[1]。吉娜和托尔跟在她身侧跑动着，一人贴着一只飞翼。玛丽斯的脚碰到地面，扬起一阵沙子，速度慢了下来。

---

1. 1英寸合2.54厘米。——编者注

终于,她停了下来,脸朝下趴在了凉爽、干燥的沙地上。她觉得自己看起来一定很蠢。着陆的飞行者就像一只壳贴着地的乌龟。如果有必要,她也能自己站起来,但那将是一个费力而难堪的过程。不过,不管怎么说,这次降落都是成功的。

吉娜和托尔开始一节一节地收折她的飞翼,每一节都有一英尺长。随着每一根支杆解锁,又在下一个链接处重新折起,它们之间的"蝉翼"瘫软下来。所有的伸展部件都合拢后,两只飞翼变成了由绑在玛丽斯背上的一根中轴上垂下的两堆松垮的金属。

"我们还以为来的会是科尔。"吉娜折起最后一根支杆,黑色的短发在她的头上支棱着。

玛丽斯摇摇头。确实应该是科尔来,但她是那么绝望地渴望着天空。她拿了飞翼——现在仍然是她的飞翼——在他起床前离开了。

"我想,下周以后他可以飞个够,"托尔兴高采烈地说,他稀疏的金发上沾着沙,身体在海风中轻轻发抖,不过他说话时一直笑着,"想飞多久就飞多久。"他走上前,想帮她解下飞翼。

"我会戴着它们。"玛丽斯不耐烦地打断了他,对方漫不经心的态度令她愤怒。他懂什么呢?他们中的任何人又懂什么呢?他们都只是陆民而已。

她从着陆坑往上走,朝飞行者小屋走去,吉娜和托尔跟在旁边。她在里面吃了些东西,又站在烧得很旺的炉火前面烘干身体,让自己暖和起来。对陆民们那些善意的问题,她尽可能简短地回答。她不想说话,不想思考。这或许是她最后一次飞行了。因为她是飞行者,所以他们尊重她的沉默,虽然难免有些失望。对无法离开陆地的人来说,飞行者是他们与其他岛屿联系的最主要的渠道。大海常年被风暴笼罩,海上到处都是斯库拉、海猫和其他掠食者,除了在本地的群岛之间,船只基本没有办法正常航行。飞行者是纽带,普通人指望着他们带来消息、流言、歌谣、故事和浪漫的传说。

"领主随时可以见你,只等你休息好。"吉娜怯生生地碰了碰她的肩膀,对她说道。玛丽斯转开身体,心里想:是啊,对你来说伺候飞行者就够了。你会觉得嫁给飞行者很不错,或许科尔就行,等他长大之后——可是你不知道科尔成为飞行者对我来说意味着什么。不过,她只是说:"我已经准备好了。飞行很顺利,跟着风就行。"

吉娜领她来到另一个房间,领主已经在那里等待她带来的消息了。和刚才那间一样,这也是一个狭长的房间,家具很少,巨大的石头壁炉里烧着火。领主坐在火边铺了软垫的椅子上,玛丽斯进来后,他站起身来。飞行者被领主视为身份平等之人,哪怕在某些岛上,领主被当作神来崇拜,拥有无上的权威。

常规的致意结束后,玛丽斯闭上眼睛,背出此次带来的消息。她不知道也不在乎自己说了什么。那些词句只是借用了她的声音,却没有进入她的意识。她想,很可能是政事吧。最近的消息都是关于政治的。

消息传达完毕之后,玛丽斯睁开眼睛,朝领主露出微笑——故意的,带了幸灾乐祸的心思,因为她看出她带来的消息使领主忧心。不过他马上就恢复了平静,对她回以微笑。"谢谢你,"他有些无力地说,"你做得很好。"

领主邀请她当夜留下休息,但她拒绝了。天亮前风暴就会停止,而且她喜欢在夜间飞行。托尔和吉娜陪她走到外面,沿着石路朝上方的飞行崖走去。路旁的石头上每隔几英尺就放着一盏灯,照亮曲折的上山路。

路的尽头是一块天然岩架,经人工开凿后变得更深、更宽。岩架的后面是悬崖,高出海面八十英尺,海浪翻涌,拍打着多石的海滩。吉娜和托尔在岩架上将她的飞翼展开,锁定每一根支杆。金属翼面重新绷紧,闪着银光。玛丽斯跳了下去。

风接住了她，把她托起。她又飞了起来，身下是漆黑的大海，上方是轰鸣的风暴。起飞之后，她便头也不回，不再理会地面上的两个人，他们的目光依依不舍地追随着她。很快，她将成为他们之中的一员。

她没有朝家的方向飞。相反，她顺着风暴，向西飞行。风刮得十分猛烈，很快便会响起雷声，接着便会下雨。到那时，玛丽斯将会被迫上升，飞到云层之上，那样才不大可能被闪电击中。家那边的风暴早已过去，一切恢复平静。人们会在海滩上搜寻，看风能带来些什么有价值的东西，或许有一些小渔船还会出海撒饵，希望不至于一整天一无所获。

风在她眼前歌唱，推着她在天空的气流中优雅地游动。不知为何，她想起了科尔，而后突然找不到飞行的感觉了。她晃动、下栽，又猛然向上冲，戗风掉向，努力寻找平衡。她不由得咒骂起自己。刚刚还飞得那么好，难道要这样结束吗？这也许是她最后一次飞行，必须是她最棒的一次飞行。可是，不管她怎么想都没有用，她已经失去了掌控。风和她的友好关系结束了。

她开始逆着风暴飞行，艰难地与风缠斗着，直到手臂累得酸疼。她现在飞得很高：一旦丧失了"风感"，离水面太近是不安全的。

她累坏了，想放弃了，却在此时看见了鹰巢的岩面，这才意识到自己已经飞了多远。

鹰巢其实只是一块伸出海面的巨大礁石，仿佛一座摇摇欲坠的石塔，愤怒的海浪在四周不断冲刷着高而薄的塔身。这儿算不上一座岛，除了地衣，任何植物都无法在这里生长。不过，鸟儿却在避风的石缝和岩架上筑了巢，正如飞行者们在礁石顶部安置了他们的窝。船只在此处无法停泊，唯独有翅膀的——不管是鸟儿还是人类——才能够在此栖息。飞行者的黑色石屋就在这里。

"玛丽斯！"

听到有人喊自己的名字，她抬起头，看见多雷尔大笑着朝她俯冲下来，穿行在云中的飞翼隐去了银光。她在最后一秒急转弯，避开了他。他绕着鹰巢上空继续对她展开追逐。玛丽斯忘记了劳累和疼痛，沉浸在飞行的快乐之中。

等到他们最终停下来时，突如其来的雨已经从东方呼啸而至，刺痛他们的脸颊，重重地拍打着他们的飞翼。玛丽斯此时才意识到她的身体因为寒冷而变得几乎僵硬了。坚硬的岩石上挖出了着陆坑，里面铺着软土，他们便在此处着陆，没有帮手。玛丽斯在泥里滑了十英尺才停住。她花了足有五分钟才站起来，摸索着解开捆在身上的三重缚带。她小心翼翼地把两只飞翼绑在栓绳上，然后走到翼尖处，开始把它们收折起来。

等她终于折好飞翼时，她的牙齿已经开始剧烈地打战，两条胳膊酸疼不已。多雷尔看着她，皱起了眉头。他自己的飞翼早已整齐地收好，挂在肩上。"你飞了很久了吗？"他问，"我应该早早让你落地的。对不起，我没意识到，你一定全程赶在风暴前面飞。天气太糟糕了，我自己也碰到了侧风。你还好吗？"

"噢，是的，我很累，不过也不是真的累，起码现在不是。我很高兴你来迎接我。我们飞得很棒，这正是我需要的。旅途的最后一段很艰难，我还以为我会掉下去呢。不管怎么说，一次好的飞行胜过休息。"

多雷尔大笑着伸出一条胳膊搂住她。经过跟风暴的搏斗，她觉得他此刻的拥抱是那么温暖，而她自己是那么寒冷。他也感觉到了，于是把她搂得更紧了。"在你冻僵之前，赶快进来吧。加思从肖特安弄来了几瓶奇瓦斯酒，其中一瓶应该已经热好了。我们和酒会让你暖和起来的。"

公共休息室一如往常般温暖，令人愉悦，只是此时差不多是空的，里面只有加思一个人。他是个肌肉发达的小个子男人，比玛丽斯年长十岁。听到他们进来，在火边坐着的加思抬起头来，叫着二人的名字打招呼。玛丽斯想要回答，喉咙却因为缺水发不出声音。她的牙齿紧紧地咬着。多雷尔把她领到壁炉边。

"我活像个呆瓜,一直让她待在寒风中。"多雷尔说,"酒热了吗?给我们倒一些。"他麻利地脱掉身上沾了泥的湿衣服,从火边的一堆大毛巾里拽出两条。

"我干吗要把酒浪费在你身上?"加思嘟囔着,"给玛丽斯当然没问题,她是个漂亮的好姑娘,又是超级棒的飞行者。"他开玩笑地朝玛丽斯鞠了一躬。

"你应该把酒浪费在我身上,"多雷尔边说边快速地用大毛巾擦干身体,"除非你想把它弄得满地都是。"

加思立刻反唇相讥,两个人针锋相对地斗起嘴来。玛丽斯没有听——这些她以前都听过了。她把水从湿漉漉的头发上挤出来,看着水在炉石上留下印记又迅速消失。她看着多雷尔,试图记住他精瘦、结实的身影——真是适合飞行的好身材——还有他跟加思笑闹时的丰富表情。多雷尔觉察到玛丽斯的目光,回过头来,眼神变得温柔了。加思的最后一句俏皮话没了接收者,无力地跌入了沉默。多雷尔轻轻地摸摸玛丽斯的脸,手指抚过她下颌的轮廓。

"你还在发抖,"他拿过她手中的毛巾,裹在她的身上,"加思,趁酒瓶还没爆炸,把它从火上拿开。我们来暖和一下。"

奇瓦斯酒是一种辛辣的香料酒,用葡萄干和坚果调香。酒倒在宽口大石杯里,只一口,玛丽斯便觉得仿佛有细小的火焰在血管里燃起,身体停止了抖动。

加思笑着说:"很不错,是不是?不过我不指望多雷尔懂得欣赏。我跟一个脏兮兮的老渔夫做了笔交易,换了十几瓶。他是从船难残骸里找到的,但他不懂行,而他老婆又不愿意在家里放这些东西。我给了他一些小玩意儿,本来是给我妹妹留的金属珠子。"

"那你妹妹怎么办?"玛丽斯喝着酒,问他。

加思耸耸肩："她？没事，反正本来也是打算给她个惊喜的。下次去鲍威特的时候，我会再给她找些彩绘蛋什么的。"

"如果他在回家的路上没有再拿它们去换什么东西的话。"多雷尔说，"加思，要是你妹妹真能收到你的礼物，估计也是惊吓多过惊喜。你是个天生的买卖人。我看，只要价码够诱人，你会连你的飞翼都卖了。"

加思气鼓鼓地哼了一声："闭上你的嘴，小鸟。"他转向玛丽斯："你弟弟怎么样？我好像从来看不到他。"

玛丽斯又喝了一口酒，双手握住杯子稳定心神。"他下周就成年了，"她斟酌着措辞，"到时候飞翼就是他的了。我不知道他都跟谁来往，或许他不喜欢跟你们在一起。"

"哦？"加思说，"那又是为什么？"他听上去有些受伤。玛丽斯一摆手，强迫自己露出笑容。她本想以轻松的口吻说这件事的。"我可是很喜欢他的。"加思接着说，"我们都喜欢他，不是吗，多雷尔？他年轻、文静，或许谨慎过头了，但他会进步的。他有些不一样——可他会讲故事，还会唱歌！陆民们以后看到他飞来会高兴死的。"加思感慨地摇摇头："他是从哪里学会那些歌的？我比他去的地方多，可是……"

"都是他自己编出来的。"玛丽斯说。

"他自己？"加思吃了一惊，"那么他可以当我们的歌者了。下一次比赛时，我们一定能把大奖从东部人那里夺过来。西部拥有最好的飞行者，"他对自己的部族怀有忠诚的信念，"不过我们的歌者从来都配不上'最好'两个字。"

"上次是我代表西部去唱的！"多雷尔发出抗议。

"嘿嘿，我就是这个意思。"

"你自己叫起来活像只海猫。"

"这我承认,"加思说,"不过我对自己的能力可从来没有幻想。"

玛丽斯没有听见多雷尔是怎么回答的,她的思绪已经飘离二人的对话。她看着炉膛里的火苗,思索着,手指摆弄着仍然温热的酒杯。在鹰巢,她能感受到心灵的安宁,哪怕是在此刻,在加思提到科尔之后。她还有一种古怪的舒适感。没有人住在这块独属于飞行者的礁石上,但这里在某种意义上是他们的家、她的家。她无法想象再也无法到这里来。

她还记得自己第一次看到鹰巢,那是在大约六年前,就在她的成年日之后。那时她十三岁,为自己能够独自飞到这么远的地方而骄傲,她也是胆怯的、害羞的。在石屋,她看到十几个飞行者围坐在炉火旁,喝着酒,谈笑风生。这里正在举行一场聚会,她进来后,他们都停了下来,微笑地看着她。加思那时候还是个安静的年轻人,多雷尔骨瘦如柴,不比她大多少。玛丽斯不认识他俩。不过,这些人中一位名叫赫尔默的中年飞行者来自离她家最近的岛,他引见了她。直到现在,她还记得那些面庞和名字:来自库哈尔的红发安妮,后来因为发福而无法继续飞行的福斯特,还有老杰米斯;特别是那个绰号叫作乌鸦的傲慢的年轻人,他身穿黑色皮草,佩戴金属饰物,连续三年为东部赢得竞赛胜利。还有一个从外岛来的金发瘦高个姑娘。聚会是为她举办的,因为很少有外岛人飞到这么远的地方来。

大家都对玛丽斯的到来表示了欢迎,很快,她似乎就取代了高个金发姑娘成为本场贵宾。尽管她年龄尚小,他们也给她斟上酒,让她一起唱歌,给她讲关于飞行的故事,其中大多数她已经听过,但从没有从这样的讲述者口中听过。最后,当她觉得自己已经完全融入了这个群体时,他们才把注意力从她身上移开,庆祝活动又回到了正常的轨道上。

那是一场古怪而又难忘的聚会,在她的记忆里刻下了金色的印记。乌鸦是唯一来自东部的飞行者,他滔滔不绝地谈论着"穿行"。后来他有些醉了,便向大家发出了挑衅。"你们自诩为飞行者,"他说话的声音就像挥鞭的声音一样,玛丽斯至今记得,"来吧,跟我来,我给你们看看什么才是飞行。"

所有人都走出屋子,来到鹰巢的飞行崖。这是此处最高的悬崖,从牙齿般的碎岩到下方剧烈翻涌的水面足有六百英尺。乌鸦背着收拢的飞翼,走到悬崖边上。他小心地打开支杆的前三节,将手臂穿过背环。可是他没有将飞翼锁定,合页还能活动,打开的支杆随着他手臂的摆动前后晃动。其余的支杆尚未打开,被他握在手里。

玛丽斯好奇他要做什么,但她很快就明白了。

他奔跑起来,然后尽全力从飞行崖上纵身一跃。此时,他的飞翼仍然是闭合的。

玛丽斯倒吸一口凉气,冲到悬崖边。其他人也跟了上去,有些人脸色苍白,还有几个咧嘴笑了。多雷尔站在她的身边。

乌鸦像一块石头似的垂直下落,双手贴着身侧,飞翼像斗篷一样被风吹得噼啪作响。这坠落漫长得仿佛无休无止。

就在最后一刻,就在他即将撞到崖下的礁石时——玛丽斯几乎感受到了冲击力——银色的飞翼突然不知从何处闪现,被阳光照亮。是乌鸦,他捕捉到了风,飞了起来。

玛丽斯被震撼了。不过西部最年长的飞行者老杰米斯只是笑了笑。"这是乌鸦的把戏,"他粗着嗓子说,"我以前就见他玩过两次。他给飞翼的支杆涂上油。落到足够低的时候,他就用力挥开飞翼,每根支杆就位之后,锁扣就会依次弹开。很精彩,是的。他在人前展示之前,肯定练过许多次。可是总有一天,会有一道合页卡住,我们就再也听不到乌鸦吹牛了。"

只是,这些话并没有驱散魔力。玛丽斯此前见过很多对陆民助手的帮助不耐烦的飞行者,他们举起几乎全部展开的飞翼,猛地甩开最后一两片合页,但她从来没有见过乌鸦这样的。

在着陆坑与众人会合时,乌鸦得意扬扬地笑着:"等你们能那样做时,才配叫自己飞行者。"没错,他是个自负轻狂的家伙,可在那一刻以及以后的许多年里,玛丽斯觉得自己爱上了他。

她伤感地摇摇头,喝完了杯中的奇瓦斯酒。那丝情愫如今看来是多么愚蠢啊。聚会之后不到两年,乌鸦就死了,毫无痕迹地消失在大海之中。每年都有十几位飞行者死亡,他们的飞翼通常也随之丢失。死因可能是飞行失误导致坠落和溺水,可能是在放松警惕时被长脖子的斯库拉攻击,还有可能是被风暴从空中击落,或被闪电击中飞翼——是的,飞行者的死法有许多种。玛丽斯推测,也有可能大多数死去的飞行者只是迷了路,再也找不到终点,只能盲目向前,直到筋疲力尽地掉落。还有一些人或许会碰到空中最少见但也是最恐怖的危险:静止气流。不过,玛丽斯现在懂了,乌鸦本就比别人更容易出事,他愚蠢而花哨,对天空一无所知。

多雷尔的声音打断了她的回忆。"玛丽斯,"他说,"我们还在这儿呢,别睡着了。"

玛丽斯将空酒杯放在桌上。她的手握着粗粝的石杯,仍然渴望着它刚刚带来的温暖。她不情愿地把手松开,拿起外套。

"衣服还没干呢。"加思对她的举动表示抗议。

"你不冷吗?"多雷尔问。

"不冷。我必须回去了。"

"你太累了,"多雷尔说,"留下过夜吧。"

玛丽斯移开目光:"不行,我不能留下,他们会担心的。"

多雷尔叹了口气:"起码换上干衣服吧。"他站起身,走到房间的另一边,拉开雕花木柜的门。"过来,找一件合身的。"

玛丽斯一动不动:"我最好还是穿着自己的衣服走。毕竟我不会再回来了。"

多雷尔轻声骂了一句。"玛丽斯,别把事情——你知道的……过来呀,挑件衣服。你知道大家都喜欢你。实在不行,你把自己的衣服留下作为交换。反正我是不会让你穿着湿衣服出门的。"

"对不起。"玛丽斯说。多雷尔仍然站在木柜边等她,加思冲她笑笑。她慢慢站起身,将毛巾在身上裹紧,离开炉火。短发的发梢贴在脖子上,她感觉又湿又冷。她和多雷尔一起在橱柜里翻找,最后找到了一条长裤和一件羊毛衫,刚好适合她纤细而结实的身材。多雷尔看着她穿好衣服,然后飞快地给自己找了一身。接着,他们走到门边的搁架旁,取下各自的飞翼。玛丽斯细长有力的手指抚过飞翼的支杆,检查有没有松动或损坏的地方。飞翼很少出问题,但只要发生损坏,一般都在连接处。翼面还像当初星航者把飞翼带到这个世界上时一样柔软而强韧。玛丽斯满意地穿戴好飞翼。它们的状态很好,科尔可以用很多年,还可以传给他的后世子孙。

加思也走了过来,站在她身旁。玛丽斯抬眼看着他。

"我不像科尔或者多雷尔那样会说话,"他张口说道,"我……嗯,再见,玛丽斯。"他涨红了脸,看上去十分尴尬。飞行者通常并不会对彼此说再见。不过我并不是飞行者,她想。于是她拥抱了加思,给了他一个吻,向他说再见,这是陆民的语言。

多雷尔和她一起走了出去。鹰巢的风一如平常地猛烈,但是风暴已经平息,空气中仅有的湿意来自海浪泼溅出的若有若无的水雾。星星已经在天空现身。

"至少吃完晚饭再走,"多雷尔说,"加思和我都以招待你为荣。"

玛丽斯摇摇头。她本来就不该来,她应该直接飞回家,不向加思或多雷尔道别。不要亲自来结束,只需假装一切如常,然后悄悄消失,这样反而更容易些。他们爬上飞行崖,多年以前,乌鸦便是从这里纵身而下的。她伸手握住了多雷尔的手,他们俩就这样默默地站了许久。

"玛丽斯,"终于,多雷尔犹豫着开了口,他站在她身旁,握着她的手,两眼看着大海,"玛丽斯,嫁给我吧。我们可以共用这副飞翼,这样你就不用彻底放弃飞行了。"

玛丽斯松开他的手,感觉自己浑身上下因羞耻而变得滚烫。他没有权利这么做,如此自欺欺人是可耻的。"不,"她轻轻说,"飞翼并不是你可以自由分享的东西。"

"传统。"多雷尔的声音听上去是绝望的。玛丽斯明白,他同样感到难堪。他的本意是帮助她,而不是雪上加霜。"我们可以试试。飞翼是我的,但是你可以使用……"

"哦,多雷尔,别这样。领主,你的领主,不会允许的。这不只是传统,还是法律。他们或许会将你的飞翼收走,交给更尊重它们的人。他们就是那样对待走私者林德的。而且,就算我们逃走,逃到一个既没有法律也没有领主的地方,逃到一个只有我们俩的地方,你能忍受一直跟别人分享你的飞翼吗?不管是我,还是任何其他人。你还不明白吗?我们最终会憎恨彼此。我不是个小孩子,可以满足于在你休息的时候进行练习。我无法这样生活——只能靠别人的施舍才能飞行,知道这副飞翼永远不会属于我。你终究会厌倦我看你的眼神,我们会……会……"她停下来,不知该怎么表述。

多雷尔沉默了一会儿。"对不起,"他说,"我只是想做些什么来帮助你,玛丽斯。你将要面对的事让我心痛不已,我想给你一些东西。我无法忍受想到你就这样离开,然后……"

她再次牵起他的手,用力握住,然后说:"是的,是的,我明白。"

"你知道我爱你,玛丽斯。你知道的,对不对?"

"我知道,我知道。我也爱你,多雷尔。可是——我不会嫁给飞行者。起码现在不会。我不能。我会杀了他,抢走他的飞翼的。"她看着他，试图让她话里冷冰冰的事实听起来像个玩笑，可她失败了。

他们拥抱着彼此，身体紧紧依偎在一起，在这离别的时刻，试图尽诉衷肠。然后，他们松开手，透过泪水看着对方。

玛丽斯摸索着找她的飞翼，浑身发抖，寒意突然再次将她笼罩。多雷尔想帮忙，但他的手指撞上了她的。这笨拙令两个人都不自然地笑了。玛丽斯任由多雷尔帮她展开飞翼。当一只飞翼完全伸展，另一只也差不多完全打开时，她突然想起了乌鸦。她摆摆手，让多雷尔站远一些。他困惑地看着她。玛丽斯抬起那只飞翼，动作缓慢得像一位饱经风霜的老者。随着清脆利落的"咔"一声，她挥开了飞翼上最后一根支杆并将其锁定。她做好了出发的准备。

"一路顺风。"终于，多雷尔说道。

玛丽斯张开嘴，却又闭上，只是傻傻地点点头。"你也是。"她终于挤出这句话，"保重，直到……"可她无法完成这最后一个谎言，正如她无法向他告别。她转身跑开，从崖边跃起，离开鹰巢，乘着夜风，跃入冰冷黑暗的天空。

她在星光照耀下的海面上孤独地飞了很久，很久。海水平静。东风持续吹来，迫使玛丽斯一路逆风，无法提速，耗时良久。等到她终于看到她的家乡小安柏利岛时，已经过了午夜。

下方有一道光，在她即将着陆的海滩上亮起。她平稳轻松地飞向海岸，注意到了那道光。起初，她以为是执勤的人在提灯，但他们早就该离开了，因为很少有飞行者会这么晚到来。她不解地皱起了眉头，随后伴着沉重的撞击声摔落到了地上。

玛丽斯呻吟着迅速起身，开始解飞翼上的绑带。她应该知道的，不可以在着陆的时候分心。亮光朝她挪过来。

"你决定回来了？"一个怒气冲冲的声音质问道。是鲁斯，她的父亲，或者说继父。他朝她走过来，那只健康的手拎着提灯，右胳膊死气沉沉地垂在身侧。

"我去了一趟鹰巢，"她辩解道，"你不用这么担心啊。"

"该去的人是科尔，不是你。"父亲沉着脸说。

"他睡着了，"玛丽斯说，"他太慢了——我知道他肯定会错过借风的时机，只能淋到雨。如果他去的话，可能永远也到不了。他还不擅长在雨中飞行。"

"那么他就必须学着变得更好。这小子如今必须自己承担失误了。你是他的老师，但很快，这副飞翼就是他的了。他才是飞行者，不是你。"

玛丽斯露出痛苦的表情，像是被雷击中一般。是面前的这个人教会她飞行的，他曾经为她和她那仿佛与生俱来的飞行能力而骄傲。他不止一次地告诉她，飞翼将属于她，尽管她并非他的血脉。他和妻子很可能不会有亲生的孩子了，所以他们领养了玛丽斯，让她来继承飞翼。他在一次事故中受了伤，无法再飞上天空，所以不得不寻找继任者，如果这个人不能是他的亲生骨肉，起码要是他爱的人。他的妻子不愿意学习飞行，她在陆地上待了三十五年，管他飞翼不飞翼，反正她不打算从悬崖上跳下去。何况这时开始已经太迟了，飞行必须从幼时学起。就这样，他收玛丽斯为徒，领养了她，视她为己出。玛丽斯，渔夫的女儿，那个宁肯在飞行崖上眺望远方也不愿跟同龄人一起玩闹的孩子。

可是，后来，科尔奇迹般地出生了。他的母亲在漫长而艰难的生产中死去。玛丽斯那时还是个孩子，她记得那个漆黑的夜晚，无数人在奔跑，她的继父在角落里独自哭泣。但是科尔降生了。尚未成年的玛丽斯突然承担了母亲的角色，照顾和爱护这个孩子。起初，他们并不指望科尔能活。当他活下来时，她是那么高兴。三年里，她爱他，既像爱兄弟，也像爱儿子；三年里，她在父亲关注的目光中继续练习飞行。

直到一天晚上，还是同一位父亲，却告诉她：科尔，幼儿科尔，将拥有她的飞翼。

"他永远也做不到像我这样飞。"此时，在海滩上，玛丽斯声音颤抖地告诉他。

"我不否认，可这无关紧要。他是我的骨血。"

"这不公平！"她哭喊道，这是她自成年以来一直憋在心里的抗议。那时候科尔已经长得既强壮又健康，虽然年龄尚小，不能飞行，可只待他成年的那一天，飞翼就将属于他。这是飞行者的律法规定的，从传说中锻造了飞翼的星航者开始，一代一代皆如此：飞翼由飞行者的长子来继承。与技艺无关，世袭而已。玛丽斯的亲生父亲是渔夫，除了一艘木船的残骸，什么也没留给她。

"不管公平不公平，法律就是这样，玛丽斯。你一直都知道这一点，但你选择无视。这么多年来，你一直玩着成为飞行者的游戏。我由着你，是因为你喜欢飞行，也因为科尔需要老师，一个技术娴熟的老师，还因为这座岛屿太大了，不能只有两位飞行者。不过你应该知道，这一天终究会到来。"

他可以更仁慈一些的，玛丽斯思绪狂乱，他明明知道放弃天空是什么滋味。

"跟我来。"他说，"你不能再飞了。"

两只飞翼还保持着完全伸展的状态，只有一个绳扣打开了。"我会逃跑的，"她发了疯似的说，"你不会再看到我的。我会逃到某个没有飞行者的岛上。他们会高兴地接纳我，不管我的飞翼是从哪里来的。"

"不会的，"父亲悲伤地说，"其他的飞行者会避开那座岛。肯尼哈特的领主处决'噩耗传递者'之后，他们就是那样做的。不管你去哪里，你的飞翼都会被剥夺。没有领主愿意冒那样的风险。"

"那我就把它们折断！"玛丽斯几近歇斯底里，"我飞不成，他也飞不成。"

父亲手中的提灯掉到礁石上,玻璃摔碎,灯光也熄灭了。玛丽斯感到父亲紧紧握住了她的手。"就算你想这样做,也不可以。而且你不会这样对科尔的。好了,现在把飞翼交给我。"

"我不……"

"我不知道有什么是你不会做的。今天早上,我以为你会跑出去杀掉你自己,你会死在风暴里。我知道那种感觉,玛丽斯,所以我才这么害怕,这么生气。你不应该怪罪科尔。"

"我不怪他,我也不会阻止他飞行,可是我自己是那么渴望飞行。求你了,爸爸。"黑夜里,眼泪顺着她的脸颊滑落。她靠近父亲,希望得到抚慰。

"哦,玛丽斯。"他说。因为两人中间隔了那副飞翼,所以他无法伸出手臂抱住女儿。"我无能为力。事情就是这样的。你必须学会离开飞翼生活,就像我一样。你起码还拥有过一段时间,你知道飞翔是什么感觉。"

"可这不够。"她流着泪,固执地说,"我曾经以为自己会满足。那时我还是个女孩,甚至还没有成为你的女儿,只是个陌生人,我认为你是小安柏利最了不起的飞行者。我在崖上看着你和其他飞行者,我记得我曾想,如果我能够拥有飞翼,哪怕只是片刻,此生便无憾了。可是我错了,那根本不够。我没有办法放弃它们。"

父亲脸上严厉的表情消失了。他温柔地抚摸着她的脸,为她擦去泪水。"也许你是对的。"他缓慢而沉重地说道,"也许让你飞行并不是一件好事。我本来觉得,如果我让你飞行一段时间,短暂的一段时间,就比从来不让你飞行强。这是我能给你的一份美好的礼物。可事实不是这样的,对吗?如今,你永远也不可能快乐了。你永远也不会甘心被缚于陆地,因为你曾经飞上天空。你会一直记得自己是如何被囚禁的。"他突然停下了,玛丽斯意识到父亲不只是在说她,也是在说他自己。

他帮玛丽斯解开锁扣,将飞翼折叠。随后,两人一起朝家的方向走去。

他们的家是结构简单的木屋,四周被树木和田地包围,一条小溪从屋后流过。飞行者的生活相对优渥。一进家门,鲁斯便对玛丽斯道晚安,然后拿着飞翼上楼了。他真的完全不相信我了?玛丽斯想。我都做了什么呀?想到这里,她又想哭了。

可她终究没有哭。她走进厨房,找到奶酪、凉肉和茶,把它们拿到餐厅。餐桌中间摆着一根碗形的沙烛。她点燃它,看着烛火跳跃,开始进食。

她吃完的时候,科尔来了,尴尬地站在门口。"嘿,玛丽斯。"他的声音听上去没有把握,"很高兴你回来了。我在等你。"作为一个十三岁的孩子,他的个子算高的,身体柔软纤细,长发是金红色的,嘴唇上方刚刚冒出茸毛。

"嘿,科尔,"玛丽斯说,"别站在门口呀。对不起,我把飞翼拿走了。"

他坐了下来:"你知道我根本不在乎的。你比我飞得好多了,而且,嗯,你知道的。爸爸是不是气疯了?"

玛丽斯点点头。

科尔表情凝重,看上去很害怕。"只有一周了,玛丽斯。我们该怎么办?"他怔怔地看着沙烛,而不是她。

玛丽斯叹了口气,轻轻地把手放在他的胳膊上。"做我们必须做的,科尔。我们别无选择。"她和科尔就此事谈过,所以知道科尔的痛苦不亚于她的。她是他的姐姐,也几乎可以算得上他的母亲,男孩同她分享了他的羞愧和秘密,而那才是最讽刺的。

现在,他抬头看着她,又一次像小孩子看向母亲。尽管他知道她与自己一样无助,却仍心怀希望:"我们为什么没有选择?我不明白。"

玛丽斯叹气道："规矩就是如此，科尔。我们不能违背传统，你是知道的，我们都有各自的职责在身。如果可以选择，我会留着飞翼，成为飞行者，你会成为歌者，我们都会自豪地做自己擅长的事情。被束缚在陆地上的日子很难熬，我是那么渴望飞行。我拥有过，所以无法接受就这样被剥夺飞行的权利。但是，或许……或许这件事是正当的，只是我无法理解而已。比我们睿智的人早已做了决定。也许我只是太任性，就像个为所欲为的小孩子。"

科尔紧张地舔了舔嘴唇："不。"

她不解地看着他。

他固执地摇着头："这本就是不对的，玛丽斯，不对。我不想飞，不想拿走你的飞翼。这太愚蠢了。我正在伤害你，而我并不想这样做。可我也不想伤害爸爸。我该如何告诉他？我是他唯一的继承人——人们认定我应该继承他的飞翼。他会恨我的。歌里没有告诉我们，一个像我这样害怕天空的飞行者会怎么样。飞行者不会害怕——我天生不适合成为飞行者。"他的手肉眼可见地颤抖着。

"科尔，别担心。会没事的，真的。每个人刚开始时都会害怕，我也一样。"她并不认为这是撒谎，因为她只是想说些什么来安慰他。

"可是这不公平！"他喊道，"我不想放弃歌唱。如果我要飞，就不能唱歌了，不能像巴里翁那样唱，不能像我喜欢的那样唱。他们为什么要强迫我飞行呢？玛丽斯，为什么你不能如愿成为飞行者呢？为什么？"

玛丽斯看到他快哭出来了，她自己也几乎落泪。不管是对他的疑问，还是她自己的疑问，她都没有答案。"我不知道，小家伙。规矩一直是这样的，也只能这样。"

他们一筹莫展地望着彼此。束缚他们的是比二人都要老的法律和令人无法理解的传统。姐弟俩无助而难过地在烛光中聊了很久，反复说着同样的话，直到分别上床去休息，也没能解决任何问题。

躺到床上之后，愤恨的情绪再一次向玛丽斯袭来。还有相伴而来的失落和羞耻感。那一夜，她哭着睡着了，梦到了风暴中的紫色天空，那是她永远也无法飞到的地方。

这一周漫长得仿佛没有终点。

就在这漫长的一周里，玛丽斯去了几次飞行崖。她把手插进衣袋，茫然地眺望大海。目之所及，有渔船、海鸥，有一次，她还看见远处一群捕猎的海猫流畅的灰色身影。这让她更加难过，因为她所熟识的世界仿佛突然对她关上了大门，就像海平面在她身下陡然缩小。尽管难过，她却仍然忍不住要来。就这样，她站在崖边，渴望着风，但在风中飞舞的唯有她的头发。

有一次，她留意到科尔从远处看着她，可两人后来都没有提及此事。

如今飞翼回到了鲁斯手中——他的飞翼，这归属从未变过，直到有朝一日它们变成科尔的。小安柏利需要飞行者的时候，柯尔姆——或者是快乐的莎丽——便从岛的另一端应召。玛丽斯最初学习飞行的时候，是莎丽从旁保护的。对父亲来说，这座岛上现在没有，也不会再有第三名飞行者，直到科尔成年的那一天。

他对待玛丽斯的态度也变了。有时，当他发现玛丽斯陷入沉思时，便会冲她发脾气；有时，他会用他那条完好的胳膊搂住她，流泪不止。他无法在愤怒和怜悯之间找到平衡，便只好避开她。他转而跟科尔待在一起，表现得过于兴奋而热情。科尔是个孝顺的孩子，也只能尽力回应父亲。可是玛丽斯知道，科尔也会出门散步，一去就是很久，而且总是一个人抱着吉他。

为科尔举行成年礼的前一天，玛丽斯坐在高高的飞行崖上，双腿垂在崖边晃着，看莎丽在正午的阳光中盘旋，画出银色的弧线。莎丽说她是在为渔民们探察海猫的位置,可是玛丽斯知道那不是飞行的唯一原因。她早已熟习飞行,能够看出莎丽乐在其中。哪怕是此刻,她被剥夺了飞行的权利,也能感觉到自己的心远远地回应着那种快乐。当莎丽倾侧转弯时,银翼上阳光一闪,就仿佛有什么东西也在她的身体内部欢呼雀跃。

就这样结束了吗?玛丽斯问自己。不行。她明明记得,这是开始的样子。

她的确记得。有时,她觉得自己在还不会说话时便开始观看飞行了,虽然母亲——她的亲生母亲——否认了这一点,可玛丽斯确实对飞行崖有着鲜明的记忆。四五岁时,她曾经几乎每周都跑到这里来,坐在崖边,看着飞行者们来来去去。母亲每次都能找到她,每一次都大发雷霆。

"你这辈子都是要待在地上的,玛丽斯,"母亲打了她一顿之后说,"别白日做梦了。我不想自己的女儿变成木翼。"

木翼是一个古老的民间故事的主角。每次母亲在飞行崖上逮到她,都会把这个故事重新讲一遍。木翼是木匠的儿子,一心想要飞行。当然,他并非出身飞行者之家。故事里说,他不在意自己的出身,也不听朋友或家人的劝告,除了飞行别无所求。最后,他在父亲的作坊里为自己做了一副漂亮的翅膀——雕花打磨的蝴蝶形木翼。所有人都夸奖那副翅膀好看,除了飞行者们,他们只是沉默地摇摇头。木翼爬上飞行崖。在明亮而宁静的晨光中,飞行者们盘旋、倾侧,在空中无言地等候着。木翼向他们奔去,却坠向了自己的死亡。

"你应该本分些,"玛丽斯的母亲总是这样告诫她,"别妄想不属于自己的东西。"

但是何为本分?年幼的玛丽斯并不会伤神去想这个问题。她只当木翼是个傻子。可是,随着年岁渐长,她经常会想到这个故事。有时,她会觉得母亲理解错了。玛丽斯想，胜利终究是属于木翼的，因为他飞起来了，哪怕只有一瞬。正是这一瞬，让一切都值得，包括他的死亡。他是作为飞行者而死去的。而其他飞行者，他们没有取笑或者恐吓他，没有；他们为他保驾护航，因为他只是一个初学者，因为他们懂得。陆民们总是嘲笑木翼，这个名字已然成为白痴的代名词。可是这个故事为什么总能让飞行者们落泪呢？

坐在阴凉处看着莎丽飞翔的时候，玛丽斯再一次想到了木翼，心中涌起了疑问：对木翼来说，值得吗？用永久的死亡换片刻的飞翔？于她而言，又值得吗？十余年搏击风雨，余生却要远离？

鲁斯第一次在飞行崖上看见她后，她成了世界上最幸福的孩子。他收养了她，骄傲地把她推向天空，她觉得自己快乐得简直要死去了。她的亲生父亲死于一次船难，风暴将渔船吹离航线，父亲在一头发怒的斯库拉口中丧命；她的亲生母亲则巴不得能摆脱她这个累赘。玛丽斯雀跃着扑向新生活，扑向天空。她似乎终于美梦成真了。她当时想，木翼是对的，只要你够执着，就能得到任何想要的东西。

科尔降生后，当她被告知未来的安排时，这一信念动摇了。

科尔。一切将归于科尔。

玛丽斯失落地将所有胡思乱想抛到脑后，沉郁地看着天空。

这一天终究是来了，正如玛丽斯一直知道的那样。

聚会规模不大，但是由领主亲自主持的。领主是个和气的胖子，生得慈眉善目，偏偏用大胡子把脸遮住，想要显得严厉些。他站在门口迎接大家，服饰极尽奢华：繁复刺绣的织物、红铜和黄铜的指环，还有沉甸甸的精铸铁项链。不管怎么说，领主的欢迎是热情的。

进门之后，大家来到了一间宽敞的宴会厅。上方悬着原木房梁，脚下铺着猩红色的地毯，沿墙的火把熊熊燃烧着。桌子似乎在重负下呻吟，桌上摆满了来自肖特安的奇瓦斯酒和小安柏利本地产的葡萄酒，还有飞行者们从库哈尔带来的奶酪、从外岛来的水果,以及大碗的蔬菜沙拉。炉膛里的烤叉上穿着一只海猫,厨师正往上面涂抹苦草汁和它自身滴落的油脂。这只海猫个头不小,差不多有半个成年人那么大。它厚实的灰蓝色皮毛已被剥去,只剩带两鳍的水桶形身体。保护身体的厚厚的脂肪层在火中断裂,"嗞嗞"作响,古怪的猫一样的面颊内部塞满了坚果和香料,闻起来十分美妙。

他们的陆民朋友们都来了,簇拥在科尔身边,向他表示祝贺。甚至有几位朋友觉得必须跟玛丽斯也说些什么,告诉她有一个飞行者弟弟是多么幸运,而且她自己曾经也是飞行者。曾经,曾经,曾经。她想尖叫。

飞行者们的到来就更让人难受了。当然,他们来了不少人。柯尔姆如平日里一般英俊潇洒、魅力四射。他占据了屋角一处,向眼含崇拜之情的女孩们讲述着天南海北的故事。莎丽在跳舞,天黑之前,她的活力足以迷倒半打男人。其他飞行者是从别的岛屿来的:库哈尔的安妮和小杰米斯,大安柏利的赫尔默(一年之内,他的女儿便要继承他的飞翼),还有西部的另外五六名飞行者,以及总是自成一体的三位东部飞行者。他们是玛丽斯在鹰巢的朋友、兄弟、伙伴。

可他们如今躲着她。安妮礼貌地笑笑,立刻移开了目光。小杰米斯转达了父亲的问候后便陷入了尴尬的沉默,两脚不安地挪动着,直到玛丽斯放他离开。他如释重负的叹息声几乎清晰可闻。哪怕是口口声声说自己从不紧张的柯尔姆,在她面前也表现得不自在。他端给玛丽斯一杯热奇瓦斯酒,然后马上就看到了房间另一端他"不得不"去搭讪的一位朋友。

玛丽斯自然觉察到了大家对她的逃避,她看到窗边有一把皮椅子,便坐了过去,一边小口喝着奇瓦斯酒,一边听渐起的风吹打百叶窗的声音。她不怪他们。你该怎样跟一个没有飞翼的飞行者交谈呢?

她很高兴加思和多雷尔没有来，他们与旁人不同，是她尤其喜欢的人，而这种高兴又令她感到羞愧。

门边有什么动静，她的心情稍微好了些。是巴里翁，他手中拿着吉他。

玛丽斯微笑着看他走进来。尽管鲁斯认为巴里翁会带坏科尔，但是玛丽斯是喜欢他的。歌者个子很高，饱经风霜，凌乱的灰发让他比实际年龄显老。他的长脸镌刻着风吹日晒的痕迹，嘴角却有笑纹，灰色的眼睛里闪烁着顽皮的神采。巴里翁嗓音浑厚低沉，气质豪放不羁，热爱光怪陆离的故事。据说他是西部最优秀的歌者——起码科尔是这样说的，当然还有巴里翁自己。巴里翁说他去过上百座岛屿，这对一个没有飞翼的人来说是不可想象的。他还声称他的吉他是七百年前随星航者从地球上来的，一代代地在家族里传承。他说得一本正经，好像真的指望科尔和玛丽斯会相信他似的。像对待飞翼一样对待一把吉他，实在是太荒谬了！

但是，不管他是不是个撒谎精，瘦高个巴里翁都足够有趣、足够浪漫，他的歌声如风般悠扬。科尔跟着他学习，如今两人已经成为挚友。

领主在巴里翁背上重重拍了一巴掌，后者哈哈大笑，坐下来，准备唱歌。整个房间的人都安静下来，连故事正讲到一半的柯尔姆都住了口。

巴里翁开始唱《星航者之歌》。

这是最古老的歌谣，从它开始，他们才拥有了所谓自己创作的作品。巴里翁唱得很轻松，带着随意的亲昵，他低沉的嗓音让玛丽斯的心变得柔软。不知道有多少个深夜，玛丽斯听见科尔拨弄着琴弦，唱着同一首歌谣。他开始变声了，这让他恼火。每次唱到第三段他都会破音，然后便会传来一阵咒骂声。楼下门厅的夜半歌声每每让躺在床上的玛丽斯哑然失笑。

此刻，巴里翁柔声唱着星航者和他们巨大的飞船，银帆伸展开来，绵延上百英里[1]，蓄满强劲的星际风。歌里讲述了完整的故事：神秘的风暴、飞船故障，还有航行期间安置逝者的棺椁。后来，飞船偏离航线，来到了这里。这个世界只有无边的海洋、肆虐的风暴，仅有的陆地便是上千个散落于海水之中的石岛，风永无止息地在其间刮着。那艘本不该着陆的飞船载着数千棺椁落在此处，轻若无物的银帆漂浮在海面上，把肖特安群岛四周的海面都变成了银色。巴里翁歌唱着星航者的魔法、他们修复飞船的希望，以及这希望是如何痛苦地渐渐破灭。他的歌声忧伤地徘徊着，吟诵着魔力的消退使得那些机械最终湮于黑暗。最后，老船长和他的追随者们与他们的子女之间为争夺那些珍贵的金属帆发生了争斗，战争在大肖特安外围海域爆发。星航者的子女们，也就是风港的第一批后裔，用最后的魔法将船帆切割成小片，每一片都轻盈、柔韧、坚固无比。他们用能从飞船上拆下来的任何金属，将这些小片的船帆锻造成飞翼。

因为散落各处的人需要互通有无，但没有燃料，没有金属，面前是风暴肆虐的大洋和捕食者，上天没有赐予他们任何东西，只有风，该怎么选择是显而易见的。

一曲终了。可怜的星航者们，玛丽斯一如往常地这样想。老船长和他的伙伴们同样是飞行者，只不过他们的翅膀是星际之翼。他们的飞行方式只能灭亡，让位于新的方式。

有人向巴里翁点了首歌，巴里翁咧嘴一笑，开始弹唱新的曲调。他唱了几首来自地球的古老歌谣，然后不好意思地环顾一周，唱起了自己编的一首歌。这是一首下流的饮酒歌，讲的是一头色心大发的斯库拉错把一艘渔船当成了它的伴侣。玛丽斯几乎没有听见他在唱什么，她脑中

---

[1] 1英里合1.61千米。——编者注

还想着星航者们。从某种意义上来说,他们就像木翼,不肯放弃自己的梦想,哪怕这梦想要他们付出生命的代价。她不禁想,对他们来说,这样值得吗?

"巴里翁,"鲁斯喊道,"这是飞行者的成人礼,给我们唱几首飞行者的歌吧!"

歌者笑着点点头。玛丽斯看向鲁斯。他站在桌边,用那只健康的手握着酒杯,脸上挂着微笑。她想:他感到自豪,他的儿子很快就要成为飞行者了,而我早已被他抛在脑后。玛丽斯觉得难过而失落。

飞行者们的故事从巴里翁的歌声中浮现,来自外岛、肖特安群岛、库哈尔、安柏利群岛和鲍威特的歌谣。他唱起了幽灵飞行者们,他们奉领主之命持剑,在空中消失得无影无踪。人们在静止的气流中仍然能够看到他们——佩着不存在的翅膀,在风暴中无助地游荡。起码传说是这样写的。不过,碰上静止气流的飞行者从来没有生过,所以无人能够完全肯定或否定这一说法。

他唱起了白发罗恩的歌。孙子死于情敌之手时,罗恩已年逾八十,他重新佩起飞翼,追赶并杀死了凶手。

他唱起了《亚伦和珍妮之歌》。这是所有歌谣中最悲伤的一首。珍妮出身陆民家庭,更糟糕的是,她还有腿部残疾,无法行走,只能靠母亲为人洗衣谋生,母女二人相依为命。每天,她都坐在窗边,看着小肖特安的飞行崖。后来,她爱上了亚伦——一个姿态优雅、笑容迷人的飞行者。在她的幻想中,她的爱得到了回应。直到有一天,她独自一人在家,看到亚伦在空中和一个头发火红的女飞行者嬉戏。着陆后,两人互相亲吻。母亲回家后,发现珍妮已经死了。亚伦得知此事,不让人们就此埋葬那个他从来不曾认识的姑娘。他抱起她,带她登上飞行崖,然后把她吊在身下,御风飞向远方的大海,为她举行了飞行者的葬礼。

木翼也有一支歌,但不是什么好歌,把他唱得像一个可笑的笨蛋。

不过，巴里翁还是唱了。还有关于"噩耗传递者"的歌、飞行者们在婚礼上唱的《风之舞》，以及十几首其他的歌。玛丽斯听得入神，几乎一动不动。她手中被遗忘的奇瓦斯酒已经变得像雨水一样冰冷。躁动、不安，混合着骄傲和悲伤，这种奇妙的感觉让她想起了风。

"你弟弟是天生的飞行者。"轻柔的低语在她的耳边响起，她看到柯尔姆倚在她椅子的扶手上，用酒杯优雅地示意。科尔坐在巴里翁脚边，双手紧紧抱住膝盖，一脸着迷的样子。

"看看那些歌谣让他多么感动。"柯尔姆轻声说，"对陆民来说那只是歌谣而已，但对飞行者而言却远远不止如此。你我都明白这一点，玛丽斯，你的弟弟同样明白，从他的表情就能看出来。我知道这件事对你来说很艰难，可是姑娘，想想科尔吧，他跟你一样热爱天空。"

玛丽斯看着柯尔姆，他的"睿智"让她哑然失笑。是的，科尔看上去的确心醉神迷，但只有她知道原因。科尔热爱的是歌唱，而不是飞行；是那些歌谣本身，而不是它们的内容。但柯尔姆怎么可能知道这些呢？挂着迷人微笑的柯尔姆对他的判断如此自信，却对事实一无所知。"你是不是认为只有飞行者会做梦，柯尔姆？"她低声问道，然后迅速把脸转开。那边，巴里翁的一首歌即将结束。

"关于飞行的歌还有很多，"巴里翁说，"要是把它们全唱完，我们就得在这里待一个晚上，我连饭都吃不上。"他看着科尔："等着吧，等你到了鹰巢，你懂的东西会比我多得多。"听到这里，玛丽斯身旁的柯尔姆举起酒杯致意。

科尔站起来："我也想唱一首歌。"

巴里翁笑了："我想我可以放心地把吉他交给你。其他人也许不行，但你可以。"他站起身，把位子让给这个脸色苍白的文静少年。

科尔坐下来，咬着嘴唇，紧张地拨弄了几下琴弦。火把照得他眨了几下眼，他看向玛丽斯，又眨了眨眼。"我想唱一支新歌，关于一位飞行者的。我——嗯,这首歌是我编的。要知道,我不在现场,但我听说过那个故事,它是真实的。它应该被写成一首歌,之前却没有人那么做,直到此刻。"

"那么就唱吧,孩子。"领主大声喊道。

科尔笑了笑,又看了玛丽斯一眼:"这首歌名叫《乌鸦的坠落》。"

他开始唱了。

歌声清澈、纯净而优美,将往事诉说在众人耳边。玛丽斯瞪大了眼睛,科尔的歌声让她惊叹。他唱的便是故事发生的原貌,甚至正确地捕捉到了其中蕴含的感情,包括玛丽斯郁结于心的情愫。那时,她看着乌鸦收折的飞翼在阳光下如镜面般反光,看着他迅疾攀升,逃离死亡。科尔唱出了玛丽斯心中隐秘而纯洁的爱恋。在他的歌中,乌鸦的形象光辉灿烂,他是有翼的王子,也是黑暗而不羁的反抗者。玛丽斯曾经就是这样看待他的。

他是个天才,玛丽斯想。柯尔姆低头看着她,问:"你说什么?"玛丽斯这才意识到自己不由自主地说出了声。

"科尔,"她低声回答,歌曲最后的音符还在她耳中回响,"只要给他机会,他会成为比巴里翁更优秀的歌者。是我给他讲了那个故事,柯尔姆。乌鸦表演他的把戏时,我在场,还有其他十几个人,可是我们没有一个人能像科尔这样把它描述得这么美。他有特殊的天赋。"

柯尔姆得意地朝她笑笑:"是的,明年我们能在歌唱比赛中把东部打得落花流水。"

玛丽斯看着他,突然觉得异常愤怒。她想,这整件事都错了。房间另一边,科尔向她投来询问的眼神。玛丽斯向他点点头,他骄傲地笑了,他知道自己刚刚表现得很好。

玛丽斯下定了决心。

不过,就在此时,科尔还没来得及再唱一曲,鲁斯就走上前来。

"现在，"他说，"我们该做正经事了。唱也唱了，聊也聊了，在暖和的屋里好吃好喝过了。可是风在外面。"

众人神色庄重地听着，正如期望中那样。长时间被遗忘的、已成为背景音的风声突然似乎又充满了房间。玛丽斯听到了，颤抖了。

"传翼。"她的父亲说。

领主走上前来，双手托着由他暂时保管的那副飞翼。按照惯例，他说了如下一段话："长久以来，这副飞翼效力于小安柏利，将我们与风港的所有人联系在一起。上溯至星航者的时代，它们一代代流传。星航者之女玛丽安驾驭过它们，接下来是她的女儿杰莉、杰莉的儿子乔安，再后来是安妮、弗兰和丹尼斯……"背完一份长长的名单之后，他接着说，"最后，是鲁斯和他的女儿玛丽斯。"大家没有想到领主会提到玛丽斯，因为她并不能算真正的飞行者。人群中响起了一阵窃窃私语声。他们拿走了我的飞翼，却给了我这个名分，玛丽斯想。"如今，年轻的科尔将继承它们。正如一代代领主所做的那样，我也短暂地持有它们，以我的触碰为它们祈福。通过我，小安柏利的所有人也触碰了这副飞翼；通过我的声音，小安柏利的所有人送上了祝福：'高飞吧，科尔！'"

领主将叠起的双翼交给了鲁斯，后者接过来，转身面向科尔。科尔已经站起身，把吉他摆在脚下，脸色苍白，看上去像个小孩子。"这是一个人成为飞行者的时刻，是我将这副飞翼传递给科尔的时刻。在室内打开飞翼是愚蠢的，让我们去飞行崖吧，看一个男孩长大成人。"

所有持火炬的人都是飞行者，他们已经准备就绪。科尔站在父亲和领主之间，这是一个荣耀的位置。火炬手紧跟其后，走出房间。玛丽斯和其他人跟在后面。

在不同寻常的沉默中，众人缓缓走了十分钟，来到飞行崖的顶部，围成一个半圆形。只有一条胳膊活动自如的鲁斯拒绝了帮助，亲自将飞翼绑在儿子的身上。科尔的脸色像粉笔一样苍白。飞翼被父亲展开的时候,他一动不动地站着,眼睛直视着面前的深渊。下方,黑色的浪头正拍击着海滩。

终于绑好了。"我的儿子,你现在是一名飞行者了。"说完这句话,鲁斯后退几步,和其他人一起站在玛丽斯的身旁。科尔独自一人站在星光下、悬崖边,巨大的银翼让他的身形看上去比以往任何时候都小。玛丽斯想大叫,想终止这一切,想做些什么。她能感到泪水已经流下脸颊,可她动弹不得。像其他人一样,她等待着作为传统仪式的首飞。

科尔深吸一口气,从悬崖一跃而下。

他最后几步助跑是跟跄的,仿佛直接跌出了众人的视线。众人跑上前去,等他们来到悬崖边时,科尔已经恢复了平衡,正在缓慢爬升。他在海面绕了一个大圈,然后兜回崖边,又滑行出去。有时候,年轻的飞行者会在朋友们面前炫技,但科尔不是喜欢炫耀的人。他像一个长着翅膀的幽灵,在不属于他的天空中迷失了方向,笨拙地四处游荡。

其余的飞翼正在展开;柯尔姆、莎丽和其他飞行者都做好了起飞的准备。很快,他们会在空中加入科尔的行列,列队飞行片刻,然后离开悬崖边上的陆民们,飞去鹰巢,在那里过夜,欢迎最新加入的伙伴。

然而,在他们都还没有起飞的时候,风变了,玛丽斯以一名飞行者的本能觉察到了。紧接着,她就听到了寒冷刺骨的劲风呼啸着从崖顶刮过。最重要的是,她看到了,看到海浪之上,科尔剧烈地颠簸着。他稍稍向下,努力稳住身形,却骤然被风吹得急速旋转。有人倒吸一口凉气。突然,他迅速地重新掌握了平衡,朝着他们飞了过来,只是仍然十分吃力。风势迅猛、狂暴,压得他无法向上。对这种风,飞行者需要去哄骗、安抚、驯服。科尔却与之搏斗,并因此遭到痛击。

"他遇到麻烦了。"柯尔姆说。英俊的飞行者"啪"的一声甩开最后一根支杆。"我去护航。"话音未落,他便已经飞上天空。

可是,一切已经太迟。科尔被突如其来的气流击中,双翼剧烈地前后晃动着,朝海滩急坠而下。无须商议,大家一起向海滩冲了过去,玛丽斯和父亲跑在最前面。

科尔下降得很快,太快了。他不是在御风,而是被风推着向前。下落时,他的飞翼抖动着。他倾斜身体,一侧翼尖擦过地面,另一侧朝向天空。错,错,全错了。众人冲上海滩,正迎上大片扬沙,听到金属断裂的可怕声响。科尔下来了,平安地躺在沙地上。

但他的左翼垂下来,断裂了。

鲁斯第一个跑到儿子身边,跪下来,开始解绳扣。其他人围站在两人旁边。科尔略微直起身体,大家看到男孩浑身发抖,眼里充满泪水。

"别担心,"鲁斯故作轻松地说,"只是一根支杆而已,支杆时不时就会断,很容易就修好了。你飞得不太稳,但是我们每个人刚开始飞行时都是这样的。下一次就好了。"

"下一次,下一次,下一次!"科尔说,"我做不到,我做不到,爸爸。我不想要什么下一次!我不想要你的飞翼!"他放声大哭,身体随之剧烈抖动着。

围观的众人惊呆了,但没有人说话。父亲的表情严厉起来:"你是我的儿子,你是一名飞行者。会有下一次,你也会学会飞行的。"

科尔继续哭泣着,抖动着。飞翼已经从他身上解下,放在脚边,损坏且无用,起码此刻是这样的。今晚不会有人飞去鹰巢了。

父亲伸出他能够活动的那条手臂,抓住儿子的肩膀,摇晃着:"你听到了吗?听到了吗?我不听你那些胡话。你必须飞,否则就别当我的儿子。"

科尔突如其来的叛逆已经消失了。他点点头,努力憋回泪水,抬起头来。"好的,爸爸,"他说,"对不起。我只是吓坏了。我不是那个意思。"他只有十三岁,人群中的玛丽斯突然想到这一点。十三岁的被吓破了胆的孩子,现在还算不上什么飞行者。"我不知道我刚才为什么说那些话,那不是我的本意。"

这时,玛丽斯突然获得了说话的勇气。"不,那就是你的本意。"她大声说道。她想起了他是如何歌唱乌鸦的,也想起了自己的决定。其他人都惊讶地扭头看着她,莎丽把手放在她的胳膊上,示意她不要冲动。但玛丽斯轻轻甩开她的手,向前站到科尔和父亲之间。

"他就是这个意思。"玛丽斯平静地说。她的声音沉稳而坚定,但她的心在发抖。"你难道看不出来吗,爸爸?他不适合飞行。他是个好儿子,你应该为他感到骄傲,但他永远都不会爱上风。我才不在乎法律说什么。"

"玛丽斯,"鲁斯的声音没有任何温度,只带着绝望和痛苦,"你要把飞翼从你弟弟那里抢走吗?我还以为你爱他。"

若是一周之前,这句话足以让她哭泣,可是她的眼泪已经流干了。"我当然爱他,所以我希望他长命百岁、幸福快乐。他永远不会成为一名快乐的飞行者,他只是想让你以他为傲。科尔是歌者,优秀的歌者。你为什么一定要剥夺他热爱的生活?"

"我什么也没有剥夺,"鲁斯冷冷地说,"传统……"

"愚蠢的传统。"另一个声音插了进来。玛丽斯扭头看是谁在帮她说话,结果看到巴里翁从人群中挤上前来。"玛丽斯是对的。科尔有天使般的歌喉,至于他飞得怎么样,我们大家都看到了。"他轻蔑地扫视了一圈在场的飞行者,"你们这些飞行者只知道习惯,却忘记了如何思考。你们盲目地追随传统,不管谁会因此受伤。"

在没人注意的时候,柯尔姆已经着陆并收起了他的飞翼。此刻,他站到众人面前,年轻的深色脸庞上满是怒色。"安柏利之所以伟大,正是因为飞行者和他们的传统,是他们上千次塑造了风港的历史。我不在乎你有多么会唱歌，巴里翁，你并不能脱离法律的约束。"他看向鲁斯，接着说，"别担心，我的朋友，我们会让你的儿子成为安柏利最出色的飞行者。"

可是这时科尔抬起头来，尽管脸上仍然挂着泪水，可他的神色中同样有愤怒，以及决心。"不！"他喊道，挑衅地看着柯尔姆，"你无法让我成为我不想成为的任何人。我不在乎你是谁。我不是懦夫，也不是小孩子，可我就是不想飞，我不想，不想！"他的话语像激流般奔涌而出，他在风中怒吼，阻止他吐露心声的那些障碍都烟消云散了，"你们这些飞行者自认为高人一等，所有人都不如你们，可这不是事实，不是。巴里翁去过上百座岛屿，他会唱的歌比十几个飞行者加起来还要多。我不在乎你怎么想，柯尔姆。他不是什么井底之蛙，当所有人因为害怕而退缩时，只有他敢乘船航行。你们飞行者躲着斯库拉，巴里翁却站在一艘小木船上，用鱼叉杀死过一头斯库拉。我敢打赌你们都不知道这件事。"

"我也可以成为他这样的人。我有天赋。他就要去外岛了，邀我同行。有一次，他告诉我，他以后会将自己的吉他传给我。他能用歌声把飞行描述得很美，也可以描述捕鱼、打猎或其他任何事情。飞行者做不到，但是他可以。他是巴里翁！他是歌者，与飞行者一样棒。我也能做到，正如我今晚为乌鸦唱歌那样。"他憎恶地瞪着柯尔姆，"把你的破翅膀拿走吧，把它们给玛丽斯，她才是飞行者。"他一边喊着，一边朝瘫软在地上的那副飞翼踢了一脚，"我想跟巴里翁一起走。"

海滩上陷入了可怕的寂静。鲁斯一言不发，似乎一下子苍老了很多。过了许久，他才开口道："它们不是他的，科尔。这是我的飞翼，我父亲的，我祖母的。我想——我想——"他说不下去了。

"你应该为此负责，"柯尔姆怒气冲冲地对巴里翁说，"还有你，是的，你，他的姐姐。"他把愤怒的目光投向了玛丽斯。

"可以，柯尔姆，"玛丽斯说，"巴里翁和我愿意负责，因为我们爱科尔，我们想看到他快乐——并且活着。飞行者盲从传统已经太久了。你难道看不出来吗？巴里翁是对的。每一年都有糟糕的飞行者继承了父辈的飞翼却因此丧生，风港的损失也不可挽回，因为丢失的飞翼是找不回来的。星航者时代有多少飞行者？如今又有多少飞行者？你们还看不到传统给我们带来了什么吗？飞翼是一种托管品，理应交给热爱天空的人，交给最擅长飞行、最珍视它们的人，但在现实中，血统却是唯一的标准。我们看出身而非技巧，可是技巧对飞行者来说是性命攸关的，也是它把整个风港凝聚在一起。"

柯尔姆不屑地哼了一声："真是耻辱！你不是飞行者，玛丽斯，你没有权利对这件事指手画脚。你的话玷污了天空，你自己违背了所有传统。要是你弟弟自愿放弃他与生俱来的权利，那么好，随便他。可是他不能嘲笑我们的法律，随意把他的飞翼给旁人。"他看了一眼周围仍然震惊得没回过神来的人们，"领主在哪里？请告诉我们法律是怎样说的！"

领主忧心忡忡地缓缓开口："法律——传统——但是这件事不一样，柯尔姆。玛丽斯为小安柏利贡献颇多，我们都知道她的飞行水平怎么样。我——"

"法律。"柯尔姆坚持道。

领主摇摇头："是的，这是我的责任，但——法律是这样规定的，如果一名飞行者自行放弃，那么他的飞翼将由岛上另一名年长的飞行者和领主共同保管，直到选出新的持有者。但是柯尔姆，从来也没有发生过飞行者主动放弃飞翼这种事，我们的法律只在飞行者去世且没有继承人的情况下起过作用。玛丽斯——"

"法律就是法律。"柯尔姆坚持道。

"而你打算盲从。"巴里翁插嘴道。

柯尔姆没有理会他。"自从鲁斯不再飞行,我便是小安柏利的飞行长。我会保管他的飞翼,直到我们找到合适的人选。那个人将会尊重传统,珍惜身为飞行者的荣誉。"

"不!"科尔喊道,"我想让玛丽斯拥有这副飞翼。"

"这件事你没有发言权,"柯尔姆说,"你是陆民。"说着,他弯腰捡起断裂的飞翼,开始有条不紊地将它们折起来。

玛丽斯环视众人,想找到支持她的人,却一无所获。巴里翁摊开手,莎丽和赫尔默避开她的目光。她的父亲似乎已经崩溃,他流着泪站在海滩上,不再是飞行者,哪怕名义上的也不是,只是一位身有残疾的老人。来参加聚会的人一个接一个悄悄离开了。

领主走到玛丽斯身边,对她说:"玛丽斯,对不起。如果我可以做主,我乐意将这副飞翼交予你。法律的本意并非如此——不是为了惩罚,而是为了指引。不过,这是飞行者的法律,而我不能违背飞行者的意愿。如果我否定柯尔姆的主张,小安柏利就会步肯尼哈特的后尘,我也将变成歌谣里的疯子。"

她点点头:"我理解。"此时,柯尔姆腋下夹着飞翼,正大步离开海滩。

领主也转身离去了。玛丽斯穿过沙地,朝鲁斯走去。"爸爸——"她开口说道。

鲁斯抬起头:"你不是我的女儿。"说完,他转过身,不再看她。他身体僵硬,步履艰难地朝内陆走去,埋藏他的耻辱。

最终,海滩上只剩下三个人,他们都垂头丧气,沉默不语。玛丽斯走向科尔,伸出双臂。他们拥抱着彼此,像徒劳地寻求安慰的孩童。

"去我的住处吧。"巴里翁终于开口,他的声音惊醒了玛丽斯姐弟俩。他们恍然松开手,看着歌者将吉他扛上肩膀,然后跟着他离开了海滩。

对玛丽斯而言，接下来的几天是阴云密布、愁肠满怀的。

巴里翁住在港口的一间小屋里，就在废弃、腐坏的码头边。他们三个这几天就待在这里。玛丽斯从来没有见科尔这么快乐过。他每天都和巴里翁一起唱歌，而且他知道自己终归会成为一名歌者。唯独父亲不肯见他这件事让这个年轻人烦恼，但这一点也经常被他抛在脑后。他还很年轻，同龄人视他为反叛的英雄，他们心知不该却又情不自禁流露出的崇敬神情令科尔十分骄傲。

可是，对玛丽斯而言，日子并不好过。她几乎不离开住处，只在日落后走到码头，看渔船回港。她心中充满失落和无助。她觉得自己陷入了困局。她已经尽力去做了她认为正确的事情，可仍然没能保住她的飞翼。传统，就像一位疯狂而残忍的领主，统治了她，囚禁了她。

距离海滩上发生的那起事件已经过去了两周。巴里翁每天都会去各个码头，从安柏利的渔民那里收集新的歌谣，再到码头边的小酒馆里演唱。一天，在巴里翁从码头回来后，三个人一起吃热腾腾的肉汤炖菜时，他抬头看着玛丽斯姐弟俩，说："我已经安排好船了。一个月后，我就要航行去外岛。"

科尔笑了，他迫不及待地问："我们也去吗？"

巴里翁点点头："你，当然了。玛丽斯要去吗？"

她摇摇头："不。"

歌者叹了口气："你待在这里无济于事，而且日子并不好过。哪怕是我，也已经觉得艰难。在柯尔姆的鼓动下，领主处处针对我，体面人也都开始躲避我。何况，外面有广阔天地可以见识。跟我们走吧。"说到这里，他笑了："说不定我还能教会你唱歌呢。"

玛丽斯漫不经心地搅着她的炖菜："我唱歌的水平比我弟弟的飞行水平还不如，巴里翁。不，我不能走。我是飞行者。我只能留下来，赢回我的飞翼。"

"我尊重你的想法,玛丽斯,"巴里翁说,"可你是不可能成功的。你打算怎么做?"

"我不知道。总要做些什么吧。或许我可以去见领主。领主可以制定法律,而且他同情我。如果我能让他明白怎样做才是对小安柏利的人民最好的,那么……"

"他不能违背柯尔姆的意愿。这毕竟是飞行者的法律,是他没法控制的。而且……"他犹豫着没有往下说。

"而且什么?"

"有一个消息,码头上人人都在传。他们已经找到了新的飞行者,准确地说,是一名老飞行者。格沃拉的德温已经在路上了,他坐船来,在这里定居,使用你的飞翼。"他小心翼翼地看着玛丽斯,脸上满是担心。

"德温!"她把手中的叉子重重拍在桌上,站起身来,"他们被所谓规矩蒙住了双眼,连常识都看不到了吗?"她在房间里来回走着。"德温从来都没有科尔飞得好。他自己的飞翼就是因为他下降过猛撞到水面才丢失的。要不是刚好有船路过,他早就死了。现在柯尔姆竟然还要再给他一副飞翼?"

对此巴里翁只能苦笑:"他是飞行者,依照传统,只能是他。"

"他是什么时候出发的?"

"据说是在几天前。"

"路上顺利的话也要两周。"玛丽斯说,"如果我要采取行动,就必须在他到达之前。只要他戴上飞翼,它们就是他的,我再也拿不到了。"

"可是玛丽斯,"科尔说,"你能怎么做呢?"

"什么都做不了。"巴里翁说,"哦,当然,我们可以把飞翼偷出来。柯尔姆已经把它们修好了,像新的一样。可是你又能逃到哪里去呢？没有任何一个地方会欢迎你。放弃吧，姑娘，你无法改变飞行者的法律。"

"不能吗？"她的声音突然充满了力量。她停止踱步，倚在桌边："你确定吗？难道传统就从来没有被改变过？传统又是从哪里来的呢？"

巴里翁看上去很困惑："老船长被杀之后，飞行者们召开了众议会，大肖特安的领主船长分发了新锻造的飞翼。规矩就是在那时立下的：任何飞行者都不能将武器带上天空。人们都记得那场战争，老星航者们乘着最后的两架飞板从上方洒下火焰。"

"是的，"玛丽斯说，"别忘了，还有另外两次众议会。数代之后，另一位领主船长想让其他领主听命于他，进而控制整个风港。他命令大肖特安的飞行者们持剑上天，向小肖特安发起进攻。他的幽灵飞行者消失后，其他岛屿的飞行者们召开了众议会，对他进行了审判。他是最后一位领主船长，如今大肖特安也只是一座普通的岛屿。"

"嗯，"科尔说，"在第三次众议会上，所有飞行者一致投票决定，因为疯领主处死了'噩耗传递者'，所以不会有任何飞行者再在肯尼哈特着陆。"

巴里翁点着头："没错。不过，自那以后就再也没有人召集过众议会了。你确定大家会参加？"

"当然，"玛丽斯说，"这正是柯尔姆引以为傲的所谓传统之一。任何飞行者都可以召集众议会。我要在会上向风港所有的飞行者进行陈述，然后……"

她停了下来。巴里翁看着她，她迎上他的目光。显然，他俩想到了同一件事。

"任何飞行者。"他说，无须强调他的重点。

"可我不是飞行者。"玛丽斯说着，重重跌回她的椅子，"科尔放弃了他的飞翼；鲁斯——就算他肯见我们，也已经做了传承；柯尔姆不会理我们。我们没办法发出召集令。"

"你可以问问莎丽。"科尔建议道，"或者在飞行崖等着，要么……"

"莎丽资历不够，也没有勇气反抗柯尔姆。"巴里翁说，"我听说了，她跟领主一样是同情你的，可她不愿意打破传统。柯尔姆或许也会因此把她的飞翼拿走。至于其他人——你能指望谁呢？你又能等多久呢？赫尔默常来，但他和柯尔姆一样守旧。小杰米斯太年轻。其他人各有各的问题。你这是强求别人冒险。"他没有把握地摇摇头。"行不通的。没有飞行者会为你说话。来不及了，两周以后，德温就会戴上你的飞翼。"

三个人都陷入了沉默。玛丽斯低头看着已经凉了的炖菜，思索着。没有办法，她想，真的毫无办法吗？她抬头看着巴里翁。"刚才，"她小心翼翼地开口，"你提到了把飞翼偷出来……"

湿冷的风怒气冲冲地拍打着海浪，东边的天空中，一场风暴正在蓄势。"适合飞行的好天气。"玛丽斯说。小船在她身下轻轻摇荡着。

巴里翁笑笑，一边把斗篷裹得更紧些，抵御潮气。"要是你现在能飞就好了。"他说。

她看向海滩，树影下立着柯尔姆暗色的木头大屋，楼上的一扇窗里有灯光。三天了，玛丽斯烦躁地想。德温说不定已经到了。他们还能等多久？随着时间分秒流逝，德温越来越接近此处。那是要拿走她飞翼的人。

"就今晚，你觉得呢？"她问巴里翁。

后者耸耸肩。他正专心致志地用一把长匕首剔指甲。"你比我更了解情况。"巴里翁头也不抬地说，"灯塔还黑着。飞行者多久会被召唤一次？"

"经常。"玛丽斯若有所思地回答。但是柯尔姆会被召唤吗？他们已经在岸边漂了两晚，只等着柯尔姆被召唤。也许，在德温到达之前，领主只把任务安排给莎丽一人？"我不想继续耗下去，"她说，"我们得做些什么。"

巴里翁把匕首插回刀鞘。"我可以用这把刀对付柯尔姆，但我不愿意这样做。我支持你，玛丽斯，而你的弟弟对我来说就像儿子一样，可我不会为了一副飞翼就去杀人，我不会这么做。我们只能等着灯塔发出信号，召唤柯尔姆，然后进去取东西，其他做法都太冒险了。"

杀人，玛丽斯想，要做到这种地步吗？如果柯尔姆还在家的时候他们就闯进去……她马上就知道答案是肯定的。柯尔姆就是柯尔姆，他一定会反抗。玛丽斯进过这栋房子，她记得墙上交叉悬挂着两把黑曜石长刀。一定要想出别的办法。

"领主不会召唤他的，"她说，不知怎么，她就是知道，"除非出现紧急情况。"

巴里翁看了看东边天空堆积的乌云。"那又怎么样？"他说，"我们难道还能制造紧急情况？"

"可是我们能发出信号。"玛丽斯说。

"这……"歌者沉吟着，考虑着玛丽斯这个想法是否可行。"是的，我觉得我们可以做到这一点。"他对着她咧嘴笑了，"玛丽斯，我们好像每天都在犯下新的罪行。去盗窃飞翼已经够糟的了，你现在还想让我闯进灯塔发假信号。幸好我是一名歌者，否则我们将成为安柏利历史上最臭名昭著的罪犯。"

"为什么会唱歌就能避免这个结局？"

"你认为歌都是谁编出来的？我会把我们都唱成英雄的。"

两人相视一笑。

巴里翁拿起桨，快速划到岸边一片隐匿在树间的湿软海滩，此处离柯尔姆家不远。"在这儿等着。"巴里翁说着，翻身下船，踩进及膝深的、涌动着的海水里，"我去灯塔。看到柯尔姆离开后，你马上进去拿东西。"玛丽斯点点头。

她在愈发阴沉的夜色中独坐了将近一个小时，看着远处东方的闪电。风暴很快就要来了，她已经感到风的啮咬。终于，在小安柏利最高的山上，领主的灯塔开始按节奏发出闪烁的光芒。玛丽斯突然意识到，虽然自己忘了告诉巴里翁正确的信号是什么样的，但不知为何他就是知道。歌者知道许多事情，比她曾经意识到的还要多。也许，他说的许多事情都是真的。

几分钟之后，她已经趴在离柯尔姆家几步之遥的草丛里，压低了头，藏在黑暗和树影里。门开了，黑发的飞行者走出来，飞翼搭在肩上。他穿得很暖和，玛丽斯知道这是飞行服。柯尔姆迅速沿着大路跑远了。

他离开后，玛丽斯要做的事情很简单：找一块石头，绕到房子侧面，打破一扇窗户。幸运的是，柯尔姆没有结婚，独自一人居住——如果今晚他没有女伴的话。不过，他们一直仔细监视着这栋房子，除了一个白天上工的清洁妇，这里并没有别人进出。

玛丽斯把碎玻璃抹到一边，跳到窗台上，钻进屋里。里面没有亮灯，但她的眼睛很快就适应了黑暗。她必须赶在柯尔姆回来之前找到飞翼，她的飞翼。他很快就会到达灯塔，发现信号是假的。巴里翁不会滞留，以免被抓。

搜寻并未花费太长时间。她的飞翼就摆在前门的架子上，在柯尔姆放置自己双翼的地方。带着爱意与渴望，玛丽斯小心地将它们取下，双手抚摸着冰凉的金属，检查支杆是否完好。她想，终于找到你们了。紧接着她又想，我再也不会让任何人夺走你们。

她把飞翼在身上绑好,开始奔跑。她夺门而出,跑进树林,选了一条跟柯尔姆刚才走的不同的路。用不了多久,他就会回家。她必须赶快到飞行崖去。

她花了足足半小时才到。路上,她有两次不得不躲在路边的灌木丛里,躲开其他半夜赶路的人。甚至等她来到飞行崖后,那里也有人——着陆地上有两个从飞行者小屋里出来的人,玛丽斯不得不躲在岩石后,看着他们的提灯,等待着。

蹲伏和寒冷让她的身体僵硬而发抖。这时,她看到远处的海面上出现了一副银翼,正飞速向这边过来。飞行者在海滩上方低空盘旋一周,以吸引地勤人员的注意,然后开始平稳下落。地勤人员帮忙脱卸飞翼的时候,玛丽斯认出来人是库哈尔的安妮。毫无疑问,她是来送信的。地勤人员将会陪安妮去见领主。玛丽斯的机会来了。

他们都离开后,玛丽斯手忙脚乱地爬起来,沿着石路迅速登上飞行崖。她费了不少工夫才把飞翼展开。左翼的合页卡住了,她弄了五次才完全把支杆撑开。柯尔姆甚至没有好好保养它们,玛丽斯有些怨恨地想。

不过她很快就将这念头抛到脑后,把一切都抛到脑后。她起跑,跃入风中。

劲风像拳头一样砸在她的身上,但她随风翻转身体,调整角度,直到捕捉到一股上升的气流,开始攀升。速度很快,越升越高。闪电就在身下不远处炸亮,她的身体由于惊惧而颤抖。但这恐慌转瞬即逝。她终于又飞上高空了,就算被闪电烧死又如何?在小安柏利,除了科尔,没有人会惋惜她的死亡。还有比空中更好的葬身之处吗?她倾斜身体,继续向上,情不自禁地发出一阵欣喜的笑声。

一个声音回应了她的欢笑。"回来!"怒气冲冲的喊话声令她一惊,短暂地失去了平衡。她朝身后的上方看去。

闪电再一次劈开小安柏利的天空,在它的照耀下,夜空中的银翼闪亮如白昼。她看到柯尔姆急速穿出云层，向她冲过来。

同时，他在怒吼。"我就知道是你！"他说，可是风把他接下来的话吹得断断续续，"……必须……后面……不得归家……崖……等着。回来！我会让你下来的！陆民！"最后几个字她听清了，她对此嗤之以鼻。

"那就试试吧！"她挑衅地朝他喊了回去，"让我看看你是多么了不起的飞行者，柯尔姆！来抓我啊！"她还在笑着，扬起一侧飞翼，转身避开他的俯冲。她已经往上爬升了，柯尔姆还保持着下落的惯性，冲过她身边时犹自怒骂着。

她曾在鹰巢附近与多雷尔你追我赶，玩过上千次的空中捉人游戏，可此刻生死攸关，并非游戏。玛丽斯轻松地驭着风，只关心速度和高度。她凭借本能发现气流，飞得越来越高，越来越快。在很远的地方，柯尔姆止住下降的趋势，侧身扬翼向上，从下方向她冲过来。不过，等他升到她目前的高度，她早就飞远了。她决定保持目前的优势。这不是游戏，不能冒险。如果柯尔姆升到她的上方，他一定会迫使她下降，一寸寸地往下压，直到她坠入海中。虽然事后他肯定会为损失那副飞翼而后悔，但此时他一定会这么做。对他来说，飞行者的传统重于一切。她心不在焉地想着，放到一年前，她自己会怎么对待盗窃飞翼的人呢？

小安柏利已经消失在身后，视线中唯一的陆地是右边地平线上的库哈尔，那里的灯塔正在闪烁。就在一瞬之间，库哈尔也看不到了。除了身下漆黑的大海和头顶的天空，再也没有别的东西。柯尔姆仍在不屈不挠地追赶她，风暴蓄积的天空勾勒出他的身形。可是——玛丽斯扭过头往后看，眨了眨眼——他似乎变小了。她赢了他吗？柯尔姆经验丰富，她深知这一点，在飞行竞赛中，他一直代表西部出赛并表现优异，而她是没有参赛资格的。可是，如今很明显，他们之间的距离在不断拉大。

闪电再一次炸亮。几秒之后，可怕的雷声在海面轰隆隆响起。一头斯库拉被雷声激怒，吼了回去。但是对玛丽斯而言，这意味着另外一些东西。时机，时机；风暴越来越远了。她是朝西北方向前进的，风暴或许是朝西去的，不管怎样，她已经从下方钻出了风暴。

某种激昂的情绪在她的心中升腾翱翔。她随心所欲地侧转身体，翻起筋斗，从一股气流跃入另一股气流，仿佛空中的特技演员。风属于她，一切皆在掌控。

在玛丽斯玩耍时，柯尔姆追了上来。她停止翻筋斗，再次乘风往上。此时柯尔姆已经近在咫尺。叫骂声隐约入耳，他喊着诸如她再也无法着陆，只能带着偷来的飞翼浪迹天涯一类的话。可怜的柯尔姆，他又知道什么？

玛丽斯向下疾冲，直到她能够尝到咸味的空气，听到海浪就在身下几英尺处翻滚。如果柯尔姆想要她的命，如果他想把她逼入大海，那么现在就是机会，她已经把自己放在易受攻击的位置。她正贴近水面点水飞行，他要做的只是加快速度追过来，飞到她上方，再向下疾坠。

她知道，她就是知道，柯尔姆根本做不到，不管他有多想这么做。等她从翻涌的乌云下方飞出，飞进澄净的夜空时，星辰在双翼闪耀，而柯尔姆已经变成身后一个迅速缩小的点。玛丽斯一直等到再也看不见他，才攀上新的上升风，转向朝南方飞去。她清楚，柯尔姆会继续盲目向前，然后放弃追捕，回小安柏利去。

空中只有她和她的飞翼，她终于获得了片刻安宁。

几小时后，劳斯岛的第一束灯光在黑暗中闪现，那是这座石岛上古堡的灯塔。玛丽斯调整方向朝着亮光飞去，很快，古老城堡半倾颓的墙体出现在她眼前，除了顶部的灯光，一片死寂。

她直接从灯塔上方飞过，穿越这多山的小岛，朝沙砾遍地的西南山尖上的着陆带飞去。劳斯岛上的人不多，没有专门设置飞行者的休息处。这样也好，玛丽斯就不用担心有地勤人员来迎接她或向她提问。她独自落地，扬起一片干燥的沙土，没有引起任何人的注意。她艰难地把飞翼从身上取下来。

着陆带的尽头，飞行崖的山脚，正是多雷尔简陋的小屋。里面黑漆漆、空荡荡的。见无人应门，玛丽斯推开未上锁的房门，走了进去，喊多雷尔的名字。仍然没有任何回应。玛丽斯心中涌起的失望立刻又变成了紧张：多雷尔去哪里了？他要离开多久？万一柯尔姆猜到她会来这里，然后趁多雷尔不在家过来抓她怎么办？

她把灯芯草凑到在炉膛里焖燃的煤堆上，点燃了一根沙烛。借着烛光，她环视这间整洁的小屋，试图寻找一些痕迹，以告诉她多雷尔去了哪里以及要去多久。

看到了：一向利落的多雷尔在桌子上掉了一些鱼糕渣，除此以外，桌子是干净的。她又朝房间另一端的角落看去，是的，房里真的是空的，亚尼特拉也不在它的栖木上。也就是说，多雷尔带着他的夜鹰去打猎了。

玛丽斯再次飞上天空去找多雷尔，心里只盼着他没有走远。她在劳斯岛西面隐蔽的浅滩上找到他时，他正坐在一块礁石上休息，飞翼佩在身上，但没有打开。亚尼特拉栖在他的手腕上，正欢快地吃着一条它刚捕到的鱼。多雷尔对亚尼特拉说着什么。一开始，他并没有注意到玛丽斯的到来，直到她从他上方飞过，银翼让星光都黯然失色。

他愣愣地看着她盘旋、危险地低空飞行，一时间似乎并没有认出她是谁。

"多雷尔！"她喊道，紧张让她的声音变得尖厉。

"玛丽斯？"他的脸上露出难以置信的表情。

她掉转方向，乘上一道上升气流。"上岸，我有话对你说。"

多雷尔点点头，猛地站起身来，扬扬胳膊，让亚尼特拉离开。夜鹰不情愿地放弃还没吃完的鱼，展开暗白色的翅膀，飞上天空，优雅地盘旋着，等待着它的主人。玛丽斯掉转身体，朝来时的方向飞去。

这一次，当她在着陆带上方下降时，她的动作突兀而笨拙，导致她膝盖严重擦伤。玛丽斯心绪不宁——偷盗飞翼的紧张，荒废练习多日后的长途飞行，看到多雷尔后心中突然而又意外涌起的痛苦、恐惧与欢欣……种种情绪将她淹没，令她颤抖，她不知道如何是好。多雷尔落地之前，她便已经着手解开飞翼，迫使自己的注意力集中在双手的动作上。她还无法思考，她不愿放任自己思考。鲜血从她摔破的膝盖上顺着双腿流下来，令她心烦意乱。

多雷尔利落而平稳地降落在她身边。她的突然现身出乎他意料，却没有影响他飞行。对他来说，这并不仅仅是身为飞行者的自尊，更是本能的一部分，就像他继承家族的飞翼那样自然。他动手开始解绳索时，亚尼特拉落到了他的肩膀上。

他走近她，伸出双臂。夜鹰烦躁地叫了一声，但他并不理会那只鸟儿。如果不是玛丽斯猛地把她的飞翼塞进他张开的手中，他肯定已经将她拥入怀中了。

"给你。"玛丽斯说，"我向你自首。这是我从柯尔姆家偷来的，我现在把它们和我自己都上交给你。我想让你为我召集众议会，因为你是飞行者而我不是，只有飞行者才能召集众议会。"

多雷尔瞪着她，仿佛刚刚从沉睡中被叫醒。玛丽斯累坏了，疲惫令她失去了耐心。"好吧，我会解释的，"她说，"我们到你的住处去，让我休息一会儿。"

走到小屋的路很长，但他俩一路都保持距离，也没有交谈。只有一次，多雷尔开口说："玛丽斯，你真的偷——"

她立刻打断："是的，我是偷了。"她突然叹了口气，伸出手似乎要触摸他，但又停下。"原谅我，多雷尔，我不是要……我太累了，而且我想我也吓坏了。我从没想过我会在这种情况下再次见到你。"说完这句话,她再次陷入了沉默,多雷尔也没有继续追问。寂静的夜色中,只有亚尼特拉偶尔咕咕叫着打破沉默,像在对提前结束渔猎表示不满。

回到多雷尔的小屋后,玛丽斯坐在一张大椅子上,试图强迫自己放松紧张的神经。她看着多雷尔忙碌于家居琐事,感觉自己的心慢慢变得平静。多雷尔把亚尼特拉放在它的栖木上,拉上四周的帘布(有些人喜欢把鸟整个蒙起来,好让它保持安静,但多雷尔不赞同这么做),生起火,把水壶挂在火上方。

"喝茶吗?"

"嗯。"

"我会在茶里加一些凯里花而不是蜂蜜,这种花有安神的作用。"

她的心中涌起一股暖流:"谢谢你。"

"你想换身衣服吗?如果你愿意,可以穿我的袍子。"

她摇摇头——此刻就连换衣服都感觉是一件很吃力的事情。她发现他盯着自己短裙下露出的腿,皱着眉头,满脸担心。

"你受伤了。"他提起水壶,往浅盆中倒了一些水,然后拿着布和软膏在她身前蹲下来。他擦去了她腿上的干血,湿布温柔得像软软的舌头。"还好,没有看上去那么严重。"他一边擦,一边轻声说道,"只有膝盖伤到了——只是擦伤。真是一次笨手笨脚的着陆,亲爱的。"

他离她这么近,轻柔的触摸令她心旌摇曳。所有的压力、恐惧和疲惫突然都消失了。他的手移到她的大腿,停在了那里。

"哦,多雷尔。"她轻声说,几乎动弹不得,无法言语。他抬起她的头,与她四目相接。终于,她回到他身边了。

"行得通。"多雷尔说,"他们会看清的。他们无法拒绝你。"他俩坐在桌边吃着早饭。多雷尔煮蛋和茶的时候,玛丽斯向他详细说明了自己的计划。

她笑着,又挖了一勺煮得很嫩的蛋。此刻的她快乐而又充满希望。"首先叫谁来参加众议会?"

"我想是加思。"多雷尔兴奋地说,"我去了他家。我俩把附近的岛屿分个工,分头行动。其他人也会愿意帮忙——我真希望你也能来。"他的眼神充满渴望,"我真想再跟你一起飞翔。"

"我们会有很多机会一起飞,多雷尔。如果——"

"是的,是的,我们会有很多机会一起飞,可是——要是今天早上可以的话,会尤其美妙。"

"是的,会很美妙。"她仍然微笑着,最后他也忍不住一起笑了。他将手伸到对面,正要去握她的手,或是摸摸她的脸,这时突然有人响亮而坚决地敲门,两个人一下子僵住了。

多雷尔起身开门。从门口肯定能看到坐在椅子上的玛丽斯,但这是一个单间,躲藏是没有意义的。

门外是赫尔默,收折的飞翼背在肩上。他的眼睛直直地盯着多雷尔,看也不看后面的玛丽斯。"柯尔姆召集了飞行者众议会,"他的声音听不出情绪,严肃得过分,"事关前飞行者——小安柏利的玛丽斯。你被要求出席。"

"什么?"玛丽斯猛地站起身来,"赫尔默——柯尔姆召集了众议会?为什么?"

多雷尔扭头示意她不要着急,然后看着赫尔默。尽管略不自在,但赫尔默显然决定继续无视玛丽斯。

"为什么,赫尔默?"多雷尔用更冷静的声音又问了一遍。

"我已经告诉你了。我还要去通知其他人,没有时间在这里跟你闲聊。今天的天气可不怎么好。"

"稍等,"多雷尔说,"告诉我几个名字,还有要去的地方。我帮你飞几趟。"

赫尔默的嘴角抽动了一下。"我没想到你会愿意跑这件差事，特别是为了这样的目的，所以也没打算请你帮忙。不过，既然你提出了……"

赫尔默简洁地交代着任务，与此同时，年轻的飞行者迅速绑好飞翼。玛丽斯来回踱步，她心神不宁，再一次感到难堪和困惑。显然，赫尔默打定了主意要无视她。为了不让彼此尴尬，玛丽斯没有再向他发问。

出门前，多雷尔紧紧拥抱并亲吻了她："替我喂亚尼特拉。试着放宽心。我希望天黑后不久就能回来。"

两位飞行者离去后，屋里的空气仿佛令人窒息。外面也没好多少，玛丽斯倚在门上，感受到了同样的憋闷。赫尔默是对的，今天不适合飞行，会让人想到静止气流。她打了个寒战，为多雷尔感到担心。不过，他经验丰富又头脑灵活，根本无须她挂念，她试着这样安慰自己。如果要她一整天待在房间里为多雷尔的安危胡思乱想，她会发疯的。不允许她飞行已经够糟糕的了。她抬头看着阴沉的天空。万一众议会判处她终生不得飞行，那么——

不过，未来有足够的时间来懊悔，于是她下定决心此刻不去多想。她回到房间里。

夜行动物亚尼特拉在它的帘布后面睡得正香，房间里空空荡荡，一片沉寂。一时间，她非常希望多雷尔在身边，这样她就可以跟他分享自己的想法，一起猜测柯尔姆为什么要召集众议会。独自一人的时候，思绪就像困于笼中的群鸟，纷至沓来却又让人毫无头绪。

多雷尔的衣柜上方摆着一盘棋。玛丽斯取下棋盘，将那些光滑的黑、白二色鹅卵石摆成熟悉的开局。她漫不经心地移动着棋子，跟自己对弈，不假思索地将棋子组合成新的阵势。每一步都顺势而为，自然地接续上一步。她想：

柯尔姆是个骄傲的人，我却伤害了他的自尊。他是众所周知的飞行高手，而我，一个渔夫的女儿，不仅从他手中偷走了飞翼，还在追逐中甩掉了他。为了维护自己的尊严，他不得不在某个公开场合，以某种公开的方式来挫败我。仅仅拿回飞翼对他来说是不够的。对，不够，所有飞行者都必须在场，来见证我被羞辱和被放逐。

玛丽斯叹了口气。是的，召集众议会的目的就是审判她，这个窃取飞翼的陆民"飞行者"——哦，是的，这件事还会被写进歌里。可是，也许不要紧。尽管柯尔姆出其不意地率先发起了众议会，但玛丽斯仍然有翻盘的机会。她，作为被控方，有发言的机会，她可以为自己辩护，驳斥这荒谬的传统。玛丽斯明白，不管是柯尔姆召集的众议会，还是多雷尔打算为她召集的众议会，对她来说都没有差别。只不过，如今她总算彻底明白柯尔姆的耻辱和愤怒到了何种程度。

她低头看着棋盘。黑、白二色的鹅卵石分立中线两边，呈对垒之势，双方都摆出了进攻的阵形。显然，不会有什么伺机而动的策略，下一步便是攻城略地。

玛丽斯笑了，挥手将棋子扫下棋盘。

召集众议会花了一个月。

第一天，多雷尔就把召集令转达给了四名飞行者，第二天把消息带给了另外五个人。每个人又联系了别人，被联系的人再扩散开去。就这样，召集众议会的消息像不断扩大的涟漪一样传遍了整个风港。同时，有一名飞行者被指定前往外岛，另一人飞去人迹罕至的阿特利亚，那是北部一座冰封的大岛。很快，所有人都接到了通知，开始陆续赶往集会地。

会议将在大安柏利召开。按理说，既然玛丽斯和柯尔姆都来自小安柏利，集会地点本应设在小安柏利，可是那里没有足够容纳这么多参会者的场地。大安柏利刚好有这么一个地方：一间巨大、阴冷的议事厅，很少有人使用。

风港的飞行者们朝这个议事厅会聚而来。并非全部飞行者都来了，因为总有紧急的飞行任务需要人手，还有一些人没收到通知，另外一些人在漫长而危险的飞行途中尚未返回。不过大多数人都来了，这就够了。在这些飞行者的有生之年，没有人见过此等规模的集会，就连每年在鹰巢举行的竞赛都无法与这相提并论——那只是在东部和西部之间举行的地方性赛事而已，起码在玛丽斯看来是这样的。在这一个月的等待中，她看着安柏城的大街小巷逐渐被谈笑风生的飞行者填满。

空气中洋溢着节日的气氛。早到的飞行者们每晚都饮酒狂欢，这令当地酒坊喜出望外。他们交换着故事和歌谣，不知疲倦地交流着关于众议会及其结果的猜测和各路小道消息。晚上，有巴里翁和其他歌者为他们演唱，白天他们则在空中追逐嬉闹。三三两两到来的后来者都会受到狂热的欢迎。玛丽斯得到许可，她再一次使用飞翼，从劳斯岛飞回来。她是多么渴望加入他们啊。她所有的朋友都来了，还有柯尔姆的朋友。事实上，西部所有的飞行者都来了。东部的飞行者也到达了，其中很多人都穿着饰有金属的皮毛衣服，这让她不由自主地想起多年前的那一天乌鸦的装束。阿特利亚来了三个人，他们肤色苍白，每一个都戴着银色的额饰，这是贵族的身份象征。在那块黑暗、极冷的土地上，飞行者不仅是信使，也是君王。这是三兄弟，身份平等，与他们一起的是身穿红色制服、来自大肖特安的飞行者们，还有外岛的二十名身材高大的代表，以及一列来自植被茂盛的南部群岛的飞行者祭司。他们的皮肤上有着日晒的烙印，这些人不仅为领主服务，也敬奉天空之神。走在这些人中间，看着他们，与他们打招呼，让玛丽斯前所未有地感受到风港的广阔和多元。她飞行过，哪怕只有很短的一段时间；她曾经是这些天之骄子中的一员。可是，还有那么多地方是她没有去过的。如果她能再次拥有飞翼该有多好……

终于，所有要来的人都抵达了。众议会被安排在黄昏举行。今晚，安柏城的酒馆里不会再有熙熙攘攘的人群了。

"你有机会赢。"会议开始前，巴里翁在大厅外的台阶上告诉玛丽斯。科尔跟他们在一起，还有多雷尔。"喝了几周的酒，唱了几周的歌，大多数人心情都不错。我到处走，与他们交谈，为他们唱歌，所以我知道，他们会听你说的。"他咧开大嘴笑了，"对飞行者来说，这可不寻常。"

多雷尔点点头："我和加思跟不少人谈过。有很多人同情你，特别是年轻人。年长的代表大多倾向于站在柯尔姆和传统一边，可是就连他们也没有完全打定主意。"

玛丽斯摇摇头："年长者人数更多。"

巴里翁把一只手放在她的肩膀上，像慈父般鼓励她："那么你就要说服他们。相比于你已经做到的事情，这没什么难的。"说着，他笑了。

各地的代表鱼贯而入。这时，玛丽斯听到从身后的门里传来鼓声。是大安柏利的领主在敲鼓，这说明众议会开始了。"我们得走了。"玛丽斯说。巴里翁点点头。他不是飞行者，所以无法进入会场。他捏捏她的肩膀，祝她好运，然后拿起他的吉他，慢慢走下台阶。玛丽斯、科尔和多雷尔快步走进会场。

这是一间巨大的石屋，被四周的火炬照亮。场地中央的地板凹下去，一张长桌摆在那里。飞行者们围着长桌坐成半圆形，粗陋的石椅层层往上，一直到达墙壁与屋顶相接之处。老杰米斯，他的一张长脸上满是皱纹，坐在长桌的中间位置。尽管已经好几年不飞行了，但他的经验和人品仍让众人敬服。这次他乘船而来主持会议。坐在他身旁的是仅有的两位虽非飞行者但获准进入的人：大安柏利皮肤黝黑的领主和小安柏利身材圆润的领主。柯尔姆坐在第四个位置上，即长桌的右手端。左边的第五个座位还空着。

玛丽斯向那个空位走去，多雷尔和科尔则走上台阶去找座位。鼓声再次响起，示意众人噤声。会场内渐渐安静下来。玛丽斯落座，扫视一圈，看见科尔已经在高处找到了一个位置，跟尚未拥有飞翼的年轻人在一起。他们中的很多人是坐船从邻近的岛上来见证历史的，不过，和科尔一样，这群年轻人在这件事上是没有决定权的。像预料中一样，他们并不搭理科尔。他们渴望天空，自然无法理解怎么会有人自愿放弃自己的飞翼。科尔看上去是那么孤单和格格不入，正如玛丽斯此刻的感觉。

鼓声停止了。老杰米斯站起来，他低沉的声音在大厅内响起："在在座各位的记忆中，这是首次飞行者众议会。你们中的大多数人都已经知道了召集它的目的。流程很简单。柯尔姆先说，因为他是众议会的发起者。接下来是被指控的对象，玛丽斯，她要对柯尔姆做出回应。他们二人陈述过后，任何飞行者或前飞行者均可自由发表意见。我唯一的要求就是声音响亮，并在发言之前说明自己的身份。毕竟在座的很多人互不相识。"说完，他便坐下来了。

首先是柯尔姆站起来，对着安静聆听的众人慷慨陈词。"我行使身为飞行者的权利，召集了这场众议会。"他的声音自信而有感染力，"这是因为有人犯下一桩罪行，这桩罪行的性质和影响要求我们所有人进行回应。所有飞行者必须一致行动。正如众议会过去的决策一样，这一次的决策也将影响我们的未来。设想一下，若是我们的父辈允许将战争带入空中，我们的世界将会变成何种面貌。飞行者间的亲密情谊将不复存在——我们将被琐碎的地区争端撕裂，而非如现在这般置身于陆民的分歧之外。"

他继续说着，描绘了一幅荒凉图景。在他的假设中，如果之前的众议会做出错误的决定,如今的风港便会是那个样子。他有一副好口才,玛丽斯心想,他的演讲就像巴里翁的歌唱那样引人入胜。她努力挣脱柯尔姆的话语编织的魔咒,思索着自己该如何应对。

"今天的议题同样重要,"柯尔姆说,"我知道你们或许会对她抱有同情,但你们的决定不会单单影响一个人,而会影响我们所有人的子孙后代。聆听今晚的论辩时,我希望大家记住这一点。"他扫视了一圈会场。尽管他的灼灼目光并未在玛丽斯身上停留,她仍然心生惧意。

"小安柏利的玛丽斯偷了一副飞翼,"他说,"我相信你们所有人都已经知道这个故事了。"不过,他还是陈述了一遍事实,从她的出身讲到海滩上的那一幕。"……我们找到了新的飞行者。但是在格沃拉的德温——他今天也在场——到达并接收飞翼之前,玛丽斯把它们偷走了,然后逃跑了。"

"事情到这里还没有结束。偷盗自然是可耻的,但哪怕是这样的罪行也并不足以召集众议会。玛丽斯明白她是不可能保住那副飞翼的。她拿走它们的真正目的并非为了逃走,而是要挑战我们最根本的传统。她质疑的是我们整个社会的根基。她将使对飞翼的拥有权陷入争议,使我们面临混乱。如果不明确表明我们的否定态度,在众议会上对她进行处罚并将这一结果记入史册,事情的真相便会被轻易扭曲。后人会将玛丽斯视为勇敢的反叛者,而非一个小偷,虽然这才是她真正的身份。"

那个字眼刺痛了玛丽斯。小偷。她真的是一个小偷吗?

"她有一些歌者朋友,他们将以嘲讽我们为乐,用歌谣赞颂她的勇敢。"玛丽斯想起了巴里翁说过的话:我会把我们都唱成英雄的。她看向听众席里的科尔,看到他坐得笔直,唇角隐隐露出笑容。要是唱得足够好,歌者确实是有力量的。

"所以,我们必须明确表态,以正视听,对她的行为进行严厉谴责。"柯尔姆将目光转向玛丽斯,"玛丽斯,我控告你偷盗飞翼。我呼吁众议会上所有风港的飞行者将你放逐,并发誓不在你所居住的任何岛屿上降落。"

说完,他坐下来。在随之而来的可怕寂静中,玛丽斯才明白柯尔姆对自己有多么深的恨意。此前,她从来没想过他会提出这样的要求。他并不满足于拿走她的飞翼,还要剥夺她正常的生活,强迫她自我流放到某块遥远的无人海礁上。

见玛丽斯没有起身,老杰米斯轻声提醒:"玛丽斯,该你了。你要对柯尔姆的指控进行回应吗?"

她慢慢起身,心中祈祷自己能拥有歌者的力量,哪怕只有一次,她的话听上去可以像柯尔姆那样有把握。"我不否认偷盗。"她抬头看向那片陌生人的海洋,一排排面无表情的脸庞。她的声音比她想象中平稳:"我在绝望中偷走了飞翼,因为它们是我唯一的希望。船太慢了,何况小安柏利也没有任何人愿意帮忙。我需要找到一位愿意帮我召集众议会的飞行者。找到他之后,我立刻交出了飞翼。我可以证明这一点,如果——"她看向老杰米斯,后者点头应允。

多雷尔明白该他出面了。他从会场中部的座位上站起身来。"我是劳斯岛的多雷尔,"他大声说,"我为玛丽斯做证。她找到我之后,立刻将飞翼交予我保管,再也没有使用过。我认为这不算偷盗。"从他的身边传来一片赞同的低语。大家都认识并尊重他的家族,他的话是有说服力的。

至此,玛丽斯算是赢得一分。她继续说了下去,越来越自信:"我想召集众议会,是出于某个我认为对我们所有人、对我们的未来都十分重要的原因。但是柯尔姆抢在了我前面。"她微微做了个鬼脸,连她自己都没有意识到。她看到听众席里有几个她不认识的飞行者露出了微笑。是怀疑、轻蔑,还是支持、赞同?她不得不强迫自己的双手分开,老老实实地待在身体两侧;在众人面前拧动双手可不是什么好主意。

"柯尔姆说我是在对抗传统，"玛丽斯接着说，"他说的是对的。他告诉你们这件事很严重，可他没有解释原因。他没有解释，为什么要捍卫传统，不让它被我动摇。一件事一直如此，并不意味着它不可改变，或者大家都不愿意改变。在星航者的故土，人们飞行吗？如果答案是否定的，是否意味着最好根本就不要飞？毕竟，我们不是道伯鸟，哪怕嘴贴到了地，也要继续那样走下去，直到跌倒送命——我们不必每天走同样的路，这并不是我们的天性。"

听众里有人忍俊不禁，笑声传来这让她精神一振。她也可以像柯尔姆那样绘声绘色！她成功地把那种生活在岩洞里的摇摇晃晃的小笨鸟的形象从自己脑中传给了某个听众并逗笑了他。她提到了打破传统，而他们仍然在聆听。她受到了鼓舞，继续说了下去。

"我们是人类，如果说我们有某种天性，那也是寻求改变的天性，或者说意愿。万事万物都在改变，要是我们够聪明，就应该主动求变，使一切对我们有利，而非被迫应变。

"飞翼由父母传给子女的传统已经持续了很长时间——这种传统当然要比无序强，也比悲伤年代里更古老的传统强，也就是起源于东部的由比武决定归属的传统。可是，这并不能说明它就是唯一的方式，更不能说明它是完美的方式。"

"够了！"有人吼道。玛丽斯看向声音发出的地方，吃惊地发现说话人是赫尔默。他从第二排的座位上站起身来，黑着脸，双臂交叉抱在胸前。

"赫尔默，"老杰米斯严厉地说，"现在是玛丽斯发言的时间。"

"我不在乎，"赫尔默说，"她对我们的传统发起攻击，却没有提供更好的选择。何况她的攻击也是毫无道理的。我们这样做了很多年，是因为根本没有更好的选择。我承认，这或许是艰难的，对你来说是艰难的，因为你没有飞行者的血统。是的，很艰难，可是你有别的办法吗?"

赫尔默坐下时,玛丽斯想:他的愤怒当然是有原因的,因为他很快就会被这一传统所伤害,或者说正在被伤害。他还很年轻,却要在一年之内被迫放弃飞行,因为他的女儿成年了,将要继承他的飞翼。若是将这种必然的失落视作一个光荣传统的组成部分,他还能够坦然接受,可是现在玛丽斯对这个传统发起了挑战,这是唯一能为赫尔默的牺牲赋予某种高贵意义的东西。有一瞬间,玛丽斯突然想到,赫尔默以后会恨女儿抢走了自己的飞翼吗?还有鲁斯……如果他没有受伤的话……如果科尔没有出生的话……

"我有!"玛丽斯突然大声回答,她意识到整个会场都在屏息凝神等待她的回答,"是的,我有别的办法。如果我没有,就不会有胆量召集众议会——"

"众议会不是你召集的!"不知是谁喊了一声,另外一些人笑了。玛丽斯感到浑身发烫,她希望自己的脸没有变红。

老杰米斯用力拍了拍桌子。"小安柏利的玛丽斯正在说话,"他高声说道,"谁再打断她说话将被逐出会场。"

玛丽斯感激地对他笑了笑。"我提出新的做法,一个更好的做法。"她说,"我建议,我们通过努力来争取佩戴飞翼的权利。不是由出身或者年龄来决定,而是由真正有价值的标准来决定,那就是飞行技巧!"就在她陈述的时候,这些想法突然跳进她的脑中,更加详细和复杂,比之前那个人人平等的模糊概念更加正确。"我建议我们创立对所有人开放的飞行学院,每一个梦想飞翔的孩子都可以参加。标准自然非常高,可能很多人达不到,不得不退出。可是所有人都有权利去尝试——不管是渔夫的儿子、歌者的女儿,还是织工的孩子,每个孩子都可以怀抱梦想和希望。通过全部考试的人将参加最终的测试——在我们的年度竞赛中,向飞行者发起挑战。如果他们足够优秀,能够战胜各自选择的对手，就将赢得对方的飞翼！"

"最优秀的飞行者将一直保有飞翼。被打败的飞行者可以来年再把自己的飞翼赢回来，或者挑战别的实力更弱的飞行者。这样，就没有飞行者可以偷懒，也没有任何不热爱天空的人被迫飞行，还有……"她看向赫尔默，后者神情难测，"还有，就连飞行者的孩子也必须通过挑战来赢得飞翼。他们只有真正准备好，能胜过自己的父母时，才可以继承父母的飞翼。不会有飞行者仅仅因为早早结婚便会在精力旺盛、经验丰富的壮年被自己的孩子剥夺飞行的权利。唯一有决定权的是能力，不是出身，也不是年龄——是个人，而不是传统！"

说到这里，她停下了。她忍不住想要倾诉自己的痛苦和渴望，身为渔夫的女儿，她却爱上了永远不可能属于她的天空。可是倾诉有何用？在座者生来便拥有飞行的权利，而她是被这些人所蔑视的陆民，又怎么能希望获得他们的同情？不。风港的下一代"木翼"能够获得飞行的机会诚然意义非凡，对此时的辩论却无甚益处。她说得已经足够多了。她把所有的事实摆在他们面前，现在该他们做出选择了。她扫了一眼赫尔默，看到一丝古怪的微笑从他的脸上一闪而过，于是她心中笃定自己赢得了赫尔默的一票。她刚刚的提议给了他一个机会，让他可以重新掌控生活，也不用对不起女儿。玛丽斯放下心，笑着坐回座位。

老杰米斯看向柯尔姆。

"听上去不错。"柯尔姆说。他微笑着，镇定自若，甚至都懒得站起身。看到他这么冷静，玛丽斯心中好不容易涌起的希望仿佛又溜走了。"这是渔夫的女儿做的一场美梦，倒是也能理解。不过，或许你并不理解飞翼的意义，玛丽斯。你怎么能够指望那些似乎从世界诞生之日起便开始飞行的家庭把飞翼让出来供人争夺，把它们传给陌生人？那些陌生人，没有传统，没有家族的荣耀，他们可能不会尊重和妥善保管飞翼。你当真认为我们中的任何人会将我们宝贵的财富交给某个鲁莽的陆民而非自己的子女？"

玛丽斯被激怒了："但你却指望我把我的飞翼交给科尔，他根本没有我飞得好。"

"那从来也不是你的飞翼。"柯尔姆说。

玛丽斯紧咬嘴唇，不发一言。

"如果你认为飞行者们愿意那样做，那是你愚蠢。"柯尔姆说，"想想吧：要是飞翼像披风似的被一个人传给另一个人，每个人都只能持有一年或两年，持有者又能有什么自豪感可言？飞翼像是暂借而非拥有的，而所有人都知道，'拥有'飞翼的人才是飞行者。只有陆民才会希望我们过上那种日子！"

玛丽斯感觉到场内听众的情绪随着柯尔姆说出的每一个字起伏波动。他的论辩一环扣一环，如此流畅，玛丽斯根本来不及一一拆解。她必须对他的发言做出回应，但是怎么回应？怎么说？飞行者的飞翼就像他们的双脚一样与身体密不可分，对此她无法否认，也无力辩驳。她想起看到柯尔姆没有妥善维护她的飞翼时心中的愤怒，哪怕它们从来也不是她的，而是属于她的父亲和弟弟的。

"飞翼本来就是代管物，"她脱口而出，"飞行者们知道他们早晚要将飞翼交出去，交给他们的孩子。"

"这是完全不同的，"柯尔姆好脾气地解释道，"家人跟陌生人是两回事，况且飞行者的孩子并不是陆民。"

"这件事关系重大，怎可用血统来简单决定？"玛丽斯严词反驳，忍不住提高了音量，"听听你说的话吧，柯尔姆！听听在你和其他飞行者心中滋长的势利，听听你对陆民的蔑视，就好像他们被这继承铁律所束缚是他们咎由自取一样！"她的话充满愤怒，听众的情绪突然明显地变得敌对起来。她突然意识到，如果把陆民置于飞行者的对立面，她就输定了。

玛丽斯强迫自己冷静下来。"飞翼当然是我们的骄傲。"她说，有意识地回到自己最强的论点，"如果那种骄傲足够强烈，就能让我们保有它们。优秀的飞行者不会离开天空。如果被挑战，他们不会轻易落败；哪怕一朝失利，他们也会再回来。他们会放心地看到接过自己飞翼的人足够优秀，知道不论出身，继任者都会善待、善用并带给它们荣耀。"

"飞翼本来——"柯尔姆开口，但玛丽斯没有给他说完的机会。

"飞翼本来就不该丢失在大海中。"她说，"还有笨拙的飞行者，他们并不会努力让自己变得更好，因为没有这个必要。有些人甚至担不起飞行者这个称号。那些虽然到了年龄却仍然没做好准备的孩子又怎么办？他们惊慌失措，做下蠢事，害自己丧命，也丢了飞翼。"她飞快地看了一眼科尔，"还有那些根本就不应该飞上天空的孩子。生在飞行者家庭并不意味着天然就拥有这样的能力。我自己的……科尔，我爱他，像爱亲弟弟、爱儿子一样爱他，他就不应该成为飞行者。飞翼是他的，可我不会把它们交给他——不想把它们交给他。哦，哪怕他想要，我也不想放弃……"

"你的提议并不能改变这一点。"有人喊道。

玛丽斯摇摇头："是的，没有办法改变。我仍然不会因为失去飞翼而释然，可是如果我是被打败的，我会待在飞行学院接受训练，等待第二年把它们夺回来的机会。没有任何一种方法会是完美的，你们难道不明白吗？因为没有足够的飞翼。而且情况会越来越糟，不是越来越好。但是我们必须喊停，停止每年丢失飞翼，停止把不合格的飞行者送上天空，停止那么多的损失。当然还会有事故，我们仍然会面临危险，但是我们不会因为误判、恐惧和能力不足而失去飞翼和飞行者。"

玛丽斯精疲力竭，不知道接下来还能说些什么。但她刚才的发言已经在听众中激起涟漪，重新赢得了他们的支持。十几只手举起。老杰米斯点了一个人,一个身材魁梧的肖特安人从人群中站了起来。

"我是大肖特安的德克。"他先声音低沉地做了自我介绍。后排的飞行者们喊着"大声一点!大声一点!",于是他又说了一遍。他的陈述笨拙而拘谨:"我只是想说……我一直坐在这里,听着……我已经……我从来没有想过……像今天这样,为违法者投票……"他摇摇头,显然是遣词造句遇到了困难。"哦,该死,"终于,他开口说道,"玛丽斯是对的。承认这一点令我有些羞愧,但我不该有这种感觉。这是事实——我不想让我的儿子继承我的飞翼,我害怕这样做。我要告诉你们,他是个好孩子,我爱他,但他时不时会发作,他有那种令身体颤抖的毛病。他不能那样飞——他就不应该飞——可他从小到大没有想过别的。明年他就十三岁了,他会盼着接收我的飞翼,而按照现在的规矩,我不得不把飞翼交给他。然后他会飞上天空,死掉,到那时我就没有儿子也没有飞翼了,我还不如也死了算了。不!"说完,他坐下了,脸涨得通红,呼吸急促。

有几个人大喊着表达支持。玛丽斯受到鼓舞,她看向柯尔姆,发现他的微笑变得有些不自在。突然之间,柯尔姆似乎也不再那么胸有成竹了。

这时,一位熟悉的朋友站了起来,他从上方对玛丽斯笑笑。"我是来自斯库尔尼的加思,"他说,"我也赞同玛丽斯!"接着,又有人表达了对她的支持,然后是另一个。玛丽斯笑了。多雷尔让他的朋友们分散坐开,此刻他们正试着牵引全场。这种做法似乎是有效的!因为除了与她相识多年的飞行者们在表示肯定,完全陌生的人也在发言声援她。他们已经赢了吗?柯尔姆显然有些着急了。

"你意识到了我们的做法有什么问题,可是我并不认为你提出的建立飞行学院就是解决之法。"这句话把玛丽斯从沾沾自喜的乐观情绪中拉了出来。说话人是一位高个金发女子,她是外岛飞行者的领袖。"我们的传统自有其存在的理由,而且它是不可动摇的,否则我们的孩子将陷入愚蠢的决斗中。我们要做的是把孩子们教得更好。我们应该灌输给他们更多身为飞行者的自豪,并从他们幼时起便传授必备的技能。我的母亲便是这样教我的,我也是这样教我的儿子的。或许某种形式的考验确实是有必要的,我赞同你提出的对飞行者进行挑战的建议。"说到此处,她的嘴角挂上了苦涩的笑容,"我承认,我并不盼望很快就要到来的那一天。我和他都还太年轻——不管是对我放弃自己的飞翼,还是对他接受我的飞翼而言。如果他必须与我比赛,证明他飞得跟我一样好……不,比我还要好——不得不说,这确实是个好主意。"

会场中有其他飞行者点头表示赞同。是的,是的,当然了,他们之前怎么没有想到某种形式的测试有多好呢?所有人都知道成人礼是多么不合情理,有些人接受飞翼时已然身心成熟,有些人却还是孩子。是的,首先让年轻人证明他们是飞行者……有越来越多的人发出了赞同之声。

"可是这个飞行学院……"发言人温和地说,"是没有必要的。在我们的群体里有足够多的新飞行者出生。我了解你的背景,也理解你的心情,可我真的无法与你共情。我认为你的建议是不明智的。"说完这句话,她坐下了,玛丽斯的心沉了下去。完了,她想,他们应该会投票决定举行测试,但天空仍然不会为其他出身背景的孩子开放;飞行者们会拒绝她的提案中最重要的部分。她刚刚那么接近成功,却仍然功亏一篑。

一个身材瘦削的男人站起身来,他身穿丝绸衣服,佩戴银饰。"我是艾瑞斯,阿特利亚的首领,也是一名飞行者。"他说。银色的王冠下,他蓝色的眼睛冷得像冰。"我赞同那位来自外岛的姐妹。我的孩子血统高贵,他们生来便拥有继承飞翼的权利并为此接受训练,迫使他们跟平民竞争是个笑话。进行测试,检验他们是否已经做好准备,这才是不辱飞行者荣耀的做法。"

接下来发言的是一位身穿皮衣、肤色黝黑的女士。"我是泽瓦-库尔，来自南部群岛的迪斯。我是领主的信使，但就像所有的贵族一样，我也侍奉天空之神。想到要将飞翼交给一个出身卑微的人，一个在土里刨食的孩子，而且这个人很可能没有信仰……不！我无法接受！"

附和声在整个会场蔓延开来。

"我是乔伊，来自'天边的风暴锤'。我同意通过比赛来赢得飞翼，但比赛只能在飞行者的后代之间进行。"

"我是小肖特安的托马斯。陆民的后代永远不会像我们一样热爱天空。开办玛丽斯提议的飞行学院只会浪费时间和金钱。至于比赛，我是支持的。"

"我是鲍威特的格雷恩，我同意大家的意见。我们为什么要和渔夫的孩子竞争？他们又不会允许我们去争夺渔船，不是吗？"全场哄堂大笑，年长的飞行者也咧嘴笑了。"是的，我开了个玩笑，很好笑对不对？兄弟们，如果我们让随便什么出身的人加入，我们就会变成笑话，飞行学院也一样。飞翼属于飞行者，这个传统延续多年，是因为这本就是正途。陆民也没有意见，因为他们中本来就没有几个人真心想飞。对大多数人而言，飞行只不过是一时兴起的念头，也可能他们害怕得根本不敢去想。我们又为何要鼓励白日做梦呢？那些人不是飞行者，本来也不该成为飞行者，他们明明可以在地上过着心满意足的生活……"

这番言论令玛丽斯感到难以置信，他话中的傲慢和自以为是令她怒火中烧。她惊恐地看到，其他飞行者，包括一些年轻人，都在点头表示赞同。是的，这些人更优秀，因为他们生来就是飞行者；他们高高在上，所以不愿意被和底层人相提并论，哦，是的，是的。过去，她自己似乎也对陆民们抱持同样的想法，可突然之间，这一切都不再重要。突然之间，她脑中想到的只有她的父亲，亲生父亲，那位她几乎已经完全忘记的死去的渔夫。她曾经以为已经消失的记忆涌上心头,主要是些感官方面的印象:散发着海盐和鱼腥味的硬邦邦的衣服;温软的大手,粗糙却温柔,会在她被母亲责骂之后摸摸她的头发,为她擦去脸上的泪水。还有他讲过的那些故事,他用低沉的嗓音,讲述驾船出海一天的见闻——疾飞逃离风暴的鸟儿是什么样子,朝着夜空跃起的月亮鱼又是什么样子,还有风吹过的感觉和海浪拍击渔船的声音。她的父亲善于观察、勇敢无畏,日复一日驾着他那并不结实的小船驶于浩瀚的大海之上。愤怒的玛丽斯知道,父亲不比在座的任何人低贱,不比风港的任何人低贱。

"你们这些势利的人!"她厉声说道,已经不在乎这些人是赞同还是反对她的意见了,"你们所有人都是。仅仅因为出生在飞行者家庭,不论品行能力如何都可以继承飞翼,便自以为高人一等。难道你们认为能力也是可以继承的吗?那么你们从父母中的另一人那里继承了什么呢?难道你们所有人的父母双方都是飞行者吗?"她伸出一只手,指向第三排的一张熟悉的面孔,对他发出谴责:"你,萨尔,我看到你刚才在点头。是的,你的父亲是飞行者,可你的母亲是商人,是渔民家庭出身。难道你会因此看不起她的家人吗?假设你的母亲告诉你,你并非父亲的亲生儿子,而是她与东部某个商人结合生下的,你会怎么办?你会觉得必须放弃飞翼,寻找其他的谋生之路吗?"

脸圆圆的萨尔目瞪口呆地看着玛丽斯,他从来也不是个头脑敏捷的人,不明白为什么单单针对他。玛丽斯收回手指,把怒火倾泻到所有人身上。

"我真正的父亲是一名渔夫,他善良、勇敢、真诚,从来没有佩戴过飞翼,也从来没有想过要飞行。可是如果,如果他被给予机会,就一定会成为最优秀的飞行者!歌谣会传唱他、赞美他!如果说能力继承自父母,那么请看看我。我的母亲会织布、采牡蛎,我不会;我的父亲不会飞行，我会。你们中的一些人知道我飞得有多好——甚至比一些生来就是飞行者的人好。"她转头看向坐在长桌另一端的人，"比你好，柯尔姆。"她的声音很响，整个会场都听得到，"你不会已经忘了吧？"

柯尔姆对她怒目而视。他的脸因愤怒而涨得通红，脖颈上青筋暴起，不过他一言不发。玛丽斯重新面对所有参会者。她故意换上忧心忡忡的神情，柔声问他们："你们怕了吗？莫非你们只能靠虚张声势才能保住自己的飞翼？你们害怕脏兮兮的捕鱼小子战胜你们，夺走飞翼，从而让你们成为笑话？"

说完这些话，玛丽斯的愤怒仿佛也随之消失了。她坐了下来。整个会场陷入凝重的沉默。终于，一只手举了起来，然后是另一只，可是老杰米斯视而不见，他看着前方，陷入思考。没有人再动，直到老杰米斯仿佛从睡梦中清醒一般，示意听众席中的某个人发言。

那人站在高处，年纪不轻，一条胳膊无力地垂在身侧。他独自站在火把摇曳的黄色光影之中。众人扭头看着他。

"我是小安柏利的鲁斯。"他开口说道，语气平静，"朋友们，玛丽斯是对的，我们都是傻瓜，而我是其中最傻的那个。

"不久之前，我在海滩上说我没有女儿。今晚，我想收回那句话，我希望自己还有权利称玛丽斯为我的女儿。她令我非常自豪。可是她不是我的。就像她刚刚说的，她的父亲是一位渔夫，一个比我更好的人。我只不过短暂地爱过她，教她如何飞行。不得不说，她根本不需要我教多长时间。她总是那么热切地想飞，我的小木翼，没有什么能够阻止她，甚至连我也不行——科尔出生后，我曾愚蠢地那样做过。

"玛丽斯是整个安柏利最出色的飞行者，而我的血脉与此没有任何关系。起到关键作用的只有她的渴求、她的梦想。要是你们，我的飞行者兄弟姐妹们，要是你们这样轻视陆民的孩子，只能说你们在可耻地惧怕他们。你们就这么不相信自己的孩子吗？你们就这么肯定他们一定保不住自己的飞翼，一定会在渔夫之子雄心勃勃的挑战中败下阵来？"

鲁斯摇摇头："我不清楚你们的想法。我老了，最近的事情我也看不懂了。可是有一点我很有把握：要是我的胳膊还能用，没有人能抢走我的飞翼，哪怕他的父亲是夜鹰也不行。同样，除非玛丽斯愿意放弃，也没有人能够拿走她的飞翼。如果你们真正教会孩子如何飞行，他们就有能力留在天空；如果你们真的像刚才吹嘘的那样骄傲，你们就会不负这种骄傲，让你们的飞翼只属于在空中证明自己有实力驾驭它们的人。"

说完，鲁斯重新坐下，他的身影在高处的暗影中隐没不见。柯尔姆张口想要说些什么，但老杰米斯阻止了他："你已经说得够多了。"柯尔姆惊讶地眨了眨眼。

"我想，是我发表意见的时候了。"老杰米斯说，"然后我们开始投票。鲁斯说得很好，不过我有一点要补充。我们每个人的祖先，不都是星航者吗？事实上，风港的所有人都是一家人。只要追溯得足够远，就能够在任何人的家谱中找到一位飞行者祖先。想想吧，我的朋友们。请记住，当你们的长子继承飞翼，御风而行的时候，他的弟弟妹妹及其子孙后代将永远被束缚在陆地上。就因为他们是家中第二个出生的孩子，我们就要永远剥夺他们飞上天空的权利吗？"老杰米斯笑笑，"也许我应该再告诉大家一件事：我自己就是次子。我的哥哥在成年礼的六个月前死于一场风暴。纯属偶然。你们怎么想？"

他看看四周，目光落在身侧的两位领主身上。按照飞行者众议会的规程，他们将全程保持沉默。老杰米斯先对其中一位耳语几句，接着又跟另一位短暂交流。最后，他点点头。

"我们宣布，柯尔姆放逐小安柏利的玛丽斯的提案不符合议事规则。"老杰米斯说，"下面我们投票表决玛丽斯关于建立向所有人开放的飞行学院的提案。我投赞同票。"

此话一出，后无悬念。

众议会结束后，玛丽斯仍然没有完全从震惊的情绪中回过神来，胜利令她头晕目眩，她无法相信真的就这么结束了，她再也不用为自己辩护了。会场外的空气清新而潮湿，风稳稳地从东方吹来。她站在台阶上，沉浸在喜悦之中，朋友和陌生人簇拥着她，想要跟她交谈。多雷尔搂着她的肩膀，既没有问问题，也没有任何激动的表示。他的怀抱令她心安。接下来怎么办？玛丽斯想。回家吗？科尔在哪里？也许他已经去找巴里翁把船划过来了。

围着她的人群散开了。鲁斯站在她面前，身边是老杰米斯。玛丽斯的养父手中拿着一副飞翼。"玛丽斯。"他开口道。

"爸爸？"她的声音颤抖着。

"原本就该这样的，"鲁斯对她微笑着，"我做了那么过分的事，如果你还愿意做我的女儿，我会非常骄傲。把我的飞翼交给你令我更加骄傲。"

"这是你凭实力赢得的，"老杰米斯说，"古老的规则不再适用，而你显然是够格的。在我们把学院建立起来之前，除了你和德温，没有别人能够佩戴这副飞翼。而你一直妥善保管着它们，比德温对他自己的飞翼强得多。"

她伸出双手，从鲁斯手中接过飞翼。它们再次属于她了。她笑着，疲惫一扫而空，手中那熟悉的重量令她的心情一下子轻快起来。"哦，爸爸。"她叫道，父女二人哭着拥抱了彼此。

欢喜的眼泪流尽之后，他们去了飞行崖，还有不少人同行。"我们飞去鹰巢吧。"玛丽斯对多雷尔说。人群里还有加思，她之前没有注意到他。"加思！你也来了！我们去办个派对庆祝吧！"

"好啊，"多雷尔说，"不过你真的要去鹰巢吗？"

玛丽斯的脸红了。"不，去小安柏利吧，去我家，所有人都来，爸爸、领主和老杰米斯也来。巴里翁会为我们唱歌，如果我们能找到他的话。还有——"这时,她看到科尔正兴奋地朝她跑过来。

"玛丽斯!玛丽斯!"科尔奔向她,一把将她抱住,然后松开她,脸上挂着灿烂的笑容。

"你去哪里了?"

"我跟巴里翁在一起。我不得不去,因为我正在编一首歌。刚刚起头,但它会是一首好歌,我有感觉,会很棒,是关于你的。"

"关于我的?"

科尔显然为他的大作感到骄傲:"是啊。你会出名的,所有人都会传唱这首歌,所有人都会知道你。"

"他们已经知道玛丽斯了,"多雷尔说,"相信我。"

"可我说的是永远。只要还有人唱这首歌,就有人还记得你——一个因为渴望拥有飞翼而改变了世界的女孩。"

也许他说的是真的吧,玛丽斯后来想。那时她已经绑好飞翼,乘风而起,多雷尔和加思飞在她的身侧。不过,改变世界对她来说,远没有其他事情那么重要和真实:从她发间掠过的风,攀升时肌肉熟悉的紧绷感,还有她热爱的高空气流——她曾经以为已经永远失去了它们。她又拥有了飞翼,拥有了天空,再次变得完整而快乐。

单翼

关于死亡,最怪异的一点是它来得如此轻易,又是如此平静而美丽。

毫无预警地,玛丽斯遇上了静止气流。就在一瞬之前,风暴犹在她的身侧怒吼。雨水刺痛她的双眼,沿着她的脸颊流下来,叮叮当当地敲打着飞翼。风力量十足,轻蔑地抽打着她的身体,把她随意推往各个方向,仿佛她还是个刚刚学会飞行的孩子。支杆下方,她的胳膊因为长时间用力而酸疼。天际线在黑暗中隐没,下方的大海翻涌起泡沫;陆地无处可寻。玛丽斯骂着,痛着,继续飞着。

下一刻,安宁笼罩了她,接着是平静,和死亡。

风静,雨停。大海停止了狂乱的起伏。就连乌云似乎也向后退去,一直退到离她非常遥远的地方。寂静无声,仿佛所有声音被古怪地掐灭,仿佛时间暂停来调整它的呼吸。

在静止的气流中,玛丽斯耀眼的飞翼大大张开,她开始下降。

下降是缓慢的、徐徐进行的,优雅,充满美感,而又无可挽回。没有一丝风来托举身体,她唯一的方向只有向前、向下。不是坠落。这下降似乎会持续到天荒地老。下方的远处，她看到了自己将要落水的地方。

身为飞行者的本能让她做出了短暂的挣扎。她朝这边或那边倾斜，试图戗风转向，在静悄悄的天空中徒劳地寻找着上升风或活动的气流。她的飞翼打开足有二十英尺，它们升起又落下。突然间，一束阳光在银色的金属上闪过，可是下降并没有停止。

下一瞬，她平静下来，安静得如同此刻的空气。内心的翻涌停止了，一如下方的大海波澜不兴。那是臣服所带来的深刻的安宁，她知道自己终于放弃挣扎，结束了与风之间长久的搏斗。她想，她的生存从来都是依靠风的施恩，她从来也没有真正掌控过什么。风是狂野的而她是软弱的，要有多么愚蠢才会另作他想。她抬头看看，好奇会不会看到传说中在静止气流中留恋的幽灵飞行者。

靴子尖先擦过水面，接着是她的身体撞碎了大海平滑的灰色镜面。冰冷的海水带来的冲击力像火焰似的烧灼着她。她沉了下去……

……然后惊醒了，流着汗，大口喘着粗气。

寂静敲击着她的耳膜，浑身的汗水在冰冷的空气中迅速风干。她坐起身，不知身在何处。她看见房间另一端成摞的煤块发出细微的红色亮光，可是它们跟床的位置与鹰巢的摆放相反。炉膛的距离又太远，不可能是在家里。空气隐隐带着海水的潮湿腥咸。

正是这味道给出了提示。她在学院，在木翼学院，这让她松了一口气。突然之间，所有阴影自动归位于熟悉而单调的背景。绷紧的身体慢慢放松，她完全清醒了。玛丽斯抓起一件织得松松垮垮的连衣裙套在身上，小心地穿过黑暗的房间，走到炉膛边，从煤堆上拾起火媒，点燃了一根沙烛。

借着烛光，她看见了放在矮床边的小石杯，不禁露出了笑容。要驱散噩梦，正需要这个。

她盘腿坐在床上，小口喝着散发着藤蔓香的、冰凉的葡萄酒，眼睛盯着跳动的烛火。刚刚那个梦令她不安。像所有飞行者一样，玛丽斯也害怕静止气流，但直到今天，她还没有做过这样的噩梦。而梦中的平静，对死亡的屈服和接受——这些才是最糟糕的。我是一名飞行者，她想，那不是真正的飞行者该做的梦。

有人敲门。

"请进。"玛丽斯说着，放下酒杯。

站在门口的是萨瑞拉。她是一个瘦小黝黑的姑娘，头发按照南部时兴的样式剪得短短的。"很快就吃早饭了，玛丽斯，"她说，发音略微含糊，带着她家乡的口音，"不过塞娜想先跟你谈谈，就在她的房间。"

"谢谢。"玛丽斯微笑着回答她。萨瑞拉或许是整个木翼学院最出色的学生，玛丽斯很喜欢她。萨瑞拉出生于南部群岛，那是个跟玛丽斯的家乡小安柏利完全不同的地方，但玛丽斯从这个小姑娘身上看到了自己的影子。萨瑞拉个子虽小，却意志坚定，有着与其体形不相符的充沛精力。虽然当下她在空中飞得还不自如，可是她的顽强让玛丽斯看到了她快速成长的可能。玛丽斯已经跟塞娜教的这帮学员相处了快十天，据她判断，萨瑞拉是其中最有前途的三四个学员之一。

"要我等在这里带你去吗？"小姑娘问她。玛丽斯已经下了床，走到房间另一端的水盆边洗脸。

"不用，"玛丽斯说，"去吃早饭吧，我自己找得到塞娜的房间。"说完，她笑了笑，好让自己的回绝不那么生硬。萨瑞拉有点害羞地回给她一个笑脸，转身离开了。

几分钟之后，当玛丽斯在狭长黑暗的走廊里茫然地寻找塞娜时，她后悔没让萨瑞拉留下带路。木翼学院建在一块年代久远的巨岩之中，里面布满通道和洞穴，有些是天然生成的，有些是人工开凿的。下部的洞穴永远淹没在水中，就连上部有人居住的区域，也有很多房间，包括所有的厅堂，都没有窗，看不见太阳和星辰。四处弥漫着大海的气味。在海牙对抗大肖特安的战争中，这里曾经被当作堡垒，之后长期无人，直到海牙的领主将其提供给飞行者作为训练基地。那之后的七年里，塞娜带着她的学员们修复了大部分空间，但人们在这里仍然很容易拐错弯，在荒废无人的区域迷路。

在木翼学院的走廊里，时间的流逝毫无踪迹。火把在墙上的凹孔中微弱地燃烧，灯中的油也不足，白日通常在人们未及注意的时候便消逝了。玛丽斯紧张地在这样一条黑黢黢的走廊里小心摸索着，古老堡垒带来的压迫感令她略感压抑。她不喜欢地下的封闭环境，这与她身为飞行者的本能相悖。

所幸她终于看到前方出现了微弱的亮光，不由得松了一口气。转过最后一个狭窄的弯道后，她认出了周围的环境。除非她彻底弄错了方向，否则塞娜的住处应该就是左手边的第一间。

"玛丽斯。"塞娜抬起头，笑了。她坐在一把柳条椅上，正在用骨刀雕一块软木。玛丽斯进来后，她把手中的东西放到一边："我正准备叫萨瑞拉去找你呢。你在我们的迷宫中迷路了吗？"

"差不多，"玛丽斯摇摇头，"我想我应该随身带盏灯的。我能从我的房间到厨房、休息室或是外面，但是到其余的地方就没有那么有把握了。"

塞娜笑了，但这只是礼貌的微笑，掩盖了不那么轻松的情绪。这位教师从前也是飞行者，她的年纪是玛丽斯的三倍。十年前，她在一次常见的事故中失去了飞行能力。平日里，她的活力和热情使人看不出她真实的年龄，可是今天早上，她看上去衰老而疲惫。失去视力的那只眼睛看上去就像一块浑浊的海玻璃，不堪重负，颤抖着垮落，似乎把她的左半边脸都坠了下来。

"你不会无缘无故让萨瑞拉去叫我。"玛丽斯说,"是有什么消息吗?"

"是的,"塞娜说,"而且不是好消息。我想最好先跟你谈谈,再在早餐时间宣布。"

"什么事?"

"东部关闭了空中之家。"塞娜说。

玛丽斯叹了口气,向后靠坐在椅背上。突然之间,她也觉得累了。这不算什么出乎意料的消息,但是仍然令人沮丧。"为什么是现在?"她问,"三个月前,我去迈亨德林送信时跟诺德谈过。当时他认为至少能够撑到下次比赛结束。他甚至还告诉我他有几个非常有希望的学生。"

"有人死了。"塞娜说,"正是那几个所谓非常有希望的学生中的一个。她判断失误,飞翼撞上了海边的崖壁。诺德只能眼睁睁地看着她摔到下方的礁石上。更糟糕的是,女孩的父母也在场。他们有钱有势,是来自切斯林的商人,家中有十几艘船。女孩正在向父母炫技。父母当然不肯罢休,去找了领主,要求主持公道。据他们说,诺德没有尽到看护的责任。"

"他确实玩忽职守了吗?"

塞娜耸耸肩:"他在天上的时候也不能算是多么出色的飞行者,我不相信他当教师能有多么优秀。他总是急于表现,一直过分夸奖和过高评判学生的能力。去年的比赛中,他支持了九名学员参加,所有人都失败了,大多数甚至连尝试的机会都没有。我去年只推举了三名学员。我听说,这个死去的女孩只在空中之家训练了一年。只有一年,玛丽斯!或许她的确是有天赋的,但是很可能诺德的确太早放手,给了她错误的鼓励。现在不管说什么都已经太迟了。你也知道,在有些领主看来,开飞行学院就是浪费资源,而且是毫无用处的浪费。他们需要的只是一个借口。诺德被开除,学院也关闭了。结束了。东部所有的孩子如今都要放弃梦想,接受命运了。"她的声音有些苦涩。

"这么说,我们是最后一家了。"玛丽斯郁闷地说。

"是的,最后一家。"塞娜重复着她的话,"我们又能撑多久?昨晚,领主派了一个传令兵告诉我这个'好消息',之后,我们谈了谈。领主对我们很不满,玛丽斯。她说这七年来,她供给我们食宿和铁币,可我们没有给她培养出一个飞行者。她已经失去耐心了。"

"我有所耳闻。"玛丽斯说。她并未跟海牙的领主打过交道,可关于领主的传闻也已足够她了解此人。海牙毗邻大肖特安,其争取独立的斗争相当残酷且历史悠久。如今的女领主骄傲而野心勃勃,对海牙没有自己的飞行者这件事耿耿于怀。她费了很大力气争取,才让海牙成为西部群岛的飞行培训基地,对学院的支持一度也非常慷慨。如今,她希望能够看到回报。"她不明白,"玛丽斯说,"没有一个陆民能够明白。木翼们参加比赛时几乎是毫无经验的,可他们的对手却是久经考验的飞行者和他们的孩子,那些孩子几乎从生下来就在接受飞行训练。如果能给你更多时间……"

"时间,时间,时间,"塞娜说,声音中带着一丝怒气,"我跟领主也是这么说的,可她说七年的时间已经足够了。你,玛丽斯,你是一名飞行者,我曾经也是。我们都知道这件事有多难,需要经年累月的训练,直到你的手臂累得发抖,手掌被绳索磨出鲜血。陆民对这一切一无所知。有很多人认为斗争在七年前就结束了,他们还以为下周空中就会飞满渔夫、鞋匠和玻璃工。然而第一场比赛开始后,飞行者和他们的孩子打败了所有陆民挑战者,他们就失去了信心。

"至少那时他们还在乎,如今恐怕是早已放弃了。众议会后的七年来,也是学院建立的七年来,只有一个陆民赢得过飞翼,而他在第二年，也就是下一次比赛中就输了。这些天，我觉得人们来赛场其实只是为了看飞行者的后代们来赢取自己家族的飞翼。我的木翼学员们沦为谈资，他们只是滑稽的插曲，是在严肃比赛的间歇用来活跃气氛的小丑。"

"噢，塞娜，塞娜。"玛丽斯担心地说。这位年迈的女士将残生全部的热情倾注到那些来到木翼学院追求飞行梦的年轻人身上。此刻，她显然心绪不宁，声音不受控制地颤抖着。"我理解你的忧虑，"玛丽斯握住塞娜的手，宽慰道，"可是事情没有你说的这么糟糕。"

塞娜用仅存的那只好眼怀疑地打量着玛丽斯，把手抽了回去。"有这么糟。"她坚持道，"他们当然不会告诉你。没有人喜欢传递坏消息，何况他们都知道飞行学院对你来说意义重大。可是这些都是真的。"玛丽斯想要说些什么，但塞娜摆摆手，示意她安静："不要说了，别再管我的焦虑了。我把你叫过来不是为了安慰我的，也不是为了耽误早餐。在我向大家宣布之前，我想单独告诉你这个消息。还有，我需要你为我去一趟大肖特安。"

"今天吗？"

"是的。"塞娜说，"你教得很好，孩子们很幸运，能跟真正的飞行者学习。不过我们可以离开你一天。事实上，只需要几个小时。"

"没问题，"玛丽斯说，"是什么事？"

"传令兵除了带来空中之家的消息，还传达了另外一条给我个人的信息。诺德的一名学员想在这里继续接受训练，并希望我可以支持他参加下一次比赛。他请求我许可他来这里。"

"这里？"玛丽斯不敢相信自己听到的，"从东部？在无法飞行的情况下？"

"我听说，有位勇敢穿越外海的商人答应让他坐船前来。"塞娜说，"这一路自然充满艰险，所以如果他意志坚定，我就不会将他拒之门外。请把我的回复带给大肖特安的领主吧。他每个月会派遣三名飞行者前往东部,其中一名出发的时间就在明天。速度非常重要。就算顺风,坐船也要一个月,而距离比赛只有两个月了。"

"我可以直接把消息带到东部。"玛丽斯提议。

"不,"塞娜答道,"这里需要你。把我的话带到大肖特安就行。然后回来,继续为我那些笨拙的小鸟护航。"她困难地从柳条椅上起身,玛丽斯连忙站起来上前搀扶。"现在我们去吃早饭吧,"塞娜接着说,"起飞之前你需要进食。希望他们不要趁我们说话的时候把早饭吃光。"

在她们到达公共休息室时,早餐还没有结束。两个壁炉里烧着火,在这个潮湿的早上给大厅带来温暖和光亮。曲线柔和的石墙在上方聚拢,形成一个发黑的拱顶。家具简陋,数量不多,只有三张长木桌,桌边摆放着长凳。学员们挤坐在长凳上,有说有笑,大多数人早餐都吃了一半了。木翼学院有差不多二十名学员,最大的女孩只比玛丽斯小两岁,年龄最小的是个男孩,还不到十岁。

玛丽斯和塞娜进来之后,休息室里的声音只略微降低了一点。塞娜不得不大声喊叫才能盖过谈笑和杯盘碰撞的叮当声。不过,等她说完话以后,室内就变得非常安静了。

今天当值的厨师是克尔,一个胖乎乎的男孩。玛丽斯从他手中接过一块黑面包、一碗稀饭和蜂蜜,在一张长凳上找了个位置坐下。吃饭时,她礼貌地跟左右两边的学员交流了几句,但她可以感觉到她们都有些心不在焉。很快,两个女孩都告辞离开了。玛丽斯不怪她们,她想起自己在飞行梦遭遇挫折时是什么感受,现在,轮到这些孩子的梦想陷入危机了。空中之家不是第一家关闭的飞行学院。经历了三年失败之后,偏远的阿特利亚岛第一个放弃,然后是南部群岛和外岛,东部的空中之家是第四个,木翼学院是仅剩的一家。难怪学员们心情沉重。

玛丽斯用最后一口面包把盘子擦干净，塞进嘴里，然后从桌边站起身来。"塞娜，我明天早上再回来。离开大肖特安之后，我要去鹰巢一趟。"

塞娜从她的餐盘上方抬起头来，点点头："没问题。我计划今天让莱娅和柯特试飞，其余人练习。尽早回来吧。"说完，她继续吃早餐。

玛丽斯觉得有人走到她的身后，回头看到是萨瑞拉。"我可以帮你佩戴飞翼吗，玛丽斯？"

"当然可以，谢谢你。"

女孩笑了。她俩一起穿过短廊，来到存放飞翼的小房间。墙上挂着三副飞翼，包括玛丽斯的那一副，其余两副归学院所有，是两位没有后裔的飞行者的遗赠。玛丽斯打量着飞翼，心中苦涩："也难怪木翼学院在比赛中表现不好。"在多年的训练中，飞行者几乎每天都会让他的孩子飞上天空，可是飞行学院里有那么多学员，只有数量很少的飞翼，所以实训时间严重不足。毕竟，能够在地面上学到的东西极其有限。

她打断自己的胡思乱想，从架子上取下她的飞翼。它们状况良好，支杆整齐地折叠着，织物金属软软地挂在支杆之间，像银色的披风一般垂落。萨瑞拉用一只手轻松地举起它们，玛丽斯将其展开一部分，用手指仔细检查每一根支杆和每一片合页，看有没有磨损和故障。这些瑕疵就像空中的危险一样，一旦变得明显，一切就已经太迟了。

"关掉空中之家真是太糟糕了，"萨瑞拉说，"南部的飞行学院同样是这种情况，所以我才不得不来木翼学院。我们自己的学校也关了。"

玛丽斯停下手中的动作，看着女孩。她差点忘了这个害羞的南部小姑娘是上一次闭校的受害者。"空中之家的一个学员要来这里，就像你一样。"玛丽斯说，"你不用再一个人面对我们这些野蛮的西部人了。"说完，她笑了。

"你想家吗?"萨瑞拉突然问。

玛丽斯想了一会儿。"说实话,我不确定我是不是真的有家。"她说,"或者说,我在哪里,哪里就是家。"

萨瑞拉静静思索着这句话,过了一会儿说:"我认为你这种心态不错,因为你是个飞行者。所有飞行者都是这样想的吗?"

"或许都有一点吧。"玛丽斯说。她再次低头看着她的飞翼,继续检查。"不过不像我这么严重。大多数飞行者跟自己家乡岛屿的联结都比我紧密,虽然比不上陆民们。你能帮我拽紧那个绳结吗?谢谢。不,我那样说并不是因为我是飞行者,而是因为我原来的家没了,新的家却还没有建立起来。我的父亲——确切地说,是我的养父——三年前去世了。他的妻子很久之前就不在了。我的亲生父母也早已离世。我的养父还有一个儿子,我的弟弟,科尔,他去外岛吟游历险,很久没有回来了。他们俩都不在,小安柏利的那栋小房子显得那么空旷。家里没有人,我回去得就越来越少。小安柏利不是离了我不行。领主当然希望他的第三名飞行者常驻岛上,但是两名也够用。"她耸耸肩,"我的朋友们大多是飞行者。"

"我明白。"

玛丽斯看着萨瑞拉,小姑娘正用一种并不常见的专注眼神盯着手中的飞翼。"你想家了。"玛丽斯温柔地说。

萨瑞拉缓缓点头:"这里很不一样,这里的人跟我认识的那些人也不一样。"

"飞行者是必须适应这一点的。"玛丽斯说。

"是的。可是家乡有我爱的人。我们讨论过结婚,但我知道这是永远不可能的。我爱他——仍然爱着他——可我更想成为飞行者,你是知道的。"

"我知道,"玛丽斯说,同时尽量想给她一些鼓励,"或许,等你赢得飞翼之后,他可以——"

"不可能的。他永远不会离开他的土地。他不能这么做。他是农民,他的土地是祖上传下来的,他——这么说吧,他从来没有要求过我放弃飞行梦,我也没有让他放弃他的土地。"

"有过飞行者与农民结婚的先例,"玛丽斯说,"你可以回家乡。"

"我不会空手回去的,"萨瑞拉斩钉截铁地说,抬眼看着玛丽斯,"不管要花多长时间。要是我——当我——赢得飞翼的时候,他肯定已经结婚了,这是必然的。农活儿不是一个人能干好的。他需要一个妻子——热爱他的土地,会给他生一堆孩子。"

玛丽斯什么也没说。

"我已经做出选择了,"萨瑞拉说,"只不过,有时候我……我会想家。或许只是孤独罢了。"

"是的。"玛丽斯说,她把一只手搭在萨瑞拉的肩膀上,"走吧,我要去送信了。"

萨瑞拉在前面带路。玛丽斯把飞翼搭在肩上,跟着小姑娘穿过黑暗的通道,来到一个防御良好的出口。出口位于以前用作观测点的平台,这是一块巨大的岩架,下方八十英尺处,海浪堆积拍打着海牙的礁石。天空黑蒙蒙的,遍布乌云,可是不管是散发着腥咸味道的狂野的大海,还是强劲霸道的风,都让玛丽斯的心雀跃不已。

萨瑞拉帮她举起飞翼,玛丽斯把缚带在身上绑好。一切就绪后,萨瑞拉开始一节一节地展开飞翼,将每根支杆扣牢,直到银色的翼面展开、绷紧。玛丽斯牢记自己身为教师的责任,所以耐心地等着,尽管她已经迫不及待地想要出发了。直到飞翼完全打开后,她才朝萨瑞拉笑笑,将双臂穿过环套,双手握住那熟悉的、磨损的皮绳。

快跑四步以后,她一跃而下。

一秒，或不到一秒之后，她向下坠落，但风立刻接住了她，轻叩着她的飞翼，托起她的身体，将坠落变为飞翔。飞起来的感觉像电流般流遍她的全身，让她脸色绯红、无法呼吸、皮肤刺痛。就是那一瞬间，不足一秒的间隙，让她觉得所有付出都值得。它比她体会过的任何其他感受都更美好、更刺激，胜过爱，胜过一切。此刻她才是真正活着的。她高高飞起，像拥抱爱人一般投入西风强壮的怀抱。

大肖特安在北边，不过玛丽斯没有立刻往北飞，而是让风带着自己，尽情享受了一会儿自由滑翔的轻松惬意。然后，她开始与风游戏，戗风翻转，试验着又逗弄着，让风把她带到她想去的方向。一群雨信鸟从她身边冲过，颜色各异，十分鲜艳。雨信鸟如此匆忙，说明风暴即将来临。玛丽斯追随鸟群，向更高处攀升，直到海牙变成左下方一个灰绿的色块，比她的手还要小。她看到蛋岛在远处若隐若现，云雾笼罩着大肖特安最南端的海岸线。

玛丽斯开始绕圈，刻意放慢速度，因为她清楚很容易就会飞过头，错过目的地。对冲的气流在她耳边低语、调笑，暗示她上方有北向的大风。她再度爬升，在大海上方高空的冷空气中寻找。现在，大肖特安的海岸、海牙和蛋岛都在她的眼前铺展开来，像铁灰色海面上的玩具模型。她看到小小的渔船在肖特安和海牙的港口和海湾中上下颠簸，成百上千只海鸥和食腐鸢在蛋岛的峭壁上方盘旋。

玛丽斯突然意识到，她对萨瑞拉撒谎了。她是有家的，她的家就在此处，在空中。她肩上佩着飞翼，身后是冰冷的劲风。下方的世界，与它关于贸易、政治、食物、战争和金钱的烦恼一道，都与她并不十分相关。哪怕在最好的情况下，她也总是感到与世界之间有一种疏离感。她是飞行者，就像所有飞行者一样，当她脱下飞翼后，便不再是完整的她了。

她偷偷地笑了笑，去执行她此行的送信任务了。

大肖特安是整个风港最古老、最富裕、人口最稠密的一个岛屿，领主十分繁忙，有处理不完的事务。玛丽斯到达时，领主正在开会，解决与小肖特安和斯库尔尼之间的渔猎争端，但他还是出来见了玛丽斯。飞行者与领主地位相当，哪怕是像他这样有权有势的领主，也不愿冒险开罪。他面无表情地听完塞娜的回复后，允诺第二天上午请一位飞行者把消息带到东部。

此处被称为老船长之家，是领主的宅邸，历史悠久，占地广大。玛丽斯将飞翼挂在会议室的墙上，走到后方的城市街道上。这是风港唯一的真正的城市；最古老，最大，也是第一个建立的。这座城市名为风暴城，由星航者们一手建立。它的魅力在玛丽斯眼中从未消散。到处都是风车，巨大的叶片在灰色天空的映衬下不停歇地转动着。这里的人比大小安柏利加起来还要多。有上百种不同的商店和铺面，售卖你能想象到的所有实用的货物和毫无价值的小玩意儿。

玛丽斯在市场上逛了好几个小时，四处随意看看，开心地听大家聊天，但没有买多少东西。后来，她稍微吃了些食物当晚餐：烟熏月亮鱼配黑面包，再加一杯奇瓦斯酒——这种口感辛辣的香料酒是大肖特安引以为傲的特产。吃饭的小酒馆里有歌者演唱，玛丽斯礼貌地聆听着，虽然她暗自认为他比科尔和她在安柏利认识的其他歌者差得多。

玛丽斯从风暴城起飞时已近黄昏。刚才的那阵狂风裹挟着雨水而过，打湿了城里的街道。一路都有风助，她到达鹰巢的时候，天才刚黑。

明亮的星光下，鹰巢的黑影在海中赫然显现。这座古老的石柱形小岛崖壁如斧削，耸立在翻涌的海面之上，足有六百英尺高。

玛丽斯看见窗户透出光来。她绕了一圈，娴熟地降落在铺满潮湿沙土的着陆坑里。因为无人帮忙，她花了几分钟才把飞翼脱下，折好，挂在门边的挂钩上。

公共休息室的壁炉里烧着一小堆火。火前坐着两名飞行者,正聚精会神地下着棋,用黑白两色的石头棋子在棋盘上攻伐回守。玛丽斯见过他们,算不上认识,其中一人朝她挥挥手。玛丽斯点点头作为回应,但那人已经重新埋首于棋盘了。

屋里还有一个人,缩坐在火边的扶手椅上,手里拿着一个宽口陶杯,入神地盯着炉火。玛丽斯进来时,那人抬起头来。"玛丽斯!"他叫道,立刻站起身来,露出灿烂的笑容。他把杯子放到一边,快步穿过房间:"没想到能在这里看到你。"

"多雷尔。"她刚来得及叫出他的名字,多雷尔已经走到她的身边,抱住她。他们亲吻彼此,虽然时间不长,但十分热烈。下棋的人中有一个抬眼漫不经心地朝他们看过来,不过他的对手落下一子,令他的注意力迅速回到棋盘上。

"你从小安柏利一路飞过来的吗?"多雷尔问,"你一定饿坏了。到火边坐下,我给你拿点吃的。厨房里有奶酪、熏火腿和水果面包。"

玛丽斯拉起他的手,用力握了握,带他朝火边走去,选了两把远离棋局的椅子。"我不久前才吃过饭,"她说,"不过还是谢谢你。我是从大肖特安飞过来的,不是小安柏利。飞得很轻松,今晚的风很友好。我差不多有一个月没回小安柏利了,估计要惹怒领主了。"

多雷尔看上去也不太高兴。他清瘦的脸皱了起来。"是有飞行任务,还是又去海牙了?"他松开她的手,拿起杯子,慢悠悠地小口喝起来。杯中冒出热气。

"是海牙。塞娜请我教一教她的学生。我跟他们一起待了十天左右。在那之前,我去南部群岛的迪斯执行了一趟远途任务。"

多雷尔放下杯子,叹了口气。"你不想听我的意见,"他语气轻快地说,"但我还是要这么说:你离开小安柏利太久,在学院花了太多时间。塞娜才是那里的老师,不是你。她的酬劳够丰厚的,可我没看到她给过你一个子儿。"

"我的钱不少,"玛丽斯说,"鲁斯留给我的足够了。塞娜的日子更不好过。而且木翼们需要我——他们在海牙见不到几个飞行者。"她的语气变得更加温柔,劝说着,"你为什么不也过来待几天呢?劳斯岛离开你一周没有问题的。我们可以住在同一个房间。我想跟你待在一起。"

"不。"多雷尔的好脾气突然消失了,他看上去似乎被激怒了,"我也想跟你待在一起,玛丽斯,在劳斯岛我的小屋,或者在小安柏利你的家,甚至在这里,在鹰巢。不过不是在木翼。我以前就告诉过你:我不会去训练一群陆民,帮着他们抢走我朋友的飞翼。"

他的话刺痛了她。她向后倚在椅子上,不再看他,只盯着火。"你听上去就像七年前的柯尔姆。"她说。

"你不该这样说我,玛丽斯。"

她再次与他目光相接:"那么你为什么不愿意帮忙?为什么要这么瞧不起木翼学员们?你像最老派的飞行者那样对他们充满鄙夷,可是七年前你是与我站在一起的。你为此奋斗,与我抱有同样的信念。如果没有你,我不可能成功——他们会收走我的飞翼,再将我流放。是什么让你改变了这么多?"

多雷尔用力地摇着头:"我并没有改变,玛丽斯。七年前,我是为了你而战。我并不在乎你当成宝贝的那些飞行学院。我为你争取权利,帮你保留飞翼,继续飞行,是因为我爱你,玛丽斯。我可以为你做任何事。而且,"他的声音变得冷静了一些,"你是我见过的最出色的飞行者。把你的飞翼夺走给你弟弟是犯罪,也是疯狂。别这样看着我,原则问题对我来说当然也是重要的。"

"是吗?"玛丽斯问。这不是他们第一次争论这个问题,却仍然令她心烦意乱。

"当然。我不会仅仅为了取悦你而违背自己相信的一切。现存的制度是不公正的,传统是必须改变的——关于这些,你说得都对。我过去相信这一点,现在仍然相信。"

"你相信,"玛丽斯埋怨道,"话说得很轻巧,可你不愿意为你所相信的事情采取任何行动。你不愿意帮助我,不管我们是否马上就要失去苦苦斗争得来的一切。"

"我们不会失去什么。我们赢了,我们改变了规则——我们改变了世界。"

"可要是学院没了,这又有什么意义?"

"又是学院!我不是为学院而奋斗的,而是为了改变不合理的传统。如果一个陆民飞得比我好,我可以把我的飞翼交给他。可是我不会去教他怎么打败我。你要求我做的却恰恰是这个。你,比起其他任何人,更应该明白失去天空对飞行者来说意味着什么。"

"我同样明白渴望飞行却知道自己根本连做梦的权利都没有是什么滋味。"玛丽斯说,"学院里有一名叫萨瑞拉的学员。你真该听听她今天早上说了什么,多雷尔,她对飞行的向往胜过其他任何事情。她很像我,就像我当年听鲁斯第一次教导我如何飞行时那样。来帮帮她吧,多雷尔。"

"如果她真的像你,那么不管我是否帮她,她也很快就会飞了,所以我选择不去帮她。这样的话,万一她在比赛中打败了我的朋友,夺走了他的飞翼,我也不用感到内疚。"他喝干杯子里的水,站起身来。

玛丽斯皱起眉头,正在思索如何反驳,这时多雷尔问:"跟我一起喝杯茶吗?"她点点头,看着他走到架在炉火上的水壶边,芬芳的香料茶冒着热气。他站立的姿态、走路的步伐、弯腰倒茶的模样——在玛丽斯眼里都是那么熟悉。她想,他可能是她在这个世界上最熟悉的人了。

当多雷尔端着热乎乎的甜茶回来,重新在她身边坐下时,她的愤怒已经消失，另一种情绪取而代之。

"我们之间怎么了，多雷尔？几年之前，我们曾经计划结婚，如今却各守孤岛，彼此怒目而视，像两个争夺渔猎权的领主一样争吵不休。我们为什么不再想要共度余生、生儿育女？我们的爱情怎么了？"她苦笑着，"我不理解我们之间到底怎么了。"

"其实你是知道答案的。"多雷尔说，他的声音变得温柔，"这场争论以前就发生过。你的爱与忠诚被飞行者和陆民割裂，我却没有。对你来说，生活不再单纯。我们不再向往同样的东西，也不再轻易能够理解彼此。我们曾经那么相爱……"他喝了一口热茶，垂下目光。玛丽斯看着他，等待着，心中充满悲伤。一时间，她多么希望他们能够回到从前，那时的爱恋单纯而浓烈，似乎可以乘风破浪。

多雷尔终于抬起头来："可我仍然爱着你，玛丽斯。许多事情改变了，但我的爱没有变。或许我们无法融入彼此的生活，但当我们在一起的时候，我们可以彼此相爱，试着不去争吵，是不是？"

她对他露出笑脸，嘴唇微微颤抖。她伸出手，多雷尔用力握住，也笑了。

"好了。不再吵了，也别再说什么应该如何。我们拥有当下，那么就让我们享受当下。我们上次见面是不是两个月前？你去哪里了？看到了什么？告诉我一些消息，亲爱的。一些能让我高兴起来的好消息。"他说。

"我的消息可不那么让人高兴。"玛丽斯说，她想起了她最近听到的和负责传递的那些消息，"东部关闭了空中之家。那里的一个学生在事故中丧生，另一个学生正乘船前往海牙。其他人大概都放弃了，各回各家。我不知道诺德会怎么做。"她抽回自己的手，端起茶杯。

多雷尔摇摇头，微不可见地笑了笑："就连你的消息也全是关于学院的。我的就有趣多了：斯库拉角的领主死了，他最小的女儿被选为继承人。据说克利尔——你认识他吗？金发男孩，左手缺了一根手指头。上次比赛时你或许注意过他，他做了许多花哨的双回旋。不管怎样，他要成为斯库拉角的第二个飞行者了，因为他是新领主的心上人！你能想象吗？领主和飞行者结婚！"

玛丽斯微微笑了笑："这种事以前也发生过。"

"但在我们的时代闻所未闻。你听说从大安柏利出发的那些渔船的事了吗？船被一头斯库拉毁了，不过最后他们成功地杀死了巨兽，而且大多数人死里逃生了。还有一头斯库拉被冲到了库哈尔的海滩，我看到尸体了。"他扬扬眉，收紧鼻翼，"虽然逆风，我还是闻到了臭味！还有，据说阿特利亚的两位飞行者领主正在争夺对铁群岛的控制权。"这时，一阵劲风从外刮来，将门晃得噼啪作响，打断了多雷尔的话。

"啊，"他转过身，喝了一口茶，"只是风。"

"怎么了？"玛丽斯问，"你坐立不安的，是在等什么人吗？"

"我觉得加思可能会来。"他犹豫着说，"我们约好今天下午在这里碰面，但他至今没出现。倒不是有什么重要的事情，只不过他去库哈尔送信了，他说回程时会在这里跟我见面，一起喝一杯。"

"也许他一个人喝醉了，你了解他的。"她轻声说道，但她能看出多雷尔是真的担心，"有很多事会耽误他，说不定他还需要再送一趟回信。也有可能他决定在库哈尔过一夜，参加聚会什么的。我相信他不会有事的。"

说归说，但其实玛丽斯自己也是担心的。上一次她见到加思的时候就发现他明显发胖了，这对飞行者来说是有危险的。而且他太喜欢聚会热闹，尤其割舍不了美酒佳肴。她希望他一切安好。他从不莽撞——想到这一点她略感安心——但他在空中的表现也只能说中规中矩。随着年岁渐长，体重愈增，反应速度变慢，年轻时的稳定发挥也不再那么有把握了。

"你是对的,"多雷尔说,"加思可以照顾好自己。他很可能在库哈尔遇到了几个好伙计,把跟我的约定给忘了。他喜欢喝酒,不过他从来不会在喝醉之后飞行。"他喝光杯里的茶,挤出一丝苦笑,"我们最好还是礼尚往来,也把他忘了,最起码今晚如此。"

四目相接,他们移到一张离火更近的、铺着垫子的低矮长凳上坐下。在那里,他们终于能够暂时把争吵和恐惧放在一旁。两个人喝了更多的茶,后来还喝了酒,谈论着过去的好时光,交换着共同认识的飞行者们的消息,在舒适温馨的气氛中过了整晚。夜更深的时候,他们共享了一张床和不止于回忆的亲密。在她狭窄的小床上独自度过那么多个漫漫长夜之后,能够怀抱自己喜欢的人并得到回应可真好,玛丽斯想。他的头挨着她的肩膀,身体相贴,带来那么真实的慰藉。玛丽斯终于睡着了,她感到温暖和心满意足。

可是,就在那个晚上,她再次梦到了坠落。

第二天,玛丽斯浑身冰冷地从噩梦中惊醒,早早起床。她没有叫醒多雷尔,独自在空荡荡的公共休息室吃了硬奶酪和面包。朝阳掠过地平线时,她已经佩好飞翼,驭晨风而行。中午时她回到了海牙,为技艺生涩的萨瑞拉和一个名叫让的男孩护航。

她在木翼学院又待了一周,看着学员们在空中摇摇晃晃地进步,帮助他们完成练习,每晚在炉火边给他们讲著名的飞行者们的故事。

不过,她因自己的缺席而对小安柏利愧疚日增,终于向塞娜告假,并许诺她会及时回来陪学员们准备今年的比赛。

飞回小安柏利要一整天,等她终于看到灯塔熟悉的火光时已是精疲力竭。她感恩地瘫倒在久违的小床上,但床单冰冷,房间里满是灰尘的味道,令她难以入睡。明明是自己的家,却让她感觉那么陌生。她起身想找点吃的，可她离开太久，厨房里仅剩的食物都已腐坏变质，无法食用。她只好饿着肚子闷闷不乐地回到冷床上，时睡时醒地过了一夜。

第二天早上，她去见领主，后者虽然礼貌，却态度冷漠。"最近很忙，"他说得很简洁，"我派人去找了你几次，每次你都不在。柯尔姆和莎丽只能替你执行任务，玛丽斯。他们都很疲惫，而且现在莎丽怀孕了。我们如今是不是只能像那些比我们小一半的岛一样，只有一名飞行者可用？"

"如果你有任务，请交给我。"玛丽斯回答。她无法反驳领主的抱怨，可她也同样无法保证远离海牙。

领主皱了皱眉，但也无可奈何。他向她复述了一条长而复杂的消息，是给鲍威特的商人的。他提出以船帆换粮食，但要对方自己派船来取；又许以铁器，换取他们在大小安柏利与科瑟拉的争端中的支持。玛丽斯逐字背下信息，但没有入心——飞行者们通常是这样做的。然后，她立刻去了飞行崖执行任务。

大概是怕玛丽斯再次消失，领主就没让她闲着。任务一个接一个地派下来：她往返鲍威特四次，小肖特安两次，大安柏利两次，科瑟拉一次，库哈尔、石碗岛和劳斯岛（多雷尔有飞行任务，不在家）各一次，还有一次远程飞去了东部的鸢临城。

等到她终于找到机会回海牙时，距离比赛已经只有不到三周时间了。

"你今年打算选派多少学员参加比赛？"玛丽斯问。风雨正吹打着整座岛屿，但厚厚的石墙把恶劣的天气挡在外面。塞娜坐在矮凳上，手里拿着一件破了洞的衬衫。玛丽斯站在她的面前，后背对着炉火取暖。她们在塞娜的房间里。

"我正想征求你的意见，"塞娜从她并不擅长的针线活儿中抬起头来，"今年四个人？要么五个。"

"萨瑞拉肯定要去的。"玛丽斯思考着。她的意见或许会影响塞娜，而塞娜的支持对这些学员来说至关重要。只有得到她的许可，他们才能发起挑战。"达蒙也要去，他们俩是你这里最出色的。之后是夏尔和莱娅？或者利亚纳？"

"夏尔和莱娅，"塞娜手中不停，"我不可能只让她们中的一个人去。说服她俩不能作为一个人上场挑战已经够费劲的了。"

玛丽斯笑了。夏尔和莱娅年龄偏小，是形影不离的好朋友。她们都有才华，也有热情，但是耐力不够，而且不能冷静应对突发状况。她经常好奇这两个孩子之间的友谊是给了她们力量还是放大了相似的弱点。"你认为她俩能赢吗？"

"赢不了。"塞娜头也不抬地说，"不过她们年龄够了，可以去尝尝失败的滋味了。经验对她们来说很有必要，可以锤炼她们。如果连一次失败都受不了，是永远不可能成为飞行者的。"

玛丽斯点点头："让你拿不定主意的是利亚纳？"

"我不会让他去的。"塞娜说，"他还没有准备好。事实上，我也不知道他会不会有准备好的那一天。"

对这一评价，玛丽斯深感意外。"我看过他飞行，"她说，"他很强壮，有时候表现非常出色。我承认他容易情绪化，发挥不稳定，但当他状态好的时候，他比萨瑞拉和达蒙加起来还要棒。他是最有可能赢得比赛的人。"

"或许是吧，"塞娜说，"但我不会投赞成票。他可以这周飞得像夜鹰一样优雅，下周就像第一次被抛到空中的孩子那样跌跌撞撞。不，玛丽斯，我是想赢，可是对利亚纳来说，胜利或许是最糟糕的事。我敢打赌，他若是赢得飞翼，一年之内就会丧命。天空可不是什么避风港，对技能随情绪起伏不定的人来说尤其如此。"

玛丽斯不情愿地点点头。"或许你是对的，"她说，"那么谁是第五个人选？"

"克尔。"塞娜说。她把骨针放到一边，看了看刚刚缝好的衬衫，然后把它摊开放在桌上，转头用那只健康的眼睛看着玛丽斯。

"克尔？他是还不错，可是他容易紧张，而且超重，身体协调性不够。他的手臂力量连要求的一半都达不到。克尔是没有任何希望取胜的，起码目前如此。再过几年说不定……"

"他的父母希望他今年参赛。"塞娜疲惫地说，"他们说，他已经浪费了两年时间。他家在小肖特安有座铜矿，他的父母迫不及待地希望他成为飞行者。他们给了学院非常多的资助。"

"我明白了。"玛丽斯说。

"去年我拒绝了他们。"塞娜接着说，"可是今年我不那么确定了。要是今年一次胜利也无法取得，学院将会失去领主们的支持，那么富人的赞助将是能保证学院不至于关闭的唯一希望。让他们高兴或许对大家都好。"

"我懂了，"玛丽斯说，"尽管我无法完全赞同。不过我想，这也是没办法的事。失败对克尔来说不算什么，有时候我觉得他乐于扮演逗乐的角色。"

塞娜哼了一声："我知道我必须这么做，但仍然厌恶这种行为。我本来指望你能说服我改变主意呢。"

"不，"玛丽斯说，"你高估我的说服力了。不过我确实能给你一些建议。在这几周里，把飞翼全部留给要进行挑战的人。他们需要实战训练。其他人可以上课和锻炼。"

"过去几年我都是这样做的。"塞娜说，"他们还会彼此对战，进行模拟比赛。我想请你也跟他们比几场，哪怕是为了让他们明白自己是怎么输的。萨瑞拉去年参加了比赛，达蒙已经输过两次，不过其他人还需要经验。夏尔……"

"塞娜,玛丽斯,快来!"大厅里传来喊声,紧接着,克尔上气不接下气地出现在了门口,"领主派来了一个人,他们需要飞行者,他们……"他喘着粗气,不知道该怎么表述。

"快跟他去,"塞娜对玛丽斯说,"我尽快跟上去。"

公共休息室里,和学员们一起等着的那个陌生人同样呼吸急促,显然是从领主的城堡里一路飞奔过来的,但他的语速丝毫未受影响:"你就是飞行者?"他很年轻,而且肉眼可见地心神不宁,看上去就像一只被困在笼中的小鸟。

玛丽斯点点头。

"你必须飞去肖特安。求你。把他们的医者带来。领主让我来找你。我的兄弟病了,已经精神恍惚了。他的腿断了——伤得很重,可以看到骨头——但他不告诉我怎么治疗,也不告诉我吃什么药才能退烧。求你了,赶快。"

"海牙没有自己的医者吗?"玛丽斯问。

"他的兄弟就是医者。"达蒙解释道,他是个瘦削的本地男孩。

"大肖特安的医者叫什么?"玛丽斯问,这时塞娜刚刚蹒跚着走进来。

年长的妇人立刻明白发生了什么,接管了局面。"有好几个人。"她说。

"快点,"陌生人请求,"我的兄弟可能会死。"

"断了一条腿不会死的。"玛丽斯反驳道,但塞娜示意她别说话。

"你这么说才是傻瓜,"年轻人说,"他发烧了,神志不清。他爬上山崖找鸢鸟蛋,结果掉了下来,独自在那里躺了一天才被我找到。请快一点。"

"大肖特安的近端有一位医者,名叫菲拉。"塞娜说,"她上了年纪，脾气暴躁，也不喜欢坐船，不过她跟女儿同住，她女儿也懂医术。万一她不肯来，她会告诉你该去找谁。别在风暴城浪费时间。那里的医者会先看你兜里有多少钱再决定是否出诊。在南边的码头停一下，告诉那里的船长等一位重要的信使。"

"我马上就去。"玛丽斯说着，迅速扫了炉膛上沸腾的炖锅一眼。她很饿，但还可以忍耐："萨瑞拉、克尔，来帮我。"

"谢谢。"陌生人轻声说，不过玛丽斯和两个孩子已经离开了。

风暴停了，玛丽斯对自己的好运心生感激。她贴着水面，仅在海水上方几英尺，径直飞过盐峡。飞这么低是有风险的，不过她没有时间去攀升高度，况且斯库拉很少会在离岸这么近的地方出现。飞行时间很短，找到菲拉也不费力。不过，就像塞娜之前推测的那样，医者不愿出诊。"海水让我头晕，"她抱怨道，"而且海牙的那个小子一向自诩比我高明。那个年轻的傻瓜，现在却哭着喊着求我帮忙。"她的女儿为母亲的话表达了歉意，之后便出门找船去了。

回来的路上，玛丽斯放纵自己悠闲地享受着风的惬意，仿佛是为了补偿前往肖特安的路上对风粗暴的利用。乌云已经散尽，明亮的阳光照在水面上，东边的天空中出现了彩虹。玛丽斯飞向彩虹，借着从肖特安升起的暖气流攀升，从底部冲进了一群夏鸟之中。它们被吓昏了头，同时急转，逗得玛丽斯哈哈大笑。她的身体习惯性地对风向微妙的变化做出反应。水鸟四散逃落，有的飞向海牙，有的朝蛋岛或大肖特安飞去，还有的飞往开阔的海域。远处是什么？她眯起眼睛，想要看得更清楚。是一头斯库拉吗？长长的脖子伸出水面，像是要猎食某只警觉性不高的水鸟。不，形状不对。要么就是一群海猫？或者是船。

她盘旋一圈，飞向大海，把群岛抛到身后。很快，她就看见了。确实是船，共有五艘。风将她带到更近处，她连船的颜色也看清了：船帆上的图案已褪色，上方破旧的三角旗在风中飞舞，船身通体黑色。本地的船没有这么华丽,这是从东部远道而来的商船。

她下降到足以看清甲板的高度,看到水手们正忙着换船帆、收缆绳,拼命想要待在风向有利的一侧。有几名水手抬起头,向她大声打招呼并挥手致意,但大多数还是在聚精会神地忙着手中的活儿。在风港的外海航行向来是一件危险的事,而且一年中有好几个月风暴肆虐,远程航行根本无法实现。风对玛丽斯来说如恋人一般,对水手们而言却像笑里藏刀的刺客:装出友好的样子,只为了冷不丁把船帆划破,或是把船摔到暗礁上砸成碎片。船的体积太大,无法像飞行者那样跟风做游戏;大海上的船总是处于生死搏斗的状态。

不过,这些船如今已经足够安全。这场风暴平息了,下一场至少要到日落时分才会来。如此规模的东部商队的到来是大事,风暴城今晚肯定会有庆祝活动。在群岛之间冒险穿行的船只足有三分之一在海上遇难。依据船当前的位置和风的力度,玛丽斯判断船队不到一小时就能入港。她再一次在船队上方盘旋一周,她的优雅与自由与下方水手们的辛苦形成了鲜明的对比。玛丽斯决定把消息带到大肖特安,而不是直接回海牙。或许她还可以多等一会儿,看看船队带来了什么样的货物和消息。

在码头区热闹的小酒馆里,玛丽斯被兴奋的酒客们灌了不少酒,因为她是第一个带来船队到达的消息的人。码头上挤满了人,喝酒狂欢,猜测着商船上装着何种货物。

突然响起了喊叫声——先是一个人,接着是许多人——船入港了!玛丽斯也站了起来,却被酒精弄得头晕眼花,失去平衡,向前跌去。所幸向门口拥去的人接住了她,她才没有摔到地上,反而被裹挟着往前走去。

酒馆外狂热而吵闹,人声鼎沸,玛丽斯一时间犹豫着是否应该待在这里。在这情绪激动、失序乱走的人群里,她什么也看不清,什么也打听不到。于是她慢慢挣脱人群,在一只打翻的酒桶上坐下。最好还是就这样等着吧,直到有人带来关于商船的消息。她向后靠在光滑的石墙上,抱着胳膊等待着。

不知道是谁一直在推她的肩膀,她被惹火了,不情愿地醒了过来。她眨了几次眼才看清眼前的陌生人。

"你是玛丽斯吗?"陌生人问,"飞行者玛丽斯,来自小安柏利的玛丽斯?"他非常年轻,脸部线条刀削斧凿般犀利,带着苦行僧般严肃的神情。他的脸"戒备森严",看不出任何情绪,那双眼睛却与这张脸非常不相称:黑且大,眼波流转。铁锈色的头发从高高的额头上紧紧梳起,束在脑后。

"是的,"她坐直身体,"我是玛丽斯。怎么了?发生什么事了?我刚刚一定是睡着了。"

"你一定是睡着了,"对方毫无感情地重复道,"我是坐船来的。有人指给我你是谁,我想你可能是来接我的。"

"啊!"玛丽斯迅速四下看看。人群已经散去,码头上空空荡荡,只有几个商人站在步桥上,还有一些装卸工在搬运装布的箱子。"我坐下来等着,"她咕哝着,"我一定是闭上眼了。昨晚没怎么睡。"

这个人身上有一令人不快的感觉,好像随时随地都在指责别人似的,玛丽斯迷迷糊糊地想。她又仔细地打量了一眼。衣服是东部的裁剪风格,不过很简单:灰色的布料,没有任何装饰,厚而保暖,兜帽垂在背后。他腋下夹着一只帆布袋,腰间的皮质刀鞘中插着一把匕首。

"你说你是从船上来的?"玛丽斯问,"对不起,我还没有完全清醒。其他的水手呢?"

"水手在吃饭喝酒,商人们在讨价还价。"他回答,"要我说,这是一趟艰难的旅程。我们在风暴中失去了一艘船,不过除了两个人,其余人都得救了。之后，船上就变得很挤，不舒服，水手们都很高兴能上岸。"说到这里，他结束了这个话题，"我不是水手。对不起，我弄错了，你应该不是来接我的人。"他转身要走。

玛丽斯突然明白这个陌生人是谁了。"我是！"她赶快说，"你是那个学生，来自空中之家。"那人转过身来。"对不起，"她说，"我把你的事全忘了。"说着，她从酒桶上跳了下来。

"我叫瓦尔，"他说，就好像他指望这个名字对玛丽斯来说有任何意义似的，"南阿伦的瓦尔。"

"好的，"玛丽斯说，"你已经知道我的名字了。我确定——"

他不自在地挪了挪他的帆布袋，嘴角的肌肉绷得紧紧的："他们也叫我单翼。"

玛丽斯一言不发，不过她的表情出卖了她。

"看来你还是知道我的。"他说，声音过于尖厉。

"我听说过你。"玛丽斯承认，"你要参加比赛吗？"

"有这个计划，"瓦尔说，"我已经为此准备了四年。"

"明白了。"玛丽斯冷冷地说。她抬眼看看天空，不再纠缠于这个话题。天已经快黑了。"我必须回海牙去了。"她说，"不然他们会认为我掉到海里去了。我会告诉他们你已经到了。"

"你不去跟船长聊聊吗？"他用嘲讽的语气问道，"她就在那边的酒馆里，对着一群听风就是雨的酒客讲故事呢。"说着，他朝码头边那排房子中的一栋歪歪头。

"不了。"玛丽斯回答得飞快，"不过还是谢谢你。"她转身要走，但被他叫住了。

"我能雇一艘船带我去海牙吗？"

"在风暴城，你想雇什么都行，"玛丽斯说，"不过那要花一大笔钱。南码头定时有渡船出发，也许你最好还是在这里过一夜，明天坐渡船走。"她再次转过身，沿着鹅卵石街道大步走远。她要去城中专门为飞行者提供的休息处，她的飞翼寄存在那里。就这样冷漠地把一个远道而来的年轻人扔在街上，让她感到一丝内疚，但是其程度不足以让她回头。单翼，她愤愤地想。她吃惊于这个人如此大胆地说出自己的名字，更吃惊于他竟然还敢再参加比赛。他应该知道他会受到何等待遇。

"你知道！"玛丽斯叫道，她太生气了，顾不得是否会被学员们听见，"你知道却不告诉我。"

"我当然知道。"塞娜的声音很平静，她那只好眼就像另一只无法视物的眼睛一样毫无感情，"我没有提前告诉你，是因为我知道你会是这种反应。"

"塞娜，你怎么能这样做？"玛丽斯质问道，"你真的打算支持他参赛吗？"

"只要他够出色，"塞娜说，"而我有充分的理由这样相信。对克尔，我是有很多担忧的，但是对他，没有。"

"你难道不知道我们是怎么看他的吗？"

"我们？"

"飞行者们。"玛丽斯不耐烦地说。她在炉火前走了几个来回，然后在塞娜面前停下："他不可能再次获胜。就算他能获胜，难道你认为这样就能保住木翼学院不被关闭？各家飞行学院至今还在试图让人们忘记他上一次的胜利。要是他这次又赢了，海牙的领主……"

"海牙的领主会非常骄傲和高兴。"塞娜打断了她的话，"据我所知，瓦尔打算在取胜后定居此处。再说，叫他单翼的并不是陆民，而是你们这些飞行者。"

"他自称单翼！"玛丽斯又一次提高了音量，"而且你知道他这个名字是怎么来的。哪怕是在他赢得飞翼的那一年，他也只能算半个飞行者。"她又开始踱步了。

"我连半个飞行者都不算。"年长的妇人盯着炉火,平静地说,"一个没有飞翼的飞行者。瓦尔有机会再次飞行,我可以帮助他。"

"你不惜一切代价也要让木翼学院在今年的比赛中获得一场胜利,对不对?"玛丽斯质问道。

塞娜仰起她满是皱纹的脸,那只健康的眼睛目光锐利地盯着玛丽斯:"他做了什么让你这么讨厌他?"

"你知道他做了什么。"

"他赢得了一副飞翼。"

在玛丽斯眼中,塞娜仿佛突然变成了一个全然陌生的人。她转过身,躲过那只可怕的灰白盲眼的注视。"他把我的朋友逼得自杀了。"她喉咙发紧,低声说,"嘲笑她的悲伤,夺走她的飞翼,只差亲手把她推下悬崖了。"

"无稽之谈。"塞娜说,"艾丽是自杀。"

"我了解艾丽,"玛丽斯轻声说,仍然盯着炉火,"她拥有飞翼的时间并不长,但她是真正的飞行者,是最优秀的飞行者之一。所有人都喜欢她。要是公平竞争的话,瓦尔绝不可能赢她。"

"可瓦尔确实赢了她。"

"在她的兄弟去世后不久,她在鹰巢跟我说起过这件事。"玛丽斯说,"她全都看见了。他驾船出海捕月亮鱼,艾丽在上方飞着,为他放哨。艾丽看见那头斯库拉来了,但是她距离太远,风吞没了她的警告声。她试图飞到近前,但已经来不及了。她看到船碎成片,斯库拉的脖子从水中抬起,嘴里叼着她兄弟的身体。然后,那巨兽沉到了水里。"

"她不该参加那年的比赛。"塞娜只说了这么一句。

"那时离比赛只有一周了。"玛丽斯接着说,"她本没打算参加,但是那天她在鹰巢,看上去是那么沮丧。所有人都觉得赛场或许能让她打起精神。游戏、比赛、欢歌美酒……我们都劝她去，因为我们根本没想到会有人在那种情况下挑战她。"

"她清楚众议会定下的规则，"塞娜固执地说道，"你们的众议会，玛丽斯。任何出现在赛场的飞行者都是可以被挑战的，而且所有健康的飞行者都不能连续两年缺席。"

玛丽斯再次转身面对这位老教练，反驳她："你说规则，那么人性呢？是的，艾丽不应该到场，可她用尽一切力气想要继续她的生活。她需要跟朋友们待在一起，暂时忘记痛苦。我们都在照顾她。当时她总是不在状态，似乎总是会忘记身在何处、在做些什么，但我们可以保证她的安全。她在赛场很开心。没有人想到那个男孩会向她发起挑战。"

"男孩，"塞娜重复道，"你用了一个正确的词，玛丽斯。他当年只有十五岁。"

"他清楚自己在做什么。裁判们试着向他解释艾丽的状态，但他不肯撤回挑战。他飞得很好，艾丽却表现得很糟，结果自然就是那样：单翼夺走了她的飞翼。一个月之后，艾丽就自杀了。"

"当时瓦尔远在半个大洋之外，"塞娜说，"飞行者们没有理由责怪他、排斥他，更没有理由在来年库哈尔的比赛中那样对待他——一个接一个地挑战他，从已经退休的到刚成年的，还包括最优秀和最有天赋的。"

"也没有规则说不允许多人挑战。"玛丽斯辩驳道。

"我注意到现在倒是有这条规则了。当时对瓦尔就公平吗？"

"无所谓，反正他输给了第二个挑战者。"

"是的，他输给了一个从七岁就开始训练的女孩，她的父亲是小肖特安的飞行长。在他已经赢了第一个挑战者的情况下。"塞娜生气地说，慢慢地从椅子上起身，"他有什么动力一定要赢那女孩？反正接下来还有另一个挑战者，再之后还有十几个。反正你们所有人都对他说，他只能算半个飞行者。"说着，她朝门口走去。

"你去哪里？"玛丽斯问。

"去吃饭，"塞娜生硬地说，"我有消息要告诉学员们。"

瓦尔是在第二天早餐时到达的。塞娜沉着脸，一勺一勺吃着蛋，学员们都好奇地看着她。玛丽斯坐得离她远远的，听萨瑞拉和年轻体壮的利亚纳努力劝说第三个学生不要离开学院。那是一个外表朴素、个性安静的成年女子，名叫达娜，是木翼学院年龄最大的学员。昨天晚餐的时候，塞娜宣布了她决定派出参赛的五个人选的名字。达娜灰心丧气，打算回家乡，将被她的飞行梦中断的生活延续下去。萨瑞拉和利亚纳的劝说似乎收效不大。玛丽斯偶尔也插几句话，说说梦想的重要性，但她发现自己无法真的去在乎达娜的去留。事实是，这个姑娘起步太晚了，而且没有真正的天赋。

瓦尔进来后，所有交谈戛然而止。

他摘下厚重的羊毛旅行兜帽，把帆布袋放在地板上。就算他注意到了室内突然降临的安静和其他人看他的目光，他也似乎毫不在意。"我饿了，"他说，"你们有多余的食物吗？"

这句话仿佛打破了魔咒，所有的声音立刻回来了。莱娅给他端来一盘鸡蛋和一杯茶。塞娜起身，微笑着走向他，把他带到自己的座位旁边坐下。玛丽斯很不自在，一声不吭地看着，直到萨瑞拉拽拽她的衣袖。

"你认为他今年还能赢吗？"萨瑞拉问。

"不。"玛丽斯回答，声音十分响亮。她猛地站起身："最近没有人失去兄弟，他怎么可能赢？"

当天下午，瓦尔就让玛丽斯后悔自己说了这句话。

夏尔和莱娅一上午都在空中练习盘旋，塞娜在地面发出指令，玛丽斯在上方观察。按照计划，下午应该是萨瑞拉和达蒙用学院的飞翼进行练习，但塞娜请他们让出一副给瓦尔用，因为后者已经一个月没有进行高空练习，亟须找回驭风的感觉。萨瑞拉很痛快地主动谦让。

瓦尔肩上挎着收拢的飞翼出现时，看台上站满了人。大部分学员都来看他如何表现。玛丽斯身上佩着飞翼，站在他们之中。

"达蒙，"塞娜正在发出指令，"你今天要练习低空飞行。尽可能贴近水面，保持飞翼挺直和平衡。你晃动过多，这一点必须改进，否则总有一天你会掉进水里。"说完，她看向另一名学员："瓦尔，你今天只是热身，后面还有很多练习的时间。"

"不。"瓦尔直截了当地拒绝道。他站得笔直，两名年轻的学员站在身后，帮他展开飞翼并锁定支杆。"我在必须飞得好的情况下表现更好。给我出个难题。"他看向正在一旁活动手脚的达蒙，"或者给我找个对手。"

塞娜摇摇头。"你还没有准备好，瓦尔。等到能够比赛的时候，我会告诉你的。"

这时，玛丽斯推开众人走上前来，她突然很想看看臭名昭著的单翼瓦尔到底实力如何。"让他们比，塞娜，"她说，"达蒙已经做了足够的练习，他需要一次比赛。"

达蒙看看玛丽斯，又看看塞娜，显然跃跃欲试，但又不想违抗自己的老师的指令。"我也不知道。"他说。

瓦尔耸耸肩："随便你，反正我也不觉得你能当我的对手。"

是可忍，孰不可忍。达蒙向来认为自己是木翼学院最优秀的学员之一，这句话刺伤了他的自尊心。"别太自大了，单翼。"他怒气冲冲地说着，抬起一条手臂指向大海。远处有一块半露出水面的石头，海浪拍击其上，化成白色的泡沫。"我们升空之后，由玛丽斯发令。三个来回，怎么样？"他说。

"可以。"瓦尔打量着远方的海礁。

塞娜咬紧嘴唇，但没说什么。见老师没有反对，达蒙咧嘴一笑，快跑几步，跳了出去。风接住他，将他托起。他向上翱翔，优雅地绕海岸线一周，飞过众人上方，身形在岩石上影影绰绰。瓦尔走到台边，飞翼已完全展开。

"你的刀，瓦尔。"萨瑞拉突然说。其余人的目光随之而至。瓦尔那把黑曜石镶银边的华丽匕首，还插在他臀后的刀鞘里。

瓦尔将手伸到身后，拔出匕首，不解地看了看："怎么了？"

"按照飞行者的传统，"塞娜说，"刀具是不能够带到空中的。萨瑞拉，把刀接过来。我们会替你保管的。"

萨瑞拉依令上前，但瓦尔示意她走开。"这是我父亲的匕首，也是他拥有过的唯一像样的东西。我走到哪里都带着它。"说完，他把匕首插回刀鞘。

"这是飞行者的传统。"萨瑞拉有些不知所措。

瓦尔露出嘲讽的笑容："啊，可我只是半个飞行者。退后，萨瑞拉。"萨瑞拉向后退去，瓦尔跃入空中。

玛丽斯走到平台边上，站在塞娜和萨瑞拉旁边，一起看着瓦尔盘旋而上，向达蒙追去。她听到有人在议论他。"单翼。"一个声音说，可能是利亚纳。受到瓦尔的嘲笑后，达蒙也这么叫过他。这个东部来的家伙为自己树敌时真是一点时间也没浪费。她把心中所想对塞娜说了。

"飞行者们和他对着干的时候也毫不含糊。"这是塞娜的回答。她那只不能视物的眼睛也朝上看向天空，达蒙和瓦尔正转着大圈，绕着对方飞，像两只猛禽正在寻找对方的弱点，伺机发起进攻。"你该发令了，玛丽斯。"塞娜提醒她。

玛丽斯将手握成喇叭。"开始！"她尽可能大声地喊道。风把她的指令吹到空中两人的耳中。

达蒙先结束盘旋,转身朝水面俯冲而下。他的动作舒展而悠闲,像是有用不完的时间。单翼瓦尔紧随其后,宽阔的银翼随风而动,先是偏向一侧,接着又歪向另一侧,像是还没找到平衡。两个人都飞得很低。玛丽斯伸出一只手遮在眼睛上方,以免被飞翼的反光刺得睁不开眼。

距离礁石还有一半路程时,达蒙的领先优势扩大了,而瓦尔开始攀升。"风力在增强。"塞娜说。玛丽斯点点头。的确,风力在变强,而且似乎是侧风。他们将不得不真正去"飞",而不是简单地让风带着去往想去的方向。

达蒙遥遥领先,到达目标,开始折返。木翼学院的学员中爆发出响亮的喝彩声——看样子达蒙要赢了。不过他转弯时浪费了一些时间,速度过慢,角度过大,而且正面撞上了风,一度摇摇欲坠,后面才重新掌握了方向。回程一路,他飞得都不太稳。

瓦尔在转弯之前就开始饿风掉向,在上升的过程中改变路线,不是急转,而是缓缓增加角度。他现在的高度远远大过达蒙,同时也落后许多。当他终于转过弯来时,达蒙回程已经飞了一半了。不过,瓦尔的转弯要比他的对手更加干净利落。

"达蒙要赢他了!"利亚纳喊道。达蒙从他们上方一掠而过。"嘿!达蒙!"利亚纳拢起双手放在嘴边,大声叫道,"冲啊!"达蒙缓慢地掉转方向——这一次转弯的角度仍然过大——同时将飞翼微微向下倾斜,回应大家的欢呼。但是这个动作让他付出了代价。一瞬间,他失去了对风向的把握,急速而危险地向下坠落。当他从众人面前经过时,差点撞上了巨大的岩石堡垒。他无力地随风飘浮,无法加速,不得不费力重新拉升高度。

瓦尔却完全没有犯类似的错误。他以小角度转弯,在人群上方保持足够的高度,充分利用了全部风力。突然之间,他的速度似乎变得比之前快得多了。

"瓦尔已经赢了。"玛丽斯突然说。她本没想说出口的,但这句话仍然脱口而出了。

塞娜露出了微笑,萨瑞拉则满脸不解:"可是玛丽斯,看啊,达蒙遥遥领先。"

"达蒙只是顺风,"玛丽斯说,"瓦尔却在用风。他一直在寻找正确的风,现在他已经找到了。等着瞧,萨瑞拉。"

她们没有等多长时间。当空中的两个人再次接近目标礁石时,二者的差距已经稳步缩小。达蒙试图以更小的角度掉转方向,却严重偏离了路线。等他重新恢复平衡之后,瓦尔已经到达了转弯处。片刻之后,瓦尔的飞翼在达蒙上方投下阴影,后者似乎肉眼可见地大吃一惊。紧接着,阴影移到了他的前方。

包括利亚纳在内,所有学员都沉默了。

"替我祝贺他。"玛丽斯说完,便转身离开了。

玛丽斯的房间阴冷潮湿,于是她在壁炉里生了火,决定把她在风暴城买的奇瓦斯酒热一热。喝到第三杯时,她终于感到放松下来。这时,塞娜不请自来,在一把椅子上坐下。

"孩子们练习得怎么样了?"玛丽斯问。

"他跟所有人都比了一遍。"塞娜说,"达蒙心平气和地接受了比赛结果,但他也没兴趣再来一场了,所以他下午把飞翼让了出来。他们都跃跃欲试,要跟他比赛。"说到这里,塞娜笑了,显然是为学员们的热情感到自豪。"他轻而易举地战胜了夏尔和让,让克尔和伊耿大丢颜面,伊耿差点掉到海里去。但是萨瑞拉跟他差距不大。这姑娘聪明得很,照搬了他用来打败达蒙的所有技巧。"

"他比了六场?"玛丽斯问。

"七场。"塞娜笑着说,"还有利亚纳。利亚纳几乎赢了他。风很大,气流汹涌,影响了瓦尔的平衡。他太瘦了,不够强壮。我会让他在这方面加强锻炼,多做引体向上、俯卧撑一类的练习。而且他肯定已经累了,但利亚纳坚持要比。那小子是能够对付狂风的,他肌肉发达,结实得像一头斯库拉。有时他在空中扭动飞翼的样子让我觉得他纯粹是在靠力量拉扯自己。不过,瓦尔仍然战胜了他。两个人很接近。莱娅还想接着挑战,但风暴马上就要来了,所以我把他们都赶到室内了。你现在对单翼有什么看法,玛丽斯?"

玛丽斯给老教师倒了一杯奇瓦斯酒,同时思索着如何作答。

"我承认他是懂行的。"玛丽斯终于开口道,"我仍然不喜欢他对艾丽的所作所为,也不认同他今天带匕首飞行的行为,但我必须承认他的技巧。"

"他能赢吗?"

玛丽斯喝了一口酒,让那甜甜的、温热的液体进入喉咙。她短暂地闭了一下眼睛,向后倚在椅背上。"也许吧。"她说,"我能想到十几个比不上他今天的表现的,也能想到十几个比他强的,他们比他会的技巧更多。如果你告诉我他要挑战谁,我可以预估他的胜率。可是除此之外——速度只是飞行的技能之一,比赛还要评判动作的优雅和精确。"

"你说得对,"塞娜说,"那么,你会帮我为他做好准备吗?"

玛丽斯盯着灰色的石头地板。"你这是为难我。"她说,"而且是为了一个我压根就不喜欢的人。"

"难道只有你喜欢的人才配飞行吗?"塞娜追问道,"这难道就是你七年前为之奋斗的准则?"

玛丽斯扬起头,对上塞娜的目光:"你明明知道不是这样的。飞行能力最强的人才应该获得飞翼。"

"你也承认瓦尔是有能力的。"塞娜说。她小口喝着杯中的奇瓦斯，等待玛丽斯回复。

玛丽斯勉强地点点头："但是，就算他赢了，其他人也不会忘记他的过去。虽然你叫他瓦尔，但他对他们来说永远都是单翼。"

"我没有请你终生为他护航，"塞娜讽刺地说，"只是让你现在帮帮我，让瓦尔赢得飞翼。"

"具体想让我做什么？"

"不比你正在为其他学员所做的多。告诉他犯了什么错；将你多年飞行的经验传授给他，就像传授给你自己的孩子。给他建议，推他前进，挑战他。以他现在的实力，跟木翼学员们进行练习赛没有多大意义。而且你也看见了，他根本不愿意听我的意见。我又老又瘸，早已失去了飞行能力。但你不同，你年富力强，实力雄厚，深受敬重。他需要你。"

"对你的最后一句话，我表示怀疑。"玛丽斯喝光最后一滴酒，把杯子放到一旁，"行，看来我不得不指导他了，如果他愿意接受的话。"

"很好。"塞娜说。她点点头，站了起来："谢谢你。我还有事情要忙，失陪了。"走到门边，她站住了，半转过身来，"我知道这对你来说不容易，玛丽斯。等你更了解瓦尔，也许会发觉你跟他有些意气相投。我知道他崇拜你。"

这话让玛丽斯很吃惊，但她没有表现出来。"我可不崇拜他。"她说，"见他的次数越多，我就越觉得不会跟他有什么共同语言。"

"瓦尔还很年轻，"塞娜说，"他生活得并不容易。他一心想着把他的飞翼赢回来，这跟几年前的你并没有多少不同。"

玛丽斯强忍愤怒，这才没有激烈地辩驳单翼瓦尔跟过去的自己到底有多么不同。要是现在开口，她怕自己只能说些刻薄话。

沉默持续着。片刻之后，玛丽斯听到塞娜轻轻的、高一脚低一脚的走路声渐渐远去。

第二天，最后的集训开始了。

从日出到日落，六名挑战者持续训练。今年无法参赛的学员中，住在海牙当地、大小肖特安和其他邻近岛屿的都回家探望家人了；其余回家路途遥远且危险重重的，则坐在光秃秃的岩石上观看他们那些幸运的同伴备战，心中梦想着自己有朝一日也有机会赢得飞翼。

塞娜站在下方的起飞台上，朝空中喊出建议和鼓励。她有时倚在一根木拐杖上，但更多的时候会挥舞着它发出指示。玛丽斯承担护航任务，她盘旋着、观望着，必要的时候提醒他们小心。她把萨瑞拉、达蒙、夏尔、莱娅和克尔编组，每次与他们中的两人比赛，同时要求他们展示可能会给裁判留下深刻印象的飞行特技。

瓦尔使用飞翼的频率跟其他入选者一样高，但玛丽斯大多数时候并不出声指导。她心中为自己辩解道，他已经参加过两次比赛了，有足够的经验，要是像对其他木翼学员一样对他，反而是小看他了。不过，她没有忘记对塞娜的承诺，仍然密切关注着他的飞行。当天晚餐时，她找到了瓦尔。

公共休息室里只烧着一个壁炉，因为人少，长凳上看起来空荡荡的。玛丽斯进来时，看到今年不参赛的学员都挤坐在一张桌子旁边，塞娜坐在第二张桌子前，正兴奋地与夏尔、莱娅和克尔交谈着。萨瑞拉和瓦尔单独坐在第三张桌子旁。

玛丽斯让达蒙在盘子里盛上他炖的鱼，然后给自己倒了一杯白葡萄酒，向第三张桌子走去。

"今天的饭怎么样？"她问，一边在瓦尔的对面坐下。

瓦尔与她四目相对，但那双黑色的大眼睛没有流露出任何情绪。"棒极了。"他说，"不过，就算是在空中之家，我们也没有理由抱怨食物。飞行者一向吃得很好，哪怕他们的翅膀是木头的。"

坐在他身侧的萨瑞拉拨弄着盘子里的钩鳍鱼，明显不以为然。"哪里有你说的这么棒？"她说，"达蒙做菜没什么味道。瓦尔，你该尝尝我做的菜。我们南方的菜肴里有很多香料。"

玛丽斯笑了："要我说，是过多的香料。"

"我说的不是香料，"瓦尔说，"而是食物。这份炖菜里有四五种鱼，还有大块的蔬菜。我想，酱汁里还加了葡萄酒。量也很足，没有任何东西是腐烂的。只有飞行者、领主和有钱的商人才会挑剔这样的食物。"

萨瑞拉看起来有些不高兴。玛丽斯皱着眉头放下手中的餐刀："大多数飞行者吃得很简单，瓦尔。我们不能发胖。"

"我吃过发臭的鱼，也吃过完全没有鱼的炖鱼汤。"瓦尔冷冷地说，"我是吃飞行者的残羹剩饭长大的。如果余生能够吃得像飞行者一样简单，我会非常高兴。"他说"简单"这两个字时，语气说不出有多讽刺。

玛丽斯涨红了脸。她的亲生父母虽然不富裕，但父亲在小安柏利近海捕鱼，家里一直不缺吃的。父亲死后，她被鲁斯领养，物质上更是富足。她喝了几口酒，改变了话题："我想跟你谈谈你的转弯，瓦尔。"

"哦？"他咽下最后一口鱼，把空盘推到一边，"我做错了什么事吗，飞行者？"他的语气十分平静，玛丽斯听不出他是不是在说反话。

"严格说来并不算错，但我注意到，只要有机会，你就总是顺风转弯。这是为什么？"

瓦尔耸耸肩："因为这样更省力。"

"是的，"玛丽斯表示同意，"但这并不是更好的做法。顺风转弯时，你的速度更快，但需要的空间也更多。而且你在顺风时翻滚更多，特别是在风大的时候。"

"风大的时候逆风转弯是很难的。"瓦尔说。

"需要更多力量。"玛丽斯说,"你要增强力量,而不是回避困难。顺风转弯这样一个习惯看似无害,但总有一天你将不得不逆风转弯,到那时你必须做好。"

瓦尔仍然不动声色。"我明白了。"他说。

玛丽斯受到鼓舞,提出了一个更敏感的话题:"还有一件事。我看到你今天训练时又把匕首带上去了。"

"是的。"

"下次不要再这么做了。"玛丽斯说,"我认为你还是不明白,不管这把匕首对你的意义有多么重大,事关飞行者的法律,在空中不得携带任何刀具。"

"飞行者的法律。"瓦尔冷冰冰地说,"告诉我,谁给了飞行者权力去制定法律?我们有农民的法律吗?有玻璃匠的法律吗?领主才有权制定法律,而且是唯一的法律。父亲给我这把匕首时,叮嘱我永远不要和它分开。有一次我确实把它放在一边了,就在我赢得飞翼的那一年。我遵守了你们这些飞行者的法律,却只得到了羞辱。我仍然只是'单翼'。那时我还是个孩子,被所谓飞行者的法律吓唬住了,但我现在不再是小孩子了,我选择佩带我的匕首。"

萨瑞拉不解地看着他:"可是,瓦尔,如果你想成为一名飞行者,又怎么能够不遵守飞行者的法律呢?"

"我从来也没说过我要成为飞行者。"瓦尔回答,"我只是打算赢得飞翼,然后飞翔。"他的目光从玛丽斯移向萨瑞拉,"还有你,萨瑞拉,就算你赢了,你也不会成为飞行者。记住我说的话。你会跟我一样,只是'单翼'。"

"你说得不对!"玛丽斯气愤地反驳,"我并非出身飞行者家庭,可他们仍然接纳了我。"

"是吗？"瓦尔说。他略带嘲讽地轻笑一声，从长凳上起身："失陪，我要去休息了。明天开始练习逆风转弯，这可需要我用上全身力气。"

他走后，玛丽斯伸手到桌子对面，握住萨瑞拉的手。但年轻的女孩看上去忧心忡忡，她抽回自己的手，说："我也必须走了。"桌边便只留下玛丽斯一个人。

她独自坐了许久，想了很多事情，直到达蒙走过来，她才想起盘中的食物还没吃完。"所有人都走了，"达蒙轻声问她，"你还接着吃吗，玛丽斯？"

"哦，"她说，"不了，对不起。我刚刚走神了，菜已经凉了。"她笑笑，帮达蒙收拾好餐具，然后留他一人继续打扫公共休息室，她则沿着潮湿的石廊去寻找瓦尔的房间。

拐错一个弯之后，她终于到达了目的地。一路上，她越想越气，打定主意要跟瓦尔好好辩驳一番。她不耐烦地敲着门，却没想到开门的是萨瑞拉。

"你怎么在这里？"玛丽斯大吃一惊。

萨瑞拉迟疑着没有回答，她一脸害羞，拿不定主意的样子。这时瓦尔的声音从房间里传来："她没有义务回答这个问题。"

"哦，当然。"玛丽斯有些不好意思。她突然意识到，自己其实连发问的权利也没有。她轻轻拍拍萨瑞拉的肩膀："对不起。我可以进去吗？我有话要对瓦尔说。"

"让她进来。"瓦尔说，萨瑞拉小心地对玛丽斯笑笑，打开了门。

就像学院所有其他的房间一样，瓦尔住的地方狭小、潮湿又寒冷。他在壁炉里生火驱寒，但没有完全成功。玛丽斯注意到房间很空，丝毫没有任何能够体现主人风格、习惯的用品和饰物。

瓦尔正在炉火前的地板上做俯卧撑。他赤裸着上身，衬衫扔在床上。"什么事?"他问,速度丝毫不减。

眼前的景象让玛丽斯深感不适:瓦尔的后背布满了细而长的伤疤,显然是早年受鞭打留下的痕迹。她不得不强迫自己把目光挪开,以免忘了此次拜访的目的。"我们需要谈谈,瓦尔。"她说。

他从地上一跃而起,呼吸急促,朝她笑笑。"把衬衫递给我,萨瑞拉。"他说。穿好上衣后,他问:"你想跟我谈什么?"他铁锈色的头发没有像平日那样绑着,而是披散开来,垂到肩头,削弱了他冷峻的神情,给他增添了一丝古怪的脆弱感。

"我可以坐下吗?"玛丽斯问。瓦尔朝屋里唯一的椅子指指,自己则坐在了火边的矮凳上,萨瑞拉坐在小床的床沿。"我不想跟你玩游戏,瓦尔,"玛丽斯开口道,"我们有许多工作要做。"

"是什么让你觉得我在跟你玩游戏?"他反问。

"听我说,"她说,"我明白你对飞行者心怀怨恨。他们排斥你,给你起绰号来嘲讽你、羞辱你,还用多人挑战这种或许并不公道的方法夺走了你的飞翼。可若你放任怨恨毒害你对所有飞行者的态度,吃亏的还会是你自己。如果你在比赛中赢回飞翼,那么你余生大部分时间都会和飞行者这个群体共生、竞争和交往。拒绝他们的友谊,你就会孤立无援。那是你想要的吗?"

瓦尔不为所动:"风港到处都是人,只有一小部分是飞行者。还是对你来说,陆民根本不算人?"

"你是下定决心要遭人讨厌吗?争分夺秒地给自己树敌。或许你觉得飞行者们欺负了你,或许你是对的,可是一个巴掌拍不响,试着理解这一点吧。你对艾丽所做的也并不完全是对的。要是你希望在那件事上被原谅,就原谅飞行者们的所作所为。接纳别人,别人才会接纳你。"

瓦尔薄薄的嘴唇抿出一个微笑:"你为什么会认为我想要被接纳,或是被原谅?我没有做任何需要被原谅的事情。如果可能,我会再次挑战艾丽，可惜她今年上不了场了。"

玛丽斯出离愤怒，一时说不出话来。

"瓦尔，"萨瑞拉惊呆了，小声说道，"你怎么能说这种话？她自杀了。"

"陆民每天都在送命，"瓦尔的语气柔和了一些，"有些也是自杀的。可是没人把他们的命当回事，没人歌唱他们，或是为他们肮脏的贱命去复仇。你只能自己保护自己，萨瑞拉，这是我爸妈告诉我的，没有别人会保护你。"他又看向玛丽斯。"我遇到过你弟弟。"他突然说。

"科尔？"玛丽斯很意外。

"七年前，他在前往外岛的路上到过南阿伦。跟他同行的还有另一个歌者，年龄大一些。"

"那是巴里翁，"玛丽斯说，"科尔的老师。"

"他们待了一两周，在码头的小酒馆里唱歌，等船带他们去东部。那是我第一次听说你的故事，小安柏利的玛丽斯。有一段时间，你是我的英雄。你弟弟为你写了一首美妙的小曲。"

"七年之前，"玛丽斯说，"应该是在众议会后不久。"

瓦尔笑了："第一次听说整件事的时候，我大概十二岁，那正是飞行者的孩子们准备继承飞翼的年龄。当然，我是压根不敢指望的，直到你弟弟来到我住的岛上，唱了关于你、你的众议会和学院的那些歌。几个月之后，空中之家开了，我是第一批学生。我那时仍然爱着你，因为是你让一切成为可能。"

"后来发生了什么？"

瓦尔半转过身，将双手靠近炉火："我幻灭了。我本来以为你将曾经仅属于飞行者的大门向所有人敞开。天真的我把你视为亲人。"

他转回身体。在他犀利目光的谴责下，玛丽斯感到不适。"我还以为我们是同一类人，"他继续说道，"我还以为你想做的是冲破那个腐败的飞行者阶层,可是我错了。你想要的不过是成为那个世界的一部分,是名誉、地位、财富和自由,你想要在鹰巢和他们所有人一起狂欢,俯瞰那些在泥泞中苦苦挣扎的陆民。你拥抱了我所鄙夷的。

"讽刺的是,不管你多么想,你也不可能成为飞行者,正如我也不能,还有萨瑞拉、达蒙,或是这里的任何人,都不能。"

"我是飞行者。"玛丽斯轻声说。

"他们让你玩这个游戏,"瓦尔说,"是因为你那么努力地想要融入,想要成为他们中间的一分子。可是我们俩都知道,他们并不真正信任你,或者全然接受你为他们的一员。是的,你拥有飞翼,可你仍然是可疑的,不是吗?不管你是否承认,你都是第一个'单翼',玛丽斯。"

玛丽斯站起来。他的话激怒了她,但她此刻不想发作,也不想不顾脸面地当着萨瑞拉的面跟他大吵一架。"你错了。"她尽可能平静地说,可是她发觉自己一时不知该如何反驳他。"我替你感到遗憾,瓦尔,"她接着说,"你讨厌飞行者,也瞧不起陆民。你不喜欢除你以外的任何人。我不想要你的尊重或你的感激。你排斥的不光是飞行者阶层的特权,还有他们的责任。你完全是个自私又自大的人。要不是已经答应了塞娜,我绝不会插手你的比赛。晚安。"

说完,她离开了房间。瓦尔没有动,也没有叫她回来。不过,当门在身后关上时,她听见瓦尔对萨瑞拉说:"现在你明白了吧?"他的语气不带任何感情色彩。

夜里,她又一次梦见了自己的坠落。她在梦中翻转着、挣扎着,惊醒时被子裹在身上,已被汗水打湿。这场梦比之前的更糟。她在静止气流中向下掉落,无止境地向下。她的身边围绕着其他飞行者,他们展开银色的羽翼,翱翔着、观望着,但没有一个人上前帮忙。

训练一天天继续着。

塞娜变得紧张、暴躁、易怒，像个独裁的领主般发号施令。达蒙主攻小角度转弯，每天都要听要求他"用脑子而非仅仅用手臂飞行"的长篇大论。萨瑞拉练习起飞、降落和特技，寻找能够与耐力相匹配的优雅。夏尔和莱娅不缺优雅，她俩长时间待在强风中，努力培养耐力。克尔的各方面都需要练习。

瓦尔的训练一如平常。玛丽斯从远处看着他，就像对待其他学员一样，但她很少说话。她会回答他提出的问题，也会在他极少数开口求教的时候提供建议，跟他的相处过程中一直小心翼翼，保持着疏离的礼貌。

塞娜把全部心思都放在训练上，没有留意玛丽斯的态度，木翼学员们却仿佛得到了启发，开始小心地与瓦尔保持距离。没有人帮他起飞或降落，他也毫不吝啬用自己的刻薄来树敌。他当面说克尔完全没有希望，令那男孩很是闷闷不乐了一阵子；他不停地嘲弄骄傲而固执的达蒙，一次接一次地在非正式的比赛中打败他。学员们在达蒙、利亚纳和其他几个人的带领下，开始公开叫他"单翼"。至于他是否在意这个绰号，他始终没有表现出来。

瓦尔并非受到所有人的排挤。就算其他人都躲着他，至少还有萨瑞拉愿意搭理他。萨瑞拉不只是对他以礼相待，她甚至会主动去找他，寻求他的建议，与他一同吃饭。塞娜让学员们两两比赛时，萨瑞拉总是第一个向瓦尔发起挑战。

玛丽斯倒是能理解萨瑞拉的做法。跟强者比较是她认清并改正自身弱点的最快的方法。玛丽斯知道，萨瑞拉今年志在必得。或许还有一些不那么实际的原因使萨瑞拉被瓦尔吸引。在全是西部人的木翼学院里，这个害羞的南方姑娘总是有些格格不入。她做的饭不一样，穿的衣服不一样，梳的发型不一样，说话口音不一样，甚至当大家聚在一起讲故事时，她讲的故事也不一样。来自东部的单翼瓦尔同样也是外来人，两只怪鸟自然会飞到一起，玛丽斯这样告诉自己。

可是，看到这两个人交谈仍然让玛丽斯感到不安。萨瑞拉还很年轻，容易被人影响，玛丽斯不想让她接受瓦尔的那套想法。还有，跟单翼走得太近会影响其他飞行者对她的看法，萨瑞拉会因此受到伤害。

不管心里怎么想，玛丽斯还是把担忧放在一边，不去干涉。没有时间顾虑个人情绪了，她必须帮即将实战的学员做好准备。

每天的训练快要结束时，玛丽斯会分别跟每个参赛学员比赛。距离出发还有两天，从北方刮来强风，冰冷的风刃似乎要将瑟瑟发抖的学员们划伤。每一分钟过去，风都变得更冷。

"你们不用等在这里。"玛丽斯对他们说，"站着不动太冷了。跟我比完之后，帮着下一个佩好飞翼，就可以进去了。"

持续飞行让玛丽斯身上保持温热，却也消耗了她的体力。最后，她筋疲力尽，寒冷终于开始侵蚀她的身体。此时，飞行崖上只剩下她和瓦尔。

她的肩膀耷拉着。她没想到他会一直等。可是现在她已经耗尽了力气，而他精神十足……她看看风云翻滚的紫色的天空，舔舔沾在嘴角的盐粒。

"时间太晚了，"她说，"风很大而且天要黑了。我们可以下次再比。"

"有风才更有挑战性。"瓦尔说。他的眼睛冷冷地看着她，玛丽斯心里一沉。她明白，他等这一刻已经很久了。

"塞娜会担心的。"她无力地说。

"当然会担心，如果跟木翼学员比赛就能让你累趴下……"

"我有一次连续飞行三十个小时没有休息，"她被激怒了，"一个下午的游戏不会累垮我。"

他露出轻蔑的微笑，玛丽斯眼看着自己落进了他的陷阱。

"戴好你的飞翼。"她说。

她没有主动帮他，不过显然瓦尔已经习惯独自佩戴飞翼。玛丽斯悄悄活动了一下僵硬的肌肉，同时告诉自己，在两者体力状态悬殊且天气恶劣的情况下，万一输给他也并不能说明什么。他一定也明白。

"还是两个来回？"

玛丽斯点点头，目光越过翻涌的黑灰色海浪，看向远处被他们当作目标的那块礁石。她今天往那边飞了多少次了？三十次？还是更多？她至少还要以首次飞行的状态飞两趟。她的自尊心要求自己必须做到。

"谁来当裁判？"她问。

瓦尔把飞翼上最后两个接合处锁定到位。"我们自己知道胜负，"他说，"这是唯一重要的。我先起飞，你发令。可以吗？"

"好。"她看着瓦尔快跑几步，从崖边一跃而下。他的身体在对冲的气流中颠簸了几下，就像巨浪中的小船。片刻后，他恢复平衡，侧向右边，开始上升。

玛丽斯深吸一口气，让自己的脑袋放空。她轻巧地前冲，跃起。有那么一瞬间，她掉了下去；紧接着，她用飞翼逮到了风，身体向上飘起。她随意地绕着圈，慢慢升到瓦尔的高度。她需要时间来找回感觉，这样她疲倦的身体就会知道怎样才能最好地利用风。

她来到他身边后，两个人警惕地一圈圈环绕对方盘旋，努力在躁动的风中保持平衡。她的目光与他相遇，立刻转开，目视前方，朝向目标。

"预备——开始！"她喊道，两个人一起冲了出去。

风很大，风向紊乱。大体是北风，但时不时就会被来自另一个方向的强风冲断。东方的天空满是黑沉沉的云层，预示着风暴即将来临。玛丽斯不安地看了乌云一眼，再次往上飞，想要在高处找到更加平稳、速度更快的风。她持续努力不偏离航线；大风将她刮向一边，接着是另一边，她必须时刻集中注意力，不停地小转，修正方向。她不可以绕任何弯路。

虽然她没有刻意寻找，但总是能够看到瓦尔的身影。有时，他在她的下方飞行，但大多数时候都在她附近，令她心烦意乱。他飞得很好，尽管这种好是采纳了她的建议才实现的，可她并不因此感到安慰。她想，要打败他绝非易事。

突然，瓦尔向前疾冲而去。

肾上腺素在玛丽斯体内激升。她将身体猛地甩向左边，试图逮住给了瓦尔助力的那阵风。虽然人们给瓦尔起了"单翼"这个绰号，但他无疑知道如何在空中利用自己的飞翼。持续跟木翼学员们比赛让我变弱了，玛丽斯想。她的反应不再如以往那般敏捷。

就在前方够不着的位置，瓦尔的飞翼迅速绕过礁石的顶端。玛丽斯注意到，他这次做到了逆风大角度转弯，身体只稍稍摇晃，但与此同时进一步提速。下一秒，他就已经在回程的路上了。

玛丽斯急于赶上，不小心离礁石太近，这十分危险。飞翼的顶端蹭到了礁石尖儿，就是这轻微的刮擦让她在关键时刻失去平衡，身体向一侧倾斜。她歪着身子向下滑落，一时间找不准风向，速度完全慢了下来。她的心仿佛提到了嗓子眼。等她终于恢复平衡时，她与瓦尔之间的差距拉得更大了。她唯一感到庆幸的是刚刚的失误没有被他看见。

她已经失去了高度优势，但她在岩石上方遇上了一股强烈的上升气流，一瞬间将她抬升。她不顾一切地飞着，脑子里只有提速一个念头。她不断寻找和调整，终于找到可以利用的稳定气流。

这股气流让她接近了瓦尔。她一心想要赶超他，几乎没有留意陆地近在眼前，直到她突然被"坠子"攫住。这团冷空气像一只从下方伸出的冰冷的大手，将她狠狠向下拽去。瓦尔却避开了它，不可思议地找到了升力，继续升高、向前。与此同时，玛丽斯遏制住了突如其来的下落，倾斜身体，摆脱了下降气流。在玛丽斯恢复平衡之前，瓦尔已经绕过堡垒上方，依靠学院烟囱冒出的轻烟判断风向，再次向目标出发。

今晚的天空似乎是偏向瓦尔的，转弯时，玛丽斯恨恨地想。风捉弄她，令她停滞不前。每次她想驭风时，总有意想不到的风突然吹来，但风却让瓦尔自由地飞翔。他似乎并未意识到不确定的强风带来的危险，反而在不断的变化中找到了稳定而流畅的气流，滑翔其上。

玛丽斯那时就知道自己输了。瓦尔在她上方很高的地方。高度往往意味着速度，可是即使她能找到升力，到达他那个高度也要花太多时间。她试图缩短两人之间的距离，但与阵阵狂风的搏斗令她筋疲力尽，意识到败局已定也令她心灰意冷，无心恋战。瓦尔浪费了一些时间从高处降落，但仍然以领先玛丽斯一个完整翼展的距离完成了第二圈飞行。显然，是他赢了。

等到他们俩的双脚都踏在着陆坑柔软的沙地上时，玛丽斯已经累坏了，没有力气摆出笑脸，也没有心情装作自己毫不在意。她一言不发，尽可能快地解下飞翼，但僵硬的手指不听使唤，徒劳地摸索着缚带。两人始终没有交谈，直到玛丽斯将飞翼搭到肩上，转身向饱经风霜的城堡走去。

瓦尔挡住了她的路。

"我不会告诉任何人的。"他说。

她猛地抬起头，脸上尴尬地泛起红晕："我不在乎你说什么——关于任何事，对任何人！"

"是吗？"他淡淡的微笑带着嘲讽，令她意识到自己的话听上去多么没有说服力。她的在意是显而易见的。

"这根本不是一场公平的比赛。"她厉声说，但几乎立刻就为这虚弱而幼稚的抱怨感到后悔。

"是的。"瓦尔表示赞同,语气平淡,玛丽斯没有把握他是不是在挖苦自己,"你已经飞了一整天,我却得到了充分的休息。在我们俩都精力充沛的情况下,我根本不可能战胜你。我们俩都清楚这一点。"

"我以前也输过,"玛丽斯尽量控制情绪,"我并不在乎。"

"我明白了,"瓦尔说,"这很好。"他又笑了。

玛丽斯烦躁地耸耸肩,感觉飞翼在刮擦她的后背。"我很累,"她说,"失陪了。"

"没问题。"瓦尔把路让开,她吃力地从他身边走过,疲惫地穿过沙滩,开始爬上堡垒入口的布满苔藓的破旧台阶。走上去之后,不知出于何种冲动,她停住脚步,回头看了一眼。

瓦尔没有跟在她的身后。他仍然站在沙滩上,在渐浓的暮色中,他的身影看上去孤独而憔悴。折好的飞翼搭在他一侧的肩膀上。他望着大海,那里有一只单飞的食腐鸢,在落日的云雾中不规则地画着圈。

玛丽斯打了个寒战,走了进去。

一年一度的比赛为期三天,充满节日气氛。从前只有游戏和饮酒,除了自尊,没有任何东西会被威胁。当时的比赛规模也小,按照传统会在鹰巢举行。不过,自从七年前设立挑战制度以来,参与人数急剧增加,比赛不得不改为在各个岛屿轮番举行。

领主们积极提供设施和劳力,踊跃争取举办权。对本岛居民来说,比赛就是节日,还会从别的岛屿带来成群的游客以及随之而来的成堆钱币。陆民很少有机会见识这样的大场面,对他们中的很多人来说,飞行者仍然带着浪漫的冒险色彩。

今年的比赛将在斯库尔尼举办,这座岛规模中等,位于小肖特安的东北方。海牙的领主为塞娜和木翼学员们租了一艘船。刚刚传令兵带来消息,船已经等在小岛唯一的港口,他们将在傍晚的潮水中起航。

"夜色中出发，"早餐时，塞娜坐在玛丽斯旁边，对她抱怨道，"简直是自找麻烦。"

克尔从稀饭碗上方抬起头来，十分认真地说："可是我们必须借助潮水离开，所以才在傍晚出发。"

塞娜用她那只好眼睛冷冷地看着他："你懂不少航海啊，是不是？"

"是的，老师。我的哥哥瑞克是一艘商船的船长，那艘船是'三巨头'之一；我的另一个哥哥也是海员，虽然他只是航道渡轮上的水手。我曾经以为——好吧，是在我来木翼学院之前——我也会成为水手，那是最接近飞行的职业了。"

塞娜耸耸肩，不以为然："就像失控的飞行，就像带着将你拖向大海的重物的飞行，就像盲目的飞行，对，这就是航海。"

塞娜的声音很响，所有人都听到了，房间里响起一片笑声。克尔涨红了脸，埋头继续吃他的稀饭。

玛丽斯同情地看了塞娜一眼，强忍住笑意，以免克尔尴尬。尽管已经多年无法飞行，塞娜仍然没有战胜飞行者们对航海近乎迷信的恐惧。

"路上要多久？"玛丽斯问。

"他们说，顺风的话是三天，中途在风暴城停一下。那又有什么关系？我们要么能到，要么淹死。"她看着玛丽斯，"你今天飞去斯库尔尼？"

"是的。"

"很好，"塞娜说着，伸出手抓住玛丽斯的胳膊，"这样最起码不会让所有人都淹死。比赛时需要两副飞翼，如果把它们带到小舢板上去，那就太疯狂了。"

"是大船。"克尔插嘴道。

塞娜瞪了他一眼："不管是大船还是小舟，那么做都是疯了。还不如现在就用起来。你愿意带两名学员跟你一起走吗？长途飞行是非常好的锻炼。"

玛丽斯低头看着桌子，留意到所有能听到她俩说话的学员都屏息凝神。没有人拿起勺子，也没有人咀嚼食物，所有人都在等着她的回答。

"这是个好主意，"玛丽斯笑笑，"我带萨瑞拉一起走，还有——"她犹豫着下一个人选是谁。

隔了两张桌子，瓦尔放下勺子，站起身来。"我去。"他说。

玛丽斯的目光越过众人看向他。"萨瑞拉和夏尔或者莱娅，"她坚持道，"她们更需要这样的训练。"

"那么我就留下来跟瓦尔一起坐船。"萨瑞拉轻声说。

"我更想跟莱娅一起去。"夏尔也说。

"萨瑞拉和瓦尔去。"塞娜烦躁地说，"这个话题到此为止。他俩是最有可能赢得比赛从而成为飞行者的人，要是我们葬身大海，这好歹也是个纪念。"她把盛稀饭的碗推到一边，起身准备离开，"现在我必须去见我们的金主——领主大人，向她奉承一番。你们出发去斯库尔尼之前，我会再来见你们。"

玛丽斯几乎没有听她在说些什么，她的目光仍然锁定在瓦尔身上。他朝她淡淡一笑，转身跟随塞娜离开了房间。萨瑞拉紧随其后。

玛丽斯突然意识到克尔正在对她说些什么。她摇摇头，让自己集中注意力，对他笑了笑："对不起，我没有听见你的话。"

"航海并没有那么危险，"克尔平静地说，"我是说从这里到斯库尔尼。只有从小肖特安到斯库尔尼这段是开阔海域，才几英里。大多数时候，我们都沿着肖特安群岛的海岸线航行，视线不会离开陆地。而且船也不像她想的那样脆弱。我了解这一点。"

"我相信你，克尔。"玛丽斯说，"塞娜只是在以飞行者的方式思考。体会过自己拥有飞翼的自由之后，在海上航行并将自己的性命托付给那些跟船帆和船舵打交道的人是很困难的。"

克尔咬了咬嘴唇。"我想我明白了。"他说,但似乎并没有被说服,"可是如果飞行者全都这样想的话,他们真是懂得不多。那并不像她说的那么危险。"说完这些话,他似乎终于心满意足了,继续埋头吃他的稀饭。

玛丽斯边吃边陷入了思考。克尔是对的,她带着一种模糊的不安意识到。飞行者们思考问题的方式往往十分局限,惯于从自己的视角看待一切问题。然而,更令她不安她却不愿承认的是,她意识到瓦尔对飞行者这个群体的全面控诉是有一定的道理的。

之后,玛丽斯去找萨瑞拉和瓦尔。他们不在各自的房间,也不在任何显眼的地方,似乎没有人知道他们离开公共休息室以后去了哪里。玛丽斯在阴暗冰冷的走廊里徘徊,直到她彻底迷了路,干脆完全凭借墙上是否有火把来决定往哪里拐弯。

她简直想大声呼救,却又立刻嘲笑自己被墙包围时竟会如此没用。正在这时,她隐隐听到说话声,便朝声音传来的方向走去。又往右边转了一个弯后,她找到了他们。两个人坐在一条没有出口的走廊里,挨得很近,身后是一扇俯瞰大海的窗户。他俩倚在一起的姿势有种说不出的亲密,这让玛丽斯心下恼火。

"我到处找你们。"玛丽斯突然开口道。

萨瑞拉半转身离开瓦尔,站了起来。"什么事?"她急切地问道。

"你们也知道,我们要飞往斯库尔尼。"玛丽斯说,"你们能在一小时后准备好吗?有任何想带的东西,都打包好,交给塞娜。"

"我一分钟就能准备好。"萨瑞拉说,她的笑容驱散了玛丽斯的怒气,"你点我名字的时候我高兴坏了,玛丽斯。你不知道这对我来说意味着什么。"她兴奋得满脸发光,跳上前去,拥抱了玛丽斯。

玛丽斯回抱了她。"我想我明白,"她说,"现在去准备吧。"

萨瑞拉简短地向瓦尔告别后就离开了。玛丽斯站在原处看着她远去，然后转过身面对瓦尔，犹豫了一下。

瓦尔仍然看着萨瑞拉的身影消失的走廊，微笑着，但他身上有什么不同寻常的地方引起了玛丽斯的注意——玛丽斯意识到，他的笑容是真诚的。是的，他笑得很开心，这让他看上去比此前玛丽斯见过的样子都要温柔和有人情味。

然而，当他的眼睛转向她后，脸上的笑容就变了。很微妙，只是嘴角微微弯曲。如今他是对着玛丽斯而笑了，笑容充满了嘲讽和敌意。

"我还没有感谢你提名了我呢，"他说，"当你说我可以跟你一起飞行时，我高兴极了。"

"瓦尔，"玛丽斯疲惫地说，"或许我们并不喜欢彼此，但我们要一起长途飞行。你至少可以试着表现得礼貌些，别嘲笑我。你要去打包吗？"

"我从来就没有打开过行李。"他说，"我去把我的包给塞娜，匕首我自己带着。这是对我唯一重要的东西。别担心，我会准备好的。"他犹豫了一下，又说，"等到了斯库尔尼，我不会烦你的。降落之后，我就自己找地方住。这样行了吗？"

"瓦尔……"玛丽斯开口，但他已经转过身去，透过走廊尽头的小窗看着风云翻涌、阴沉沉的天空，神色冰冷，显然不愿再听。

塞娜把其他人带到起飞台去看玛丽斯、萨瑞拉和瓦尔出发。所有人都精神抖擞，笑闹着争夺帮玛丽斯和萨瑞拉佩戴飞翼的权利。人群中洋溢着一种狂野躁动的欢乐情绪，极具感染力，玛丽斯觉得自己的情绪也随之高涨，第一次对比赛充满期待。

"离他们远一点！"塞娜笑着大声喊道，"你们这么多人挂在飞翼上，他们还怎么飞？"

"真希望他们能这样飞。"克尔嘟囔着。他揉了揉被风吹得通红的鼻子。

"你会有机会的。"萨瑞拉说，听上去像在为自己辩护。

"没有人埋怨你的。"莱娅立刻回她。

"你是我们中最棒的。"夏尔补充道。

"行啦，"塞娜一手搂着莱娅，一手搂着夏尔，"走吧，我们将挥手告别，在斯库尔尼与你们重逢。"

玛丽斯转向萨瑞拉，看见年轻的女孩正专注地盯着自己，身体紧绷，只等她发令。她想起了自己最开始飞行的时候，那时她还不敢相信她有朝一日能拥有自己的飞翼。她拍拍萨瑞拉的肩膀，温柔地对她说话。

"我们会待在一起。放松，"她说，"特技是为比赛准备的，现在我们要做的只是平稳地飞行。对你来说路途遥远，但是不要担心，你的体力足够飞两倍这样的距离。放松心情，相信你自己。我会看着你的，不过你不会真的需要我。"

"谢谢，"萨瑞拉说，"我会尽力。"

玛丽斯点头示意，达蒙和利亚纳上前，为她一节节展开飞翼。银色飞翼撑开绷紧，翼展足有二十英尺。下一秒，她就出发了，在告别和祝福声中跃下悬崖，跳进凉爽、稳定、散发着淡淡雨水气息的风中。她盘旋着，看萨瑞拉起跳，以比赛的标准评判着她的动作。

毫无疑问，萨瑞拉近期进步非常大。笨拙的感觉消失了，她在崖边毫不犹豫，利落地跃出堡垒。她准确地判断了风向，几乎立刻就开始上升。

"我相信你是天生的飞行者！"玛丽斯对她喊道。

她们俩在空中急切地绕着大圈，等待瓦尔。

在之前的玩闹和准备工作中，他一直倚在门边，并不参与，脸上毫无表情，拒人于千里之外。他已经独自佩好了飞翼。此刻，他冷静地穿过未来的飞行者们，站在悬崖边缘，脚掌一半悬空。他费力地打开前三根支杆，但没有把它们锁定。接着，他将两条手臂穿过背环，屈膝，跪下，又站起身来。

达蒙走上前想要帮他展开飞翼，但瓦尔扭过头，恶狠狠地说了些什么——空中风大，玛丽斯没有听清他的话——达蒙被说蒙了，退了回去。

瓦尔放声大笑，跳了下去。

萨瑞拉在空中明显地颤抖了一下，飞翼随之抖动。玛丽斯听见下方不知谁尖叫一声，还有人骂了一句。

瓦尔向下坠落，身体直挺挺的，像是在跳水。二十英尺，四十英尺……

突然之间，他不再下落——飞翼不知从哪里冒了出来，几乎像是凭借它们自己的意志张开，在阳光下闪烁着银白色的光芒。气流从它们身边呼啸而过，瓦尔抓住它，翻转身体，骑了上去。他立刻便飞了起来，以不可思议的速度掠过碎浪，拉升，攀爬，翱翔，把海浪、礁石和死亡都抛在身后。玛丽斯隐约听到他胜利的笑声在风中回响。

萨瑞拉僵在空中，仍然盯着瓦尔。玛丽斯喊出指令，将她惊醒。她拧转飞翼，斜着飞回陆地上空。阳光晒在堡垒光秃秃的岩石上，就在上方，她找到了一股上升的强气流，重新回到安全的飞行状态。

下方，塞娜正对着瓦尔咒骂，同时愤怒地向他挥舞拐杖。瓦尔毫不在意，他继续上升，越来越高。从木翼学员中传出稀稀拉拉的掌声。

玛丽斯结束盘旋，追了上去，向大海进发。瓦尔领先，但他这次飞得很轻松，尽情炫技。

赶上瓦尔后，玛丽斯在安全范围内尽可能靠近——飞在他的右上方稍微往后一点的位置——从塞娜无比丰富的词汇中自由借用，开始大声斥责他。

瓦尔付之一笑。

"你那样做危险、没用又愚蠢，"玛丽斯喊道，"你会害死自己的……万一支杆卡住……如果你甩的力量不够大……"

瓦尔还在笑。"愿赌服输！"他喊回去，"我不是甩开支杆的……弹簧……比乌鸦强。"

"乌鸦是个白痴，"她喊道，"而且死了很久了……你怎么知道乌鸦的？"

"你弟弟也唱过那首歌。"瓦尔说完，转身俯冲，远离她，突兀地结束了这场对话。

玛丽斯不知如何回应，加上看出再追赶瓦尔也无济于事，于是转身寻找萨瑞拉。她在下方，落后他们几百码[1]。玛丽斯顺风飘下去与她会合，同时试着让自己狂跳的心冷静下来，强迫僵硬的肌肉放松，找准风向。

萨瑞拉脸色惨白，飞得摇摇晃晃。"发生了什么？"看到玛丽斯靠近后，她叫道，"我差点吓死。"

"是一种特技，"玛丽斯喊，"一个绰号'乌鸦'的飞行者以前做过。瓦尔发明了他自己的版本。"

萨瑞拉琢磨着玛丽斯的话，安静地飞了一会儿，颜色慢慢回到她的脸上。"我还以为是有人把他推下去的，"她喊道，"原来是特技——真是漂亮！"

"那是疯狂。"玛丽斯冲她喊回去。萨瑞拉竟然以为自己的同学会将瓦尔推下悬崖，这令她感到毛骨悚然。瓦尔确实影响了她，玛丽斯恨恨地想。

---

[1] 1码合0.9144米。——编者注

就像玛丽斯预料的那样，剩下的旅程一帆风顺。玛丽斯和萨瑞拉靠得很近，瓦尔飞在前面高得多的地方，似乎宁愿跟雨信鸟做伴。她们整个下午都盯着他，虽然做到这一点要费些力气。

风很配合，一路将这三人稳稳地吹向斯库尔尼。他们几乎什么都不用做，只用放松和滑行。很多时候飞行都很无聊，但玛丽斯并不觉得遗憾。他们绕着大肖特安的海岸飞行。海港小镇外到处都是渔船，在没有风暴的天气里尽可能多地带来渔获。他们从空中看到了风暴城、城市中心的大海湾，还有海岸线上转动的风车，有四五十架——萨瑞拉试着去数，但数到一半，风车便被她抛到身后了。在小肖特安和斯库尔尼之间的公海上，接近日落时分，他们看见了一头斯库拉，长长的脖子伸出蓝绿色的海水，成排的有力鳍足在海面下扑腾着。萨瑞拉看起来很高兴。她一直听人说斯库拉，但直到此时才第一次见到。

三个人在夜幕降临前到达了斯库尔尼。盘旋着准备降落的时候，他们看到下方有一些人在沿海滩分布的杆子上挂起了灯，为夜间到来的飞行者们指路。附近的飞行者小屋已经灯火通明，热闹非凡。每一年的派对都开始得更早，玛丽斯想。

玛丽斯本想着尽量优雅地着陆，为萨瑞拉做出表率，但就在她手撑地跪着抖落满头沙子的时候，她听到萨瑞拉"砰"的一声重重落在旁边，这才意识到小姑娘忙着降落，根本无暇顾及老师是笨拙还是熟练。

欢呼声和欢迎声立刻将他们包围。热情的手伸向他们："需要帮忙吗，飞行者？""我来帮你好吗？"

玛丽斯握住一只有力的手，抬头看见一个男孩殷切的脸庞。男孩的头发被风吹得乱蓬蓬的，脸上洋溢着快乐，想必是自豪能够靠近飞行者，并且很可能为即将在家乡举行的比赛而兴奋。

就在男孩帮着玛丽斯脱下飞翼的时候——另一个男孩在帮萨瑞拉——突然传来风吹飞翼的声音，接着又是落地的声音。玛丽斯扭头一看，发现是瓦尔到了。她和萨瑞拉在黄昏时失去了他的踪影，还以为他在她们之前降落了呢。

他笨拙地爬了起来，巨大的银色飞翼在他背上晃动着。两个年轻的女孩向他走来。"我来帮你，飞行者。""我来帮你，飞行者。"重复的话语宛如吟唱。女孩们向瓦尔伸出手去。

"走开！"他生硬地说，声音里带着怒气。女孩们吓了一跳，连忙后退，就连玛丽斯也抬起头来。瓦尔一向是冰冷而克制的，这样的发作很少见。

"我们只是想帮你脱下飞翼，飞行者。"两个女孩中胆子稍大的那个说道。

"你们难道没有自尊吗？"瓦尔说。他不靠任何人帮忙，独自解开缚带，然后说："除了向视你们为粪土的飞行者摇尾乞怜，你们就没有别的事情可做吗？你们的父母是干什么的？"

女孩怯生生地回答："制革工人。"

"那就回家学制革，"他说，"比跟着飞行者做牛做马干净多了。"说完，他扭头就走，同时小心地将自己的飞翼折叠起来。

玛丽斯和萨瑞拉身上已经没有了飞翼。"给你。"帮助玛丽斯的男孩说着，把收折整齐的飞翼递给了她。玛丽斯突然感到很不好意思，她在口袋里摸索着，掏出一枚铁币递给男孩。以前，她总是心安理得地接受帮助，从未想到要给报酬，但瓦尔刚才说的话令她有所触动。

男孩大笑起来，不接受她的馈赠。"你知道吗？"他说，"摸到飞翼会带来好运。"说完，他就向他的小伙伴们跑去了。玛丽斯看到海滩上到处都是孩子，他们在帮忙往杆子上挂灯，在沙地上玩，或者等着为飞行者提供帮助。

看着他们，玛丽斯想到了瓦尔。这座岛上会不会还有别人并不那么欢迎飞行者和他们的比赛，或者闷在家里愤愤不平，怨恨着占据风港天空的特权阶层?

"需要帮忙吗,飞行者?"一个尖厉的声音说道,玛丽斯扭头看到是瓦尔在阴阳怪气地说话。"给。"他恢复了正常的声音,把他一路使用的飞翼交给玛丽斯,"你应该希望它们得到妥善保管。"

她接过他的飞翼,别扭地一手拿着一副:"你要去哪里?"

瓦尔耸耸肩:"这岛不小,总能找到一两个镇子和一两个小酒馆,里面有一张睡觉的床。我还是有点钱的。"

"你可以跟萨瑞拉和我一起去飞行者小屋。"玛丽斯犹豫地说。

"是吗?"瓦尔的声音十分平静。他冲她笑笑:"那场面会十分有趣,可能比我今天的起飞更有戏剧性。"

玛丽斯皱起眉头。"我没忘记你干的好事。"她说,"要知道,萨瑞拉被你那愚蠢的一跳吓坏了,很有可能会因此受伤。我应该——"

"我相信以前听过你要说的话,"瓦尔说,"告辞。"说完,他转过身,双手插在衣袋里,沿着海滩快步离开了。

在她身后,玛丽斯听到萨瑞拉在跟一群年轻人说笑聊天,分享她第一次长途飞行的喜悦。看到玛丽斯过来,她离开众人,跑到玛丽斯身边,拉起她的手。"我怎么样?"她气喘吁吁地问,"我表现得怎么样?"

"你心里有数,只是想让我表扬你罢了。"玛丽斯故意逗她,"好吧,如你所愿。你飞得就像一生中没做过别的事情,就像你是为飞行而生的。"

"我知道。"萨瑞拉害羞地说。接着,她开心地笑了:"太神奇了!除了飞行,我不想做任何别的事!"

"我理解你的感受,"玛丽斯说,"但要劳逸结合。我们进去吧,坐在炉边烤烤火,看看有谁已经到了。"

不过,当她转身要离开时,萨瑞拉却没有抬脚。玛丽斯好奇地看着她，立刻就明白了。萨瑞拉不知道飞行者小屋里的人会如何对她，毕竟她是一个外人。瓦尔无疑往她脑子里灌输了一些他自己如何被排挤的故事。

"来吧，"玛丽斯说，"进来吧，除非你决定今晚就打退堂鼓。你早晚要见到这些人的。"

萨瑞拉仍然有些胆怯，但她点点头，和玛丽斯一起走上通往小屋的鹅卵石路。

飞行者小屋只有两个房间，由硬度不高的白色风化岩建成。主厅光线充足，被熊熊燃烧的炉火烤得暖融融的。里面挤满了人，十分嘈杂，跟清新宁静的室外相比令人不适。玛丽斯环顾四周，寻找朋友的身影，飞行者们的面庞似乎模糊成一团。萨瑞拉紧张地站在她身后。她们把飞翼挂在墙面的挂钩上，从人群中挤过去，走到房间另一头。

一个身材魁梧、满脸胡须的中年男子正把某种液体倒进炉火上香喷喷的大炖锅里，同时对着现在就想吃饭的某个人咆哮。走过他身边后，他身上的不知什么东西又把玛丽斯的目光拽了回来。她震惊地认出了这位超重的厨师。加思什么时候变得这么衰老肥胖了？

她拔脚朝加思走过去，这时一双纤细的手臂从背后紧紧抱住了她，一阵淡淡的花香传来。

"莎丽！"她转过身去，立刻注意到对方隆起的小腹，"我没想到能在这儿见到你，我听说你怀——"

莎丽伸出一根手指放在她唇上，不让她说下去："嘘。我从柯尔姆那里听到的说教已经够多了。我对他说，我们的小飞行者需要现在就学习飞行。不过，我是很当心的，真的。我飞得缓慢又轻松。我绝对不能错过这样的盛会！柯尔姆想让我坐船来，你能想象吗？"说话时，莎丽那张漂亮而生动的脸不停地做出滑稽的表情。

"你不会要参加比赛吧？"

"哦,不,我带着额外的镇重物,这对其他选手不公平!"她拍拍圆鼓鼓的肚子,大笑起来。"我是裁判。我答应了柯尔姆,比赛结束后我就老老实实待在家里等待孩子出生,除非有紧急情况。"

玛丽斯感到一丝愧疚,她明白莎丽因"紧急情况"而不得不执行任务是她的缺席造成的。她发誓,比赛结束后她就回到小安柏利履行自己的责任。

"莎丽,我想向你介绍我的一位朋友。"玛丽斯说着,把害羞地躲在后面的萨瑞拉轻轻拉了过来。"这是萨瑞拉,我们最优秀的学员。她今天是跟我一起从木翼学院飞过来的,这是她迄今为止飞过的最远的距离。"

"哦!"莎丽扬起了眉毛。

"萨瑞拉,这是莎丽,跟我一样来自小安柏利。我刚学飞行的时候,她是为我护航的人。"

礼貌地打过招呼后,莎丽上下打量了萨瑞拉一番,对她说:"祝你比赛顺利,不过你最好别赢柯尔姆。要是他一整年每天都待在家里,我肯定会疯掉的。"

莎丽是笑着说的,但萨瑞拉却把她的玩笑当真了。"我不想伤害任何人,"她回应道,"可是总有人不得不输。我像任何飞行者一样渴望胜利。"

"嗯,好吧,其实并不完全一样。"莎丽嘟囔着,"我只是在开玩笑,孩子。说真的,别挑战柯尔姆,你的胜算不大。"她瞥了一眼房间另一边,"我要走了——我看见柯尔姆给我找了一张靠垫,现在我必须坐上去,否则会伤害他的感情。我稍后找你聊,玛丽斯。萨瑞拉,很高兴认识你。"

她们看着她轻松地穿过拥挤的房间,离开了她们。

"我有可能吗?"萨瑞拉担心地问。

"有可能干什么?"

"赢过柯尔姆。"

玛丽斯不快地看着她,一时不知道如何回答。"他非常出色,"最终,她说,"他飞了将近二十年,在多场比赛中获奖。你不是他的对手,萨瑞拉,但这没什么丢脸的。"

"哪一个是他?"萨瑞拉皱着眉头问。

"那边,站在莎丽身旁的——看到没有?穿着黑灰色衣服的黑发男子。"

"他很英俊。"萨瑞拉评价道。

玛丽斯笑了:"哦,是的。他年轻时迷倒了小安柏利一半的陆民女孩。他和莎丽结婚时,她们的心都碎了。"

这句话让萨瑞拉的脸上又露出了一丝微笑:"在我的家乡,所有男孩子的梦中情人都是萨兰德拉,我们的飞行者。你以前也爱柯尔姆吗?"

"从不。我太了解他了。"

"玛丽斯!"吼声仿佛从房椽上传来,吸引了所有人的注意。加思在房间对面对她大喊,示意她到那边去。

她咧嘴笑了。"来。"她拉着萨瑞拉挤进人群,一路向老熟人礼貌地点头致意。

当她走到加思面前时,后者用一股可怕的力量拥抱了她,然后把她推后,看着她。"你看上去很累,玛丽斯。"他说,"飞得太多了。"

"你呢,"她反唇相讥,"吃得太多了。"她伸出手指戳了戳他凸起在腰带上方的大肚子,"这算什么?你准备和莎丽同时生孩子吗?"

加思笑着哼了一声。"哈,"他粗声大气地说,"都是我妹妹的错。你也知道,她是个酿酒的,开了自己的小酒坊。我当然必须照顾她的生意,时不时买上一点。"

"你是她最大的主顾吧？"玛丽斯说，"你什么时候留的胡子？"

"一个月前？要么是两个月？我好像半年没见过你了。"

玛丽斯点点头："上次我们在鹰巢碰面时，多雷尔很为你担心。他说你们约好了一起喝酒，你却没有露面。"

加思皱起眉头。"啊，"他说，"是的，我全知道。多雷尔不会放过这件事。我生病了，就这么简单，没什么神秘的。"他转身对着炉火，搅动了一下锅里的炖菜，"饭很快就好了。你们饿了吗？这是我自己做的，南方口味，加了许多香料和葡萄酒。"

玛丽斯扭头对萨瑞拉说："听到了吗，萨瑞拉？看起来你终于能吃到一顿像样的饭了。"她将小姑娘推上前，面向加思："萨瑞拉是木翼学院最优秀的学员之一，今年她会夺走某个可怜人的飞翼。萨瑞拉，这位是斯库尔尼的加思，此处的接待人之一，也是我的老朋友。"

"我可没有那么老。"加思抗议道。他对萨瑞拉露出笑脸："你和玛丽斯从前一样漂亮，那时候她还没变得消瘦和憔悴。你也像她飞得那么好吗？"

"我正在努力。"萨瑞拉说。

"一样谦虚。"他说，"要我说，斯库尔尼是懂得怎样接待飞行者的，包括新手。不管需要什么东西，尽管开口对我说。你饿了吗？饭马上就好。事实上，说不定你可以帮我调味。毕竟我并不是南方人，把味道弄错了也说不定。"他牵起她的手，拉她靠近炉火，硬让她尝了一口，"来，尝尝，告诉我你觉得怎么样。"

萨瑞拉品尝炖菜时，加思看看玛丽斯，朝某个方向一指。"看，有人找你。"他说。多雷尔站在门边，还没放下折好的飞翼，在聚会的喧闹声中大声喊她的名字。"去吧，"加思粗声粗气地说，"我会给萨瑞拉找点事干。毕竟，我是这里的接待人。"说着，他把玛丽斯往门口的方向推去。

玛丽斯冲他笑笑，努力往门口挤去，此刻房间里的人比刚才更多了。多雷尔挂好飞翼，伸开双臂搂住玛丽斯，轻轻地吻了她一下。玛丽斯靠在他身上，发现自己浑身发抖。

相拥的身体分开后，他的眼里流露出关切的神情。"你怎么了？"他问，"你在发抖。"他仔细打量着她，"你看上去累坏了，一副筋疲力尽的样子。"

玛丽斯挤出一丝微笑："加思刚刚说了同样的话。没事，真的，我很好。"

"不，你不好。我太了解你了，亲爱的。"他把手放在她的肩膀上，他那双温柔的、熟悉的双手，"说真的，难道不能告诉我吗？"

玛丽斯叹了口气。她突然意识到，她是真的觉得很累。"我自己也不知道为什么，"她小声说，"过去的一个月来我都没能好好睡觉，一直做噩梦。"

多雷尔伸出一条手臂搂住她，带她穿过拥挤的人群，来到靠墙的一张大木桌前，桌上摆满了葡萄酒、烈性酒和食物。"什么样的噩梦？"他一边问，一边倒了两杯浓郁的红葡萄酒，切了两块白色的脆奶酪。

"只有一种，就是坠落。我梦到我从静止气流中掉下来，摔到水面上，死了。"她咬了一口奶酪，就着葡萄酒咽了下去。"味道不错。"她笑着说。

"这是自然，"多雷尔回答，"这是从安柏利带来的。你不会真的为这种梦而担心吧？我没想到你这么迷信。"

"不是，"玛丽斯说，"跟迷信没关系。我不知道怎么解释，但这个梦就是……就是困扰着我。这还不是全部。"说到这里，她犹豫了。

多雷尔看着她的脸，等待着。

"还有今年的比赛，"她说，"会有麻烦的。"

"什么样的麻烦？"

"还记得上次我们在鹰巢见面时,我说过空中之家的一个学生要坐船来木翼学院吗?"

"是的,"多雷尔说着,喝了一口酒,"这又怎么了?"

"那个人已经到了斯库尔尼,准备发起挑战。他可不是随便的什么人,他是瓦尔。"

多雷尔没有反应过来:"瓦尔?"

"单翼。"玛丽斯平静地说。

他眉头紧锁。"单翼,"他重复道,"好吧,现在我明白你为什么不安了。我真没想到他还会继续尝试。难道他以为自己会受到欢迎吗?"

"不,"玛丽斯说,"他并不这样想。他对飞行者的看法不比他们对他的看法好。"

多雷尔耸耸肩。"随便,虽然令人不快,但也不至于毁了整场比赛。"他说,"忽视他并不难,我可不认为他今年还能赢,毕竟最近没有人失去亲人。"

玛丽斯微微后退。多雷尔的声音听上去突然那么严厉,从他嘴里吐出的嘲讽又是那么残酷——尽管在瓦尔到达学院的当天,她本人说过几乎一模一样的话。"多雷尔,"她说,"他很出色。他训练了多年,技艺高超,我认为他能赢。我知道这一点,是因为我跟他比试过。"

"你和他比试过?"多雷尔问。

"练习,"玛丽斯说,"在木翼学院。怎么——?"

多雷尔一口喝干杯中酒,把杯子放在一边。"玛丽斯,"他的声音不高,但隐隐压抑着怒气,"你不会告诉我你也在帮助他吧?帮助单翼?"

"他是学员,塞娜要求我辅导他。"玛丽斯固执地说,"我不能厚此薄彼,只帮助自己喜欢的人。"

多雷尔骂了一声,抓住她的胳膊。"到外面去,"他说,"我不想在这里跟你讨论这个问题,会有人听到的。"

外面很凉爽,从海面吹来的风带着咸味。海滩边的杆子已经竖起,灯被点亮,迎接夜晚到来的飞行者。玛丽斯和多雷尔离开热闹的小屋,一起坐在沙地上。孩子基本上已经走了,海滩上只有他们。

"或许这就是让我担心的事。"玛丽斯语带苦涩,"我知道你会发脾气。可我不能区别对待学员——我们不能。你能理解吗?你能试着去理解吗?"

"我可以尝试,"他说,"但不承诺会成功。你怎么了,玛丽斯?他并不是寻常的陆民,也不是什么梦想成为飞行者的木翼学员。他是单翼,哪怕他拥有飞翼也只是半个飞行者。他害死了艾丽,难道你忘了吗?"

"我没忘。"玛丽斯说,"我并不喜欢瓦尔。他是个很难令人喜欢的人,而且他厌恶飞行者;他的肩膀上总有艾丽的幽灵在窥伺。可我不得不帮他,多雷尔,因为我们七年前做的事。飞翼必须交给能够最好地使用它们的人,就算那些人……怎么说,像瓦尔一样,充满恨意、愤怒、冷酷。"

多雷尔摇摇头。"我无法接受。"他说。

"我希望能够更了解他,"玛丽斯说,"这样我才能理解他为什么会变成现在这副样子。我认为在飞行者们叫他'单翼'之前,他就已经恨他们了。"她伸出手,握住多雷尔的手,"他要么用冰冷的外壳封闭自己,要么就总是指责别人,开些恶毒的小玩笑。在瓦尔看来,我也是单翼,哪怕我假装自己不是。"

多雷尔看着她,用力握紧她的手。"不,"他说,"你是飞行者,玛丽斯,不要怀疑这一点。"

"是吗?"她说,"我不确定飞行者这个身份到底意味着什么。那不只是拥有飞翼或是高超的飞行技巧。瓦尔有过飞翼而且飞得很好，可是就连你也说他只是半个飞行者。如果那意味着……嗯，对一切照单全收，蔑视陆民，以及拒绝帮助木翼学员们，因为害怕他们会伤害某个飞行者同伴，一个'真正的'飞行者……如果那就是这个身份的含义，那么我认为我确实不是飞行者。有时我会怀疑我开始认同瓦尔对我们的一些看法了。"

多雷尔松开她的手，但他的双眼仍然紧紧盯着她。哪怕在黑暗中，她也能感受到他目光中的痛苦。"玛丽斯，"他柔声说，"我是飞行者，生来就拥有飞翼。单翼瓦尔因为这一点而厌弃我，你呢？"

"多雷尔，"这句话让她很受伤，"你知道我不是这样的。我一直爱你，信任你——你是我最好的朋友，真的。可是……"

"可是。"他重复道。

她无法与他对视。"当你拒绝来木翼学院的时候，我并不为你感到骄傲。"她说。

聚会遥远的人声和海浪冲击海岸的忧郁声响似乎充满了整个世界。终于，多雷尔开口了。

"我的母亲是一名飞行者，再往前是我的外婆。我身上佩戴的飞翼在我的家族中世代相传，这对我来说意义重大。如果以后我有孩子，那么我的孩子有一天也会成为飞行者。

"你并非生于那个传统之中，而你是我在这个世界上最爱的人。你一直能够证明，至少你跟任何飞行者的后代一样值得拥有飞翼。剥夺你的飞翼是极不公平的，我很骄傲能够帮助你。

"我很骄傲，曾在众议会上与你并肩作战，将天空为你敞开，可你此刻却似乎在告诉我，我们为之奋斗的并不是同一个目标。按照我的理解，我们是为任何拥有执着的梦想并为之付出巨大努力的人能够成为飞行者而奋斗。我们并不是要摧毁飞行者的伟大传统，将飞翼弃若敝屣，让陆民和想成为飞行者的人像食腐鸢围着鱼一样争夺它们。

"我们当年试图做的，按照我的理解，是开放天空，开放鹰巢，开放飞行者阶层——向任何能够证明自己够资格拥有飞翼的人。

"我错了吗？难道我们的斗争是为了最终放弃令我们与众不同的一切？"

"我不再那么确定了。"玛丽斯说，"七年之前，我想不出任何比成为一名飞行者更棒的事情了。你也是。我们做梦也想不到会有人想要我们的飞翼，却否定令这个身份成立的其他一切因素。我们想不到，但这些人真实存在着。天空也是向他们敞开的，多雷尔。我们改变的东西比我们意识到的还要多。我们无法对他们弃之不顾。世界已经变了，这是我们必须接受和应对的。或许改变带来的结果并非全都如我们所愿，但我们无法否认它们。瓦尔就是这样的结果之一。"

多雷尔站起来，拍掉衣服上的沙。"我无法接受这样的结果。"他说，他的声音与其说是愤怒的，不如说是悲哀的，"为了爱你，我做了很多事，但我明白底线在哪里。诚然，如你所说，因为我们做过的事情，世界已经变了，但我们不必对随之而来的善恶不加区分，照单全收。我们不必接受单翼瓦尔那样的人，他嘲笑我们的传统，试图将我们分裂。他最终会毁了我们的，玛丽斯，用他的自私和他的仇恨。因为你不明白这一点，所以你会帮助他，可我不会。你能理解吗？"

她没有抬头看他，只是点点头。

一分钟过去了，两个人都没有说话，直到多雷尔问："你要跟我一起回小屋去吗？"

"不，"她说，"不，现在不想回。"

"晚安，玛丽斯。"说完，多雷尔转身离开了，他的靴子"嘎吱嘎吱"地踩在沙子上。小屋的门为他打开，从里面短暂传出喧嚣的声音。紧接着，门又关上了。

海滩上平静而安宁。杆子顶端的挂灯在微风中轻轻晃动。她听到它们发出微弱的"咔嗒"声，还有大海滚滚而来、永不停息的奔涌声。

玛丽斯从来没有感觉这么孤单过。

当晚，玛丽斯和萨瑞拉住进了一栋简陋的二人小木屋，离海滩不远，这是斯库尔尼的领主为此次比赛所建的五十栋临时住所之一。这些临时住所中只有一半住了人，但玛丽斯知道，最早抵达的那批人已经抢占了住得更舒服的地方，即飞行者小屋和领主堡垒的客房。

萨瑞拉并不在意住宿条件的寒酸。当玛丽斯在聚会结束前去接她时，小姑娘非常兴奋。加思整晚都陪在她身边，把她介绍给几乎所有人；在她不谨慎地夸奖了他的厨艺以后，强迫她吃了三份炖菜，还把在场半数飞行者的糗事对她说了个遍。"他人很好，"萨瑞拉说，"但酒喝得太多了。"对此，玛丽斯只能表示同意，虽然加思并不一直如此。当晚找到萨瑞拉时，玛丽斯看到加思已经两眼泛红，连路都走不稳了。玛丽斯扶着他去了后面的房间，让他上床休息，此时加思嘴里还在含糊不清地念叨个不停。

次日清早，天阴沉沉的，风很大。她们被卖早餐的小贩的叫卖声吵醒，玛丽斯快步走出去，买了两根热气腾腾的香肠。吃过早餐后，两人佩戴好飞翼飞上了天空。空中人不多。节日的欢乐气氛具有感染性，大多数人还在飞行者小屋里饮酒谈天，还有人去拜访领主，或者在斯库尔尼闲逛观光。但玛丽斯让萨瑞拉坚持锻炼，她们在空中稳定的上升气流中待了将近五个小时。

下方，海滩上又一次挤满了急切地想为飞行者提供帮助的孩子。尽管人数多，但孩子们仍然很忙，因为全天持续有飞行者到来。当天最壮观的景象出现在大肖特安的飞行者们集体抵达的时候。萨瑞拉好奇而敬畏地看着那支足有四十人的队伍，他们排列紧密，暗红色的制服和银色的飞翼在阳光下华丽无比。

玛丽斯知道，到比赛开始时，西部所有分散岛屿的飞行者都会来这里。东部来的人也不会少，尽管不会像西部这样齐整。南部群岛距离更远、规模更小，来的人也会更少。至于荒凉的阿特利亚、有火山的余烬岛以及其他更远的地方，只会派出少数参赛者。

瓦尔露面时已是下午，玛丽斯和萨瑞拉正坐在飞行者小屋外面，各自手里捧着一杯加了香料的热牛奶。

他对玛丽斯嘲讽地笑笑，坐到萨瑞拉的身边。"我相信你感受到了飞行者们的热情。"他淡淡地说。

"他们很好。"萨瑞拉红着脸说，"你今天过来吗？今晚还有一场聚会。加思要烤一整只海猫，他的妹妹提供麦酒。"

"我不去，"瓦尔说，"我住的地方也有足够的食物和酒，还是那里待得更舒服。"他瞥了一眼玛丽斯，"这样显然对大家都好。"

玛丽斯对他的挑衅置之不理，直接问道："你住在哪里？"

"沿海滨路过去两英里外的一家小酒馆，不是你愿意去的那种地方。那里没有多少飞行者，只有矿工、卫兵，还有不愿意谈论职业的人。我怀疑他们不知道应该如何接待飞行者。"

玛丽斯恼怒地皱起眉头："你永远停不下来吗？"

"停下来？"他笑着反问。

突然，玛丽斯下定决心要反驳他，把那种笑容从他的脸上抹去，证明他是错的。"你根本就不了解飞行者，"她说，"你有什么权利这样讨厌他们？他们也是人，跟你没有什么不同——哦，不对，他们跟你不同，更有人情味，更慷慨。"

"传说中的飞行者的人情味和慷慨……"瓦尔说，"毫无疑问，在飞行者们的聚会中，只有飞行者是受欢迎的。"

"他们欢迎我。"萨瑞拉说。

瓦尔看了她好一会儿，目光中是小心翼翼的打量。接着，他耸耸肩，又恢复了玩世不恭的笑容。"你们说服我了。"他说，"我今晚去参加聚会，要是他们允许一个陆民走进那扇门的话。"

"如果你拒绝称呼自己为飞行者，"玛丽斯说，"那么就作为我的客人来吧。这几个小时里，暂时把你那该死的敌意放在旁边，给他们一个机会。"

"求你了。"萨瑞拉握住他的手，充满希望地笑着说。

"噢，他们会有机会表现他们的人情味和慷慨，"瓦尔说，"不过我不会摇尾乞怜，也不会为他们的飞翼抛光或是大唱赞歌。"他猛地站起身来，"我要去飞几圈了。这里有我能借用的飞翼吗？"

玛丽斯点点头，带他去了她们住的小木屋，他来时用的那副飞翼就放在里面。瓦尔离开后，她转身面向萨瑞拉。"你很在乎他，是不是？"她柔声问。

萨瑞拉低垂了双眼，脸红了："我知道他有时候确实很冷酷，玛丽斯，可他不总是那个样子。"

"或许吧，"玛丽斯承认，"他也没给我了解他的机会。只是，要小心，萨瑞拉，好吗？瓦尔伤痕累累，有时候，受过很多伤的人会反过来伤害别人，甚至是那些关心他们的人。"

"我明白，"萨瑞拉说，"玛丽斯，你觉得——他们今天晚上不会伤害他对不对，那些飞行者？"

"我认为他想让他们这么做，"玛丽斯说，"这样他就能让你看到，他对他们——对我们的评价都是正确的。不过，我希望我们会证明他是错的。"

对此，萨瑞拉不置一词。玛丽斯喝完牛奶，站起身来。"走吧，"她说，"还有时间练习，这是你需要的。把飞翼重新戴上吧。"

到了傍晚时分，飞行者们都已经知道单翼瓦尔到了斯库尔尼并打算发起挑战。玛丽斯不知道消息是怎么传出去的。也许是多雷尔说了什么，也许是瓦尔被认出来了，还有可能消息来自东部的某个飞行者，他知道瓦尔乘船离开了空中之家。不管怎么说，这件事已经满天飞了。在她和萨瑞拉走回住处的一路上，玛丽斯听到了两次"单翼"这个绰号。就在她们的住处门口，一个与她在鹰巢有过数面之缘的年轻飞行者拦住玛丽斯，直截了当地问她传言是否属实。得到玛丽斯的点头确认之后，女孩吹了声口哨，摇摇头。

玛丽斯和萨瑞拉慢悠悠地走到飞行者小屋时，天还没全黑，但主屋里已经有不少人三三两两聚在一起喝酒聊天了。加思承诺的海猫已经穿在了炉火上方的烤架上，但从外观判断还有几个小时才能吃。

加思的妹妹是一个相貌平平、身材粗壮的女子，叫瑞伊莎。她从沿墙摆放的三个大木桶中的一个里倒出一杯麦酒，递给玛丽斯。"好酒，"玛丽斯尝了一口，称赞道，"虽然我得承认，我算不上什么专家。我平常喝葡萄酒和奇瓦斯酒更多。"

瑞伊莎爽朗地笑了："加思对这酒推崇备至，他喝过的酒足够浮起一支小型商船舰队。"

"加思在哪里？"萨瑞拉问，"我还以为他在这里。"

"他稍晚些时候过来。"瑞伊莎说，"他不太舒服，所以让我先来了。我认为他真正的目的是偷懒不帮我搬酒桶。"

"不舒服？"玛丽斯问，"一切还好吗？他最近是不是经常生病？"

瑞伊莎愉快的笑容渐渐消失了。"他告诉你了吗，玛丽斯？我不确定。过去半年来都是这样。问题出在关节，每次严重时，就肿得很厉害；就算不肿的时候，他也很疼。"她稍稍靠近些，接着说，"说实话，我很担心他。多雷尔也是。他去看过病，这里的和风暴城的医者都找过，但没有什么用。而且他现在酒喝得比以前还凶。"

玛丽斯十分震惊："我知道多雷尔在担心他，但我还以为只是因为他喝酒。"她犹豫了一下，又问："瑞伊莎，加思把他的身体问题告诉领主了吗？"

瑞伊莎摇摇头："没有，他——"她停下来，为一个满脸皱纹的东部人倒了一杯酒，然后继续说下去，"他很害怕，玛丽斯。"

"他为什么害怕？"萨瑞拉小声问。她从玛丽斯看向瑞伊莎，又看回玛丽斯。她一直站在玛丽斯身旁，安静地听着。

"要是一个飞行者生了病，"玛丽斯说，"领主有权召集岛上其他的飞行者讨论，如果他们都同意，他就可以收回生病者的飞翼，以免它们丢失在海上。"她看着瑞伊莎，面露忧色："也就是说，加思不发病的时候还在飞任务，领主没有放他假。"

"是的，"瑞伊莎咬着嘴唇说，"我害怕，玛丽斯。有时候他的疼痛来得那么突然，如果发生在他飞行的时候——我对他说要告诉领主，但他不肯听。对他来说，飞翼意味着全部。你肯定能理解，你们飞行者全都一样。"

"我跟他谈谈。"玛丽斯坚决地说。

"多雷尔不知道跟他谈了多少次，"瑞伊莎说，"一点用也没有。你也知道加思有时候多顽固。"

"他应该放弃他的飞翼。"萨瑞拉突然插嘴道。

瑞伊莎严厉地看了她一眼："孩子，你不知道你在说什么。你就是加思昨晚认识的木翼学员，对不对？你是玛丽斯的朋友？"

萨瑞拉点点头。

"是的，加思提起过你。"瑞伊莎说，"如果你是飞行者，就会理解他。你和我，我们只是局外人，我们从来没有体会过一个飞行者对他的飞翼所抱有的感情。至少加思是这么告诉我的。"

"我会成为飞行者。"萨瑞拉坚持道。

"你当然会,孩子,"瑞伊莎说,"不过你现在还不是,所以你才会把放弃飞翼这件事说得这么轻而易举。"

萨瑞拉似乎受到了冒犯。她站得笔直,说:"我不是孩子,而且我确实理解。"她本来还想接着说下去,但这时门打开了,她和玛丽斯都朝那边看过去。

瓦尔到了。

"失陪,"玛丽斯轻轻捏了捏瑞伊莎的上臂,让她放心,"我过会儿再找你。"说完,她快步朝瓦尔走去,后者的黑眼睛迅速在屋内扫视一圈,一只手放在他那把华丽匕首的刀柄上,姿势半是紧张,半是挑衅。

"小聚会。"当玛丽斯和萨瑞拉走近后,他不置可否地评价道。

"时间还早,"玛丽斯回答,"耐心些。来吧,我们给你弄点吃的喝的。"她指指对面靠墙放着的桌子,上面再一次摆满了五香蛋、水果、奶酪、面包、各种贝类、蜜饯和甜点。"主菜是海猫,不过还要等几个小时才能烤好。"她总结道。

瓦尔看了烤架上的海猫和丰盛的晚餐桌一眼,说:"飞行者们还真是吃得很'简单'啊。"不过说归说,他还是跟着她们来到桌前,吃了两颗五香蛋和一块奶酪,又倒了一杯葡萄酒。

他们身边,聚会仍在继续,瓦尔并没有引起特别的注意。玛丽斯不知道这是因为其他人接纳了他,还是仅仅因为没有认出来。

三个人安静地站了一会儿。萨瑞拉低声跟瓦尔说着话,后者品着葡萄酒,又咬了几口奶酪。玛丽斯大口喝着她的麦酒,每次前门打开,她都焦虑地朝那边望望。外面已经黑了,小屋里迅速挤满了人。十几个身穿红色制服的肖特安飞行者一拥而入,玛丽斯勉强算是认识他们。跟在后面进来的是五六个她完全不知道是谁的东部飞行者。其中一人爬上瑞伊莎的酒桶，从同伴手中接过一把吉他，开始弹唱飞行者们的歌谣，唱得还算好听。听歌的人越来越多，有些开始大声点歌。

玛丽斯仍然随时关注着门的动静。她往瓦尔和萨瑞拉身边挪近一些，试图透过歌声听清他们在谈些什么。

就在这时，歌声停止了。

歌正唱到一半，歌手和吉他突然陷入沉默。这沉默扫过整间屋子，人们停下交谈，好奇地看向酒桶上方的那个人。不到一分钟，他已经吸引了全部的目光。

而他越过整个房间，看向瓦尔。

瓦尔朝歌者的方向转过身，举起酒杯。"你好，洛伦，"他用他令人恼怒的干巴巴的声音喊道，"为你优美的歌声干杯。"他将杯中酒一饮而尽，放下酒杯。

有人将他的祝酒视为含沙射影，发出一声冷笑。也有一些人视其为真诚，也举起了自己的酒杯。歌者坐在原地，瞪着瓦尔，面色阴沉。大多数飞行者困惑地看着他，等他重展歌喉。

"唱《亚伦和珍妮之歌》吧。"有人喊道。

手拿吉他的歌者摇摇头。"不，"他说，"我想到一首更合适的。"他弹了几个开场音符，开始唱一首玛丽斯不熟悉的歌。

瓦尔转身对玛丽斯说："听出来了吗？这首歌在东部十分流行，人们称它为《艾丽和单翼之歌》。"他又倒了一些葡萄酒，再次举杯，嘲讽地向歌者致意。

玛丽斯的心一沉，她意识到自己多年前听过这首歌，更糟糕的是，她曾经喜欢这首歌。它讲述了一个关于背叛与复仇的故事，充满戏剧性，令人血脉偾张。单翼是里面的反派，飞行者们是英雄。

萨瑞拉气得咬紧嘴唇，眼泪不受控制地流了下来。她冲动地向前走去，但瓦尔用一只手拉住她的胳膊，摇摇头。玛丽斯无助地站着，耳中回响着那些残忍的词句，它们与科尔写给她的歌词是那么不同。她多么希望科尔此刻在这里，写出一首歌进行反击。歌者有神奇的力量，哪怕是房间对面的来自东部的新手。

他唱完之后，所有人都明白了。

他把吉他丢给一个朋友，自己随后跳了下来："我去海滩唱歌，想听的人可以过来。"说完，他拿起他的乐器离开了房间，身后跟着和他一起来的那几个东部人。其他很多人也走了，屋里突然空了一半。

"洛伦算是邻居，"瓦尔说，"来自海湾对面的北阿伦。我好多年没见过他了。"

肖特安人柔声商量着什么，其中一两个人不时往瓦尔、玛丽斯和萨瑞拉这边投来尖锐的目光。然后，他们一起离开了。

"你还没把我介绍给你的飞行者朋友们，"瓦尔对萨瑞拉说，"走吧。"他牵起她的手，拽着她朝围成小圈站着的四个人走去。玛丽斯别无他法，只能也跟了上去。"我是南阿伦的瓦尔，"他大声说，"这位是萨瑞拉。今天是个适合飞行的好天儿，不是吗？"

这四个人中的一个人皱了皱眉头。他身材魁梧，皮肤黝黑，长着宽大的下颌。"我佩服你的勇气，单翼，"他嘟囔着，"但除此之外就没有了。我认识艾丽，虽然也算不上很熟。怎么着，你想跟我扯些客套话吗？"

"这里是飞行者小屋，正在举行飞行者的聚会，"另一个人尖刻地说，"请问二位到此有何贵干？"

"他们是我的客人。"玛丽斯生气地回应道，"还是你质疑我也无权待在这里？"

"不，我只质疑你交友的品位。"他拍拍大块头的肩膀。"走吧，我突然想听歌了。"

瓦尔又尝试向手拿麦酒的二女一男走去，但还没等他靠近，他们就把只喝了一半的酒杯放下，离开了。

现在房间里只剩一群人了，是六个来自西部的飞行者，玛丽斯跟他们算是相识。另外还有一个来自外岛的金发年轻人独自站着。突然之间，这些人也要离开了。朝门边走的时候，一个中年人停下脚步，对瓦尔开口。"你或许不记得了，那年你取得艾丽的飞翼时，我是裁判之一。"那人说，"我们自认裁决公正，但有人至今没有原谅我们当时做出的决定。也许你知道自己在做什么，也许你不知道，这无关紧要。如果人们连我都不愿原谅，他们更是永远都不会原谅你。我怜悯你，但我们无能为力。你不该回来的，孩子，他们永远不会让你成为飞行者。"

此前，瓦尔一直是平静的，可是此刻，他的脸因愤怒而扭曲。"我不需要你的怜悯，"他说，"我不想成为你们中的一员，我不是你的孩子。滚开，老头儿，否则我今年就要拿走你的飞翼。"

灰白头发的飞行者摇摇头，一名同伴拉住他的手肘："走吧，卡登，你在白费口舌。"

他们离开后，小屋里只剩瑞伊莎和玛丽斯一行三人。瑞伊莎忙着收拾她的麦酒杯，把它们收到一起进行清洗，没有抬头看他们。

"人情味和慷慨。"瓦尔说。

"他们不是都——"玛丽斯开口，却不知道接下来该说些什么。萨瑞拉看起来马上就要哭出来了。

这时，门被一把推开，加思站在门口，眉头紧锁，满脸怒气和不解。"怎么回事？"他问，"我好不容易从家里爬过来招待大家，结果所有人都在海滩上。玛丽斯？瑞伊莎？"他把门重重关上，穿过房间，"如果有人打架，我一定要拧断先动手的那个蠢蛋的脖子。飞行者可不像陆民一样光说不练。"

瓦尔转身面对他。"我就是人跑光了的原因。"他说。

"我认识你吗？"加思问。

"瓦尔，来自南阿伦。"他等着加思对这个回答的反应。

"他没有挑起任何麻烦，"玛丽斯突然说，"请相信我，加思。他是我的客人。"

加思没有听明白："那为什么——？"

"我还有一个名字是单翼。"

加思的脸上露出了然的神情，玛丽斯立刻明白了在风暴城的码头上遇到瓦尔的那天，自己脸上是什么表情。她不自在地意识到这种表情会带给瓦尔什么感觉。

不管加思做何感想，他都尽力控制了自己。"我希望我能够向你表示欢迎，"他说，"但那是在说谎。艾丽是一个善良的好姑娘，没有伤害过任何人。我也认识她的弟弟，我们都是。"他叹了口气，看向玛丽斯。"你说他是你的客人？你想让我怎么办？"

"艾丽也是我的朋友，"玛丽斯说，"加思，我不是让你忘了她，可是瓦尔并不是杀死她的人。他拿走的是她的飞翼，不是她的生命。"

"差不多是一回事。"加思小声嘟哝着，但有些漫不经心。他又看回瓦尔。"不过，你那时只是个孩子，我们谁也想不到艾丽会自杀。我自己也犯过错误，尽管没有犯过你那么严重的。我想——"

"我没有犯错。"瓦尔打断他。

加思眨眨眼。"你发起的挑战就是错误，"他说，"艾丽自杀了。"

"从头再来的话，我还是会向她发起挑战。"瓦尔说，"她不适合飞行。她的死亡是她自己的错误，不是我的错。"

加思总是温柔和善的，就算偶尔发脾气也大多是虚张声势，玛丽斯从来没有见过他露出如此冰冷愤怒的表情。"出去，单翼，"他压低了声音说，"离开小屋，再也不要进来，不管你是不是有飞翼。我不接待你。"

"我不会回来的。"瓦尔平静地说,"不管怎样,我还是感谢你的人情味和慷慨。"他笑笑,朝大门走去。萨瑞拉跟在他的身后。

"萨瑞拉,"加思说,"我不是——你可以留下来,孩子,我没有——"

萨瑞拉猛地转过身来:"瓦尔说的全是对的。我讨厌你们所有人。"

说完,她跟着瓦尔钻进了夜色中。

当晚,萨瑞拉没有回住处,但第二天天刚亮,她就和瓦尔一起回来了,准备进行训练。玛丽斯把飞翼交给他们,陪同他们走上蜿蜒陡峭的石阶,来到飞行崖。"你们俩比一比,"她说,"贴着海岸线,利用海风,不要飞高。绕整座岛一圈。"

两位学员离开视线之后,玛丽斯自己也佩好了飞翼。他们完成刚刚的飞行指令需要几个小时,玛丽斯很高兴能有这段独处的时间。她感觉疲惫、烦躁,不想让任何人陪,更何况瓦尔绝不是什么理想的陪伴者。她将自己交付风的怀抱,侧身飞向大海。

清晨苍白而平静,风在她身后稳稳地吹着。她乘着风,任由它把她带往任何地方。所有方向对她来说都没有差别,她想要的只是飞行,去感受风的触摸,在高空清冷的空气中忘记地面上所有琐碎的烦恼。

空中没什么好看的:海鸥、食腐鸢、斯库尔尼海岸附近的一两只鹰、偶尔出现的一两艘渔船。再往远处就只有大海,四处都是海,蓝绿色的海水,有长条的、明亮的阳光照在上面。她看见一群海猫,优雅的银色身形调皮地跃出水面二十英尺。一个小时后,她遇到了一只风魇,这是一种样貌奇特的罕见大鸟,薄薄的翅膀是半透明的,展开时有商船的船帆那么大。玛丽斯以前只听其他飞行者说起过它,如今才得以亲见。这种鸟喜欢人类很少飞到的高空,几乎从来不接近陆地。这只飞得很低,巨大的翅膀几乎看不出在移动,仿佛只是在风中飘浮。很快,玛丽斯就看不到它了。

她心中充满了深沉的安宁感,地面上的压力和愤怒都慢慢离开了她。她想,这就是飞行的意义。其余的,不管是她负责传递的信息、得到的荣誉、优渥的物质生活,还是飞行者阶层的友谊、敌意、规则、法律、传奇、责任和无边的自由,都是次要的。对她来说,单纯的飞行的感觉,才是真正的奖赏。

她认为萨瑞拉也能感受得到。或许这就是她被那个南方小姑娘吸引的原因。因为她每次飞行归来都神采飞扬、满面绯红、笑容灿烂,她的眼睛闪闪发亮。玛丽斯突然意识到,瓦尔从来没有那样的神情。这个想法令她感到悲伤。就算他能够赢得飞翼,付出的代价也太大了。虽然他对他的飞行技巧深感骄傲,也会满意于自己的表现,但他从来没有在空中找到乐趣。不管他是否能够赢得飞翼,他都无法获得真正的飞行者内心的平和与快乐。玛丽斯想,那一点,正是瓦尔人生最大的悲剧。

当她通过太阳的位置判断出时间已近正午时,玛丽斯终于转弯,画出长而优雅的弧线,开始飞回斯库尔尼。

下午晚些时候,玛丽斯正在住处休息,突然有人持续而用力地敲门,把她吓了一跳。

来访的是个陌生人,矮小、瘦弱,脸颊凹陷,灰白的头发向后梳紧,在脑后绑成发髻。这种发型和他皮毛镶边的衣服表明此人来自东部。他的一根手指上戴着铁戒,还有一根手指上是银戒,表明他的财富。

"我叫阿拉克,"他说,"过去三十年里是南阿伦的飞行者。"

玛丽斯把门开得大些,请这人进来,示意他坐在室内唯一的椅子上,她自己坐在床沿:"你来自瓦尔的家乡。"

来人做了个鬼脸:"是的。我来找你正是为了谈谈单翼瓦尔。我们中的一些人说——"

"我们？"

"飞行者们。"

"哪些飞行者？"这个人一副以自我为中心的样子，令玛丽斯反感。她不喜欢此人的自以为是，也讨厌他说话的腔调。

"这无关紧要。"阿拉克说，"大家派我来见你，是因为我们觉得你虽然并非出身于飞行者家庭，但你内心还是属于这个群体。如果你了解单翼瓦尔是什么人，就不会帮他了。"

"我了解他。"玛丽斯说，"我并不喜欢他，也没有忘记死去的艾丽，但我认为应该给他一个机会。"

"他的机会比他应得的多。"阿拉克生气地说，"你知道他来自什么样的家庭吗？他的父母道德败坏，肮脏而且无知。他来自劳玛荣，根本不是南阿伦。你知道劳玛荣吗？"

玛丽斯点点头，她想起自己三年前去过那里。那是一个多山的大岛，土地贫瘠但矿产丰富，也因此战事频仍。大多数陆民都在矿上工作。"他的父母是矿工。"她猜测。

但阿拉克摇摇头。"不，是守岛人。"他说，"职业杀手。他的父亲是刀兵，母亲是投石者。"

"许多岛屿都有守岛人。"玛丽斯不自在地说。

阿拉克似乎很享受她的反应。"劳玛荣的守岛人比其他岛屿的实战机会多，"他说，"事实上，是太多了。在一次交战中，她母亲投石的手被齐腕砍掉了。之后不久双方停战，但瓦尔家不接受停战，他的父亲仍然杀死了一个人。为此，他们全家不得不乘坐偷来的一艘渔船逃离劳玛荣。就这样，这家人来到了南阿伦。当妈的成了一个单手残疾的废物，但男人再次加入守岛人队伍，只不过也没当多长时间。一天晚上，他喝醉了，向一名同伴透露了身份。领主得到了消息，后来劳玛荣的领主也知道了。男人最后因盗窃和谋杀被绞死了。"

玛丽斯沉默地坐着,身体僵住了。

"我知道这些,"阿拉克说,"是因为我怜悯那可怜的寡妇。我雇她烧饭、干些杂活儿,从来不在乎她残了一只手,动作又笨又慢。我给他们母子地方住,给他们饭吃,让瓦尔跟我自己的儿子一起长大。他父亲死后,想必我就成了他的偶像。我给他树立了很好的榜样,让这个缺乏管教的孩子学规矩。不过我的努力都白费了——他的血是坏的。这两个人都辜负了我的善意;你也会被辜负的,不管你为他做什么都是白费。他妈懒惰无能,总在哀号抱怨,让人关心她的感受,从不按时干完活儿却总想着拿钱。瓦尔过去喜欢玩刀兵杀人的游戏,甚至想拉我的儿子跟他一起玩,还好被我及时制止了。他只能带给我儿子坏的影响。你知道吗,他们俩,他和他妈,都偷东西。我不得不把钱锁起来。有一次我甚至发现他偷摸我的飞翼,那是半夜,他以为我睡着了。

"给他一个机会光明正大地赢得飞翼,结果你看他干了什么?攻击可怜的艾丽,她根本没有还手之力,这不就等于直接杀了她?他毫无道德观念,也没什么做事原则。他小时候,我怎么揍他也没办法让他长记性,现在——"

玛丽斯突然想起瓦尔后背上那些伤疤,她站起身来:"你打他了?"

"嗯?"阿拉克惊讶地抬头看着她,"我当然打他了。这是唯一能让他懂点道理的方法。他很小的时候我会用一根黑檀木条,长大些用鞭子。我对自己的儿子也是这样管教的。"

"你对自己的儿子也是这样管教的。那么你给自己儿子的其他东西呢?瓦尔和他的母亲跟你们同桌吃饭吗?"

阿拉克站起身来,他的瘦脸因为惊愕而扭曲。哪怕站起来之后,他仍然很矮,不得不仰头看着玛丽斯。"当然不,"他不耐烦地说,"他们是帮佣,是我雇用的陆民。仆人没有权利跟主人一同进食。我给了这母子俩他们所需的一切,你可不能说我饿着他们了。"

"你给他们的都是残渣,"玛丽斯愤怒而笃定地说,"残渣剩饭,你自己不想要的垃圾。"

"在你还是个在土里刨食的陆民小鬼时,我就已经是富有的飞行者了。我不需要你来教我给家里的用人吃什么。"

玛丽斯靠近几步,俯身看着他:"跟自己的儿子一起养大他,是吗?那么,当你训练自己的儿子时,瓦尔问他是否可以试试飞翼,你是怎么回答他的?"

阿拉克简直笑得喘不过来气。"我用鞭子抽得他立刻打消了这个念头。"他说,"这发生在你带着你那该死的学院出现,让陆民开始痴心妄想之前。"

玛丽斯推了他一把。

玛丽斯很少因为生气而跟人动手,可是现在她用双手使劲推他,想要这个人受伤喊疼。阿拉克踉跄着往后退去,笑声在喉咙里戛然而止。她再次推他,令他站立不稳,跌坐在地。她站在他身前,看着他紧张而不敢置信的表情。"起来,"她说,"起来,离开这里,你这个肮脏的小矮子。我真想把飞翼从你的背上扯下来,你弄脏了天空。"

阿拉克爬起来,飞快地朝门边移去。踏出房门后,他恢复了勇气。"血统说明一切。"他从门缝中向玛丽斯怒目而视,"我就知道。我早就告诉过大家,陆民就是陆民。飞行学院会全部关闭。我们早就应该拿走你们的飞翼,但我们以后会这样做的,早晚都一样。"

玛丽斯浑身发抖,把门重重关上。

电光石火间,玛丽斯突然想到了什么,她拉开门,拔脚追赶阿拉克。小个子看着她追过来,发足狂奔,但玛丽斯很快就赶上他,把他撞倒在沙滩上。几名飞行者震惊地在旁围观,但没有人插手。

阿拉克在她身下扭动着。"你疯了，"他喊道，"放开我！"

"瓦尔的父亲是在哪里被处死的？"玛丽斯问。

阿拉克笨拙地站起身来。

"是在劳玛荣还是在南阿伦？"

"当然是在南阿伦，没必要用船把他送回劳玛荣。"他退后几步，拉开与玛丽斯之间的距离，"我们南阿伦的绳子一样结实。"

"但是罪行是在劳玛荣犯下的，必须由劳玛荣的领主来发布处决命令。"玛丽斯说，"这命令是如何到达你们领主手里的？是你送的信，对不对？是你来回传递了消息！"

阿拉克对她怒目而视，挣脱她的束缚，再次逃跑了。这次玛丽斯没有再追。

他脸上的表情已经给出了她需要的答案。

当晚，从海面吹来的风清新而寒冷。玛丽斯走得很慢，并不急于结束独处，开始与瓦尔的交谈。她想跟瓦尔谈谈——或者说她觉得自己有义务这样做——但她并不确定要说些什么。这是第一次，她感觉自己理解了他。这种同情令她不安。

她被阿拉克激怒了。她现在意识到，她的反应是情绪化的、不理性的。就算瓦尔有发怒的权利，她也没有。飞行者不应该为他们所传达的信息而受到指责，这是常识，也是老生常谈。玛丽斯自己没有传递过直接导致某个人死亡的消息，但她送过一次信，使一名被控盗窃的女子入狱——那女子会像仇恨判罚她的领主一样仇恨玛丽斯吗？

玛丽斯把手插进衣袋，耸起肩膀抵御寒风的撕咬。她沉着脸，任这个问题在脑中翻滚。阿拉克不是什么好人，他很可能乐得在对一名谋杀者的惩罚中扮演某个角色。而且，毫无疑问，他从中捞取了好处。不管他多么道貌岸然地夸耀自己的慷慨，也不能改变他将瓦尔母子俩用作廉价劳动力的事实。

靠近瓦尔暂住的小酒馆时,玛丽斯仍然没有打定主意。阿拉克是飞行者,飞行者无法拒绝传递消息,不管那条消息听起来是多么糟糕或者不公平。她不能因为讨厌这个人,就将瓦尔父亲被处死这件事(暂不论判罚是否公正)怪罪于他。如果瓦尔真的想要成为真正的飞行者而非"单翼",就必须理解这一点。

小酒馆十分寒酸,里面黑暗阴冷,隐隐散发出霉味。炉火微弱,不足以让主厅变得暖和,桌上的蜡烛也烧得烟雾缭绕的。瓦尔正跟三个身材壮硕的黑发女子掷骰子,这三人身穿棕绿相间的制服,一副卫兵打扮。玛丽斯叫他一声,他乖乖离开牌桌,顺手端起手边的葡萄酒。

玛丽斯说话时,他把玩着酒杯,不发一言,喜怒难辨。玛丽斯说完后,他的脸上一闪而过一丝微笑。"人情味和慷慨,"他说,"阿拉克身上不缺这两种品质。"之后,便不再说话。

长时间的沉默令人尴尬。"你想说的就是这个?"玛丽斯终于忍不住开口问。

瓦尔的表情微微一变。他嘴角的线条绷紧,眼睛眯了起来,看上去比以往更加冷酷:"你指望我说些什么,飞行者?你认为我应该拥抱你,跟你上床,唱首歌来赞美你的理解?哪一种?"

他语气中的愤怒令玛丽斯震惊。"我……我不知道我想让你做何反应,"她说,"但我想让你知道,我理解你经历了什么,我是站在你这一边的。"

"我不需要你站在我这边,"瓦尔说,"我不需要你,或者你的同情。如果你认为我会感谢你窥探我的过去,那么你错了。我和阿拉克之间的恩怨是我们两个人的事,不是你的,我和他都不需要你的评判。"他喝完杯中酒,打个响指,酒馆老板走过来,把一瓶酒放在他们面前的桌上。

"你想报复阿拉克,我不否认这是正当的,"玛丽斯坚持道,"可是你已经把这种恨意变成了针对全部飞行者的。你应该挑战的是阿拉克,不是艾丽。"

瓦尔给自己倒了一杯酒,尝了一口。"关于你这个浪漫的建议,有几个问题。"他以更加平静的口吻说道,"首先,空中之家资助我参赛的那一年,阿拉克并没有飞翼。他的儿子成年了,所以他退休了。两年前,他儿子感染了某种南部热,死了,阿拉克才再次佩戴飞翼。"

"我明白了。"玛丽斯说,"你没有挑战阿拉克的儿子,因为你们是朋友。"

瓦尔的笑容很残忍:"算不上。那小子是个没有教养的恶棍,一天天长得更像他爸。他们把他扔进海里时,我没有流一滴眼泪。噢,我们曾经一起玩耍,那时他还太小,不明白自己有多么优越。我们也经常一起挨揍,不过这一点并没有让我们更亲近。"他倾身向前,"我没有挑战他是因为他很优秀,正如我不会去挑战阿拉克一样。不管你怎么想,我对复仇并没有兴趣。你们的艾丽是我见过的最脆弱的飞行者,我知道我有能力取走她的飞翼。但是,跟阿拉克或他的儿子比赛,我有可能会输。就这么简单。"

他又喝了一口酒。玛丽斯看着他,满心沮丧。不管她来这里是想达成何种目标,她都失败了。她意识到,和解是不可能达成的。是她愚蠢,才会另作他想。单翼瓦尔就是这个样子的,不会仅仅因为玛丽斯知道了是何种可怕的往事将他变成这样就有所改变。他坐在座位上,打量着她,脸上带着一如既往的冰冷的蔑视。玛丽斯明白了,他们永远不可能成为朋友,永远,不管以后发生什么。

但她再一次进行尝试:"别让阿拉克影响你对所有飞行者的判断。"她听到自己的措辞,有些好奇为什么她没有使用"我们"这个词,为什么她说起飞行者的口气就像她并非其中的一员。"阿拉克并不是典型的飞行者,瓦尔。"

"阿拉克和我彼此了解。"瓦尔说,"谢谢你,我清楚地知道他是什么人。我知道他比大多数人都残忍,无论是飞行者还是陆民;他的头脑更不聪明,而且更容易被激怒。可是知道这一点并不能说明我对其他飞行者的看法就是不对的。不管你愿不愿意承认,大多数飞行者就是他那种态度,只不过他更直白地表达了出来,而且用词更加粗鲁罢了。"

玛丽斯站起身来。"我们之间没什么可说的了。明天早上,我等你和萨瑞拉来训练。"说完,她转身离开了。

比赛前一天,塞娜和其他木翼学员比预计时间早到了几个小时。船停在最近的港口,众人沿着海滨大道艰难地往陆地走了十二英里。

玛丽斯正在空中飞行,所以几个小时之后才知道他们已经到了。她找到他们之后,塞娜立刻问起学员的飞翼,并派夏尔和莱娅去取。"我们要利用剩下每一个小时的好风,"她说,"在船上困得太久了。"

学员们离开之后,塞娜让玛丽斯坐下,眼神锐利地打量着她:"告诉我出什么事了。"

"什么意思?"

塞娜不耐烦地摇摇头。"我一来就注意到了,"她说,"过去多年来,飞行者或许对我们也是冷冰冰的,但他们总是礼貌的,或者说屈尊俯就的。可是今年,敌意就像难闻的味道一样悬在空气里。是因为瓦尔吗?"

玛丽斯简短地将此处发生的事情告诉了塞娜。

塞娜皱皱眉:"好吧,发生这样的事情很不幸,但我们会克服的。逆境让人坚强,他们需要这样的磨炼。"

"是吗?这不是从风、天气和困难的着陆中得到的磨炼,而是完全不同的东西。他们真的需要在身体变得坚强的同时把心灵也变得冷硬吗？"

塞娜把一只手放在她的肩膀上："或许他们需要呢。你听上去有些愤愤不平，玛丽斯，我理解你的失望。我过去也是飞行者，我同样愿意把老朋友们想得好一些。我们会闯过这一关的，不管是飞行者还是木翼学员。"

当晚，飞行者们在小屋举行了热闹的聚会，声音很大，住在村里的玛丽斯和其他人都能听到。不过塞娜不让木翼学员们去凑热闹，强调他们需要休息。她在自己的住处召开了最后一次赛前会议。

会议一开始，她跟大家讨论了比赛规则。比赛将持续三天，但严肃的项目，即正式挑战，全部安排在上午。

"明天，你们将提名各自的对手，开始比赛。"塞娜说，"裁判将根据速度和耐力这两项指标来给你们打分。第二天考查动作是否优雅。第三天是精确度：你们将穿过飞行门以展示控制力。"

下午和傍晚用于进行不那么紧张的比赛、游戏、私人挑战、赛歌、饮酒等各项活动。"那些是留给不用参加真正挑战的飞行者们的，"塞娜提出警告，"你们没有时间去做那些愚蠢的事情。它们只会让你们疲惫，浪费你们的体力。想看的话就看一会儿，但是不许参加。"

讲解完规则之后，塞娜回答了学员们提出的各种问题，直到她被问了一个无法回答的难题。这个问题是克尔提出的，他在三天的航程中掉了几斤肉，现在令人意外地看上去十分精壮。"塞娜，"他说，"我们怎么决定最该挑战谁？"

塞娜看向玛丽斯。"我们以前就遇到了这个难题。"她说，"飞行者们的孩子成年后准备发起挑战时会知道他们需要知道的所有信息，但是我们听不到飞行者们的小道消息，不知道谁强谁弱。我了解的情况都是十年之前的旧事了。你能为他们提出建议吗，玛丽斯？"

玛丽斯点点头："显然，你们想找到自己能够打败的人。要我说，挑战东部或西部的飞行者。从更远的地方来的往往都是那个地区最优秀的人。要是比赛在南部举行，就可以挑选实力更弱的南部飞行者，可若论西部飞行者，只有最强的那批人才会从西部飞过去。

"你们最好避开大肖特安的飞行者，他们是以军事形式组织的，几乎无时无刻不在训练。"

"去年，我挑战了一位来自大肖特安的女飞行者，"达蒙闷闷不乐地插嘴道，"她赛前看上去并不强，可到了关键时刻轻而易举就打败了我。"

"她很可能是故意隐藏实力，以此吸引别人挑战，"玛丽斯说，"我知道有人这么做过。"

"照你说的排除之后，仍然剩下很多人，"克尔不满意地说，"我不认识他们中的任何一个。你就不能说出一个我能战胜的名字吗？"

闻此，瓦尔哈哈大笑。他站在门边，萨瑞拉挨着他。"你战胜不了任何人，"他说，"除非塞娜上场。向她发起挑战吧。"

"我能战胜你，单翼。"克尔反唇相讥。

塞娜让他闭嘴，又瞪了瓦尔一眼："安静，不要再胡扯，瓦尔。"她又看回玛丽斯："克尔是对的。你可以告诉我们哪些飞行者实力比较弱吗？"

"你明白的，玛丽斯，"瓦尔说，"就像艾丽那种。"他微微一笑。

要是搁到不久以前，这个建议肯定令玛丽斯心生恐惧，她会把它视为最严重的背叛。可是，如今她却没有那么确定了。实力较弱的飞行者将自身和他们的飞翼置于险境，而只要对鹰巢的小道消息稍做了解，就不难知道这些人是谁。

"我——我想我可以提几个名字。"她犹豫着说，"库哈尔的乔安是一个。据说他的眼睛不太好，而且飞行技巧从来也算不上高超。鲍威特的巴莉是另一个。她在过去一年里胖了三十磅[1],这是一名飞行者意志和身体衰退的明显征兆。"她又说了五六个名字,都是飞行者们口中经常出现的谈资:出了名地笨拙、粗心,或者两者皆有;要么年迈,要么非常年轻。接着,她不由自主地加上了另一个名字:"我昨天遇到的一个东部人或许也值得挑战——南阿伦的阿拉克。"

瓦尔摇摇头。"阿拉克虽然个子不高,但绝不脆弱,"他冷静地说,"他可以打败这里的任何一个人,或许除了我。"

"是吗?"克尔同往常一样被他话中暗含的轻蔑所激怒,"等着瞧。我相信玛丽斯的判断。"

讨论又持续了几分钟,学员们热烈讨论着玛丽斯抛出的那些名字。最后,塞娜把他们都赶去休息了。

在与玛丽斯同住的木屋前,萨瑞拉向瓦尔道晚安。"走吧,"她说,"我今晚住在这里。"

他看上去有一些惊讶:"哦?好吧,随便你。"

瓦尔消失在视野中后,玛丽斯问:"萨瑞拉?我当然欢迎你留下,不过为什么?"

萨瑞拉转过身来面对她,表情严肃。"你落了加思。"她说。

玛丽斯大吃一惊。她当然想到了加思。他生病了,酒喝得很凶,长了不少体重,输掉飞翼对他来说或许并不是坏事。可是她知道加思自己不会那样想。他是她多年的老朋友,她不能对学员们提出他的名字。"我不能这么做,"她说,"他是我的朋友。"

"我们难道不是你的朋友吗?"

"当然是。"

"但是不像加思那样亲密。你更在乎保护他,而不是我们是否

---

[1] 1磅合0.4536千克。——编者注

能赢。"

"或许我不该落下他的名字,"玛丽斯承认,"但我太在意他了。这不容易——萨瑞拉,你没有对瓦尔说起加思的事,对不对?"她突然开始担心了。

"算了吧。"萨瑞拉说。她从玛丽斯身边走过,进了木屋,开始脱衣服。玛丽斯手足无措地跟了进去,后悔自己问了那个问题。

"我希望你能够理解。"玛丽斯对这个南方小姑娘说,后者已经钻进了被窝。

"我理解,"萨瑞拉明白,"你是个飞行者。"她翻过身,背对着玛丽斯,不再说话。

比赛第一天的清晨,阳光明媚,风平浪静。

从玛丽斯在飞行者小屋外站立的位置来看,似乎斯库尔尼一半的人都来观看比赛了。到处都是人:沿着海岸漫步,爬上凹凸不平的崖壁以占据有利位置,或单独或成群结队地坐在草地和沙滩上。海滩上散落着各个年龄段的孩子,他们跑前跑后,脚后扬起沙子,与浪花嬉戏,激动地大声喊叫,笔直地展开胳膊向前冲,装作在飞行。商贩在人群中穿梭:有拿着香肠的,有提着酒囊的,还有一个女人推着卖肉馅饼的小车。就连海面上也满是看客。玛丽斯看见十几艘船停在碎浪外一动不动,上面装满了旅客。她知道,在她看不到的地方一定还有更多船。

只有天空是空旷的。

通常,空中会挤满不耐烦的飞行者,到处是闪着光的银色飞翼在盘旋、转弯,那是他们在抓紧最后的时间练习,或仅仅测试风向。但今天不是这样。

今天,气流是静止的。

死一般的平静令人感到害怕。这是不自然的、不可能的:海岸边的轻风应该是不停歇的。可如今，一种令人窒息的滞重感笼罩了一切，就连空中的云都懒洋洋的。

飞行者们将飞翼搭在肩上，在海滩漫步，偶尔抬头不安地望望天空，等待着风的回归。他们彼此小心翼翼地轻声交谈着天气的反常。

陆民们急切地等待着比赛开始，大多数人根本没有意识到有任何地方不对劲，毕竟这是一个晴朗而美丽的日子。悬崖上方，裁判已经就位并落座。比赛不能因为天气而推迟，在这种无风的日子里比赛或许不会有激动人心的表现，但同样也能够测试选手的技巧和耐力。

玛丽斯看见塞娜带领木翼学员们穿过沙地，走上通往悬崖的台阶。她赶快跑过去加入他们。

裁判席前已经排起了队，桌子后方坐着斯库尔尼的领主和分别来自东部、南部、西部及外岛的四位飞行者。

领主的发令官——一个身材魁梧的女人，胸部像木桶一样宽阔，站在悬崖边上。在每位挑战者依次向裁判报出对手的名字后，她会将手握成杯状，大声喊出这个名字，让所有人听到。然后，她的徒弟们会沿着海岸接力呼喊，直到被挑战的飞行者得到消息，前往飞行崖。然后，挑战者将与他或她的对手碰面，队伍继续向前。大多数被叫到的名字对玛丽斯来说都有些熟悉，她知道这些都是家庭内部的挑战，比如父母考验孩子，或者——其中一家是妹妹挑战哥哥继承飞翼的资格。就在木翼学员们到达裁判席之前，一个来自大肖特安的黑发女孩，也是一位德高望重的飞行者的女儿，选了鲍威特的巴莉。玛丽斯听到克尔轻轻骂了一句。一个好目标就这么错过了。

接下来，轮到他们了。

在玛丽斯看来，裁判席比以往安静许多。领主足够活跃，但四位飞行者裁判都神情凝重，面色紧张。东部的裁判摆弄着放在她面前桌上的木质望远镜，来自外岛的肌肉发达的金发飞行者眉心紧锁，就连莎丽看上去也忧心忡忡的。

夏尔先选,接着是莱娅。她们都选了玛丽斯建议名单上的人。发令官喊出了人名,玛丽斯听到这两个名字沿着海岸线一声声传下去。

达蒙选了南阿伦的阿拉克,博得来自东部的裁判狡黠一笑。"阿拉克会很高兴的。"她说。

克尔选了库哈尔的乔安。玛丽斯并不乐见这一选择。乔安实力较弱,适合做对手,但玛丽斯原本希望由更有希望获胜的学员来挑战他,比如瓦尔、萨瑞拉或达蒙。克尔是六个人中最弱的,乔安很可能能够幸运地保住飞翼。

单翼瓦尔走到桌前。

"你选谁?"外岛的裁判粗声粗气地问道。他神情紧张,其他裁判同样如此,甚至领主也是这副样子。玛丽斯意识到自己的心也提到了嗓子眼,她不知道瓦尔会有何举动。

"我只能选一个人吗?"瓦尔嘲讽地问,"上次我来比赛时,可是有半打对手的。"

莎丽不客气地回答道:"正如你所知,规则变了。多人挑战已被取消。"

"你能赢得飞翼的话可太不幸了,单翼。"东部的裁判说,"其他人还等着呢,说出你对手的名字,往前走。"

瓦尔耸耸肩:"我选小安柏利的柯尔姆。"

众人陷入沉默。莎丽起初惊呆了,接着又露出了笑脸。东部的裁判自顾自"咯咯"笑了起来,外岛来的则放声大笑。

"小安柏利的柯尔姆!"发令官声如洪钟,"小安柏利的柯尔姆!"十几声呼喊回应了这个声音。

"为了避嫌,我应该退出裁判席。"莎丽平静地说。

"不,莎丽,"东部的裁判说,"我们相信你会公正判决。"

"我没有请你离开。"瓦尔说。

莎丽困惑地看着他:"好吧。你这是自寻死路,单翼。柯尔姆可不是什么悲痛欲绝的孩子。"

瓦尔冲她神秘一笑,离开了裁判席,玛丽斯和塞娜赶紧跟上。"你为什么要这样做?"塞娜质问道,她气坏了,"显然我在你身上花时间纯粹是浪费。柯尔姆!玛丽斯,告诉他柯尔姆有多么出色,告诉这个任性的傻子,他刚刚扔掉了自己的飞翼!"

瓦尔只是看着她。"我想他知道柯尔姆有多优秀,"玛丽斯迎上他的目光,"而且他知道莎丽是柯尔姆的妻子。我认为这正是他选择柯尔姆的原因。"

瓦尔没有机会进行反驳。在他们身后,队伍已经向前移动了,发令官喊出了另外一个名字。玛丽斯听到后猛地转过身去,她的胃像是被狠狠拧了一把。"不!"她说,但这个字堵在嗓子眼里,没有人听到。仿佛是在回应她,发令官又一次喊出了被挑战者的名字:"斯库尔尼的加思!斯库尔尼的加思!"

萨瑞拉正从裁判席前走开,她低垂着眼睛。当她终于抬起头,与玛丽斯四目相接时,她涨红了脸,却一脸挑衅的神情。

选手们两两飞向清晨的太阳,在沉重的空气中苦苦挣扎。凝滞已被打破,但风速仍然缓慢且不稳定——飞翼突然变得笨拙。飞行者们佩戴自己的飞翼,挑战者则使用裁判、朋友或观众借给他们的。按照设定的比赛路线,他们将飞往一个名叫莱斯利的岩石小岛,从等在那里的领主手中领取标记物,然后再飞回来。正常情况下,飞完全程要三个小时,玛丽斯估计今天这种天气可能需要更长时间。

木翼学员和他们的对手按照发起挑战的顺序陆续起飞。夏尔和莱娅的开场不错。达蒙遇到了更多麻烦。在他们盘旋着等待出发指令时,阿拉克对他进行了言语攻击，在海面上转弯时又故意制造危险，贴着他飞。即使从远处观察，玛丽斯也看出达蒙深受打击。

克尔表现更差。他搞砸了起跳，几乎是从悬崖上摔下去的。当他急速向海滩跌落时，下方响起惊呼声。所幸他终于恢复了一些控制力，重新把自己拉起，但等他飞到海面上时，他的对手已经遥遥领先了。

柯尔姆兴高采烈、满面笑容地准备着他与瓦尔之间的对决。他与帮他佩戴飞翼的两个陆民姑娘说笑调情，对看客们大声发表评论，向莎丽挥手致意。他甚至还向玛丽斯所在的方向投去一个冷笑。不过他一直没有跟瓦尔交谈，只在起飞前对他说了一句："这是为了艾丽。"用可怕的语气喊出这句话后，他便开始助跑，投入了风的怀抱。瓦尔一言不发。他默默地打开他的飞翼，默默地从悬崖跃下，默默地迅速飞起，向柯尔姆靠近。发令官发出出发指令后，两人向相反的方向冲去，又都干净利落地转弯调整好方向，飞翼的影子从海滩上仰面观看的孩子脸上一掠而过。他俩消失在大家视线中时，柯尔姆领先，但只有一个翼展的距离。

最后是萨瑞拉和加思。玛丽斯和塞娜一起站在裁判席附近。她可以看见他们站在飞行崖上，这个画面令她心痛。加思面色阴郁而苍白，从这个距离看，他的身体过于庞大笨重，面对年轻苗条的挑战者几无胜算。两个人默默做着准备，加思只偶尔对他妹妹说一两句话，萨瑞拉一言不发。他们俩起飞都不顺利，加思因为体重大，在厚重的空气中面对的阻力更大。萨瑞拉迅速领先，但当他们消失在地平线上时，加思已经追上了她。

"我知道你想帮助你的木翼学员们，但你就不能因为顾忌对朋友的背叛而收手吗？"

是多雷尔强装平静的声音。玛丽斯被他这句话刺痛，转过身来面对他。自海滩上的那晚以来，她还没跟他说过话。

"我不想让这件事发生的,多雷尔,"她说,"但这样也许更好。我们都知道他生病了。"

"生病,是的,"他厉声说,"但我想做的是保护他——如果他输了,他会死的。"

"他赢了才会送命。"

"我认为他宁肯赢。要是那个女孩夺走他的飞翼——他喜欢她,你知道吗?他对我说起过她,说她有多么好,就在那晚瓦尔毁了小屋聚会之后。"

玛丽斯原本也对萨瑞拉的选择感到不适和愤怒,但多雷尔冰冷的指责使她的情绪发生了变化。

"萨瑞拉没有做错任何事,"她说,"她的挑战是完全正当的。而且瓦尔也没有像你说的那样毁掉聚会。你怎么能那样说,明明是飞行者们侮辱了他,又拂袖而去。"

"我不理解你,"多雷尔轻声说,"我不愿意相信你改变了这么多。可是这是真的,就像他们说的那样,你已经背叛了我们。你宁愿跟木翼学院的人和单翼在一起,也不愿与真正的飞行者为伍。我好像再也不认识你了。"

他脸上的痛苦与他严厉的话语一起刺痛了她。玛丽斯强迫自己开口。"是的,"她说,"你不再认识我了。"

多雷尔等了一会儿,等着她再多说些什么,但玛丽斯知道自己只要开口,一定会尖叫或哭泣。她看到愤怒与悲伤在多雷尔脸上交替出现,最终是愤怒胜出了。他一言不发地转过身,大步离开了。

看着他离开,玛丽斯觉得自己仿佛要流血身亡,而且她知道这心上的伤口是自找的。

"这是我的选择。"她小声说。她茫然地看着大海,眼泪从脸上流下来。

选手们出发的时候是两人一组，几个小时后是一个个回来的。

成群的陆民聚集在海滩上，眼睛热切地盯着地平线。他们吃吃喝喝，玩着自己的游戏和比赛，同时等待着飞行挑战赛的结果。

裁判们用望远镜观察着天空，这些望远镜是由风暴城最好的制镜师制作的。他们面前的桌子上摆着许多小木盒，每个木盒对应一组比赛，还有一堆小鹅卵石：白色的代表飞行者，黑色的代表挑战者。一场比赛结束后，每位裁判会将一颗小石子丢进木盒中。若是两位选手实力特别接近，裁判可以选择平局，将两种颜色的小石子各投一颗进木盒；或者——这种情况非常少——若是胜负异常明显，也可以投两颗白色或两颗黑色。

第一个到达的飞行者是先被船上的人看到的，喊声在水面上荡漾开来。海滩上的人们开始站起身来，举起手遮挡刺眼的阳光。莎丽拿起她的望远镜。

"看见什么了吗？"另一位裁判问道。

"一个飞行者，"莎丽笑着说，"在那边——"她试着指出方向，"在云层下方。现在还看不出来是谁。"

其他人也向那个方向看去。玛丽斯几乎看不见他们正在谈论的那个小黑点，那说不定是一只食腐鸢或雨信鸟，不过，毕竟裁判们是有望远镜的。

东部的女裁判先认出了那个飞行者是谁。"是莱恩。"她惊讶地说。其他人也同样深感意外。玛丽斯记得莱恩是第三组出发的，也就是说他不仅比自己的儿子飞得快，也胜过了在他之前出发的四个人。

莱恩降落时，又有两名飞行者冲出了云层，他们之间有几个翼展的差距。裁判们宣布，这是第一组出发的选手。领主的一名侍从将两个小木盒放在桌上，玛丽斯听到小石头落下的"啪啦"声。

两个盒子被放到一旁后，玛丽斯上前察看。在第一个盒子里，她数到五颗黑石子、一颗白石子，说明有四位裁判选了挑战者，一位裁判投了平局。另一个盒子是莱恩那组的结果，里面有五颗白石子。不过，就在她看的时候，裁判们又扔进来三颗——又有两名飞行者到达了，相距甚远，但其中没有莱恩的儿子。二十分钟后，当他终于出现时，前面共有五个人。莱恩的盒子里现在有了十颗白石子。这是很可怕的优势，玛丽斯明白，那男孩很可能已经输了。

随着每个到达的选手被辨认出来，裁判们将名字报给发令官，后者则大声宣告，让所有人都听见。挤在海滩上的陆民为一些名字发出刺耳的欢呼声，玛丽斯偶尔还会听到大声的呻吟。她怀疑大多数欢呼是因为钱，而非个人情感。很少有陆民了解其他岛屿的飞行者，更谈不上喜欢或者不喜欢他们，对比赛结果进行押注是个传统。玛丽斯知道悬崖下方有许多钱正在转手。不过，对萨瑞拉来说，局面会是艰难的。这里是斯库尔尼，加思的家乡，这里的许多看客都熟悉且喜欢他。

"南阿伦的阿拉克！"发令官喊道。

塞娜轻声骂了一句。玛丽斯借来莎丽的望远镜。毫无疑问，确实是阿拉克，他独自一人，不仅领先达蒙，也比夏尔、莱娅和她们各自的对手快。

一个接一个地，木翼学员和他们的对手们艰难地返回了。

阿拉克领先，然后是夏尔挑战的人，接着是达蒙，后面是莱娅的对手。几分钟后，三名选手紧挨着到达了：夏尔和莱娅如平日一样形影不离，紧跟在她们后面的是库哈尔的乔安。塞娜满脸失望，再一次忍不住骂人。玛丽斯想说几句安慰的话，但不知道可以说些什么。裁判们开始往木盒里扔石子。海滩上，达蒙已经着陆，开始脱飞翼，其他人也靠近了，准备降落。

天空中一时空无一人。克尔显然输得很惨，库哈尔的乔安已经降落，克尔却不见踪影。玛丽斯趁此空当去看裁判们如何给她的学生们评分。

结果并不乐观。夏尔的盒子里有七颗白色的，莱娅的有五颗，达蒙八颗。克尔目前有六颗，但他至今没有出现，裁判们正在往里面扔更多的白色石子。"快点啊！"玛丽斯小声嘀咕着。

"我看到有人来了，"南部的裁判说，"飞得很高，现在开始下降了。"

其他人举起望远镜。"是的。"他们中的一个说道。现在海滩上的人们也看到即将到达的选手了，玛丽斯听到了嗡嗡的猜测声。

"是克尔吗？"塞娜焦急地问。

"不确定，"东部的裁判回答，"再等等。"

莎丽第一个放下她的望远镜，一脸镇静。"是单翼。"她轻声说。

"给我，"塞娜说着，一把夺过她的望远镜，"是他。"她满眼放光地把望远镜交给玛丽斯。

确实是瓦尔。风势变大了许多，瓦尔很好地加以利用，优雅而老练地从一股气流滑到另一股。

"通报他的名字。"莎丽毫无感情地对发令官说。

"单翼瓦尔，南阿伦的瓦尔！"

人群一时间陷入沉默，紧接着又爆发出喧嚣声，有狂野的欢呼，有哀号，也有咒骂。没有人对单翼瓦尔无动于衷。

另一副银翼从上方切入众人的视野。玛丽斯推测到达之人是柯尔姆，莎丽的望远镜确认了这一猜测。他落后很多，绝无赶上的希望。虽然对他来说，这算不上什么丢脸的事，但这场比赛的失败显然已成定局。

"玛丽斯，"莎丽说，"我想请你看着我投票，这样所有人都知道我的评判是公正的。"她摊开手掌，掌心里放着一颗黑色的鹅卵石。在玛丽斯的注视下，她把石子放进了木盒中。另外四块随之落下。

"又来一个，"有人说，"不，两个。"

瓦尔已经落地，正在平静地脱下飞翼。他像平常一样，拒绝让包围在身边的陆民孩子帮忙。柯尔姆掠过海滩和悬崖，以愤怒的捕食者的姿态绕着圈，不愿下来面对他的失败。玛丽斯知道，柯尔姆一向无法心平气和地对待失败。

所有人都看向后面的两名选手。"斯库尔尼的加思，"来自外岛的裁判说，"还有他的挑战者。她紧跟在他身后。"

"是的，是加思。"领主确认道。萨瑞拉向他的飞行者之一挑战令他不快，毕竟没有任何领主会喜欢输掉一副飞翼的可能性。"飞啊，加思，"他公然表现出偏向，"快点。"

塞娜朝他做了个鬼脸。"她表现不错。"她对玛丽斯说。

"还不够好。"玛丽斯回答。她现在可以清楚地看见他们了。萨瑞拉落后一两个翼展，不过，随着海滩进入视野，她似乎有些摇晃。加思开始降落，从她的前方急转弯，带起的气流打破了她的平衡。她的飞翼抖动了片刻才恢复稳定，这给了加思进一步拉开距离的机会。

他以三个翼展的优势飞过海滩。石子纷纷落入木盒。玛丽斯转身去看。这是一场势均力敌的激烈比赛，值得信服。或许会有裁判将其判定为平局。

一位裁判确实这样做了，但仅此一位。玛丽斯数了数。五颗白石子投给加思，一颗孤零零的黑石子给萨瑞拉。

"我们下去找她吧。"玛丽斯对塞娜说。

"克尔还没回来。"老教师答道。

玛丽斯差点把克尔忘了："啊，希望他平安无事。"

"我不应该支持他参赛的。"塞娜嘟囔着，"都怪他父母的钱。"

她们又等了五分钟，十分钟，十五分钟。夏尔、莱娅，以及万分沮丧的达蒙都登上崖顶，加入了等待的行列。其他一些选手出现在了地平线上,但没有一个是克尔。玛丽斯越来越担心。

所幸他最终还是出现了。他是上午所有选手中最后一个到达的,而且是从错误的方向回来的。他解释道,自己被风吹得偏离了路线,错过了斯库尔尼。说起这一点,他十分不好意思。

到了这个时候,木盒里理所当然地出现了十颗白色石子。

陆民们开始散去,人们离开赛场去寻找食物、饮料或乘凉的地方。飞行者们为下午的游戏做准备。塞娜摇摇头。"走吧,"她伸出一条胳膊搂住克尔,"我们去找其他人,一起吃点东西。"

下午很快就过去了。一些木翼学员去看了飞行比赛——一名外岛飞行者和两名肖特安飞行者赢得了个人奖项,西部则在团队赛中摘得桂冠;其他人则休息、交谈或游戏。达蒙买了一副棋,他和夏尔埋首棋盘几个小时,两个人都迫切想找回一部分失去的自尊。

晚上是各种聚会。木翼学员们在塞娜的木屋外举行了自己的小派对,部分原因是想借此放松沮丧的心情。莱娅演奏了风笛,克尔讲述了关于大海的故事,所有人都从玛丽斯的酒囊里喝了酒。瓦尔还是平日里那副冰冷、疏离、生人勿近的样子,但其余人也都闷闷不乐的。

"没有人去世,"塞娜终于忍不住,不高兴地说道,"等你们像我一样瞎了一只眼、瘸了一条腿,那时候再哀叹也不迟。现在你们没有权利摆出这副样子。都走吧,所有人,趁你们还没把我惹火。"她朝他们挥挥拐杖,"去吧,去睡觉。我们还有两天比赛呢。只要飞得足够好,所有人都有机会赢得飞翼。我希望你们明天表现得更好。"

玛丽斯和萨瑞拉沿着海滩一路交谈,听着大海缓慢而永无止息的浪涌,走回两人共同暂住的木屋。"你生我的气吗?"萨瑞拉轻声问,"因为我点了加思的名?"

"我一开始是生气的,"玛丽斯疲倦地说,此刻她没有心情谈论自己和多雷尔的决裂,"或许我没有权利生你的气。如果你战胜了他,就有权利赢得他的飞翼。我已经不生气了。"

"我很高兴,"萨瑞拉说,"我之前也生你的气,不过现在不了。对不起。"

玛丽斯伸出一条胳膊搂住她的肩膀。她们默默地走了一分钟,然后萨瑞拉说:"我已经输了,是不是?"

"不,"玛丽斯说,"你仍然可以赢。你也听到塞娜说的话了。"

"是的,"萨瑞拉说,"可明天的评判标准是优雅,这一直是我的弱项。就算我能够在飞行之门环节取胜,也追不上这么大的差距。"

"嘘,"玛丽斯说,"别这样说。只要尽全力去飞就好,其余的事情交给裁判。这是你唯一能做的。就算输了,你总可以来年再战。"

萨瑞拉点点头,此时她们已经到达了木屋。她走上去开门,却立刻退了回来。"啊,"她的声音充满恐惧,几乎哽咽,"玛丽斯。"

玛丽斯立刻警觉,冲到她身边。萨瑞拉浑身发抖,盯着小木屋的门。玛丽斯也看了一眼,顿时一阵反胃。

有人把两只死去的雨信鸟钉在了门上。它们绵软而蓬乱的身体耷拉着,曾经明亮的羽毛沾染血迹,暗淡无光。铁钉从它们小小的身体穿过,鲜血缓慢地一滴滴落到地上。

玛丽斯进屋取了一把餐刀,把这可怕的警告从门上取下来。不过,在她翘下第一根钉子,看着一只死鸟重重地摔到地上后,她惊恐地发现这只鸟不只被杀死,还被肢解了。

鸟的一只翅膀被从身体上扯了下来。

第二天,天气阴冷多云。天亮时下了雨,尽管比赛开始前雨停了,但空气依然潮湿寒冷,空中乌云密布。陆民观众比昨天少——这样的天气坐在沙地上可不舒服,波涛翻涌的海面上,只有几艘看客的船。

不过，对飞行者来说，唯一重要的是风。第二天的风强劲而稳定，预示选手们当天会有精彩的表现。

悬崖下方的海滩上，玛丽斯将塞娜从木翼学员的身边拉开，悄悄告诉她昨晚发生的事。

"谁会做这样的事呢？"塞娜震惊地问。

玛丽斯将手指贴到她的唇上，她不想让别人听到。萨瑞拉被这件事吓得不轻，没有必要再让其他人担惊受怕。

"我猜是某个飞行者，"玛丽斯气愤地说，"一个病态的、恶毒的飞行者。但我们没有任何证据。可能是被挑战的飞行者，或者被我们挑战的某个人的朋友，也有可能只是某个讨厌木翼学员的陌生人，甚至有可能是在瓦尔那场比赛中打赌输了钱的人。我个人怀疑是阿拉克，但我无法证明。"

塞娜点点头："保持沉默是对的。我只希望萨瑞拉不要受太大影响。"

玛丽斯朝跟学员们站在一起的萨瑞拉看去，看见她正轻声跟瓦尔说话。"她今天必须好好表现，否则今年就输定了。"玛丽斯说。

"开始了！"达蒙喊道，手指着悬崖上方。

第一组选手已经起飞，飞快地越过海滩。玛丽斯知道，他们会在水面上方绕圈，每个人都会表演一系列特技以展现其飞行技巧。至于具体选择哪些特技，由每位选手自行决定。有些人满足于基本动作，力求尽可能少犯错；有些人则更大胆，追求更高的难度。这一局基本不会有明显的输或赢，所以这也是所有比赛中裁判的主观意见影响最大的时候。

前两组没有什么特别的，只是一长串的起飞、降落和优美的转身，技艺娴熟，但并不引人注目。第三组有所不同。昨天表现出众的莱恩同样也是高超的特技表演者。他从崖顶跃下，俯冲至海滩。他飞得那么低，贴近沙地，陆民们不得不低头避开。然后，他找到一股上升气流，乘风而起，向上，向上，穿越阴云消失不见。紧接着，他又以惊人的速度俯冲，在最后一秒才重新拉升。他尝试了垂直转弯和翻筋斗，只有一次失速，但迅速摆脱了困境。对他的激情，玛丽斯深感钦佩。他的儿子完全无法跟父亲相比，看来那可怜的男孩要等很久才能继承父亲的飞翼，除非他明年向家庭以外的人发起挑战。这一组结束后，玛丽斯数了小木盒里的石子，发现有十八颗白色的：除了昨天莱恩赢得的十颗，今天新增八颗。

夏尔是木翼学员中第一个登场的。她表现不错，起飞利落，除了身体略微摇晃，几近完美。接着是一系列标准的转弯、绕圈、俯冲、爬升，所有动作完成得都很流畅。与对手在空中的僵硬感相比，夏尔看起来更自如、更轻盈。玛丽斯认为夏尔比她的对手略胜一筹，但她发现裁判们对木翼学员显然比她严格。有两位裁判把票投给了飞行者，两位判了平局，只有一位选了夏尔。她现在跟对手的比分是三比十一。

玛丽斯把结果告诉塞娜，后者叹息一声："我已经习惯了。我一直讨厌特技这个环节。或许裁判们在尽力保持公正，但仍难免受偏见的影响。我们对此无能为力，唯一的出路就是学员们表现得绝对好，没有人能够否认他们的胜利。"

下一个是莱娅，她的表演编排跟夏尔一样，同样也都是基础动作，但运气不那么好。比赛时，风向变了，剥夺了玛丽斯平日里在莱娅身上经常能够看到的优雅流畅，让她的飞行看上去磕磕绊绊。有几次，风把她的身体吹歪，破坏了本来可以好好完成的转弯。她的对手也遇到了麻烦，但是比她少。四位裁判给了她的对手石子，只有一位投了平局，使莱娅的比分变成了一比十。

达蒙比她们两个都更有野心。今天，当阿拉克再次出言羞辱他时，达蒙立刻进行了回击，这让玛丽斯不由得露出了微笑。起飞后，他首先对莱恩刚刚俯冲沙滩的动作进行了模仿，表现得还不错。阿拉克试图与他寸步不离。他飞得那么近,达蒙差点被迫狼狈地结束滑翔,但他凭借一个漂亮的内侧倾转摆脱了对手,消失在一片云中。来自外岛的裁判对阿拉克的战术表示不满,但其他人只是耸耸肩。"不论其他,他仍然是两个人中更优秀的,"东部的裁判坚持道,"注意看他的转弯多么紧凑。那男孩虽然充满斗志,但没有他这么利落。"玛丽斯不得不承认这个评价是对的——达蒙习惯性地在转弯时绕大圈,特别是顺风转弯时。

四位裁判投给了阿拉克,只有外岛的裁判选了达蒙。

"库哈尔的乔安,木翼学院的克尔!"发令官大声喊道。此时狂风猛吹,而克尔还跟平时一样笨拙。

几分钟后,塞娜扭头对玛丽斯说:"哪怕只有一只眼,我也看不下去了。"

库哈尔的乔安又获得了八颗白石子,玛丽斯替克尔感到难过。

"小安柏利的柯尔姆,"发令官喊道,"单翼瓦尔,南阿伦的瓦尔!"

他们登上飞行崖,出现在众人的视野中,飞翼已佩戴到位但尚未打开,玛丽斯感觉到看客之中泛起了激动的涟漪。海滩上的人们发出议论的声音,就连站在领主近侧的卫兵和侍从也向前移动,想看得更清楚些。

今天柯尔姆没有说笑。他像瓦尔一样沉默地站着,黑发被风吹起,助手帮他展开并锁定飞翼。瓦尔照常挥手示意不需要帮助。

"柯尔姆可以表现得相当优雅,"玛丽斯提醒塞娜,"瓦尔今天可能会遇到麻烦。"

"是的。"塞娜表示赞同,她朝裁判席中的莎丽看了一眼。

人群渐渐失去耐心,两名选手仍然没有出发。柯尔姆的助手退后离开他的身侧,他银色的飞翼已经完全展开,但瓦尔却丝毫没有打开飞翼之意。相反,他仔细检查着一只飞翼的接合处,像是在查找什么故障。

柯尔姆对他说了什么激烈的话，瓦尔停下动作抬起头，伸开手臂做了个手势。

"行。"柯尔姆清楚地回答，说完开始助跑，下一秒，他就腾空而起。

"柯尔姆起飞了，"莎丽说，"单翼在哪里？"

"难道他不知道这样会扣分的吗？"塞娜咕哝道。

玛丽斯紧紧抓住塞娜的手肘。"他又要那么做了。"她着急地说。

"哪样做？"塞娜问，但说话的同时，她的脸上露出了然的表情，玛丽斯知道她明白了。

瓦尔起跳。

坠落的距离很长，下方只有沙子和看客，比在水面之上表演这一特技难度更大，更加危险。不过他仍然这样做了。他急速下落，飞翼拍打着他的身体，仿佛银色的斗篷一般。莎丽和南部的裁判从座位上跳了起来，就连发令官也发出了震惊的轻呼。玛丽斯听到下方有人尖叫起来。

这时，瓦尔的飞翼像花朵盛开般展开了。

一瞬间，似乎来不及了。就算飞翼已经完全展开，他仍在往下落，而且速度更快。但很快，他的身体朝一侧倾斜，止住了下坠。下一秒，他急速转向，飞过海滩，冲向大海。人们纷纷跌坐在沙地上，有人仍在尖叫，但也有人在呼喊。

接下来是沉默、嚎声、长长的吸气声。瓦尔掠过波浪，像在冰上滑行，然后顺利地开始上升。他平静地飞到了柯尔姆所在的地方，后者刚刚完成了一个高难度的翻转，但几乎没有人注意到。

有人开始鼓掌，还有人欢呼。整个海岸线上，陆民们开始拍手并有节奏地一遍遍喊着："单翼，单翼，单翼。"就连之前莱恩漂亮的俯冲也没有像瓦尔这样令观众情绪激动。

来自东部的裁判大笑道："没想到我还能再一次看到，该死的，乌鸦本人都没法做得更好。"

莎丽表情痛苦。"廉价的把戏罢了，"她说，"而且危险。"

"可能确实如此，"外岛的裁判表示赞同，"但我从来没有见过这样的表演。他是怎么做到的？"

东部的裁判试着解释，两个人讨论起来。远处，瓦尔和柯尔姆继续完成各自的特技。瓦尔飞得不错，尽管玛丽斯注意到他的逆风转弯仍不完美。柯尔姆表现更好，瓦尔每做一个动作，他就做一个同样的，但每个都比瓦尔的更加漂亮，这是凭借多年飞行的经验才能做到的。虽然如此，玛丽斯仍然觉得他似乎提不起精神。在瓦尔表演了乌鸦的坠落之后，他做什么都难以赶上了。

玛丽斯的判断是对的。除了莎丽，所有裁判都投给了瓦尔。"柯尔姆整体上要优秀得多，"莎丽坚持道，"一个鲁莽的特技并不能改变这一事实。"她刻意扬起手腕，用力将一颗白色石子投进了木盒。

其他裁判只是对她宽容地笑笑，投入了四颗黑色的石子。

"斯库尔尼的加思，木翼学院的萨瑞拉！"

看着萨瑞拉和加思做准备工作时，玛丽斯觉得这两个人虽然在外表上毫无相似之处，今天上午却看上去很像。加思本应被昨天的胜利所鼓舞，他的飞翼很可能已经安全地保住了，可他看上去却显得更加苍白和衰老。他几乎没有跟萨瑞拉说话，只是木然地穿戴飞翼。助手帮她展开飞翼时，萨瑞拉咬着嘴唇，看上去在努力憋住眼泪。

两个人起飞时都没有什么特殊的设计。加思往右转弯，萨瑞拉向左，两个人几乎同样轻盈地飞过海滩和船只。加思从上方飞过时，几个当地人向他挥手，呼喊着他的名字。除此之外，人群寂静无声，犹自沉浸在瓦尔的一跳带来的震惊之中。

塞娜摇摇头："萨瑞拉的飞行从来也不像夏尔或莱娅那么好看，但她今天确实表现一般。"她刚刚在一个相当常规的逆风转弯中失速并下落,玛丽斯不得不同意老教师的评价,萨瑞拉飞得并不好。

"她只是在走过场而已,"玛丽斯说,"我想她仍然没从昨晚的事件中回过神来。"

加思充分利用了对手的懈怠。他以一贯的沉着老练翱翔而起,优雅而慵懒地拐了几个弯后翻了个筋斗。这个筋斗完成得不算惊艳,但萨瑞拉根本没有尝试。

"这一局不难评判。"斯库尔尼的领主松了一口气。他已经开始寻找白石子了,玛丽斯只能希望他不要扔进去两颗。

"看看她,"塞娜嫌弃地哼了一声,"那就是我最好的学生。她满天乱飘,活像一个第一次上天的八岁孩子。"

"加思在干什么?晃得这么厉害。"玛丽斯把心中的疑问说出了声。他朝大海飞去,飞翼先歪向一边,接着是另外一边,几乎是在抖动了。

"也不知道裁判能不能看到,"塞娜酸溜溜地说,"看,他现在调整好了。"

是的,此刻巨大的银翼已经展平,加思乘着风从他们身边稳稳飞过,高度稍微下降了一些。

"他只是在飞,"玛丽斯困惑地说,"并没有表演任何特技。"

加思继续向前,飞往碎浪之后的深海。他飞得很优雅,但是太直了;屈从于风的时候,保持优雅并不难。他开始逐渐下降,如今只在水面之上三十英尺,但还在往下落。他的飞行看上去是那么冷静,那么平和。

玛丽斯倒吸一口凉气。"他在坠落。"她说。她转向裁判的方向。"帮帮他,"她喊道,"他掉下来了!"

"她在喊什么?"东部的裁判问。

莎丽把望远镜举到眼前,找到加思。他此刻正滑过波浪。"她是对的。"她小声说。

瞬间一片混乱。领主跳起来,挥舞双臂,发出指令。两名卫兵飞奔下台阶,其余人不知向何处跑去。发令官将她的大手握成杯状,大声喊道:"帮助他!帮助飞行者!船上的人们,帮助飞行者!"海滩上,其他传令员重复呼喊,看客们纷纷奔向海边,一路呼喊着、指点着。

加思摔到了海面上。向前的冲力使他在水面弹起,一次,两次。飞翼激起水雾,但他很快就失速,变缓,停止。

"没关系,玛丽斯,"塞娜说,"没关系的。看,他们会把他救起来的。"一只小船听到了发令官的呼喊,正飞速向加思驶去。玛丽斯焦急地看着。一分钟后,小船到达;又过了一分钟,人们从船的一侧撒下渔网,把他捞了起来。玛丽斯无法从这个距离判断加思是不是还活着。

领主放下望远镜:"他们把他捞起来了,还有飞翼。"

萨瑞拉在救起加思的小船上方低空飞行。等她意识到发生了什么事时已经太迟了,虽然她立刻追了上去,但似乎也无法提供任何帮助。

领主沉着脸,命令另一名卫兵下去探看加思的情况,然后走回他的座位。裁判们紧张地交谈着,玛丽斯和塞娜同样焦虑,但一言不发。十分钟后,卫兵回来了。"人还活着,正在恢复,但吞了不少水,"卫兵宣布,"人们送他回住处了。"

"到底发生什么了?"领主问。

"他妹妹说他生病已经有段时间了,"卫兵回答,"这次好像是心脏问题。"

领主咒骂一声。"他从来没对我讲过。"他怒气冲冲地看着四位飞行者裁判,"我们必须给这场比赛打分吗?"

"恐怕是。"莎丽柔声说。她拿起了一颗黑色石子。

"她?"领主说,"发病之前,加思比她飞得好得多。你是说判那小姑娘赢?"

"你不是认真的吧,先生?"外岛的大块头裁判说,"你的加思掉到海里去了。就算他的特技像莱恩一样出色,他也输了。"

"我必须同意这一点,"东部的裁判说,"领主,你不是飞行者,不了解这种情况。加思还活着纯属幸运。如果他是在执行任务的时候落海的,旁边没有船救他,恐怕他已经成为斯库拉的口中餐了。"

"他生病了。"领主坚持道,着急地想要保住斯库尔尼的这副飞翼。

"跟这个没关系。"话少的南部裁判插话道,她拇指轻轻一弹,将一颗鹅卵石投进了木盒。是黑色的。又有三颗黑色的石子飞快跟上,莎丽带着明显的沮丧放进了她的。最后,领主不服气地加进了一颗白色的石子。

加思的坠落加剧了飞行者和木翼学员双方的苦闷。下午,乌云愈发阴沉,预示着风暴即将来临;比赛和特技表演对众人来说似乎都没什么吸引力。来自东部鸢临城的参赛者最终赢得了胜利,但她本来也没有多少对手,因为许多飞行者都在最后一刻决定退出。人们甚至看到不少没有参加挑战赛的飞行者已经起飞返回各自的岛屿了。克尔是唯一一去看下午比赛的木翼学员,他回来说看客同样稀少,而且人们谈论的所有话题都是关于加思的。

塞娜试图鼓励学员们,但这是个难以完成的任务。夏尔和莱娅知道自己今年难以取胜,已经看淡了结果,但达蒙非常低落,克尔看上去更是一副恨不得远离众人去投海的样子。萨瑞拉的抑郁程度也差不多。她很累,下午的大多数时间都一个人躲在一旁。当天晚上,她跟瓦尔吵了一架。

那是晚饭后。达蒙铺开棋盘,开始寻找对手;莱娅又一次拿出了她的风笛。瓦尔看到萨瑞拉跟玛丽斯一起坐在海滩上,不请自来地加入了她们。"我们去酒馆吧,"他对萨瑞拉提议道,"去庆祝我们的胜利。我想摆脱这些失败者,听人们怎么议论我们,或许还能给明天的比赛下个注。"

"我没有什么胜利可以庆祝。"萨瑞拉闷闷不乐地答道,"我飞得很糟糕。加思比我强得多。我不配取得胜利。"

"你要么赢,要么输,萨瑞拉,"瓦尔说,"没有什么配不配的。走吧。"他想拉起她的一只手,把她拽起来,但萨瑞拉生气地挣脱了。

"你就完全不关心加思发生了什么事?"

"并不。你也不应该在乎。据我回忆,你对他说的最后一句话是你有多么讨厌他。要是他淹死在海里,对你反而更好,那样他们就不得不把他的飞翼给你。现在,他们会想出办法骗你放弃。"

一直在旁听的玛丽斯再也无法控制自己的脾气。"住嘴,瓦尔。"她说。

"你别插手,飞行者,"他恶狠狠地说,"这是我跟萨瑞拉之间的事。"

萨瑞拉跳了起来:"你为什么总是满怀憎恨?你自始至终对玛丽斯都这么残忍,而她只是想帮你。你说加思的那些话——加思对我很好,可我做了什么?我向他发起挑战,现在他差点死掉,你还用这么可怕的话说他。你不许再说一个字!不许!"

瓦尔面无表情,仿佛戴上了一副面具。"我明白了,"他毫无感情地说道,"随便你。要是你这么在乎飞行者,就去探望加思,请他保留他的飞翼。我一个人去庆祝。"说完,他转身离开,大步穿过沙地,朝通往小酒馆的海滨路走去。

玛丽斯牵起萨瑞拉的手。"你想去看望加思吗?"她冲动地说道。

"我们能去吗?"

玛丽斯点点头:"他和瑞伊莎住在沿山路过去半英里的一栋大房子

里。他喜欢住在海边，离飞行者小屋不远。我们可以去看看他现在怎么样了。"

萨瑞拉闻此迫不及待，因此她们立刻就出发了。玛丽斯有些担心会得到何种对待，但她太担心加思，甘愿冒这个风险。事实证明，她的担心是多余的。瑞伊莎打开门见是她们，立刻就笑了，但紧接着又哭了起来。玛丽斯抱住她，安慰着她。"啊，来看看他吧，来看看他，"瑞伊莎流着泪说，"他会非常高兴的。"

加思倚在床上，靠一堆如山似的枕头支撑身体，腿上盖着一条蓬松的羊毛毯子。他的脸浮肿着，苍白得可怕。不过，当他看到她俩站在门口时，他的笑容是真诚的。"啊，"他的嗓门跟平日一样大，"玛丽斯！还有那个想夺走我飞翼的小魔鬼。"他挥手让她们走近，"过来坐下，跟我说说话。瑞伊莎除了大惊小怪，什么也不会做，甚至不肯给我拿一杯她酿的麦酒。"

玛丽斯笑了。"你可不需要什么麦酒。"她故作严肃地说，走到床边，在他的额头轻轻吻了一下。

但萨瑞拉仍然站在门口不动。加思看到后，语气认真起来。"哦，萨瑞拉，"他说，"别害怕，我不生你的气。"

她走上前，站在玛丽斯身旁："你不生气？"

"是的，"加思肯定地说，"瑞伊莎，拿两把椅子来。"妹妹照他的吩咐做了。她俩坐下后，加思接着说："当你向我挑战时，我确实很愤怒——也很伤自尊——这点我不否认。"

"对不起，"萨瑞拉脱口而出，"我不想伤害你的。我不讨厌你——那晚在飞行者小屋，我是瞎说的。"

他挥手让她不用再解释："我明白。你不用觉得抱歉。海里的水很凉，但或许它让我清醒了一些。整个下午，我都躺在床上思考。我是个傻瓜，而且是个运气不错的傻瓜，所以现在还有命说这些话。我不该隐瞒身体的感受，你知道后向我挑战是对的。"他摇摇头，"要知道，我无法接受被束缚在陆地上。我太爱飞行，爱我所有的朋友，爱旅行。可是，这一切都结束了，到海里游次泳足以证明这一点。唯一的问题只剩下我最终是要当个活着的陆民还是个淹死的飞行者。今天之前，我总能忽视疼痛，平安抵达目的地。可是今天上午——啊，太惨了，我的双臂和双腿剧痛不已。可我不想再谈论这件事了，发生了就已经够糟了。"他伸出手，握住萨瑞拉的手，"我想说的是，萨瑞拉，明天我无法继续比赛了，哪怕身体许可，我也不会再参加。瑞伊莎和大海让我恢复了理智。飞翼现在属于你了。"

萨瑞拉不敢相信自己的耳朵。她睁大了眼睛看着他，她的脸颤抖着露出了笑容。

"你接下来准备干什么，加思？"玛丽斯问。

他做了个鬼脸。"这取决于医者。"他说，"我觉得我有三个选择。我有可能成为一具尸体，也有可能变残疾，可是我想，如果能找到一个知道自己在干什么的医者，或许我能试着去做生意。我存了足够的钱来买一艘船，我可以乘船旅行，去看看其他岛屿——尽管想到要在海上航行我就已经吓了个半死。"他"咯咯"笑着，"你和多雷尔过去总拿做生意这事跟我开玩笑。还记得吗，玛丽斯？你们说只要够划算，我连飞翼都能交易，只是因为我喜欢偶尔做做小买卖。好吧，事实证明我也不是个好商人。萨瑞拉拿了我的飞翼却没有给我任何东西。"他笑了，玛丽斯不由自主地跟他一起笑了起来。

他们说了一个多小时的话，从商人、水手谈到飞行者。加思不停地开着玩笑，说些八卦，大家的情绪都放松下来。"柯尔姆被你的朋友瓦尔气坏了，"加思中途说道，"我无法因此责怪他。他是优秀的飞行者，从没想过自己会失去飞翼。如今他似乎即将失败，而且偏偏败给单翼。你跟这件事有关吗，玛丽斯？"

她摇摇头："几乎没有，都是瓦尔的主意。虽然他不承认，但我认为他想打败一位最出色的飞行者，以此让人们忘记艾丽的事。柯尔姆的妻子是裁判之一，这个事实更能为他的胜利增添光彩。当然，如果他败了，也有现成的借口。他可以把自己的失败归咎于飞行者群体的偏见。"

加思点点头，拿柯尔姆开了一个粗鲁的玩笑，然后扭头对他的妹妹说："瑞伊莎，你带萨瑞拉参观一下我们的房子吧。"

瑞伊莎明白了他的暗示。"好呀，来吧。"她说。萨瑞拉跟着她离开了房间。

"她很好，"她俩离开房间后，加思说，"而且她经常会让我想起你，玛丽斯。你还记得我们的第一次见面吗？"

玛丽斯对他笑笑："我记得。那是我第一次飞去鹰巢，当晚有场聚会。"

"乌鸦也在。他就是在那里表演他的把戏的。"

"我永远也不会忘。"玛丽斯说。

"你把它教给了单翼？"

"没有。"

加思笑了："所有人都确信是你教的。我们都记得乌鸦的表现让你多么震撼，科尔甚至为他写了一首歌，是吗？"

玛丽斯笑着答道："是的。"

加思张口想说什么，却又改变了主意。一时间，两人陷入沉默，笑容慢慢地从加思脸上消失了。

他开始哭泣，虽然努力抑制，但是失败了。他伸出他的大手，玛丽斯走过来，坐在床边，给了他一个拥抱，用手轻轻抚过他的眉毛。加思说："我知道——我不想让萨瑞拉看见我这副样子——啊，玛丽斯，真是糟糕，糟透了——"

"噢，加思。"她小声安慰，轻轻亲吻他，努力不让自己的眼泪掉下来。她感觉那么无助。有一瞬间，她想到若是自己身处加思的处境该当如何。她浑身发抖，把这个想法抛在脑后，再一次用力地拥抱了他。

"来看我，"他说，"我——你知道怎么——不飞行，也就不能再去鹰巢——你知道的——失去自由已经够糟的了，还有风——可我不想也失去你，还有其他的朋友，仅仅因为——哦，该死，这些该死的眼泪——来看我，玛丽斯，你保证，保证。"

"我保证，加思。"她尽可能让自己的语气显得轻快，"除非你胖得太厉害，我实在不想看到你。"

加思含着眼泪笑了。"哈，"他说，"我刚刚还在想现在可以放心发胖了，你——"

门外响起了脚步声，是瑞伊莎和萨瑞拉回来了。加思连忙用毯子擦掉脸上的泪水。"走吧，"他再次露出笑脸，"走吧，我累了。你们太累人了。不过，明天比赛结束后再过来吧，告诉我结果如何。"

玛丽斯点点头。在她们离开前，萨瑞拉走到她身边，弯下腰，害羞地迅速吻了加思一下。

她们慢慢地走了半小时，回到飞行者暂住的小村里，一路上聊着天，享受着凉爽的夜风。她们谈了加思，又谈了几句瓦尔。萨瑞拉以惊叹的口吻提到飞翼——她的飞翼。"我是飞行者了，"她快乐地说，"这竟然是真的。"

但是事情没有那么简单。

塞娜在她们的木屋里等着，坐在一张床的床沿上，面露不耐。两个人进门后，塞娜立刻站了起来："你们去哪里了？"

"我们去看望加思了。"玛丽斯回答道，"出什么事了吗？"

"我还不知道。裁判们让我们去飞行者小屋。"她用那只没瞎的眼意味深长地看了看萨瑞拉,"我们三个人。我们已经迟到了。"

她们立刻出发了。在路上,玛丽斯把加思放弃飞翼的想法对塞娜说了,但是老教师看上去并不高兴。"走着瞧吧,"她说,"还不到穿戴着它们飞走的时候。"

今晚没有飞行者的聚会,飞行者小屋的主厅没多少人,只有五六个玛丽斯勉强算是认识的西部飞行者坐着饮酒,毫无欢快的气氛。玛丽斯三人进来后,其中一个站起身来,对她们说:"在后面的房间。"

五位裁判正围坐在一张圆桌旁边争论不休,门打开后,他们立刻停止了讨论。莎丽站起身来。"玛丽斯、塞娜、萨瑞拉,快进来。"她说,"请把门关上。"

三个人在桌边坐下。莎丽将双手端正地放在身前,继续说道:"请你们来,是因为我们之间发生了争议,跟年轻的萨瑞拉有关。你们有权表达自己的立场。加思派人通知,他不参加明天的比赛——"

"我们知道了,"玛丽斯插话道,"我们刚从他那边来。"

"很好,"莎丽说,"那么或许你们就理解问题所在了。我们必须决定如何处置他的飞翼。"

萨瑞拉吃了一惊。"它们是我的,"她说,"加思是这样说的。"

斯库尔尼的领主用手指敲着桌面,皱起眉头。"加思无权决定如何处置他的飞翼。"他大声说,"听着,孩子,我问你一个问题。如果把飞翼给你,你愿意承诺在这里安家,为斯库尔尼飞行吗?"

面对领主严厉的目光,萨瑞拉毫不退缩,这令玛丽斯深感欣慰。"不,"她直截了当地拒绝道,"我不能这么做。我是说,我相信斯库尔尼是个好地方,可是——可是这里不是我的家。我想带着飞翼回到南方,回维黎斯去,那是我出生的小岛。"

领主用力摇着头。"不,不,不。你要是愿意,当然可以回你南方的石头小岛,但是你不能带走飞翼。"他看看其他裁判,"看到了吧,我给过她机会。我坚持我的观点。"

塞娜一拳砸在桌上："这是在干什么？发生了什么事？萨瑞拉有权拥有飞翼，比任何人都有资格。她挑战了加思，后者没有通过考验。你们怎么能说不给她飞翼呢？"她愤怒地从一位裁判看向另一位裁判。

莎丽似乎是今晚的发言人，她抱歉地耸耸肩。"我们没有达成一致，"她说，"问题在于明天的比赛如何评判。我们中有人认为既然加思无法参加，萨瑞拉就应该因对手缺席而直接获胜。但是领主认为我们不能为一场只有一方参与的比赛评分。他坚持按照前两场的结果进行决断，而且以此为唯一依据。如果按照那个标准，加思目前是六比五领先，可以保留他的飞翼。"

"可是加思已经放弃飞翼了！"玛丽斯说，"他病得厉害，不能再飞了。"

"法律是这样规定的，"领主说，"如果一名飞行者病了且无后代，他的飞翼将交予领主和岛上其他的飞行者来处置。我们会将飞翼交给有资格接手的人，同时也是愿意在斯库尔尼定居的人。我向坐在此处的这个女孩提供了机会，你们也都听到了她的回答。那么就只能是别人了。"

"我们本来希望萨瑞拉同意留在斯库尔尼，"莎丽说，"这样就没有问题了。"

"不。"萨瑞拉固执地重复道，但她看上去十分痛苦。

"你的提议属于欺诈。"塞娜不客气地对领主说。

"我同意塞娜的说法。"外岛的大块头说，他用手指捋了捋蓬乱的金发，"加思目前保持领先的唯一原因是你今天给了他一颗石子，哪怕他掉进了大海，领主大人。这很难说是公正的裁决。"

"我当然是公正的。"领主愤怒地反驳道。

"加思想让萨瑞拉接受他的飞翼，"玛丽斯说，"他的意见难道一点也不重要吗?"

"不,"领主说,"飞翼从来就不是他一个人的。它们是一种托管物,属于斯库尔尼的全体人民。"他用恳求的眼光看着其他裁判,"把它们交给这个南方人,从而毫无理由地使斯库尔尼的飞行者数量减少到两名是不公平的。听我说,如果加思身体健康,他绝对有实力赢得挑战,我们也就不会有这样的难题。如果他按照你们飞行者的规矩老老实实来找我,对我说他病了,那么我们早就找到其他人来接手飞翼,从而把它们留在斯库尔尼。仅仅是因为加思选择隐瞒他的病情,我们才落入今天的困境。你们要因为一个飞行者的秘密而惩罚我们岛上的所有人吗?"

玛丽斯不得不承认他说得有些道理。裁判们似乎也动摇了。"你说得对,"南部的小个子女士说道,"虽然我乐于看到一副新的飞翼来到南部,但我很难否定你的立场。"

"萨瑞拉同样有她的正当权益,"塞娜坚持道,"你们也必须对她公正。"

"如果你们把飞翼交给领主,"玛丽斯补充道,"就等于剥夺了她挑战的权利。她只落后一颗石子,有很大的希望获胜。"

这时,萨瑞拉开口发表了意见。"我并没有赢得飞翼,"她没有把握地说道,"我对自己今天在赛场上的表现感到羞愧。可是,如果再给我一次机会,我可以堂堂正正地取得胜利。我知道我能够做到。加思也希望我做到。"

莎丽叹了一口气:"萨瑞拉,亲爱的,事情不像你想的那么简单。我们不能因为你而把所有比赛推翻重来。"

"她应该获得飞翼,"外岛的裁判咕哝道,"这样吧,我现在就把明天的石子投给她,这样就是六比六了。有人跟我一起吗?"他看了众人一眼。

"现在没有什么石子可以投。"领主生气地说,"也不能举行只有一方参加的比赛。"他双臂交叉抱在胸前,皱着眉向后倚在椅背上。

"恐怕我不得不赞同领主的观点。"南部的裁判说,"否则大家要说我偏向本地人。"

此刻只有莎丽和东部的女裁判没有表态了,她们两人看上去都在犹豫。"有什么能对双方都公平的方法吗?"莎丽问。

玛丽斯看着萨瑞拉,拍拍她的胳膊:"你真的愿意再比一次,试着赢得飞翼吗?"

"是的,"萨瑞拉说,"我想正当地赢得比赛。不管瓦尔说什么,我希望我能配得上飞翼。"

玛丽斯点点头,转身面向裁判们。"这样的话,我有一个提议。"她说,"领主,斯库尔尼还有两位飞行者,你认为他们都足够胜任吗?"

"是的,"领主怀疑地反问道,"怎么了?"

"是这样的,我建议继续比赛,维持目前的得分,萨瑞拉落后一分。不过,既然加思无法飞行,那么就为他找一位代表,请岛上的另一位飞行者替他飞。如果替他出赛的人赢了,斯库尔尼就可以保留这副飞翼,随便你将它们交给任何人。如果萨瑞拉赢了,那么没有人能够再反对她作为一名飞行者返回南部。你们觉得怎么样?"

领主思考了一分钟。"好,"他说,"我可以接受。杰瑞尔可以替加思飞。只要这个小姑娘能胜过她,那么不管我高不高兴,她都赢得了自己的位子。"

莎丽看上去如释重负。"这建议很棒,"她笑着说,"我就知道我们能够指望玛丽斯来出主意。"

"那么所有人都同意了?"东部的裁判迅速问道。

所有裁判都点头,除了外岛的裁判,他再次摇头,嘟囔着:"小姑娘应该获得飞翼。那人掉到海里了。"不过他没有大声表达异议。

室外,夜晚清凉的空气中已经下起了细雨,但是塞娜仍然让她们停步,看上去忧心忡忡。"萨瑞拉,"她靠在手杖上,问道,"你确定这是你想要的?你或许会因此失去飞翼。据说杰瑞尔是十分出色的飞行者。如果我们继续争取,说不定能够说服裁判们站在我们这一边。"

"是的,"萨瑞拉认真地说,"是的,这就是我想要的。"

塞娜长时间地注视着她的眼睛,终于点点头。"很好,"她满意地说,"那么就回去吧,明天还要飞行。"

比赛的第三天,玛丽斯天不亮就醒了,黑暗寒冷的夜色令她疑惑,她立刻就意识到哪里不对。有人在敲门。

"玛丽斯,"睡在旁边床上的萨瑞拉说,"要我去开门吗?"玛丽斯看不清她,离天亮还有很长时间,屋里一根蜡烛也没有点。

"不用,"玛丽斯小声说,"安静。"她有些害怕。敲门声持续着,没有丝毫减弱,玛丽斯想起了被钉在门上的死鸟,心中盘算着在这种时候到底是谁在门外,如此愤怒地想让她们把门打开。她爬下床,蹑手蹑脚地走到房间另一边,在黑暗中摸索着找到了之前用来把死鸟从门上撬下来的刀子。虽然只是一把小小的金属餐刀,难以用来防身,但仍然给了她信心。刀握在手中后,她才走到门边。"谁在外面?"她问,"是谁?"

敲门声停止了。"拉金。"这是一个低沉而陌生的声音。

"拉金?我不认识叫拉金的人。你想干什么?"

"我是从铁斧来的,"门外的声音说,"你认识瓦尔吗?就是那个住在我那里的人。"

玛丽斯的恐惧消失了,她连忙打开门。星光下站着的人面容憔悴,弯腰驼背,长着一只鹰钩鼻子,胡子脏兮兮的。玛丽斯一下子就认出来了:这人是瓦尔暂住的小酒馆的老板。"怎么了?出什么事了?"她问。

"我都打算关门了,你的朋友还没回来。我以为他找漂亮姑娘过夜去了,可后来发现他躺在酒馆后面的地上。有人把他伤得很厉害。"

"瓦尔,"萨瑞拉说,她冲到门口,"他在哪里?他还好吗?"

"他现在在他的房间里,"拉金说,"我把他拖上台阶,这可不是件容易的事。我记得他认识这边的人,所以我想我最好还是过来,他们让我来这里。你们跟我去吗?我不知道该拿他怎么办。"

"走吧,"玛丽斯着急地说,"萨瑞拉,穿好衣服。"她抓过自己的衣服,迅速穿好。很快,他们就走上了海滨路。玛丽斯一只手中提着一盏灯。有一段路靠着海边悬崖,在黑暗中踏错一步便万劫不复。

小酒馆关着,没有光亮,前门被从里面用沉重的木梁顶住。拉金让她们站在门前等着,然后消失在酒馆后面,从他口中的"秘密通道"钻了进去。当他从里面打开门时,他说:"必须好好锁上门,这里有很多坏家伙。我有一些顾客是你们不能信任的,两位飞行者。"

她们几乎没去听他说些什么。萨瑞拉跑上楼梯,冲进她偶尔与瓦尔同住的房间,玛丽斯紧紧跟在后面。等她走进房间时,萨瑞拉已经点燃了瓦尔床头的蜡烛。

摇曳的微红灯光充满了小小的房间,毯子下蜷缩的身形活动了一下,轻轻发出动物般的呜咽。萨瑞拉放下蜡烛,拉开毯子。

瓦尔的双眼与她相遇,似乎认出了她——他的左手绝望地握紧了她的手。但当他试图讲话时,能发出的只有疼痛难忍的窒息般的声音。

瓦尔的样子让玛丽斯感到强烈不适。他的头部和肩膀被人野蛮地击打过,脸上满是青肿瘀伤,已经无法辨认面容。一侧脸颊上的伤口仍在流血,下巴和衬衫上沾着干涸的血迹。当他张开嘴试图说话时,嘴里也流出了血。

"瓦尔!"萨瑞拉叫道,放声大哭。她摸摸他的额头,但他在她手指的触摸下退缩了,努力想要说些什么。

玛丽斯靠近了一些。瓦尔的左手紧紧抓住萨瑞拉的手,握紧,把她拉近自己。但他的右胳膊在身侧一动不动，下方的床单上有血，显然出了状况。这条胳膊弯曲的角度是不正常的，他的外套也被扯破了，沾着血。萨瑞拉在床的右边跪下，小心翼翼地碰了碰他的胳膊，瓦尔叫得非常大声，吓得萨瑞拉连忙退后。直到这时，玛丽斯才看到锯齿状的断骨边缘从他的皮肤和衣物中钻了出来。

拉金站在门口看着他们。"他的胳膊断了，别碰。"他提供了有用信息，"只要一碰，他就会大叫。你们应该听听我把他搬上来的时候他是怎么叫的。我想他的腿也断了，但我不是那么确定。"

瓦尔不叫了，但他痛苦地喘息着。玛丽斯站了起来。"你为什么不去找医者？"她质问拉金，"为什么不给他止痛？"

拉金震惊地向后退了一步，似乎从来没有想过玛丽斯会问这两个问题。"我不是去找你了吗？谁给医者付钱？显然他付不了。他的钱差得远呢，我看过他的行李。"

玛丽斯握紧拳头，努力压住怒火。"你立刻去找医者来，"她说，"我不在乎你是不是要跑十英里，你必须快去快回。要是你不去，我发誓会让领主关掉你这个地方。"

"你们这些飞行者！"酒馆老板唾了一口，"到我这里耀武扬威是吗？我会去的，但谁付钱给医者呢？这是我想知道的，他也需要知道。"

"该死的，"玛丽斯说，"我会付钱，该死的，我会付钱。他还要飞行，万一他的骨头不能愈合，万一他没有得到好的治疗，他就永远飞不了了。快去！"

拉金恨恨地瞪了她一眼，转身朝楼梯跑去。玛丽斯回到瓦尔的床边。他呻吟着，试图移动身体，但每个动作似乎都带给他巨大的痛苦。

"我们就不能帮帮他吗？"萨瑞拉抬眼看向玛丽斯。

"可以的，"玛丽斯说，"这里毕竟是酒馆。下楼，找到放酒的地方,拿几瓶上来。在医者到来之前,酒可以稍微缓解他的疼痛。"

萨瑞拉点点头,朝房门走去。"我拿什么酒?"她问,"葡萄酒吗?"

"不,我们需要更烈的酒。找些白兰地来,或者——鲍威特产的那种烈酒,叫什么来着?用谷物和土豆酿的。"

萨瑞拉点点头离开了。很快,她就拿着三瓶本地白兰地和一个没有标签的瓶子回来了,里面散发出强烈的辛辣味道。"度数够高。"玛丽斯说着,自己先尝了尝,然后让萨瑞拉抬高瓦尔的头,把酒慢慢倒进他的嘴里。他似乎急于配合,在她们轮流给他灌酒时,他迫不及待地大口吞咽着。

一个小时以后,当拉金终于带着医者回来时,瓦尔已经失去知觉了。"你要的医者来了。"酒馆老板说。他看了一眼地板上的空酒瓶,又加了一句:"这也是要你付钱的,飞行者。"

医者把瓦尔的手臂和腿归位——拉金说得对,他的腿也断了,虽然没有手臂那么严重——用夹板固定好,给他肿胀的面部清创敷药。然后,他给了玛丽斯一个小瓶,里面装满了深绿色的液体。"这个比白兰地好用,"他说,"能使痛感迟钝,让他睡个好觉。"说完,他就离开了,只留玛丽斯和萨瑞拉照顾瓦尔。

在烟雾缭绕、烛光摇曳的房间里,萨瑞拉含着眼泪问:"是飞行者干的,对吗?"

"瓦尔断了一条胳膊一条腿,另一边完好无损。"玛丽斯生气地说,"是的,我觉得是飞行者干的。我认为没有飞行者会亲自动手,但我怀疑他们会指使别人。"玛丽斯突然想到了什么,她走到瓦尔那堆血迹斑斑的破衣服旁边,翻了翻,"嗯,跟我想的一样。他的匕首不见了。或许是那些人拿走了,也有可能是他自己拿在手上,后来丢掉了。"

"我希望他用匕首刺伤了伤害他的人,不管那人是谁。"萨瑞拉说,"你认为会是柯尔姆干的吗?因为瓦尔明天就要夺走他的飞翼。"

"是今天。"玛丽斯懊恼地说,她看了一眼窗外,第一缕晨光已经出现在东方的天边,"不过,不可能是柯尔姆。并非柯尔姆不愿意毁掉瓦尔,而是他会采用合法的方法。柯尔姆那么骄傲,不会用打人这种手段。"

"那么会是谁?"

玛丽斯摇摇头:"我不知道,萨瑞拉。显然是某个心理变态的人。或许是柯尔姆的某个朋友,或许是艾丽的朋友,也可能是阿拉克或者他的朋友。瓦尔有很多敌人。"

"他想让我跟他一起走的,"萨瑞拉内疚地说,"可是我去看望加思了。如果我跟他一起走,就不会发生这种事了。"

"要是你跟他一起去,"玛丽斯说,"你也很可能像他一样断手断脚地躺在那里。萨瑞拉,亲爱的,还记得他们送来的死鸟吗?那些人想告诉我们某件事。你也是单翼,"她朝窗外的天光看去,"还有我。也许是时候承认这一点了。我只是半个飞行者,永远都只是半个飞行者。"她对萨瑞拉笑笑,"可是我在想,真正重要的是到底是哪一半。"

萨瑞拉看上去有些困惑,但玛丽斯说:"别说话了。离比赛开始还有几个小时,我希望你尽量睡一觉。你今天还要把飞翼赢回来呢,不是吗?"

"我睡不着,"萨瑞拉提出异议,"现在肯定睡不着。"

"你现在尤其需要睡眠,"玛丽斯说,"不管是谁对瓦尔做出了这种事,那个人都会乐于见到你同样失去赢得飞翼的机会。你愿意得到这个结果吗?"

"不。"萨瑞拉说。

"那就去睡觉。"

稍晚些时候，萨瑞拉睡着后，玛丽斯再一次抬头看向窗外。太阳已经升起了一半，它红色的脸庞上挂着一条条沉重的乌云。今天将是一个有风的好天，适合飞行。

当玛丽斯和萨瑞拉到达时，比赛已经开始了。她们在离开酒馆时耽误了时间，因为拉金要求她们立刻支付瓦尔的账单，她俩不得不费了很大力气来说服他他会得到应得的一切。玛丽斯让他保证会照顾瓦尔，而且不许任何人上楼到瓦尔的房间去。

塞娜在裁判席旁她的老位置上，看着先来的比赛者穿门。玛丽斯让萨瑞拉到其他木翼学员那边去，自己飞快地登上飞行崖。塞娜看到她后松了一口气。"玛丽斯！"她叫道，"我担心出什么事了。没人知道你们去哪里了。萨瑞拉和瓦尔跟你在一起吗？马上就到时间了。事实上，下一个就是夏尔。"

"萨瑞拉已经做好飞行准备了。"玛丽斯说，然后把瓦尔的遭遇告诉了塞娜。

听到这个消息，所有的力量和活力仿佛都从老教师的身上流走了。她那只健康的眼睛涌出泪水，身体沉重地倚靠在拐杖上。突然之间，她看上去十分衰老。"我没有——哪怕是发生了可怕的死鸟事件，哪怕是在那时，我也想不到他们会做出这样的事。"她的脸色青白如灰，"帮帮我，孩子，我必须坐下来。"

玛丽斯伸出胳膊，让塞娜扶住，领着她朝裁判席走去。莎丽抬起头，面露担忧："一切顺利吗？"

"不，"玛丽斯说着，扶塞娜在一把椅子上坐下，"瓦尔今天飞不了了。"她接着说，转身面向几位裁判，"昨晚，他在暂住的酒馆外被袭击和殴打，断了一条胳膊和一条腿。"

所有裁判都大吃一惊。"太可怕了。"莎丽说。东部的裁判骂了一声，外岛的裁判摇摇头。斯库尔尼的领主站起身来："令人发指。我无法容忍在我的岛上发生这种事。我向你保证，我们会找到凶手。"

"是飞行者干的，"玛丽斯说，"或者雇人干的。不管怎样，他们打断了瓦尔的右臂和右腿。单翼。你们懂的。"

莎丽面色不悦："玛丽斯，这件事很可怕，没有飞行者会做这种事。如果你在暗示是柯尔姆——"

"你有证据证明凶手是飞行者吗？"东部的裁判打断了她。

"我知道单翼瓦尔住的那家小酒馆，"领主说，"叫铁斧，对不对？那是个鱼龙混杂的地方，凶手可能是任何人。可能是醉酒打架、争风吃醋，也可能是赌博输红了眼。我见过许多发生在那里的打人斗殴。"

玛丽斯对领主怒目而视。"不管你如何允诺，你永远都不会找到是谁干的。"她说，"这并不是我关心的问题。我想今晚把瓦尔的飞翼拿给瓦尔。"

"瓦尔的——飞翼？"

"恐怕他必须等明年再来尝试。"南部的裁判说，"很遗憾，他在如此接近胜利的时候受了伤。"

"接近？"玛丽斯看向桌子另一端，找到了要找的木盒，拿起来，朝裁判们晃了晃，"九颗黑石子，一颗白石子。这可不叫接近。瓦尔已经赢了。就算今天的比分是五比零，他也赢了。"

"不对，"莎丽固执地说，"柯尔姆理应拥有比赛的机会。不管我有多么为瓦尔感到遗憾，我也不能让你们因为他而剥夺柯尔姆的机会。飞行之门是柯尔姆非常擅长的项目，我们也有可能每人投他两票，使今天的比分变成十比零，这样他就能够留住他的飞翼。"

"十比零？"玛丽斯反问，"这样的结果有多大概率发生？"

"但这是有可能的。"莎丽说。

"确实，"东部的裁判响应道，"我们不能直接宣布单翼获胜。这对多年来表现优异的柯尔姆来说是不公平的。我认为我们必须宣布瓦尔缺席。"

桌边的几个脑袋上下晃动，交头接耳地商量着，但玛丽斯只是笑笑。"我之前就想过你们会站在这个立场。"她把手放在臀部，轻蔑地对他们说道，"但是瓦尔会得到他的飞翼。幸运的是，我们已经有了先例。这是昨晚你们自己决定的，事关萨瑞拉和加思。维持现有比分，继续比赛。叫柯尔姆来。"

"我替瓦尔飞。"

她知道，他们无法拒绝她。

玛丽斯拿来她的飞翼，加入了参赛者的行列。等待让她失去耐心，变得愈发紧张。

飞行之门已在夜间竖起，单薄的九个门状结构牢牢地竖在沙地上。要依次穿过这九道门，就必须灵活地完成一系列高难度的转弯。第一道门直接迎向飞行崖，由两根高大的黑檀木杆组成，每根都有四十英尺高，相距五十英尺。一根绳子系在两根木杆的顶端，将它们连接起来。飞行者必须从两根木杆之间穿过去。这一关并不难，但是第二道门近在几码之外，也就是说飞行者穿过第一道门之后必须急速转弯。而且第二道门更窄，木杆稍短，相隔距离更近。就这样，比赛路线蜿蜒至浅滩，然后急转回陆地。这是一条极易失误的曲折路线，九道门中的每一道都比前一道更窄。到第九道门，两根木杆离地不足八英尺，相距二十一英尺，一分不多。而飞行者的翼展是二十英尺。此前从未有人能够飞过七道以上的门，就连追平这个成绩也非易事。上午已经飞完的选手的最好成绩是六道，是由在今年的赛事中大放异彩的莱恩完成的。

按照传统，挑战者先飞，这样飞行者就知道自己必须超过的分数，这是挑战赛给予飞行者的礼遇。玛丽斯把飞翼搭在肩上，看着木翼学员们登上赛场。

夏尔从崖顶直接跃向第一道门，贴着绳索穿过，朝第二道门急转，但没有止住飞速下降的势头，快，太快了。年轻的木翼学员慌了神，迅速拉平身体，避免撞到地面，然后猛地拉升，结果从第二道门上方飞了过去，而非穿过它。夏尔挑战的飞行者只完成了两道，但这个分数也足够获胜了。

莱娅吸取夏尔的教训，采取了不同的策略。她从崖顶一跃而下，在海滩上大角度盘旋，而后缓慢下降，这样她就得以平直穿越第一道门，而非处于下行的惯性之中。她在进入第一道门前就已经开始转弯，所以事实上她优雅地绕过其中一根木杆，直接朝第二道门而去。她顺利地穿过第二道门，再次提前转弯，但这一次需要完成的转弯角度更刁钻，而且是逆风，对飞行者的技巧要求更高。莱娅很好地完成了，穿过了第三道门，但已经没有多少余地来调整角度。她平稳地飞向大海，与第四道门相距甚远。一些看客仍然为她鼓掌喝彩。她的对手只完成了两道便仓促落地。就这样，莱娅获得了本年比赛的第一场胜利，尽管这并不足以为她赢得飞翼。

发令官叫到了达蒙和阿拉克的名字。他们二人都遇到了麻烦。达蒙速度太快，穿过第二道门后来不及朝第三道转向。阿拉克穿越第二道门时飞得太高，一只飞翼的上沿擦到了绳子，而这已足够使他失去平衡，偏离路线。不过，就算这一局打成平手，阿拉克也稳稳地保住了飞翼。

克尔竟也出人意料地打成了平局。他照着莱娅的样子，水平穿过第一道门后转弯，顺利通过第二道。不过，像莱娅一样，他在逆风进入第三道门时遇到了困难，但与莱娅不同的是，他没能成功。他重重地落到离门几码远的沙地上，陆民孩子们从各个方向冲过来，帮助他脱下飞翼。库哈尔的乔安试图通过保持高度来避免克尔的失败，结果从右上方飞过，错过了第三道门。

"小安柏利的柯尔姆，"发令官宣布，"单翼瓦尔，南阿伦的瓦尔。"短暂停顿后，再次喊道，"小安柏利的玛丽斯，代替瓦尔参赛。小安柏利的玛丽斯。"

玛丽斯站在飞行崖上，助手们展开她的飞翼，将每一根支杆锁定。十几码开外，柯尔姆同样站着，任助手忙碌。玛丽斯朝他看去，两人目光相接，他的眼神阴沉、严厉。"单翼玛丽斯，"他恨恨地叫道，"这就是你来这里的目的？我很高兴鲁斯没有活着看到你这副样子。"

"鲁斯会为我骄傲的。"她生气地回击道。她知道，柯尔姆的目的就是激怒她。愤怒会带来疏忽，而这是他唯一的机会。七年前，她在一场激烈得多的比赛中胜过了他，她有信心这次同样能够赢他。准确、控制力、反应速度、对风的感觉，这是今天的比赛所需要的，而她全部具备。

她的飞翼宽阔而紧绷，金属在风中轻柔地"嗡嗡"作响，她感受到全然的平静和自信。她抬起手，抓紧握杆，奔跑，跳跃，腾空而起。她向上，再向上，纯粹为了愉悦自己翻了个筋斗，接着俯冲，乘着细小的旋风和气浪，在空气中穿梭，倾斜身体，向立柱门飞去。穿越第一道门时，她大幅度倾侧转弯，飞翼从一根木杆的顶部到另一根木杆的底部画出一道银线，但她优雅地稳住身形，转向第二道门，流畅地从门中穿了过去。是感觉，是爱，而不是思索；是本能，是条件反射，是对风的熟悉，玛丽斯就是风。第三道门需要逆风高难度转弯，但她轻松、迅速、利落地完成了。她在水面上方空翻一圈，调整角度，向第四道门飞去，顺利过关。她用慵懒的顺风大角度转身通过第五道门，第六道门近在眼前，并不难，但门柱之间距离狭小，于是她略微下降，贴着沙地飞过去，飞翼紧绷而饱满。看客们欢呼雀跃，为她喝彩。

只是心脏跳动一下的时间，此次飞行便结束了。

就在第六道门出现在她面前时，她碰上了一股下沉气流，这股气流冰冷而突兀，本不该出现在此处。它推动她，攥住她，虽然只是一瞬，但已足够使她的飞翼擦到地面。她的双腿拖着湿沙，踉跄着向前滑行，最后在门的阴影下猛地停住。

一个金发女孩跑过来，扶她站起，然后为她收折飞翼。玛丽斯气喘吁吁地站着，异常兴奋。五，她完成了五道。不是当天最好的成绩，但也是高分，这就够了。柯尔姆落后瓦尔非常多，单单这场比赛胜过她是不够的。他必须羞辱她，完全压制她，从每位裁判手中获得两颗鹅卵石，而他没有能力做到这一点。

柯尔姆自己也明白。玛丽斯的表现令他失去了信心，他甚至都没能接近玛丽斯的得分。他在第四道门前就失败了，这对玛丽斯和瓦尔而言，意味着绝对的胜利。她背上搭着飞翼，步履艰难地走在海滩上，心情却是欢欣鼓舞的。

发令官们的喊声响彻整个海滩。萨瑞拉站在悬崖上，阳光照耀着她飞翼上明亮的金属。在她身后，玛丽斯看到了斯库尔尼的杰瑞尔，一个精瘦的黑发姑娘。

萨瑞拉起跳了，玛丽斯起身眺望，她的心随着萨瑞拉起飞，满怀希望。萨瑞拉侧身，盘旋，悠闲地接近，没有像玛丽斯那样高速飞行，而是像莱娅和克尔一样戗风而行，平滑向下。穿过第一道门后，转弯，平移，向相反的方向回旋——玛丽斯感觉自己的呼吸停滞了一分钟——穿过了第二道门。现在，她逆风急转，如刀削般利落，穿过第三道门，仿佛风在她的命令下改变了方向。一切仍在控制之中，她完成了又一个艰难的转弯，穿越第四道门。人们纷纷起身欢呼。第五道门对她来说就像对玛丽斯一样简单，此刻她已经来到了第六道门前，也就是玛丽斯失败的地方。她的飞翼有些晃动，但很快便稳住了。飞行高度比玛丽斯刚才高，所以下沉气流使她摇摆，却没能把她摔到地上。她穿过第六道门了！四处响起了喊叫声。第七道门要求以恰当的角度在刹那间进行倾斜，萨瑞拉也完成了。她继续向第八道门飞去——

可那道门太窄了，两根木杆间的距离过近，而萨瑞拉过于偏向一边。她的左翼"啪"的一声撞在木杆上，在木杆晃动的同时，飞翼上的支杆也断裂了。萨瑞拉摔趴在地上。

玛丽斯同十几个人一起朝她跑了过去。

她跑到时，萨瑞拉正坐起身来，气喘吁吁地大笑着。陆民们包围着她，欢呼祝贺，直喊到声音嘶哑。孩子们挤在近前，争相触摸她的飞翼。萨瑞拉的面庞被风吹得红红的，似乎笑得停不下来。

玛丽斯费力地从人群之中挤过去，拥抱她，萨瑞拉仍然"咯咯"地笑着。"你还好吗？"玛丽斯问。她把萨瑞拉推开，与她保持一臂远的距离。萨瑞拉忙不迭地点点头，还在笑。"那你为什么……"玛丽斯继续问。

萨瑞拉指指她的飞翼，撞到门上的那一侧。翼面几乎无坚不摧，没有被损坏，但起支撑作用的一根支杆断了。"这很容易修好，"玛丽斯检查了损坏处后说，"没问题的。"

"还不明白吗？"萨瑞拉说着，跳了起来。右边的飞翼随着她的动作晃动，紧绷而充满活力，但左边的飞翼无力地耷拉着，银色的翼面拖在沙地上。

玛丽斯看了一眼，也开始笑了。"单翼。"她无奈地说，她们再次倒在对方的怀里，笑了起来。

"杰瑞尔没有给你丢脸。"当晚，玛丽斯跟加思坐在炉火边，对他说道。他已经下床活动了，看上去恢复了一些，同时又开始喝酒了。"她是一位值得尊敬的代表，完成了五道门，跟我的成绩一样。但是，五毕竟不是七，就连领主也不能硬把它说成平局。"玛丽斯说。

"很好，"加思说，"萨瑞拉赢得堂堂正正。我喜欢萨瑞拉，请让她一定再来看我。"

玛丽斯笑了。"我会的,"她说,"她很抱歉今晚不能来看你,因为她想直接去找瓦尔。我等会儿也要到那边去。虽然我并不是多想去,但是……"她叹了口气。

加思喝了一大口麦酒(当然,此时他的饮酒量控制在不损害健康的程度),盯着炉火看了很久。"我为柯尔姆感到遗憾,"他说,"虽然我从来不喜欢他,但他是个飞行好手。"

"不用担心,"玛丽斯说,"他现在是挺不好受的,但他会恢复的。莎丽很快就到孕晚期了,无法飞行。接下来的几个月,柯尔姆可以使用她的飞翼。按照我对他的了解,孩子出生以后,他也会逼着她和他一起用。明年他就可以发起挑战了。他不会挑瓦尔,柯尔姆没有那么蠢。我敢说他的对手会是库哈尔的乔安这样的。"

"哈,"加思说,"如果那些该死的医者能把我治好,我也会选乔安。"

"明年他会是热门人选。"玛丽斯表示同意,"就连克尔都想再次挑战他,但我怀疑塞娜明年不会选他参赛,除非他有脱胎换骨般的进步。明年塞娜选择的空间会更大,因为这次萨瑞拉和瓦尔双双获胜,木翼学院可算是扬眉吐气了。塞娜的学生会多到她不知道如何应付。"说到这里,玛丽斯忍不住笑了,"今年失败的不只是你和柯尔姆。鲍威特的巴莉被家族以外的人挑战,失去了飞翼;还有大个子哈拉,她输给了自己的女儿。"

"一群前飞行者。"加思嘟囔着。

"还有许多单翼,"玛丽斯笑着补充道,"世界在改变,加思。曾经只有飞行者和陆民。"

"是的,"加思说着,大口饮下更多麦酒,"然后你打乱了一切。现在有了飞上天的陆民和困在地上的飞行者。这一切将会如何收场呢?"

"我不知道,"玛丽斯说着,站起身来,"我想再待一会儿,可我必须找瓦尔谈谈了。而且我早就该回小安柏利了。莎丽怀孕，柯尔姆失去飞翼，领主无疑会拼命给我派任务。不过我保证，我会找到时间来看你的。"

"很好，"他对她咧嘴一笑，"一路顺风。"

她离开时，听到加思喊着让瑞伊莎再给他拿杯酒来。

瓦尔在床上别扭地撑起身体，头勉强抬到可以进食的高度，用左手舀汤送进嘴里。萨瑞拉坐在他的旁边，端着碗。玛丽斯进来时，他们俩都抬起了头。瓦尔的手颤抖着，热汤洒在赤裸的胸膛上。他咒骂一声，萨瑞拉帮他把汤擦净。

"瓦尔。"玛丽斯点点头，平淡地打了声招呼。她把带来的飞翼放在门边的地上，这副飞翼曾经属于小安柏利的柯尔姆。"你的飞翼。"

他的脸已经部分消肿，可以辨认出本来的样貌，尽管仍然肿胀的嘴唇让讥笑的表情看上去不那么像他。"萨瑞拉告诉了我你做了什么，"他费力地说道，"我猜你现在是想让我感谢你。"

玛丽斯抱着胳膊，等他继续往下说。

"你的飞行者朋友们对我做了这种事，"他说，"要是骨头长歪了，我就永远用不着你替我赢的飞翼了。哪怕它们能正常愈合，我也不会像以前那么好了。"

"我知道，"玛丽斯说，"这是一件令人遗憾的事。可是这不是我的朋友们做的，瓦尔。并非所有的飞行者都是我的朋友，他们也并不都是你的敌人。"

"那次聚会你在场。"瓦尔说。

玛丽斯点点头："改变态度并不容易，而且你要承担大部分负担。要是你愿意，大可以憎恨他们所有人。或者也可以找到值得结识的人。一切取决于你。"

"我告诉你我要找什么,"瓦尔说,"我要找到对我做这件事的人,再找到背后指使的人。"

"好,"玛丽斯说,"然后呢?"

"萨瑞拉找到了我的匕首,"瓦尔扼要地说,"昨晚我把它掉到灌木丛里了。不过,我用它把其中一个人割伤了,这足够我通过刀疤找到她。"

"复原后你打算去哪里?"玛丽斯问。

话题的突然转换似乎让瓦尔一时不知所措:"我想过海牙。我听说那里的领主特别希望能有自己的飞行者。萨瑞拉也告诉我,斯库尔尼的领主同样迫切。我会跟双方都谈谈,看他们能开出什么条件。"

"海牙的瓦尔,"玛丽斯说,"听上去不错。"

"永远都会是单翼,"他说,"或许对你来说同样如此。"

"半个飞行者,"她表示赞同,"我们两个都是。但到底是哪一半呢?瓦尔,你可以让领主们为你的服务竞价。大多数飞行者会因此轻视你,个别年轻而贪心的会模仿你,而这是我不愿意看到的。你可以在飞行时携带父亲留给你的匕首,尽管这样做违反了最古老也是最明智的飞行者法律之一。这是细枝末节,是传统,飞行者们会再次轻视你,但没有任何人会做任何事。可是,我现在告诉你,如果你找到了幕后指使之人,用这把匕首杀了他们,你就不再是单翼了。飞行者群体会放逐你,夺走你的飞翼;风港没有一位领主会支持你,给你落脚之地,不管他们多么需要飞行者。"

"你想让我忘记,"瓦尔说,"忘记这件事?"

"并不是,"玛丽斯说,"我想让你找到行凶之人,带他们去见领主,或者召集飞行者法庭。让你的敌人失去飞翼、家园和生活,而非你自己。难道这个选择就这么糟糕吗?"

瓦尔歪着嘴笑了,玛丽斯看到他的牙也掉了几颗。"不,"他说,

"我几乎喜欢上你的主意了。"

"选择权在你，"玛丽斯说，"你有很长一段时间无法飞行，可以好好考虑。我相信你足够聪明，知道如何利用这段时间。"她看向萨瑞拉："我必须返回小安柏利了。如果你要回南部，刚好跟我顺路。你愿意跟我一起飞行，在我家待上一天吗？"

萨瑞拉迫不及待地点点头："是的，我很愿意——我是说，要是瓦尔没事的话。"

"飞行者有无限的信贷能力，"瓦尔说，"只要我许给拉金足够的钱，他会比我亲爹妈更加体贴。"

"那么我跟你走。"萨瑞拉说，"不过，我会再见到你的，瓦尔，是不是？我们现在都有飞翼了。"

"是的，"瓦尔说，"佩着你的飞翼走吧，我要看看我的了。"

萨瑞拉吻了他一下，走到房间另一边玛丽斯的身旁。她们一起朝门口走去。

"玛丽斯！"瓦尔大声叫道。

玛丽斯闻声转身，正好看到他的左手费力地探到脑后的枕头下方，再以可怕的速度挥舞出来。长长的刀刃划过空气，插在门框上，离玛丽斯的脑袋不到一英尺。这把匕首是装饰用的黑曜石做的，漆黑、耀眼且锋利，但韧性不足，撞击之下，它裂成了碎片。

玛丽斯看上去一定吓坏了，因为瓦尔笑了。"它从来也不是我父亲的，"他说，"我的父亲从来没拥有过任何东西。这是我从阿拉克那里偷的。"从房间的两端，他们的目光相遇了，瓦尔忍着痛笑了起来，"帮我扔掉它好吗，单翼？"

玛丽斯也笑了，弯腰捡起了碎片。

坠落

一瞬间,她就老了。

当玛丽斯离开泰洛斯领主身边时,她还是年轻的。她从他空旷的岩石堡垒离开,穿过地下通道到海边,这是一条从山体中穿过的潮湿、阴暗的隧道。她手里举着一根小蜡烛,飞翼折起搭在背上,周围是回声和水缓慢滴落的声音。隧道的地上有积水,水浸透了她的靴子。玛丽斯迫不及待地想要离开。

直到站在山体另一侧的暮色中,玛丽斯才看到了天空。它呈现出昏暗的、危险的紫色,颜色那么深,几乎是黑色的了——严重瘀伤的颜色,充满鲜血和疼痛。寒风凛冽,难以驾驭。玛丽斯嗅到了即将暴发的风暴的味道,从云层中看到了它的到来。她站在通往海崖的破旧石阶之下,短暂地考虑了一下要不要回头,在飞行者小屋里住一夜,第二天早上再出发。

然而,想到要再次穿过长长的、漆黑的隧道,她就打了退堂鼓,何况她对此地没有丝毫好感。在她看来,泰洛斯是一片黑暗而痛苦的土地,这里的领主十分粗鲁,哪怕是领主和飞行者之间所要求的礼仪也难以掩饰他的残暴。他要求玛丽斯传递的消息沉重地压在她的心上。那些词句愤怒、贪婪，充满战争的威胁，玛丽斯迫切地想要完成任务，然后忘记它们，尽快让自己摆脱这个负担。

于是她吹灭蜡烛，不耐烦地迈着大步，沿石阶而上，向崖顶走去。她的脸上已有皱纹，鬓发也已染霜，但她仍像二十岁时那么优雅，精力旺盛。

台阶通往海面上方的一个宽阔石台，玛丽斯展开飞翼。她把最后一根支杆扣好后，飞翼兜住风，拉扯着她。风暴的紫色阴霾给银色金属蒙上一层阴影，落日的余晖又在上面留下一道道红色条纹，就像充血的新鲜伤口。玛丽斯加快动作，她想赶在风暴前面，利用它的前锋来提速。她将缚带在身上系紧，最后一次检查飞翼，然后双手握住那熟悉的抓杆。她快跑两步，从崖顶跳下，就像她以前无数次做过的那样。风是她持久而真正的恋人。她投入风的怀抱，飞了起来。

她看到东方天空与地平线相接之处盘桓不散的三叉闪电。下一刻，风势减弱，轻轻地吹向她。她向下掉落，倾斜，转身，试图寻找更强的气流。就在这时，风暴击中了她，如猛抽过来的鞭子一般令她猝不及防。劲风裹挟着可怕的力道不知从何处而来，就在她奋力想要随风向前时，风却突然转向。然后是第二次，第三次。雨打在她的脸上，闪电令她无法视物，耳边传来阵阵轰鸣声。

暴风雨将她往后推，又将她掀翻，仿佛她是掌中玩物。她就像风中的落叶，既无选择，也无机会。她被撞得东倒西歪，直到头晕恶心才意识到自己正在坠落。她扭头向后看去，看到山峰向她冲来，就像一堵湿滑的石墙。她试图拉开距离，却只在暴风的怀抱中转了个向。她的左侧飞翼擦到了岩石，断裂了。玛丽斯歪着身子向下掉去，尖叫着，左翼完全瘫痪。她试图单翼飞行，但也清楚这是徒劳的。雨遮蔽了她的视线，风暴吃人的利齿攫住了她。失去意识前的最后一刻，玛丽斯明白死亡将至。

大海接受了她，折断了她，又将她吐了出来。第二天晚些时候，人们才在距离泰洛斯的飞行崖三英里外的岩岸发现了她，浑身断裂，失去神志，但还活着。

数日后，当玛丽斯醒来时，她已经老了。

第一周，她一直是半昏迷状态，之后也几乎没有记忆。不管她动与不动，都感到痛。醒来，睡去。大多数时候她都睡着，她的梦境就像身上持续的疼痛那样真实：她穿行在地下长长的隧道里，走到双腿疼痛，却怎么也找不到带她前往天空的台阶；她在静止气流中坠落，没有尽头，她的力量和技巧在无风的空中毫无用武之地；她站在众议会的几百人前辩论，但她的声音模糊而轻微，人们不愿聆听；她感到热，热得可怕，无法动弹；有人拿走了她的飞翼，捆住了她的双腿双臂。她挣扎着想要活动，想要说话。她必须去往某地传递某个紧急的消息。她无法活动，无法说话。她不知道脸颊上的是泪水还是雨水。有人擦净她的脸，喂她喝下浓稠的苦味液体。

有时，玛丽斯知道她躺在一张大床上，身上盖着厚厚的皮毛和毯子，旁边的壁炉里一直生着火。她热得无法忍受，拼命想要把毯子推开，却推不动。

房间里似乎有人来来往往。她认出了其中一些人——他们是她的朋友，但是当她请他们帮她拿开毯子时，朋友们却不理她。他们似乎听不见她说话，却经常坐在床脚对她说话。他们说起过去的事情，就像那些事正在发生，这让她感到困惑。可是毕竟所有的事情都令人困惑，她很高兴朋友们都在身边。

科尔来了，唱着他编的歌。巴里翁和他在一起，笑声爽朗、嗓音低沉的巴里翁。瘸腿的老塞娜坐在床沿，一言不发。乌鸦也出现过一次，他一身黑衣，看上去是那么勇敢、英俊，她的心再一次因为对他无法言说的爱恋而疼痛。加思给她拿来了冒着热气的奇瓦斯酒，讲笑话逗得她哈哈大笑，忘了喝酒。单翼瓦尔站在门口看着她，像以前一样表情冷淡。萨瑞拉，她亲爱的朋友，经常过来，跟她追忆往日时光。还有多雷尔——她的初恋，仍然是她信赖的朋友——来了一次又一次。在痛楚和困惑中，他的出现带来熟悉的慰藉。其他人也来了：她没有想到会再次见面的昔日恋人们出现在她面前，他们说话、请求、指责，又消失，只留给她未得到解答的疑问。胖胖的金发特马尔带给她用石头雕刻的礼物，强壮的黑胡子歌者哈兰德看起来跟他们在小安柏利同住时一模一样。她突然想起哈兰德已在海上失踪，于是她哭了起来，泪水使他在她的眼前消失。

还有另一位陌生的访客，但也不算完全陌生。他用温柔而坚定的手触摸她，用近乎音乐般的嗓音呼唤她的名字，这些对她来说都是熟悉的。他不像其他的访客，他会靠近她，抬起她的头，喂她喝热浓汤、香料茶和能让她入睡的浓稠的苦味液体。她不记得自己如何或何时遇到了这个人，但她很高兴见到他。他身材瘦小却肌肉发达，苍白的皮肤紧紧绷在脸部的骨骼和平面上，布满岁月的斑点。细密的白发从高高的额头上方往后梳，凸出的眉骨下方被细纹包围着的眼睛是明亮的蓝色。不过，尽管他经常来，也认识她，玛丽斯却怎么也想不起来这个人的名字。

有一次，他站在床边观察她，玛丽斯挣扎着从半睡半醒中睁开眼，告诉他她有多热，求他把毯子拿开。

他摇摇头。"你在发烧，"他说，"房间里很冷，你病得厉害，需要那些毯子来保暖。"

玛丽斯被这个终于回答她的幽灵吓了一跳，挣扎着坐起来，想看得更清楚。她的身体反应迟钝，一股令她反胃的痛感在身体左侧烧灼起来。

"放松。"男人说,冰冷的手指放到她的额头上,"骨头愈合之前,你不能移动。来,喝了这个。"他托起她的头,将光滑厚实的杯沿贴在她的唇上。她尝到了熟悉的苦味,顺从地咽了下去。紧张和疼痛缓缓从身体流走,她的脑袋向后倒在了枕头上。

"睡吧,别担心。"男人说。

她困难地张嘴问道:"谁……?"

"我是埃文,"他说,"一名医者,已经照顾你几周了。你在恢复,但身体还很虚弱。你现在必须睡觉,保存体力。"

"几周。"这个词吓了她一跳,她一定是病得厉害,伤得严重,才会在医者的住所待上几周时间。"哪……哪里?"

他将有力而纤细的手指放在她的嘴上,不让她再说话:"在泰洛斯。别再提问了。等以后你身体强壮些,我会告诉你一切。现在睡吧,让你的身体自我修复。"

玛丽斯不再抗拒袭来的困意。他说她正在恢复,需要保存体力。陷入沉睡之际,她只盼望不要再次梦见风暴中那次短暂而可怕的飞行,以及身体遭受过的惨痛的撞击。

后来,当她醒来时,她发现世界是黑暗的,只有壁炉里暗淡的余火赋予阴影以形状。她刚一活动身体,埃文就过来了。他将炉火生旺,试了试她额头的温度,然后轻轻坐在了床边。

"烧退了,"他说,"但你还没有好。我知道你想活动——要保持静止是很困难的,可你必须这样做。你的身体还很虚弱,只有不给它施加压力,它才能更好地恢复。要是你自己做不到,我就只能给你更多的静药。"

"静药?"她的声音在自己耳中听来十分奇怪,于是她咳嗽几声,清清嗓子。

"让身体和头脑平静的苦药,帮助你入睡和放松,从而止痛。这种液体里全是治病的药草,十分有效,但使用过量会积累毒性。为了让你不动,我给你用的药已经超过了我愿意使用的剂量。物理绑缚对你没用,你不停地扭动、挣扎、用力,想要自由,不肯让损伤的身体休息和愈合。可是我真的不想再给你用药了。会疼,但我认为你能够承受。万一你忍不了,我会再给你药。明白了吗,玛丽斯?"

她看着他明亮的蓝眼睛。"是的,"她说,"我理解。我会尽量不动。请提醒我。"

他笑了,这让他的脸突然变得年轻了。"我会提醒你的,"他说,"你习惯了活跃的生活,总是在移动和行动。可是这次,你不能去某个地方找回自己的力量——你只能躺在这里,尽可能耐心地等它回来。"

玛丽斯点点头,立刻留意到左侧身体拉扯般的钝痛。"我从来不是一个有耐心的病人。"她说。

"是,可我也听说你很强悍。用那种力量来保持静止,或许你会复原。"

"你必须告诉我真相。"玛丽斯说。她看着他的脸,试图从中找到答案。恐惧像冰冷的毒,流遍她的全身。她渴望能够坐起来,检查自己的手臂和双腿。

"我会把我知道的都告诉你。"埃文说。

恐慌堵住了她的喉咙,她几乎说不出话来。她的声音低得像耳语。"我……我伤得有多重?"她闭上眼,不敢看他。

"你遭受重创,不过你活下来了。"他摸摸她的脸,她睁开了眼睛。"你的两条腿都摔断了,左腿有四处骨折。我把断骨归位了,它们看上去恢复得还不错——确实,如果你再年轻些,会恢复得更快,不过我想你能够正常行走,不会瘸腿。你的左臂粉碎性骨折,骨头从肉里戳了出来。我本来以为必须截肢,但是我没有那样做。"他把手指贴到她的唇上又拿开,就像一个吻,"我清理了创口,用火焰花香精和其他药草进行治疗。你的左臂会继续麻痹很长时间,但我认为神经并没有受损,所以随着时间的推移,加上锻炼,它会再次变得强壮而有用。掉落时,你摔断了两根肋骨,脑袋撞到了岩石上。你在我这里昏迷了三天,我当时不知道你是否还能苏醒。"

"只断了两条腿和一条胳膊,"玛丽斯说,"说到底着陆还算顺利。"接着,她皱起眉头,"我要传递的消息……"

埃文点点头:"你在昏迷中吟唱似的一遍遍地重复它,下定决心要把消息传出去。不过,你不用担心。领主知道你发生事故之后,已经请另一位飞行者把消息送给了特雷恩的领主。"

"当然。"玛丽斯喃喃地说。她感到心中卸下重负,而之前她甚至都不知道自己背负了这样一个负担。

"这么紧急的消息,"埃文愤愤地说,"甚至无法等待适合飞行的天气。它把你送入风暴中,让你受伤。它甚至有可能宣告你的死亡。战争还没开始,可他们已经开始轻视人命了。"

如果说他关于战争的发言只是令她困惑,他的恨意更令她感到担忧。"埃文,"她柔声说,"飞行者可以选择何时飞行。不管是否处于战时,领主都无权对我们发布命令。是我自己急于离开你们这座荒凉的小岛,才不顾天气恶劣也要出发的。"

"这段时间,我们这座荒凉的小岛成了你的家。"

"要多久?"她问,"我要多久才能飞?"

他看着她,没有回答。

玛丽斯突然害怕出现最糟糕的结果。"我的飞翼!"她挣扎着起身,"它们丢了吗?"

埃文反应迅速,立刻用手按住她的肩膀。"别动!"蓝眼睛里射出怒火。

"我忘了，"她小声说，"我不会动的。"她的整个身体因为刚刚轻微的动作而痛苦地抽动着。"求你……我的飞翼呢？"

"在我这里。"他说着摇摇头，"飞行者。我早该知道——毕竟我治愈过其他飞行者。我就应该把它们挂在你的床头，这样你睁开眼看到的第一件东西就会是你的飞翼。领主想把它们拿走修理，但我坚持由我保管。我去拿给你。"他消失在隔壁房间。几分钟后，他回来了，手中拿着她的飞翼。

飞翼支离破碎，无法正常折叠。制作飞翼主体的金属几乎是坚不可摧的，但连接用的支杆只是普通金属，玛丽斯看到好几根支杆已经碎了，其他的则以怪异的角度扭曲着。明亮的银色被污垢包裹着，有些地方被染成了黑色。在埃文忐忑的抓握中，飞翼看上去就像一堆无可救药的废品。

但是玛丽斯很清楚，飞翼既然没有丢在海上，就能够修复如初。看到它们，她的心欢快地飞扬起来。飞翼是她的生命，她可以再次飞上高空。

"谢谢你。"她对埃文说，努力让自己不要哭出来。

埃文把飞翼挂在对着床脚的墙上，玛丽斯可以随时看到。然后，他转向她。

"修复你的身体要比修复你的飞翼更耗时，更艰难。"他说，"比你愿意忍受的时间要长得多。不是几周，而是数月，很多个月。就算这样，我也无法向你做出任何承诺。你骨头摔碎、肌肉撕裂，在你这个年龄，体力很难完全恢复。你可以行走，至于飞行——"

"我可以飞。我的双腿、肋骨和手臂会好的。"玛丽斯平静地说。

"是的，假以时日，我希望它们能好。不过，那恐怕是不够的。"他靠近些，玛丽斯看到他满脸担忧，"头部受的伤恐怕会影响你的视野和平衡感。"

"别说了,"玛丽斯说,"求你。"泪水从她的眼中流出来。

"是我太心急了,"埃文说,"对不起。"他擦去她脸颊上的泪水。"你需要休息并怀抱希望,别担心。你需要时间来重新变得强壮。你会再次戴上飞翼的,但要到你真正准备好的时候——要到我说你可以的时候。"

"困在地上的医者,告诉飞行者她什么时候可以飞。"玛丽斯故作嘲讽地嘟囔了一句。

尽管可以忍受,但玛丽斯并不享受这种被迫的静止。随着时间的推移,她清醒的时候越来越多,她开始变得焦躁。大多数时间,埃文都陪在她身边,哄她进食,提醒她不要动,跟她说话,总在说话,以此给她躁动的头脑一些锻炼,尽管她的身体必须尽量不活动。

事实证明,埃文有讲故事的天赋。他更多地将自己视为生活的观察者而非参与者,因此始终保持疏离的视角和对细节的敏锐目光。他经常能把玛丽斯逗笑,也能让她思考,甚至能够让她遗忘自己身体破碎被困于床上,哪怕一次只有几分钟。

最开始,埃文给她讲了泰洛斯的社会生活。他的描述十分生动,几乎让那些人物形象在玛丽斯眼前浮现出来。过了一段时间,他就开始讲自己了。他将他的生活对她和盘托出,就像为了回报她在昏迷期间对他的倾诉。

泰洛斯是东部北端的一个小岛。六十年前,埃文出生在泰洛斯的深山里,他的父母都是林务员。

森林里还住着其他人家,有别的孩子可以一起玩,但从很小的时候开始,埃文就更喜欢独处。他喜欢藏在灌木丛里观察害羞的棕色挖土鸟,去寻找长着最美丽的香花和最好吃的根茎的地方,或是静静地坐在一小块空地上，用一片剩面包引小鸟到他的手边。

十六岁时，埃文爱上了一位旅行助产士。她叫亚妮，棕色皮肤，小个子，思维敏捷，伶牙俐齿。为了接近她，埃文自告奋勇成为她的助手。最初，她觉得这个男孩的兴趣很可笑，但很快便接受了他。埃文对护理的兴趣被爱情进一步滋养，他从亚妮那里学到了很多。

亚妮离开的前夜，埃文向她坦白了爱意。可她不愿留下来，也不愿带他走——他不能作为恋人，不能作为朋友，甚至不能作为助手同行，尽管她承认他学得很好，手法娴熟。她一直都独自旅行，就是这样。

亚妮走后，埃文继续行医。因为离得最近的医者住在索西村，从森林过去要走一整天的路，所以很快就有很多病人就近来找埃文。最后，他成为索西村医者的学徒。他本来也可以去上专门的医者学校，但那意味着要乘船旅行，而对埃文来说，在危险的大海中航行是世界上最可怕的事情。

习得索西村医者的一身本领后，埃文回到森林里行医和工作。虽然他从未结过婚，却也并非一直独居。女人们会来找他——已婚的女人来寻找一个没有要求的情人，旅行的女人在他的陪伴下歇息几天或者几个月，还有些病人在他的住处一直待到对他的迷恋得到缓解为止。

这么长时间以来，玛丽斯听着他柔和悦耳的声音，凝视着他的脸，直到他的面容像她昔日的任何一个恋人那样熟悉。她明白他的吸引力所在：明亮的蓝眼睛，娴熟的、温柔的双手，高高的颧骨，威严的鼻梁。但她好奇他的内心——他是否真的像外表看上去这般稳重自持？

一天，埃文正在讲他最近发现的一窝树袋鼠，玛丽斯打断了他，问道："难道你就没有再爱过别人吗？我是说在亚妮之后。"

这个问题令他有些吃惊："是的，我当然爱过别人。我告诉过你……"

"但没有爱到要跟她结婚的程度。"

"有一次是想结婚的。跟萨蕾伊——她在我这里住了差不多一年，我们在一起非常快乐。我很爱她，想让她留下来，可她在别处有自己的生活，不肯留在森林里陪我，于是她离开了。"

"为什么不跟她走呢？她没有让你跟她一起走吗？"

埃文露出悲伤的神情："她提出了。她想让我随她离开，但不知怎的，我就是感觉这件事不可能发生。"

"你从来没有去过别处？"

"我跑遍了整个泰洛斯岛，只要有人需要，我就会去。"埃文分辩道，"年轻时，我在索西村住了将近两年。"

"泰洛斯岛到处都一样。"玛丽斯耸耸她没受伤的那侧肩膀。左半边身体传来一阵撕扯痛，她选择无视。她现在被允许坐起来了，所以生怕露出痛意，被埃文剥夺这一权利。"只不过有些地方树更多，有些地方石头更多。"她补充道。

埃文笑道："一个非常肤浅的观点！对你来说，森林里到处都是一样的。"

显然，这一评价无须再辩。玛丽斯又回到了老问题上："你从来没有离开过泰洛斯？"

埃文做了个鬼脸。"一次。"他说，"发生了一起事故，一艘船触礁，船里的女人受了重伤。我搭乘渔船去给她疗伤，但途中晕得太厉害，差点没力气帮她。"

玛丽斯露出同情的笑容，但她接着又摇摇头："既然你没有去过别处，又怎么知道这是你唯一想要居住的地方？"

"我并没有宣称自己知道，玛丽斯。我或许可以离开，或许可以过另一种十分不同的生活，但现在的生活是我自己选择的。我了解它——不管好与坏，它都是我的。如今再来哀叹错失的机会已经太迟了。我喜欢我的生活。"他站起身，结束了对话，"你该午睡了。"

"我可以……"

"你可以做你想做的任何事情，只要你一动不动地躺在床上。"

玛丽斯笑了，让他帮她在床上躺好。虽然她不肯承认，但坐起来令她筋疲力尽，能躺下休息是个解脱。她的身体迟迟不能恢复，使她十分沮丧。她不理解，仅仅断了几根骨头，何以如此容易疲惫。她闭上眼，听着埃文往壁炉里添柴然后打扫房间的声音。

她想着埃文。她被他所吸引，当然，眼下的环境也很容易使两人之间产生亲密感。她之前想过，等她康复后，她和埃文说不定会成为恋人。对他的生活有了更多了解之后，她的想法变了。埃文爱过太多次，被抛弃过太多次。她是那么喜欢他，不忍心伤害他，因为她知道，只要自己能够再次飞起来，就会立刻离开泰洛斯，离开埃文。她迷迷糊糊地下了决心，她和埃文还是一直做朋友更好。此后，她将强迫自己不去在意她有多么喜欢他蓝眼睛的奕奕神采，忘记她对他纤细、精瘦的身体和灵巧双手的幻想。

她笑了，打个哈欠，睡着了。她梦到她在教埃文如何飞翔。

第二天，萨瑞拉到了。

玛丽斯昏昏欲睡，正在半梦半醒之间。起初，她还以为她在做梦。闷热的房间里，空气突然变得清新，充满了干净而凌厉的海风的味道。玛丽斯抬起头，看见萨瑞拉站在门口，飞翼挂在一条胳膊上。一瞬间，她看上去就像玛丽斯二十多年前认识的那个害羞而娇小的女孩，那时玛丽斯帮着塞娜教她飞行。可是下一秒，萨瑞拉笑了。自信的笑容点亮了她瘦削的深色脸庞，凸显了时光留在脸上的痕迹。她走上前，海水从飞翼和湿衣服上落下来，木翼学员时期的幻影彻底消失了。她是维黎斯的萨瑞拉，久经风雨的飞行者，两个成年女孩的母亲。两个人拥抱在一起，虽然动作因保护玛丽斯左臂的厚重泥膏而有些别扭，但充满了热烈的情感。

"我一听到消息就过来了,玛丽斯。"萨瑞拉说,"我很难过,你一个人在这里待了这么久,可是飞行者之间的交流不像以前那样频繁,特别是对单翼而言。我本来还不知道呢,但我送信去大肖特安,之后决定去一趟鹰巢。现在想来,算是突发奇想,距离我上次去鹰巢已经过去四五年了。科琳娜在那里,她刚从小安柏利回来,告诉我一名东部的飞行者刚刚带来你出事的消息。我立刻就出发了。我是那么担心你……"说到这里,她再次弯腰拥抱她的朋友,飞翼几乎从她的手臂上滑落。

"我帮你把它们挂起来。"埃文走上前,轻声说。萨瑞拉看也不看便将飞翼交给了他,她的注意力全部都在玛丽斯身上。

"你……你怎么样?"她问。

玛丽斯笑了。她用能活动的手臂掀开毯子,露出两条封在泥膏里的腿。"如你所见,摔断了,但正在恢复。或者说埃文是这样安慰我的。我的肋骨基本上不疼了,而且我相信腿上的泥膏很快就能拆掉了——它们痒得出奇!"说着,她生气地从床头柜的花瓶里抽出一根长长的稻草,皱着眉头专注地把草伸进皮肤和泥膏之间,"抓挠有时候有用,有时候会更痒。"

"你的胳膊呢?"

玛丽斯看向埃文,等他回答。

"别给我出难题,玛丽斯,"他说,"你和我知道得一样多。你的手臂恢复得不错,没有继发感染。至于你的腿,再过一两天,你就可以尽情地挠痒了。"

玛丽斯高兴地晃了一小下,立刻屏住了呼吸。她的脸色变得苍白,用力地咽了一口唾液。

埃文皱着眉头走到床边:"怎么了?哪里疼?"

"没什么,"玛丽斯迅速回答,"没什么。我只是觉得有……一点恶心，别的没什么。我应该是震到胳膊了。"

埃文点点头，但他看上去对这个答案并不满意。"我去煮茶。"他说完就离开了，留两位女士在房间里。

"你已经知道我的情况了，"玛丽斯说，"现在告诉我你的消息吧。埃文很出色，但治疗太耗时了，我感觉自己与世隔绝，这很可怕。"

"这是个遥远的地方，"萨瑞拉表示同意，"而且很冷。"这个评价让玛丽斯笑了起来，她捏了捏萨瑞拉的手。在南方人看来，除了他们自己的群岛，全世界都很冷——这是她们两人之间的小玩笑。

"从哪里开始说呢？"萨瑞拉问，"好消息还是坏消息？闲言碎语还是政治新闻？玛丽斯，你是被困在床上的人，你想了解什么？"

"一切。"玛丽斯说，"不过你可以先给我讲讲你的女儿们。"

萨瑞拉笑了："萨瑞娜决定嫁给阿尔诺，他在加尔码头上经营肉饼铺子。你也知道，萨瑞娜有码头上唯一一个水果馅饼摊，所以他俩决定联手做生意，称霸整个码头的馅饼市场。"

玛丽斯哈哈大笑："这个设想听上去很合理。"

萨瑞拉叹了口气："哦，是啊，为了便利而结婚，像做生意似的。萨瑞娜的灵魂中没有一星半点浪漫，有时我都怀疑她不是我的女儿。"

"玛莉莎有两人份的浪漫。她还好吗？"

"啊，还在游荡，爱上了一名歌者。我已经一个月没听到她的消息了。"

埃文端进来两杯冒着热气的茶，这是他的独家配方，散发着若有若无的白花香。

"鹰巢有什么消息吗？"玛丽斯问。

"有一些，但没有任何好消息。小杰米斯在从吉尔飞往小肖特安的途中失踪了。大家担心他掉入了海中。"

"天哪，"玛丽斯说，"真令人难过。我跟他并不熟，但听说他是一位出色的飞行者。早年间，他的父亲主持了飞行者众议会，在那次会议上，我们决定创建飞行学院。"

萨瑞拉点点头。"瓦伦的劳丽分娩了，"她接着说道，"但是孩子有先天疾病，生下来一周就死了。这令她很伤心，加里特自然也是。特卡丁的兄弟在风暴中丧生，他是一艘商船的船长。据说整支船队都遇难了。时世艰难，玛丽斯。我还听说劳玛荣要打仗了。"

"过不了多久，泰洛斯可能也要打仗了。"玛丽斯沉着脸说，"没有任何令人振奋的消息吗？"

萨瑞拉摇摇头："鹰巢就不是一个令人振奋的地方。我感觉那里并不欢迎我。单翼从来不去，可是我仍然去了，侵犯了飞行者血脉的最后一块圣地。这让他们都不自在，尽管科琳娜和另外几个人试着保持礼貌。"

玛丽斯点点头。这不是什么新鲜事。近年来，天生的飞行者和通过比赛才成为飞行者的单翼之间的关系愈发紧张。每一年，都有更多的陆民获得飞翼，这让古老的飞行者家族倍感压力。"瓦尔怎么样？"她问。

"瓦尔还是老样子，"萨瑞拉说，"除了比以前有钱，其他都没变。上次我去海牙的时候，看到他系了一条金属链腰带，无法想象那要多少钱。他经常和单翼们待在一起，他们都很仰仗他。其余时候，他和阿特恩、达蒙、劳及他那一派的其他亲信在风暴城饮乐。我听说他跟鲍威特的一个陆民女人在一起了，不过我想他并没有费心告诉卡拉。我想骂他，但你也知道瓦尔有多么自以为是……"

玛丽斯笑了。"哦，是的。"她说。她小口喝着茶，萨瑞拉接着说，话题跑遍了整个风港。她俩说着其他飞行者的八卦，谈论着朋友、亲人和她们共同去过的地方，天南海北地聊了很久。玛丽斯觉得舒适、快乐又放松。她被"囚禁"的时间不会太长——几天之后，她应该就能走路了，然后开始运动和锻炼，做好飞行准备；而且萨瑞拉，她最好的朋友，此刻坐在她的身旁，提醒她这些厚重墙壁后还有真正的生活，帮助她重回那种生活。

几个小时后，埃文端着奶酪、水果、新烤的香草面包、加了野葱和辣椒的炒蛋进来了。三个人坐在床边，狼吞虎咽地吃了起来。跟萨瑞拉的交谈，或者说新的希望，使玛丽斯胃口大开。

接下来，对话转向了政治话题。"真的会打仗吗？"萨瑞拉说，"导火索是什么？"

"一块石头，"埃文咕哝道，"一块不到半英里宽、两英里长的岩石。它甚至连名字都没有。这块岩石端正地坐落在泰洛斯和特雷恩之间的塔林海峡，所有人都认为它一钱不值。可是如今，人们发现上面有铁矿。是特雷恩的一支队伍发现了矿藏并首先进行开采，他们不会放弃权利，但那块岩石离泰洛斯比离特雷恩更近一些，所以我们的领主也试图占领它。他派了一队卫兵去夺取矿场，但他们被打跑了，现在特雷恩正在加固对那里的防守。"

"泰洛斯似乎并没有充足的理由将矿场据为己有，"萨瑞拉说，"你们的领主真的要为此开战吗？"

埃文叹了一口气："我希望我想错了。但是泰洛斯的领主是一个好斗而贪婪的人。他曾在一次渔猎争端中打败特雷恩，所以深信自己能够再次获胜。不管死多少人，他都不会妥协。"

"我受托带往特雷恩的消息充满威胁，"玛丽斯提出，"战争迄今还未发生倒是让我惊讶。"

"两座岛都在集结盟友、武器和承诺，"埃文说，"我听说每天都有飞行者在城堡进出。毫无疑问，萨瑞拉，等你离开时，领主也会让你传递一两条战争威胁消息。我们自己的飞行者——泰雅和杰姆，上个月一天都没有休息。杰姆传递了穿越海峡的大部分信息,泰雅负责将领主开出的条件和许诺告知十几个潜在盟友。幸运的是,似乎没有人感兴趣。她一次又一次地带着拒信飞回。我认为这是战争仍未爆发的唯一理由。"他又叹了一口气,"不过,这只是时间问题,"他接着说,声音疲惫,"战争结束之前,会有很多人丧生。我会被叫去修补那些还能被修补的人。真是讽刺——战时的医者只能治疗症状,却不允许谈论病因,即战争本身,否则就会被当作叛徒逮捕。"

"我想我应该庆幸没有参与其中。"玛丽斯说,但她的语气很勉强。她对战争的感觉并不像埃文那样;飞行者超脱于此类冲突之上,正如他们在波涛汹涌的大海上方飞翔一样。他们是中立的,永远不被伤害的。客观来说,战争是一件令人遗憾的事,但战争从未触及玛丽斯和她爱的任何人,所以她并未深切地体会过战争的恐怖。"年轻的时候,我可以不用听就记住一条信息,真的。如今我似乎已经失去了这种天赋。我所传递的一些话语让我失去了飞行的乐趣。"她说。

"我明白,"萨瑞拉表示同意,"我同样见过我传递的某些信息导致的结果,有时会感觉非常内疚。"

"不要内疚,"玛丽斯说,"你是一名飞行者,你对信息的内容不负责任。"

"你也知道,瓦尔是不同意这个观点的。"萨瑞拉说,"曾经有一次,我跟他争论过。他认为我们是有责任的。"

"我可以理解他。"玛丽斯说。

萨瑞拉不解地皱起眉头:"为什么?"

"没想到他从没对你说过,"玛丽斯说,"他的父亲是受绞刑死的。一名飞行者把处决令从劳玛荣带到了南阿伦。事实上,这个人就是阿拉克。你还记得阿拉克吗?"

"记得太清楚了。"萨瑞拉说,"瓦尔一直怀疑阿拉克就是指使人殴打他的幕后黑手。我记得他无法找到袭击者来给阿拉克定罪时有多么愤怒。"她做了个怪笑的表情,"我还记得阿拉克死时,他在海牙举办派对来庆祝,摆上了黑蛋糕。"

埃文若有所思地看着她们:"如果你们感觉内疚,为什么还要传递那些信息?"

"为什么,因为我是飞行者啊,"萨瑞拉说,"这是我的工作,我就是做这个的。责任跟飞翼同在。"

"我想你说得有道理。"埃文说。他站起身来,开始收拾空盘:"坦率地讲,我认为我不会采取这样的态度。不过,我是陆民,而非飞行者。我并非生来就拥有飞翼。"

"我们也不是。"玛丽斯开口道,但埃文已经离开了房间。玛丽斯感到一丝恼怒,但萨瑞拉又开始讲话了,这把玛丽斯的注意力拉回对话中。没过多久,她就忘记自己为什么生气了。

终于到了拆除泥膏的时候了。她的双腿将得到解放,而且埃文许诺,她的手臂也不用等太久。

看到自己的双腿时,玛丽斯惊叫一声。它们是那么消瘦而苍白,看上去十分古怪。埃文开始动作轻柔地按摩它们,先是用散发着草药香的热溶液清洗,然后轻轻地、熟练地揉捏久未使用的腿部肌肉。玛丽斯舒服地轻叹一声,放松下来。

当埃文终于完成按摩,起身收起水盆和布时,玛丽斯还以为自己马上就要不耐烦地爆炸了。"我可以走路了吗?"她问。

埃文看着她,咧嘴笑了:"你可以吗?"

这个挑战令她跃跃欲试。她坐起来,将双腿移到床边。萨瑞拉想要搀扶,但玛丽斯轻轻摇摇头,让她的朋友不要出手。

下一刻,她站了起来,靠她自己的双腿,没有任何支撑。可是,有什么地方不对劲。她感觉头晕、恶心。虽然她一言不发,但脸色出卖了实情。

埃文和萨瑞拉上前几步。"怎么了?"埃文问。

"我,我一定是起身太快了。"她出了很多汗,不敢挪动身体,生怕自己会摔倒、昏厥或呕吐。

"放松,"埃文说,"不要急。"他的声音温暖而令人平静。他扶住她没有受伤的胳膊,萨瑞拉扶住左边。这一次,玛丽斯没有拒绝他们的帮助。

"一次走一步。"埃文说。

玛丽斯倚靠着他们,在他们的指引下走出了最初的几步。她仍然稍微有些恶心,而且不知为何感觉辨不出方向。但不管怎样,她仍然感受到胜利的喜悦,毕竟她的双腿能走路了!

"我现在可以自己走了吗?"

"我看不出为什么不能。"

玛丽斯独立走了一步,然后是第二步。她的心雀跃起来。这很容易!她的双腿像过去一样结实。玛丽斯努力忽视腹部的不适,迈出第三步。此时,整个房间向一侧倒去。

她的手臂挥舞着,跌跌撞撞,努力在突然倾倒的房间里寻找平地。这时埃文抓住了她。

"不!"她喊道,"我可以做到——"

他帮她重新站起来,稳住身体。

"请放开我,求你。"玛丽斯用颤抖的手摸摸自己的脸,环顾四周。房间里平静而安稳,地板像以前一样平整,她的腿稳稳地站在地上。于是她深吸一口气,再次迈步。

地板突然从她脚下滑走,如果不是埃文再次抓住她,她的脸肯定磕到地上了。

"萨瑞拉——把脸盆递给我。"埃文说。

"我没事……我可以走……让我走……"她说不下去了,因为她要吐了,幸好萨瑞拉及时把脸盆递到了她的面前。

吐完之后,尽管仍然浑身发抖,但玛丽斯感觉好多了。她在埃文的搀扶下走回床边。

"我怎么了?"玛丽斯问他。

他摇摇头,但面露忧色。"或许只是过早进行了太多训练。"他说完便转过身去,"我必须走了,有个婴儿急发腹痛。我大概一个小时后能回来。在那之前,别再起床。"

埃文为她拆除胳膊上的泥膏时,她十分高兴;看到那条手臂完整、强壮、没有受到任何永久损伤时,她更是喜出望外。她知道她必须努力锻炼肌肉才能再次飞上天空,经过如此漫长的无所事事,她对长时间的艰苦训练感到兴奋而非胆怯。

时间过得飞快,萨瑞拉说她必须离开了。泰洛斯的领主派了一个传令兵来请她。"他有一条紧急消息要送到北阿伦,"萨瑞拉告诉玛丽斯和埃文,同时摆出一副作呕的表情,"他自己的飞行者去执行其他任务了。不过反正我也确实该离开了,我要回维黎斯去了。"

他们三人围坐在埃文厨房里的粗木桌旁,喝茶,吃面包和黄油,这是告别前的早餐。玛丽斯将手伸到桌子对面,握住萨瑞拉的手。"我会想你的。"她说,"我很高兴你来了。"

"我会尽快回来的,"萨瑞拉说,"但我有点担心会一直有任务。不管怎样,我会告诉大家你康复了。你的朋友们听到这个消息会放下心来。"

"玛丽斯还没有完全康复。"埃文轻声说。

"啊,只是时间问题,"玛丽斯欢快地说,"等到所有人得到萨瑞拉的消息时，我很可能已经飞上天空了。"她不理解埃文的忧郁，她本以为当她手臂上的泥膏拆掉时，埃文的心情会跟她一样变得轻松。"在你回来之前，我可能会在空中与你相遇！"

埃文看着萨瑞拉。"我陪你走到路上。"他提出。

"不用麻烦，"萨瑞拉说，"我知道路。"

"我想送送你。"

他语气中某种莫可名状的东西让玛丽斯身体一僵。"在这里说，"她平静地说，"不管是什么事，你都可以直接告诉我。"

"我永远不会对你撒谎，玛丽斯。"埃文说着，叹了口气。他的肩膀耷拉下来，玛丽斯感觉他一下子变得苍老了。

埃文向后倚坐在椅子上，但他始终看着玛丽斯的眼睛："你难道就没想过，当你突然站起、坐下或转弯时，为什么会头晕吗？"

"那是因为我的身体还很虚弱，我需要小心。仅此而已。"玛丽斯已经开始为自己辩护了，"我的四肢没有问题。"

"是的，是的，我们不需要为你的双腿或手臂担心。但你身上还有别的问题，没有办法通过重置和上夹板来愈合。我认为是你的头撞在岩石上时发生了什么事。你的大脑内部受到了某种伤害，它影响了你的平衡感、深度知觉，或许还有视野。我不确定到底是哪一种。我对此所知甚少——没有人了解得很深……"

"我没有任何问题，"玛丽斯以一种讲道理的口吻说道，"我起初觉得头晕、没力气，但后来情况好转了。我现在能走路了——你不得不承认这一点——我会再次飞行的。"

"你正在学着调整和补偿，仅此而已。"埃文说，"但你的平衡感被影响了。你很可能能够学会适应地面上的生活，但是在空中——某种你在空中需要的能力也许现在已经消失了。我认为你无法在缺少这种能力的情况下飞行。平衡感至关重要——"

"你又懂什么飞行？你凭什么告诉我需要什么才能飞行？"她的声音像冰一样冷硬。

"玛丽斯。"萨瑞拉低声说。她试图抓住玛丽斯的手，但自尊心受伤的玛丽斯躲开了。

"我不相信你，"玛丽斯说，"我身上没有什么伤是不可愈合的。我会飞起来的。我只是有点不舒服。你为什么要往最坏的结果想？我为什么要往最坏的结果想？"

埃文一动不动地坐在椅子上，思索着。然后他起身走到后门边的墙角，那是堆木柴的地方。与原木和引火柴分开摆放的是一些扁平的长木板，埃文会将这些剩余木料加工成夹板。他挑了一块，大约六英尺长、七英寸宽、两英寸厚，把它放在厨房的空地上。

他直起身体，看着玛丽斯："你可以在这块木板上走吗？"

玛丽斯嘲讽地扬起眉毛，表示惊讶。荒谬的是，她的腹部因为紧张而绷紧。她当然可以做到，这样的测试是不可能失败的。

她慢慢从椅子上起身，一只手抓住桌子边缘。她平稳地走过地板，速度并不是太慢。地板没有像第一天那样在她脚下打滑或鼓起。说她的平衡感出了问题真是太荒谬了。既然她没有在平地上摔倒，当然也不会因区区两英寸的高度摔倒。

"需要我单脚跳吗？"她问埃文。

"正常走路就行。"

玛丽斯踏上木板。它的宽度并不足以让她双脚并立地正常站立，所以她没有思考时间，不得不立刻迈步。她想起她儿时曾在高高的岩架上跳跃，有些小径比这块木板还窄。

木板在她脚下摇晃着，她觉得自己往一侧倒去。尽管不愿意这么做，可玛丽斯还是忍不住惊声尖叫。埃文扶住她。

"你在晃木板！"她突然发火，但是这句话在她自己听来都是那么任性和孩子气。埃文只是看着她。玛丽斯尽力让自己平静下来。"对不起，"她说，"我不是故意的。让我再试一次。"

埃文默默地放开她，退到一旁。

玛丽斯现在紧张起来了，她再一次踏上木板，走了三步。她又开始摇晃了，一只脚从木板上落下，踩到了地板上。她骂了一声，把脚抬上来，又迈一步，再次感觉木板摇晃。下一脚又落到了地上。她把脚放回木板上，朝前走了一步，突然歪向一侧，摔倒了。

埃文这次没能及时抓住她。她手膝着地，又立刻跳了起来，脑袋因为用力过猛而天旋地转。

"玛丽斯，够了。"埃文坚定而温柔的双手将她从那变幻莫测的木板旁拉开。玛丽斯听见萨瑞拉在低声抽泣。

"好吧，"玛丽斯尽力让自己的声音听上去不那么痛苦，"是出了某种问题。好吧，我承认。但我还在康复。给我时间，我会好的，我会再次飞起来的。"

早上，玛丽斯迫切地投入训练之中。埃文给她拿来一套石头哑铃，她开始规律地用它们锻炼。她失望地发现，不仅是受伤的那条手臂，她的两条手臂都因为前段时间被迫闲下来而变得无力。

玛丽斯下定决心要尽早重返天空。她把飞翼拿到城堡，交给领主的御用工匠进行修复。尽管女匠人正忙于为即将到来的战争做准备，但飞行者的要求是不容忽视的。她许诺会在一周内将受损的支杆拉直并复原，也确实做到了。

飞翼送回来的那天，玛丽斯进行了仔细检查。她依次折叠和展开每一根支杆，细细查看翼面，保证它绷紧并安装牢固。她的双手忙碌着，仿佛从未停止过；这是一双飞行者的手，它们在世界上最熟悉的事情便是跟飞翼打交道。玛丽斯差点想绑上飞翼，长途跋涉到飞行崖——几乎，但没有这么做。她的平衡感尚未恢复，尽管她比之前站得更稳了。每晚，她都会偷偷摸摸地试试在木板上行走。还没能成功，但她在进步。她还没有完全做好准备使用飞翼，不过快了，快了。

不锻炼的时候，她有时会跟埃文一起进森林，陪他采摘药草或是出诊。他教给她在治疗中使用的那些植物的名称，向她解释每种药草的功效，说明何时以及如何使用它们。他还向她介绍了各种动物。这些寒冷的东部森林里的野兽与小安柏利温和的树林中与人亲近的动物居民完全不同，玛丽斯觉得它们十分迷人。埃文在这里显得那么自在，森林生灵都不怕他。长着猩红色眼睛、样貌奇特的白乌鸦从他手中吃面包屑，而且他知道如蜂窝般藏于野外的隧道猴巢穴的秘密入口。有一次，他拉住她的胳膊，指给她看一只羽冠骇鸟，轻快地滑翔着，追捕他们看不见的某个猎物。

玛丽斯向他讲了她在空中和其他岛屿的历险故事。她飞了四十多年，脑子里满是神奇之事。她告诉他小安柏利的生活，风暴城的风车和码头，阿特利亚的蓝白色冰川和余烬岛的火山。她向他描述东方无尽之洋上外岛的孤独，还有在飞行者群体分裂之前鹰巢上亲如家人的相处。

对两人之间的隔阂与分歧，他们都绝口不提。玛丽斯说到飞行时，埃文不会出言反驳，也不会对她说什么头部看不见的损伤。这个话题是危险之地，并不比一块木板宽，他们都不愿抬脚踏上。玛丽斯则隐瞒了自己偶发眩晕的事实。

一天，走到屋外后，埃文正要前往森林更深处，玛丽斯拦住了他。"那些树让我觉得还在室内，"她抱怨道，"我需要看见天空，闻到干净的、无遮无挡的空气。这里离海边有多远？"

埃文指向北方："往那个方向大约两英里。树木变得稀疏时，你就能看到了。"

玛丽斯对他咧嘴一笑："你听上去不太情愿。如果身边没有树，你是不是就会伤心？要是你受不了，就别过来了——不过我是真的不理解你在森林里是怎么呼吸的。那里过于昏暗和稠密，除了泥土、腐质和叶子的气味，什么都闻不到。"

"那些都是绝妙的味道。"埃文笑着回答。他们开始朝北走。"在我看来，海洋太冷、太空、太大。我在我的森林里才能觉得舒服自在。"他说。

"噢，埃文，我们俩真是太不一样了！"她碰碰他的胳膊，又笑了。某种程度上，这种反差令她高兴。她扬起头，闻了闻空气的味道："是的，我已经能闻到大海了！"

"你在我家的门阶上也能闻到——在整个泰洛斯，你都能闻到大海。"埃文指出。

"被森林盖住了。"随着树林变稀疏，玛丽斯的心情变得轻松起来。她的一生都是在海边或海面之上度过的。每天早上在埃文的房子里醒来时，她都能感受到这种缺失。她想念海浪拍打的声音和浓烈的盐味，但最想念的是广阔的灰色海面，以及上方同样广阔和动荡的天空。

树线蓦然而止，岩石峭壁开始出现。玛丽斯跑了起来。她站在悬崖边缘，大口呼吸，远眺大海和天空。

天空是靛蓝色的，布满移动迅速的云层。在这个高度，风相对温和，但玛丽斯从一对食腐鸢的耐心盘旋中看出，更高处的风很好。或许不适合传送紧急消息，但是个玩耍的好天气，可以在凉爽的空中翻转、俯冲、欢笑。

她听到埃文的脚步声走近了。"你不能不承认它的美丽。"她头也不回地说。她又往前迈了一步，靠近悬崖边缘，向下看……世界在她脚下急剧坠落。

她呼吸急促，摆动着双臂，寻找一些稳固的东西。她开始掉落，掉落,掉落,哪怕埃文将她紧紧抱住,也无法将她带回安全地带。

第二天一直下暴雨。玛丽斯在室内待了一整天,想着在悬崖上发生的事情,陷入绝望的情绪之中。她没有锻炼,食不甘味,保养飞翼也需要强打精神。埃文默默地看着她,经常皱起眉头。

第三天,雨虽然没有停,但暴风雨最猛烈的时候已过,雨势变得柔和。埃文告诉玛丽斯他要出去一趟。"我要去泰洛斯港买点东西,"他说,"一些不在本地生长的药草。我听说,一艘商船上周靠岸了。或许我可以补充库存了。"

"或许吧。"玛丽斯平静地说。除了吃早饭,她一上午什么也没做,但就是觉得累,浑身发冷。

"你想跟我一起走走吗?你还没去过泰洛斯港呢。"

"不,"玛丽斯说,"我现在不太想活动,我还是待在这里吧。"

埃文皱皱眉,但还是拿起了厚厚的雨披。"没问题,"他说,"我天黑前回来。"

但是,当医者终于回家时,天已经黑了很久。他手中拎着一个篮子,里面装满了放药草的瓶子。雨早就停了,太阳落山时,玛丽斯开始担心他。"你回来晚了。"他走进房门时,玛丽斯说,"你还好吗?"埃文在门口抖落雨披上的水。

他在笑,玛丽斯从没见过他这么高兴。"有消息,好消息,"他说,"整个港口都传遍了。不会打仗了。泰洛斯和特雷恩的两位领主已经同意在那块该死的礁石上碰面,商量采矿的方案。"

"不打仗了,"玛丽斯没有完全反应过来,"好,好。可是很奇怪。这是怎么做到的?"

埃文生火,开始煮茶。"嗯,纯属偶然。"他说,"泰雅结束了又一次飞行任务,仍然没有收获。我们的领主遭到了各方的拒绝。在没有盟友的情况下，他不会觉得有足够的力量来坚持主张。我听说他勃然大怒，但他又能怎么办呢？什么都做不了。于是他派杰姆去特雷恩安排会面，看能讨价还价出一个什么结果。任何结果都比什么都得不到强。我本来以为他会在切斯林或特雷内尔找到支援，特别是如果他向他们许诺足够多的铁。至于特雷恩和南、北阿伦之间更谈不上浓情蜜意。"埃文笑着说，"啊，这又有什么关系呢？反正不会打仗了。泰洛斯港的人们都松了一口气，除了几个想发战争财的卫兵。所有人都在庆祝，我们也应该庆祝。"

埃文走到篮子边，在药草堆里翻找，拎出一条大月亮鱼。"我想海鲜或许能让你高兴起来，"他说，"我知道一种用蒲公英草和山核桃来做鱼的菜谱，能让你的舌头唱起歌来。"他找到一把长长的骨刀，一边快乐地哼唱着，一边开始刮鱼鳞。他的高昂兴致感染了玛丽斯，令她不知不觉地露出了微笑。

这时，门外传来响亮的敲门声。

埃文沉着脸抬起头。"看来是有急事。"他说着，骂了一声，"你可以去开门吗，玛丽斯？我满手都是鱼鳞。"

站在门外的女孩身穿镶着灰色毛边的深绿色制服，显然是一名卫兵，也是领主的传令兵。"你是小安柏利的玛丽斯吗？"她问。

"是的。"玛丽斯回答。

女孩点点头："泰洛斯的领主向你问好，并邀请你和医者埃文明晚赏光参加晚宴，如果你的健康状况允许的话。"

"我的健康没有问题。"玛丽斯不耐烦地说，"我们为何突然有此殊荣，孩子？"

传令兵有着与她年龄不符的严肃："领主尊重所有的飞行者，你在为他服务的过程中受伤令他心中十分不安，他希望向所有在刚刚过去的那场危机中为泰洛斯服务的飞行者表示感谢，不管时间多么短暂。"

"哦。"玛丽斯说,"就这样?"这个回答仍然不能使她满意。在她的印象中,泰洛斯的领主并不是一个那么在乎表达感恩之心的人。

女孩犹豫了。她的疏离感暂时消失,玛丽斯看出眼前的女孩确实非常年轻。"这不是我受命传达的消息,飞行者,可是……"女孩说道。

"可是什么?"玛丽斯催促道。埃文停下手里的活儿,站到玛丽斯身后。

"今天下午晚些时候,一名飞行者抵达城堡,她带来了请领主亲收的密信,领主在私人房间里接待了她。我想那位飞行者来自西部,她的穿着很滑稽,头发特别短。"

"如果可以的话,给我讲讲她的样子。"玛丽斯说。她从衣袋里掏出一枚铜币,用手指把玩着。

女孩看到铜币后笑了:"哦,她是西部人,二十到二十五岁。她的头发是黑色的,发型跟你一样。她非常漂亮,我想我从来没有见过像她那么漂亮的人。她的笑容很美,但飞行者小屋的人不喜欢她。他们说她从来懒得对他们的帮助表示感谢。绿眼睛。戴着一条短项链,是三串彩色的海玻璃。这些够了吗?"

"够了,"玛丽斯说,"你观察得非常细致。"她把铜币递给女孩。

"你认识她吗?"埃文问,"这位飞行者?"

玛丽斯点点头:"从她出生起我就认识她了,跟她的父母也很熟。"

"是谁?"他不耐烦地追问。

"科琳娜,"玛丽斯回答,"来自小安柏利。"

传令兵还在门口等着。玛丽斯回头看到她。"怎么了?"她问,"还有事吗?我们当然接受邀请。你可以向领主转达我们的谢意。"

"还有别的,"女孩冲口而出,"我忘记了。怀着对你的敬意,领主请你携带飞翼赴宴,如果不会给你的身体造成太大负担的话。"

"当然,"玛丽斯毫无感情地说道,"当然。"

她关上了门。

泰洛斯领主的城堡是一座庄严的军事堡垒,远离岛上的城镇和村庄,独立位于一道狭窄而隐蔽的山谷中。它离大海很近,但被群山构成的天然壁垒隔开。陆地上只有两条路可以到达,每一条都由卫兵把守。一座石头瞭望塔坐落在最高的山峰上,监视着通往城堡的所有路径。

城堡本身古老而庄严,由巨大的风化黑岩建成。它背对着山,玛丽斯从上次的拜访中知道,城堡的大部分位于地下,由在坚硬的岩石上凿出的一个个房间组成。外立面由两堵宽阔的城墙组成——手持长弓的卫兵在胸墙上巡逻——包围着一组木建筑和两座黑色的塔楼,较大的那座差不多高达五十英尺。坚固的木栅栏封闭了塔楼的窗户。因为靠近大海,山谷潮湿而阴冷。唯一的地表覆盖物是一种顽强的紫色地衣和附着在巨石底部的蓝绿色苔藓。城墙的下半部也长满这种苔藓。

玛丽斯和埃文从索西村踏上通往堡垒的路,在山谷检查点被拦下,通过后,又在外墙被拦住,然后才获准进入城堡。他们本来会滞留更久,但玛丽斯带着她亮闪闪的银色飞翼,卫兵们不敢找飞行者的麻烦。内院生机勃勃——孩子们在跟毛茸茸的大狗玩耍,长相凶猛的猪跑来跑去,卫兵们正在用弓箭和棍棒进行操练。一面墙边竖着绞刑架,木头开裂,风化严重。孩子们在绞刑架周围玩耍,其中一个孩子把一根绞索当作秋千。其他两根绞索空悬着,在傍晚的寒风中不祥地扭动着。

"这个地方令我感到压抑。"玛丽斯对埃文说,"小安柏利的领主住在山丘上一座巨大的木头庄园里,俯瞰着城镇。里面有二十间客房和一间极大的宴会厅,窗户上装着漂亮的彩色玻璃,还有一座灯塔,用来召唤飞行者——那里没有城墙,没有卫兵,也没有绞刑架。"

"小安柏利的领主是人民选出来的，"埃文说，"泰洛斯的领主米自从星航者时代便统治此处的古老家族。而且你忘了一点，玛丽斯，东部的土地不像西部那样温和。这里的冬天更长，风暴更寒冷猛烈，土地中有更多金属，却不像西部的土地那样适合耕种。饥荒和战争从未真正远离泰洛斯。"

他们穿过一扇巨大的门，走进城堡内部。玛丽斯不再出声。

领主在他的私人会客室接待了他们。他坐在外观朴实的木头宝座上，左右手边各站了一名面色阴沉的卫兵。他们进来时，他站起身来，因为领主和飞行者的地位是平等的。"我很高兴你能接受我的邀请，飞行者。"他说，"你的健康令我忧心。"

尽管他措辞有礼，玛丽斯仍然不喜欢眼前这个人。他个子很高，比例匀称，相貌端正，甚至可以称得上英俊，灰色的长发按照东部的样式绾在脑后。然而，他的举止中有某些令人不安的东西。他的眼睛四周有些浮肿，嘴角抽动，满脸胡须也未能将其完全掩盖。他的服饰华丽而威严：厚重的灰蓝色衣服上缀着黑色毛边，高筒靴，宽腰带上镶嵌着铁、银和宝石。他还佩着一把金属小匕首。

"谢谢你的关心，"玛丽斯回答，"我伤得很重，但如今已经康复了。埃文是泰洛斯的宝贵财富。我见过许多医者，但很少有人像他这样医术高超。"

领主坐回他的座位上。"他会得到丰厚的奖赏。"他说，仿佛埃文根本不在场，"好的工作理应有好的回报，嗯？"

"我自己会付给埃文酬劳的，"玛丽斯说，"我有足够的钱。"

"不，"领主坚持道，"你是为我服务时受伤的，这让我非常过意不去。请让我表达我的感激。"

"我偿付自己的债务。"玛丽斯说。

领主的脸色变得冰冷。"很好。"他说，"我们还有一件事必须讨论。不过，让我们把它留到晚饭后吧。一路走来，你一定已经饿了。"他猛然站起身，"走吧。你会发现我准备了一桌好饭。我猜你从没有吃过更好的。"

事实证明，玛丽斯吃过无数顿比今晚这餐更美味的饭。虽然食物分量充足，但做得很差。鱼汤太咸，面包又硬又干，肉类烹饪时间太长，连味道都煮没了。玛丽斯甚至觉得麦酒都是酸的。

就餐地点设在阴暗潮湿的宴会厅里，他们围坐在一张供二十人使用的长桌旁。埃文看上去非常不自在，他被安排在长桌的末端，坐在几名卫兵军官和领主年幼的子女中间。玛丽斯坐在领主身侧的贵宾席，紧挨着他的继承人——一个面容尖刻的沉闷女人，整个进餐过程中说的话不超过三句。女继承人的对面坐着其他飞行者。离领主最近的那位飞行者长着一个蒜头鼻子，脸色青灰，看上去十分疲惫。玛丽斯从过去的接触中隐约认出这是杰姆。还有一位是小安柏利的科琳娜。她在桌子对面冲玛丽斯笑笑。科琳娜美得惊人，玛丽斯想起了传令兵的评价。不过这没什么稀奇的，她的父亲柯尔姆一直是个英俊的男人。

"你看上去气色不错，玛丽斯。"科琳娜说，"我很高兴。我们都很担心你。"

"我很好，"玛丽斯说，"我希望能够很快重返天空。"

一道阴影从科琳娜美丽的脸上闪过。"玛丽斯……"她开口说，然后又改变了主意，"我也是这样想的。"她无力地结束了这句话，又补充道："所有人都在问你的近况，我们都希望你能回家。"说完，她垂下目光，埋头吃饭。

坐在杰姆和科琳娜之间的是第三位飞行者——一个玛丽斯不认识的年轻女子。玛丽斯试图跟领主的女儿交谈，但没有成功，便越过桌上的食物打量这个陌生人。她跟科琳娜年龄相仿，看上去却截然不同。科琳娜活泼、美丽，深色头发，皮肤清透健康，绿眼睛明亮而充满活力。她是两个飞行者的女儿，自己同样是飞行者，出生并成长于飞翼的特权和传统之中。

科琳娜身旁的女孩很瘦，但身上带有一种顽强的力量感。凹陷的脸颊长满麻点，浅金色的头发笨拙地在脑后扎成一个发髻，让她的额头看起来异常地突出。她笑起来的时候，玛丽斯看到她的牙齿歪歪扭扭的，而且变了颜色。

"你是泰雅，对吗？"她问。

女孩用精明的黑眼睛看着她："我是。"她的声音出人意料地好听，平静而柔和，带着些微讽刺的底色。

"我想，我们之前没有见过面。"玛丽斯说，"你飞行很久了吗？"

"我两年前在北阿伦赢得了飞翼。"

玛丽斯点点头："那次我没去。我记得当时去阿特利亚送信了。你去过西部吗？"

"去过三次，"泰雅回答，"两次去了大肖特安，一次去了库哈尔，从没去过小安柏利。我的飞行任务大多在东部，特别是最近。"她用眼角余光迅速瞥了一眼她的领主大人，然后冲玛丽斯意味深长地笑笑。

科琳娜一直在听她们的交谈，此时礼貌地尝试加入。"你觉得风暴城如何？"她问，"鹰巢呢？你去过鹰巢了吗？"

泰雅宽容地笑笑。"我是单翼，"她说，"之前在空中之家受训。我们不去你们的鹰巢，飞行者。至于风暴城，那里令人印象深刻。东部没有这样的城市。"

科琳娜涨红了脸，玛丽斯一时有些生气。生来就拥有飞翼的飞行者和后起的"单翼"之间的龃龉令她沮丧。风港的天空不再是曾经的友好之地，而这个结果大部分是她导致的。"鹰巢不是一个糟糕的地方，泰雅,"她说,"我在那里结交了许多朋友。"

"你不是单翼。"泰雅说。

"哦?单翼瓦尔曾经告诉我,不管我承认与否,我都是第一个单翼。"

泰雅打量着她。"不,"她最后得出结论,"不,他说得不对。你是不同的,玛丽斯。不是老一代的飞行者,也不是单翼。我不知道你到底算哪一类,但一定是孤单的。"

他们在紧张而尴尬的气氛中吃完了晚餐。

甜品杯收走以后,领主屏退了家人、幕僚和卫兵,只有四名飞行者和埃文留了下来。他本来想让埃文也离开的,但医者拒绝了:"我要和我的病人待在一起。"领主对他怒目而视,但决定不再强求。

"很好,"他厉声说,"我们有正事要讨论。飞行者的事。"他将怒火灼灼的双眼转向玛丽斯,"我就直截了当地说了。我收到了小安柏利领主询问你健康状况的消息,他需要你的飞翼。你什么时候可以飞回去?"

"我不知道。"玛丽斯说,"你也可以看到,我已经康复了,但从泰洛斯到小安柏利的长途飞行对任何飞行者来说都不容易,我还没有完全恢复体力。只要条件许可,我会尽早离开泰洛斯。"

"确实是长途飞行,"杰姆表示同意,"特别是对连短途都不飞的人而言。"

"没错。"领主说,"你和医者走了很多路。你看上去很健康,而且我被告知,你已经修好了飞翼。但你仍然不飞。你从来没去过飞行崖。你没有训练。为什么?"

"我还没有做好准备。"玛丽斯说。

"领主,"杰姆说,"正如我告诉你的。不管外表看上去如何,她并没有恢复。要是她真的能够做到,她早就飞了。"他将目光移向玛丽斯，"如果我伤害了你，我为此道歉，"他说，"但是你明白我说的是实话。我也是飞行者，所以我知道。飞行者是要飞的，一名健康的飞行者绝不可能被困在地上。而你，你并不是普通的飞行者——他们告诉过我，你爱飞行超过世界上任何别的东西。"

"我曾是这样，"玛丽斯说，"现在也是。"

"领主……"埃文开口道。

玛丽斯转头看着他。"不，埃文，"她说，"这不是你该承担的。我来告诉他们。"她再次面向领主，"我还没有完全复原，"她承认，"我的平衡感……我的平衡感出了某种问题。但是它正在恢复，不像最初那么严重。"

"我很遗憾。"泰雅立刻说。杰姆点点头。

"哦，玛丽斯。"科琳娜说。她看上去十分难过，几乎要落泪了。科琳娜没有继承她的父亲对玛丽斯的怨恨，她清楚平衡感对一名飞行者来说意味着什么。

"你能飞吗？"领主问。

"我不知道，"玛丽斯如实相告，"我需要更多时间。"

"你已经有足够多的时间了。"领主说完，转向埃文，"医者，你可以告诉我她什么时候能恢复吗？"

"不能，"埃文难过地说，"我无法告诉你，因为我也不知道。"

领主沉下脸："虽说这是小安柏利领主的事，但此时负担由我承担。要我说，不能飞行的飞行者根本算不上飞行者，也不需要飞翼。假如你的康复状况有那么大的不确定性，只有傻瓜才会一直等下去。我再问你一遍，玛丽斯——你能飞吗？"

他的眼睛死死盯住她，嘴角不怀好意地微微抽动。玛丽斯知道她必须回答了。"我可以。"她说。

"很好，"领主说，"择日不如撞日。你说你能飞。很好。拿上你的飞翼。飞给我们看。"

穿越潮湿滴水的隧道的那段路，如玛丽斯记忆中一样长，一样孤单，尽管这次她有同伴。没有人说话。隧道里唯一的声音是众人脚步的回响。两名卫兵举着火炬走在最前面。飞行者们都携带着各自的飞翼。

山的另一边是星光漫天的寒冷夜晚。大海在他们脚下不止息地翻涌着，那是一个巨大、黑暗、忧郁的存在。玛丽斯走上飞行崖的石阶。她走得很慢，登上顶端后，她双腿疼痛，呼吸沉重。

埃文握了握她的手："我能说服你不要飞吗？"

"不能。"她说。

他点点头："我也是这样想的。那么，好好飞吧。"他吻吻她，然后退到一旁。

领主站在崖边，身侧是他的卫兵。泰雅和杰姆展开玛丽斯的飞翼。科琳娜站在后面不敢上前，直到玛丽斯对她说："我不生你的气，这不怪你。飞行者对她传递的信息不负有责任。"

"谢谢你。"科琳娜说。星光下，她精致美丽的面庞十分苍白。

"要是我失败了，你就把我的飞翼带回去，好吗？"

科琳娜不情愿地点点头。

"你知道领主会怎么处理它们吗？"

"他会找到新的飞行者，或许是在挑战赛中失败的某个人。直到找到某个……嗯，我母亲病了，但父亲还可以飞。"

玛丽斯轻轻笑了起来："真是绝妙的讽刺。柯尔姆一直想要我的飞翼——不过我会尽全力再一次不让他如愿的。"

科琳娜也笑了。

玛丽斯的飞翼完全展开，她能够感受到风对它们持续而熟悉的推动。她检查了缚带和支杆，示意科琳娜让开路，然后走到悬崖边上。她在那里稳住脚步，向下看去。

世界喝醉酒般旋转着，令她头晕目眩。下方远处，碎浪撞击黑色的礁石，海与石锁在永恒的斗争之中。她用力地吞咽唾液，努力不从崖边跌落下去。慢慢地，世界再次变得坚实而稳定，不再活动。只是一道悬崖，跟其他悬崖一样，下方是无边的海洋。天空是她的朋友，她的恋人。

玛丽斯屈伸一下手臂，抓住飞翼的握杆。接着，她深吸一口气，一跃而下。

这一跃使她干净利落地离开悬崖，风接住了她，支撑着她。风寒冷而强劲，似乎能够切入骨髓，却并不愤怒，易于飞行。她放松身体，将自己交给风，滑行向下，优雅地绕了一道长长的弧线。

然而气流再次朝山的方向推去，玛丽斯瞥见等在那里的领主和其他飞行者——在她决定转向之前，杰姆已经展开他自己的飞翼，准备起跳。她扭转身体，试图侧转。

天空左右摇晃，突然像是变成了液体。她弯转得太大，无法再向前，于是她将体重和力量甩向另一边来进行纠正，结果身体大幅度倾斜。她的呼吸卡在了喉咙里。

她对飞行的感觉消失了。玛丽斯瞬间闭上双眼，一阵反胃。她在坠落，她的身体向她发出尖叫；她在坠落，耳朵轰鸣。她对飞行的感觉消失了。她一直都是知道的：风的微妙变化，在完全意识到之前就必须做出反应的气流变向，即将来临的风暴的味道，静止气流的预兆。如今这些都不见了。她在无尽空旷的风之海洋中穿行，无所感知，头晕目眩。她无法理解的古怪而野蛮的风将她戏耍于股掌之上。

随着她身体的摇晃，巨大的银翼疯狂地来回摆动。玛丽斯睁开眼睛，突然陷入了绝望。她稳定心神，试图只依靠视觉来飞行。可是岩石在移动，天色太黑，就连上方明亮的冷星也似乎在跳舞、挪动，对她进行嘲讽。

眩晕袭来，将她整个吞下，玛丽斯松开握杆——她从来没有这样做过，从来没有——现在，她不是在飞，而是吊在飞翼下方。

她在缚带中缩起身体，胃部一阵抽搐，把领主宴请的晚餐吐进了大海。她的身体剧烈颤抖着。

玛丽斯看到，杰姆和科琳娜已经升到空中，向她追来，但她并不在乎。她虚弱，无力，衰老。下方有船，在黑色的水面上滑行。她再次将握杆抓在手里，想向上拉起身体，却只做到一个顺风急转，继而急速下坠。她试图纠偏，但已无济于事。

她哭了。

大海扑面而来，闪烁着，晃动着。

她的耳朵很疼。

她不会飞了。她是一名飞行者，一直都是飞行者，热爱风的人，木翼，天空之子，独自一人，以天空为家，飞行者，飞行者，飞行者——可她不会飞了。

她再次闭上双眼，这样世界才能不再晃动。

随着"砰"的一声巨响，咸水泼溅，大海接纳了她。它一直在等待，玛丽斯想，多年来，一直在等待。

"让我一个人待着。"当晚回到埃文的住处后，玛丽斯说。埃文便顺着她。

第二天的大部分时间，玛丽斯都在睡觉。

第三天，当清晨的第一缕红光穿过房间时，玛丽斯早早醒来了。她感觉很糟糕，发冷，冒汗，胸口像压了大石一般。一时间，她没有反应过来发生了什么，但马上就想起来了。她的飞翼被收走了。想到这件事，绝望的情绪在她心中翻涌，还有愤怒和自怜。很快，她再次将身体蜷缩在毯子里,试图再次昏睡过去。睡着了,就不用面对这一切了。

可是睡眠偏不遂她的愿。最后,她不得不起身穿衣。埃文在另一个房间里炒蛋。"饿吗?"他问。

"不饿。"她呆呆地说。

埃文点点头,又打了两个蛋。玛丽斯坐到桌边,埃文把盘子放在她的面前,她开始没精打采地戳弄盘中的鸡蛋。

天气潮湿而有风,不时下起暴雨。吃完早餐后,埃文去忙他自己的事。接近中午时,他离开了家。玛丽斯一个人在空荡荡的房子里漫无目的地游荡,最后在窗边坐下看雨。

天黑后很久,埃文才回来,浑身湿透,神情沮丧。玛丽斯仍然坐在窗边,在寒冷而黑暗的房子里。"你至少生个火啊。"埃文埋怨道,语气是有些生气的。

"哦,"她茫然地看着他,"对不起,我没想到。"

埃文生了火。玛丽斯过去帮忙,但埃文没好气地让她走开。他们沉默地吃了晚饭,食物似乎让埃文的心情好了起来。饭后,他煮了独家配方的茶,放了一杯在她面前,然后坐在他最喜欢的椅子上。

玛丽斯品尝着冒着热气的茶,心里明白埃文一直在看着她。最后,她抬起头来。

"你感觉如何?"埃文问她。

她想了想。"我感觉我死了。"最后,她这样描述道。

"给我讲讲。"

"我做不到,"她说着,放声大哭,"我做不到。"

哭泣怎么也止不住,于是埃文给她准备了一杯安眠药水,让她上床休息。

再过一天,玛丽斯出门了。

她走了一条埃文指给她的路，这是一条许多人走过的老路，不是通往悬崖的，而是直接通向海边的。她在长得似乎没有尽头的冰冷的鹅卵石滩上走了一整天。累的时候，她就在水边休息，将鹅卵石扔进浪里。看着它们跳跃又下沉，她感觉到一种小小的、带着忧郁的快乐。

就连这里的海也是不一样的，她想。它是灰色的、冰冷的，没有亮点。她想念安柏利四周闪烁着光芒的蓝绿色海洋。

泪水顺着她的脸颊流下，但她懒得去擦。有时，她意识到自己在抽泣，却不记得是什么时间或是因为什么开始哭的。

大海辽阔而孤独，空荡荡的海滩绵延不绝，四周是狂野而多云的天空，玛丽斯却觉得封闭而窒息。她想到这个世界上所有她再也看不到了的地方，关于每个地方的回忆都给她带来新的痛苦。她想到劳斯岛上壮观的古堡垒遗址，她想起了在海牙的岩石上开凿出来的巨大而黑暗的木翼学院、迪斯的天空神庙、阿特利亚飞行者领主透风的城堡、风暴城的风车，还有久远到无法追溯的老船长之家。她想起了塞特西恩和阿勒斯的树城、劳玛荣的墓地和战场、安柏利的葡萄园，还有斯库尔尼岛上瑞伊莎那间热气缭绕的酿酒坊。如今，她失去了这一切。还有鹰巢——她或许可以坐船去其他地方，但鹰巢是只有飞行者才能到达的地方，她已经永远去不了了。

她想到如群岛般散落风港各处的朋友们。他们中的一些人或许会来看她，但更多的人则被从她的人生中夺走，仿佛从来不曾存在。她上次见到老特马尔时，他发福了，还很快乐，正在他赫特恩的小石屋里教孙女刻石雕。如今对她而言，他就像死去的哈兰德一样了。一段记忆，仅此而已。她再也见不到瑞德，还有他爱笑的美丽妻子。她再也不能和瑞伊莎共饮，在对加思的回忆中度过长夜。她再也不能买萨玛尔的木头饰品，也不能和鲍威特那家小酒馆的厨师谈笑。

她再也不能去一年一度的挑战赛上观战，也不能在飞行者的聚会中闲谈和歌唱。

回忆像无数把尖刀,扎在她的心上。她痛苦地大喊着、哭泣着,直到无法呼吸。她知道自己此刻是什么样子:一个可笑的老妇人,在海滩上独自啜泣、呻吟。可她就是停不下来。

想到飞行本身,想到她已永远失去的巨大的快乐和自由,她更加难以承受。然后记忆仍不请自来:世界在她身下铺展,展翅高飞的喜悦,暴风雨来临前奔跑的快感,天空的无数色彩,高空壮阔的孤独感。所有这些,她将再也无法看到或感受,除非通过回忆。一次,她找到一股上升气流,将她带至几近无限的高空。大海消失在下方,没有任何人或鸟儿飞翔,只有陌生的、缥缈的风之幽灵。她将永远记得那一天。永远。

周围的世界变得黑暗,星星出现。到处都是大海的声音。她面对自己人生的虚空,只觉得周身麻木,冷到骨子里,眼泪也流干了。最后,她背向大海和天空,走上回到小屋的漫漫长路。

屋里很暖和,充满了浓郁的炖菜香气。埃文站在火边的身影令她心跳加速。叫出她的名字时,他的蓝眼睛充满了无尽的温柔。她向他跑过去,伸开双臂紧紧抱住他,就像拥抱宝贵的生命。她闭上眼睛,抵御袭来的眩晕感。

"玛丽斯,"他再次呼唤她,"玛丽斯。"他的声音听上去欣喜而惊讶。他的手臂抬上来,把她抱得更紧,为她提供庇护。后来,他带她来到桌边,为她端上晚餐。

吃饭时,他对她讲了他一天的经历:追逐山羊,还找到一片成熟的银莓。他还专门为她准备了甜点。

她点着头,基本没有留神聆听他说了什么,但被他说话的声音所安慰,想要他继续说下去。他的话语,他的存在,告诉她这个世界还没有完全终结。

最后,她打断了他:"埃文,我必须知道,这……我受的这个伤,到底有没有可能痊愈？我到底能不能够……有没有可能恢复？"

他放下勺子，脸上的活力一下子消失了："玛丽斯，我不清楚。我也不认为任何人有能力告诉你目前这种状况到底是暂时的，还是永久性的。我无法确定。"

"那就猜测，做出最合理的猜测。"

他露出痛苦的表情。"答案是否定的，"他平静地说，"我认为你无法完全康复。我认为你无法重新获得已经失去的东西。"

她点点头，外表看上去是冷静的。"我明白，"说着，她将食物推到一边，"谢谢你。我必须这样问，因为我心里还抱有一线希望。"她站起身。

"玛丽斯……"

她示意他不要跟过来。"我累了。这是艰难的一天，我不得不思考，埃文。有些决定是我现在必须做出的，所以我需要时间独处。对不起。"她挤出一个微笑，"炖菜很美味。很抱歉要错过你准备的甜点了，我没什么胃口。"

玛丽斯醒来时，房间里又黑又冷。她生的火已经熄灭了。她从床上坐起来，凝视着黑暗。不要再流泪，她想。结束了。

她掀起被子站了起来，这时地板开始在她脚下晃动，使她一阵眩晕。她站稳脚跟，套上一条短睡袍，走到厨房，用壁炉里的余火点着一根蜡烛。她赤裸的双脚踩在冰冷的木地板上，穿过门厅，走过埃文准备药饮和药膏的工作间，走过他为来求医的病人准备的客房。

当她打开他的门时，埃文被惊动了，他翻过身，对着她眨眨眼睛。

"我不想死去。"她说。

玛丽斯走过房间，把蜡烛放在床边的桌子上。埃文坐起来，握住她的一只手。"我作为医者能为你做的已经都做了，"他说，"如果你想要我的爱……如果你想要我……"

她用一个吻阻止他继续说下去。"是的。"她说。

"亲爱的。"他说,在烛光下看着她。烛火的阴影让他的脸看上去有些陌生,一时间,她感到尴尬和胆怯。

但这个时刻很快就过去了。他掀开毯子,玛丽斯甩掉睡袍,爬到床上。他伸出手臂环抱住她。他的手温柔、深情、熟悉,他的身体温暖,充满生命力。

"教我如何治病吧,"第二天早上,玛丽斯说,"我想跟你一起工作。"

埃文笑了。"十分感谢。"他说,"可你要知道,这并不容易。为什么突然对治疗感兴趣?"

她皱起眉头:"我必须做些什么,埃文。我唯一的技能是飞行,可现在也做不到了。我从来没有做过别的事情。我可以坐船回小安柏利,在继父留给我的房子里无所事事地过余生。即使我一无所有,也会得到保障,小安柏利的人民不会让他们退休的飞行者老无所依。"她离开早餐桌,开始踱步。

"我也可以留在这里,假如这里有事可做的话。如果我不找些有用的事情来填补时日,记忆会把我逼疯的,埃文。我已经过了生育子女的年龄——多年前,我就决定终生不育。我不会驾船、唱歌或是盖房子。我种的植物总是会死,在修补一事上也无可救药,要是闷在商店里整天卖东西,我会变成酒鬼的。"

"看来你已经考虑了所有选项。"埃文说,他的唇边浮现出一抹笑意。

"是的,的确如此。"玛丽斯认真地说,"我不知道我是否有成为医者的天赋,也没有理由支持我这样想,可我愿意努力,而且我有飞行锻炼出来的记忆力。我不大可能弄混毒药和治病的药。我可以帮你采摘原料、调制药品；若你需要在病人身上动刀什么的，我可以帮你按住他们。我帮两个女人接过生——我能做你让我做的任何事，你需要另一双手做的任何事。"

"我长期以来都是独自工作，玛丽斯。对笨拙、无知和失误，我没有任何耐心。"

玛丽斯冲他笑笑："也包括与你的观点不同的想法。"

他哈哈大笑："是的。我想，我可以教你，也可以让你做助手，但我对你说的'我能做你让我做的任何事'表示怀疑。你这个年龄开始学做一名谦卑的仆人似乎有点晚了。"

她看着他，尽量不表现出心中突然涌现的恐慌。如果遭到拒绝，她该怎么办？她甚至想乞求他让她留下来。

他一定是从她的脸上看出了什么，于是他拉起她的一只手，紧紧握住。"我们试试，"他说，"既然你愿意尝试着去学，我就肯定愿意教你。是时候将我的一些学问传给别人了。万一我被蓝蜱咬了，或是得了'骗子热'，它们也不至于因为我的死亡而全部丢失。"

玛丽斯松了一口气，露出笑脸："我们什么时候开始？"

埃文想了一会儿。"森林里有一些小村庄和营地，我已经半年没有去过了。我们会旅行一两周，进行巡诊。你会对我的工作有个初步印象，如果你有兴趣，就可以开始学习。"他松开她的手，站起身，朝储物间走去，"来吧，帮我打包。"

在与埃文一起穿越森林的旅行中，玛丽斯了解了许多事情，其中少有令人愉悦的。

这是一项艰苦的工作。埃文对待病人十分有耐心，当起老师来却非常严厉。不过玛丽斯对此十分欢迎。把她逼至极限，让她工作到无法继续为止,对她来说是一件好事。这样她就没有时间去想自己失去了什么,每晚都能睡得很熟。

然而,虽然她很高兴能帮上忙,也乐意完成埃文交给她的任务,这种新生活中却有另外一些要求让她觉得难以达成。安慰陌生人本来就已经够困难的了,根本没有安慰可以提供的时候尤其如此。玛丽斯数次做噩梦梦到一个失去孩子的女人。当然,噩耗是埃文告诉她的,但在悲伤和愤怒中,她却转而向玛丽斯求助。她拒绝相信,要求玛丽斯创造没人能够创造的奇迹。玛丽斯惊叹于埃文能够如此稳定地奉献自己,吸收这么多的痛苦、恐惧和悲伤,年复一年而不至崩溃。她试图模仿他的平静,还有他坚定、温和的态度,提醒自己他曾说她是个坚强的人。

玛丽斯想知道,随着时间的推移,她是否能够掌握更多的技能,从而在内心更有把握。有时候,埃文似乎凭借本能就知道如何去做,玛丽斯想,就像有些木翼学员仿佛是为天空而生的,另一些却只能无望地挣扎,缺乏对风的特殊直觉。埃文的触碰可以抚慰一个生病的人,但玛丽斯没有这种天赋。

旅行的第十九天,夜幕降临时,玛丽斯和埃文没有停下扎营,反而加快了脚步。即使对玛丽斯而言所有树长得都一样,她也认出了这个地方。很快,埃文的房子就出现在前方。

突然,埃文抓住她的手腕,让她停下来。他盯着前面的房子。灯光从一扇窗户里透出来,烟囱正在冒烟。

"你的朋友?"她猜测,"有人需要你的帮助?"

"也许是,"埃文平静地说,"但也有其他可能……流浪汉,或者因为犯罪或疯病而被赶出村子的人。他们攻击旅行者,或闯入房屋,等待着……"

他们轻手轻脚地接近房子,埃文走在前面,朝向亮灯的窗户,而不是大门。

"一个男人和一个孩子……看上去不像坏人。"埃文嘟囔道。窗户很高,玛丽斯踮起脚,扶着埃文保持平衡,往窗户里看去。

她看到一个满脸胡须的红脸膛大块头坐在炉火前的凳子上。他的脚边坐着一个孩子,正仰头看着他。

男人微微转过头,火光在他的黑发上照出一抹红。借着亮光,她看清了他的脸。

"科尔!"她高兴地大叫。她身体晃动了一下,差点摔倒,幸亏埃文及时扶住了她。

"你弟弟?"

"是的!"她从侧面绕到门前,刚碰到门把手,门就从里面打开了。科尔给她来了一个大大的熊抱。

弟弟的体形总是让玛丽斯感到惊讶。她通常几年才能见他一次,在这期间,科尔在她心里一直是少年的样子,她的小弟,瘦弱、笨拙、发育不良,只有手里拿着吉他时才觉得自在。因为只有那时,他才能够通过歌唱来达到忘我的境地。

可是她的小弟已经长大了,长成了现在的大个子。多年的旅行中,他靠当水手来赚取前往其他岛屿的旅费,还在听众太穷付不起听歌的钱时做任何能找到的工作,这些使他变得强壮。他的头发曾经是金红色的,现在大部分已经变为棕色——只有胡子在火光下才能看出些许红色。

"你就是医者埃文吧?"科尔转向埃文,问道,他用一条胳膊揽着玛丽斯。看见埃文点头,他接着说:"我为我的鲁莽道歉。在泰洛斯港,我们得知玛丽斯住在你的家里。我们在这里等了你们四天。为了进来,我弄坏了一扇百叶窗,不过我已经把它修好了——我想你会发现它比以前还结实。"他低头看着玛丽斯,又一次拥抱了她,"我担心我们会错过你,万一你又飞走了呢!"

玛丽斯身体一僵。她看到埃文的脸上露出担忧的神情，便轻轻向他摇摇头。

"我们谈谈吧，"她说，"走，坐到火边——我的腿快走断了。埃文，你能帮我们煮一壶好喝的茶吗？"

"我带奇瓦斯酒来了，"科尔说，"有三瓶，是用一首歌换的。我去热一瓶好吗？"

"太好了。"玛丽斯说。她向放着厚陶杯的橱柜走去，又一次看到了那个孩子，她将半个身体藏在阴影里。玛丽斯停下脚步。

"巴丽？"她好奇地问。

女孩低着头，害羞地走上前来，又歪着脑袋看了她一眼。

"巴丽！"玛丽斯又叫了一遍，满是柔情，"是你！我是你的姑姑玛丽斯！"她弯下腰，抱住这个孩子，然后又退后，以便更好地看看她，"你当然不记得我。我上次见到你的时候，你还没有一只穴居鸟大。"

"爸爸唱过关于你的歌。"巴丽说，她的声音很清澈，银铃一般。

"你唱歌吗？"玛丽斯问。

巴丽不好意思地耸耸肩，低头看着地板。"有时候。"她小声说。

巴丽骨骼纤细，身材瘦小，看上去有八岁左右。她浅棕色的头发剪得很短，像一顶光滑的帽子扣在头顶，衬托出一张长满雀斑的心形脸蛋和一双灰色的大眼睛。她的穿着就像她父亲的缩小版：皮裤上方是一件羊毛束腰外衣。一块透明的金色硬化树脂挂在她脖间的皮绳上。

"何不拿几张靠垫和毯子到火边来，这样我们可以坐得舒舒服服的。"玛丽斯提议，"它们放在那边角落的木柜子里。"

她拿着杯子，回到了炉火旁。科尔抓住她的手，拉她在他身边坐下。

"看到你走路、痊愈真是太好了。"他用低沉的声音温柔地说道，

"听到你坠落的消息时,我担心你会像爸爸那样残疾。从鲍威特到这里的漫长旅途中,我一直希望能够得到更多消息,更好的消息,但一无所获。他们说那是一次可怕的坠落,你摔在岩石上,双腿双臂都断了。可是现在,我看到你完好无损,比我得到的任何消息都好。你打算什么时候飞回小安柏利?"

玛丽斯看着科尔的眼睛。虽然没有血缘关系,但她像爱兄弟一样爱了他四十多年。

"我永远也不会回小安柏利了,科尔。"她说,她的声音很平静,"我再也不会飞了。在那次坠落中,我受的伤比我知道的还要严重。我的一条手臂和双腿恢复了,但有别的东西仍然没好。撞到脑袋的时候……我的平衡感出了问题。我不能飞了。"

科尔盯着她,喜悦从他的脸上流走了。他摇着头:"玛丽斯……不……"

"说'不'没有任何意义,"她说,"我已经接受了现实。"

"有没有别的……"

这时候,埃文接话了,这让玛丽斯松了一口气:"没有。玛丽斯和我已经尽力了。头部损伤是很神秘的,我们甚至不清楚到底发生了什么。我敢打赌,风港没有任何医者知道怎么做才能解决这个问题。"

科尔点点头,看上去有些茫然:"我不是在暗示……我只是很难接受这件事。玛丽斯,我无法想象你不能飞。"

玛丽斯知道他是好意,但他的难过和不解令她心烦意乱,仿佛伤口再次被撕裂。

"你不必想象它,"玛丽斯相当尖锐地说,"这是我现在的生活,任何人都能看到。飞翼已经被带回小安柏利了。"

科尔无言以对。玛丽斯不想看到他痛苦的表情,便扭头盯着炉火,任沉默蔓延。她听到一个石瓶被打开的声音,下一秒,埃文将冒着热气的奇瓦斯酒倒进三个杯子里。

"我能尝尝吗？"巴丽蹲在父亲身边，充满渴望地抬起头。科尔低头冲她笑笑，摇摇头，逗着她玩。

看到父女相处的场面，玛丽斯感到紧张的气氛突然消失了。当埃文把装满热香料酒的杯子放到她手中时，她与埃文四目相对，笑了。

她转头看向科尔，正准备跟他说话，目光落在了他的吉他上，它一如既往地放在科尔的手边。这把吉他令往昔记忆汹涌而至。突然之间，玛丽斯感觉已经死去多年的巴里翁此刻就在房间里，跟他们在一起。吉他是巴里翁的，他声称这把吉他来自星航者的时代，在他的家族中代代相传。玛丽斯从来也不知道是否应该相信他——对巴里翁来说，夸张和美丽的谎言就像呼吸一样自然——但这把乐器显然非常古老。他把它托付给科尔，后者是他的门徒，也像他从未有过的儿子。玛丽斯伸出手，摸了摸光滑的木头琴身，它因为多次上漆和不间断的使用而变得黝黑。

"唱歌给我们听吧，科尔，"她提议，"唱一些我们没听过的。"

在她这句话说完之前，科尔已经将吉他抱在怀里，贴在他的胸前。轻柔的和弦响起。

"我把这首歌叫作《歌者的悲鸣》。"他说着，自嘲地笑笑。他开始唱起一首歌，时而忧郁时而讽刺，唱的是一个歌者被妻子抛弃，因为他热爱音乐胜过一切。玛丽斯怀疑他唱的是自己的婚姻，尽管他从来没有告诉过她他和妻子为什么分开。事情发生时，她也不在近旁，没法了解原委。

在歌中反复出现的副歌是这样唱的："歌者不应该结婚，歌者不应该娶妻，她离开时请亲吻音乐，带着歌声上床。"

接下来的一首歌唱的是一位高傲的领主和一位更高傲的单翼之间荡气回肠的爱情故事。玛丽斯听出了其中一位是谁，但她并不知道这个故事。

"是真的吗？"歌曲结束时，她问。

科尔哈哈大笑："我记得以前你问过巴里翁同样的问题！我也像他一样回答你——我无法告诉你这个故事何时发生或者发生在哪里，但这不影响它的真实性！"

"现在唱我的歌吧。"巴丽说。

科尔亲亲女儿的鼻子，唱起了一首曲调优美的幻想曲。这首歌讲述了一个名叫巴丽的女孩和一头斯库拉交了朋友，斯库拉带她到海底洞穴去寻找宝藏。

后来，他又唱了一些老歌：《亚伦和珍妮之歌》《幽灵飞行者之歌》《肯尼哈特的疯领主之歌》，还有他自己改编的《木翼之歌》。

再后来，巴丽上床睡觉后，三个大人喝着第三瓶奇瓦斯酒，交流着彼此的生活。玛丽斯现在可以更冷静地跟科尔谈论她留在埃文这里的决定。

最初的震惊过去之后，科尔明白最好不要对姐姐表现出怜悯，不过他还是让她知道自己并不理解她的选择。

"可是，为什么要留在东部呢？远离你所有的朋友？"虽然醉了，但他的礼貌一点不少，因为他又补充道："没有冒犯你的意思，埃文。"

"不管我选择住在哪里，都会远离某个人，"玛丽斯说，"你也知道我的朋友们分散各处，相距遥远。"她喝了一口给她带来醉意的热酒，有一种超脱之感。

"和我一起回小安柏利吧，"他劝说道，"住在我们一起长大的房子里。我们可以等春天来了再出发，那时海面更平静。不过说真的，从这里回家的路并没有那么遥远。"

"你可以拥有那座房子，"她说，"和巴丽住在那里。如果你愿意，卖了它也行。我不能再住了——那里有太多回忆。留在泰洛斯，我可以开始新的生活。很艰难,但埃文会帮我。"她握住埃文的手,"我不能忍受无所事事,我想对别人有点用处。"

"作为医者吗?"科尔摇摇头,"想到你做那些事情,感觉怪怪的。"他看向埃文:"她怎么样?说实话。"

埃文将玛丽斯的手放在自己的手中,抚摸着。

"她学得很快,"思考片刻后,他回答,"她有强烈的意愿要帮忙,从不畏惧工作的枯燥与困难。我现在还不能判断她是否有能力成为一名医者,是否能够真正掌握治疗病患的能力。"

他又说:"不过,我必须自私地承认,我很高兴她留下。我希望她永远不离开我。"

一抹红晕爬上玛丽斯的脸颊,她低下头,喝着杯中酒。埃文的最后一句话出乎她意料,但也令她感动。她和埃文之间极少说情话——没有浪漫的允诺,也没有夸张的表白或赞美。而且,尽管她尽量不去想这件事,但在内心深处,她担心在这段关系中,自己不曾给过埃文选择的机会——没等他认真考虑,她就把自己安置进了他的生活中。可是,她从他的话中听到了爱意。

三人一时无语。为了填补沉默,玛丽斯问了科尔有关巴丽的情况。"她是什么时候开始和你一起旅行的?"

"差不多有六个月了。"他说着,把喝完的酒杯放下,拿起吉他。他轻触琴弦,边说边弹出轻柔的和弦:"她母亲的第二个丈夫是个暴力的男人,有一次,他动手打了巴丽。她母亲不会对丈夫说'不',但也没有拒绝我把巴丽带走。她对我说,那个男人可能在嫉妒巴丽,因为他想生一个自己的孩子。"

"巴丽怎么想?"

"我认为她很高兴能跟我走。她是个安静的小家伙。我知道她想念母亲,但她也很高兴能离开那个家,毕竟她在那里做什么都不对。"

"你会让她成为歌者吗？"埃文问。

"只要她愿意。我比她年幼时便已经知道，但巴丽还不清楚要拿她的人生做什么。她唱起歌来像小鸟一样动听，但是只唱别人的歌是不够的。要成为歌者，还需要别的。她目前还没有表现出自己创作歌曲的能力。"

"她还很小。"玛丽斯说。

科尔耸耸肩，再次把吉他放在一边。"是的，还有时间。我不会给她压力。"他眨眨眼，打了个大大的哈欠，"现在一定已经过了我的睡觉时间了。"

"我带你去房间。"埃文说。

科尔大笑着摇摇头。"不用，"他说，"我在这里住了四天，已经很熟了。"

他站起来，玛丽斯也起身，收起空酒杯。她吻了科尔，向他道晚安。埃文封住炉火、摆好家具时，她站在原地，等着牵起他的手，走到他俩共享的床边。

接下来的日子里，科尔的陪伴让玛丽斯一直情绪很好。他们经常待在一起，他给她讲他的历险故事，唱歌给她听。在科尔首次跟随巴里翁去流浪，玛丽斯也成为独立的飞行者的这么多年里，他们没有多少时间相处。现在，随着时间一天天过去，科尔和巴丽住在这里，姐弟俩的关系变得比科尔童年时还要亲密。他第一次谈起自己失败的婚姻，以及反思自己不该总是离家太远。玛丽斯对自己的事故和痛苦只字不提，也没有必要多说。科尔很清楚飞翼对她来说意味着什么。

几周毫无痕迹地过去了，科尔和巴丽仍然住在这里。科尔会出门到索西村和泰洛斯港的小酒馆里唱歌，巴丽则变成了埃文的小跟班。她安静、稳重、专注，埃文对她表现出的兴趣很满意。他们四人在一起生活得十分舒适,轮流做家务,晚上聚在炉火前讲故事或者玩游戏。玛丽斯告诉埃文,告诉科尔,告诉自己,她心满意足,她没有想念别的生活。

直到有一天,萨瑞拉来了。

那天下午,玛丽斯独自在家。敲门声响起后,她去开了门。看到老朋友,她的第一反应是高兴,但在她张开双臂准备拥抱时,她发现自己的目光不由自主地被挂在萨瑞拉手臂上的飞翼所吸引。她的心痛苦地跳动着。她把萨瑞拉带到火边的椅子旁,烧水煮茶,一边闷闷地想:很快她就会飞走,离我而去。

她花了好大力气才在萨瑞拉的身边坐下,带着刻意表现出的兴致问她有什么消息。

难以抑制的兴奋让萨瑞拉神采奕奕。"我是来谈正事的,"她说,"有一条专门给你的消息。我来,是请你,邀请你,前往海牙,在那里定居,担任飞行学院的新院长。木翼学院需要一位强有力的长期教师,不像过去六年间那样换来换去。一个有责任心的人,一个真正在行的人,一个领袖。就是你,玛丽斯。所有人都希望你能答应,没有比你更合适的人选了。我们需要你。"

玛丽斯想到了塞娜——如今她已去世十五年。玛丽斯想到她在漫长人生的最后那些年的样子。那个在坠落中残疾的飞行者,站在木翼学院的悬崖边,声嘶力竭地喊着,试图将自己的飞行经验传授给她头顶上方盘旋的年轻学员,自己却再也不能飞,带着一条几乎无用的腿和一只乳白色的瞎眼,永久地被困在地面,永远站在下方,狠狠盯着暴风,看着木翼学员从她的身边飞走,年复一年,直到最终死去。她是如何忍受的?

玛丽斯狠狠地打了个寒战,她疯狂地摇着头。

"玛丽斯?"萨瑞拉不解地问道,"你一直是木翼学院最坚定的支持者,整个系统的支持者。你还有那么多事情可做……你怎么了?"

玛丽斯盯着她，深受刺激，想要尖叫。但她只是声音非常轻地问："你怎么能提出这样的请求？"

"可是……"萨瑞拉摊开双手，"你在这里能干什么？玛丽斯，我明白你的感受，相信我，可是你的生活还没有结束。我记得你有一次曾经告诉我，我们，飞行者，是你的家人，我们依然在。这样放逐自己是愚蠢的，回来吧。你现在需要我们，我们也需要你。木翼属于你，没有你，最初就不可能有它。别抛弃它。"

"你不明白，"玛丽斯说，"你怎么可能明白？你还能飞。"

萨瑞拉伸出手，握住玛丽斯的手。虽然那只手始终软绵绵的，没有回应，她也没有放开。

"我在试着理解，"她说，"我知道你一定很痛苦。相信我，听到你出事的消息后，我也想过如果受伤的是我，我该如何面对自己的人生。你也知道，我曾经有一年的时间不能飞行，所以有大致了解，尽管我还没有想清楚万一这是永久状况该怎么办。每个人都必须思考。对所有飞行者来说，结局都会到来。有时是在比赛中到来的，有时是因为受伤，通常只是因为衰老。"

"我以前一直想我会死，"玛丽斯平静地说，"却从来没有想过活着却不能飞。"

萨瑞拉点点头。"我明白，"她说，"不过，既然事情已经发生了，你就不得不适应。"

"我在适应，"她说，"我原本已经成功了。"她抽回自己的手，"我在这里开始了新生活。如果你没有来，如果我能够忘记——"痛苦在萨瑞拉脸上一闪而过，玛丽斯知道，这句话刺痛了她的朋友。

可是萨瑞拉摇摇头，看上去十分坚决。"你忘不掉，"她说，"那是不可能的。你必须往前看，去做你能做的事。来木翼学院教学吧。跟你的朋友们待在一起。躲在这里——你只是假装……"

"没错,是假装。"玛丽斯厉声说道。她起身走到窗前,看着外面湿漉漉的棕色和绿色,那是森林:"我需要这种假装,为了活下去。我无法忍受不断被提醒自己失去了什么。当我看到你站在门口时,我满脑子想的都是你的飞翼,我多么希望把它们绑在身上,飞到空中,离开这里。我以为我不再去想了,我以为我已经在这里安家了。我爱埃文,我学了很久如何成为医者的助手。我现在做的是有用的事。我喜欢科尔在身边,而且有机会跟他的女儿相处。可是,一副飞翼就将这些全部推翻,将我的生活变为尘土。"

两人陷入沉默。最后,玛丽斯从窗边走开,看着萨瑞拉。她看到她的朋友脸上流着泪,表情却仍然是坚定的、不赞同的。

"好吧,"玛丽斯说着,叹了口气,"告诉我我错了,告诉我你在想什么。"

"我在想,"萨瑞拉说,"我在想你现在做错了。我在想,长远来看,你会让自己更难。你不能把过去的生活一笔勾销,就像它不曾存在似的。你不是生活在一个没有飞行者的世界。你或许可以躲在这里,假装自己是医者的助手,可是你永远不会真正忘记你曾经是,现在还是一名飞行者。我们仍然需要你,你仍然有属于自己的生活,但你还没有跟它和解,你还在躲避它。到木翼学院来吧,玛丽斯。"

"不,不,不,萨瑞拉——我无法承受。或许你是对的,或许我的选择并不正确,可是我已经思考过了,这是我目前唯一能做的。我无法忍受那种痛苦。我要活下去,而为了活下去,我就必须忘记自己失去了什么,否则我会发疯的。你并不理解——我无法忍受看着他们绕着我飞翔,在空中尽情玩闹,而我永远无法加入,还要永远被提醒失去了什么,我做不到。木翼学院没有我也能行,我不能回到那里去。"她说不下去了,浑身因为恐惧,也因为再次被拉回现实而剧烈颤抖。

萨瑞拉站起来,抱住她,直到她不再发抖。

"好了，"萨瑞拉柔声说，"我不再逼你了，我没有权利告诉你你应该怎么做。不过……如果你改变主意了，如果过段时间你愿意再考虑这件事，这个岗位会一直向你开放，决定权在你。我不会再提了。"

第二天，玛丽斯和埃文很早起床，一上午都在照顾一位上了年纪的病人。那人住在孤零零的森林小屋里，特别爱发牢骚。天刚亮就起床玩耍的巴丽也跟在他们后面来了，因为她的父亲还在睡觉。她成功地让笑容浮现在了老人的薄唇边，在这一点上倒是比两个大人更成功。玛丽斯很高兴。她自己本就心情压抑，老人的哀号抱怨只会让她更加烦躁，她不得不克制对他发火的冲动。

"看他那副样子，简直让人以为他不久于人世呢。"回家的路上，玛丽斯说。

小巴丽奇怪地看着她。"他是要死了。"她小声说，然后看向埃文，寻找支持。

医者点点头。"这孩子说的是对的，"他生气地说，"迹象已经很明显了，玛丽斯。我教你的时候你都没有听吗？巴丽最近都比你认真。我怀疑他撑不过三个月了，否则我为什么要给他开静药？"

"迹象？"玛丽斯感到既困惑又尴尬。她能很容易地记住埃文告诉她的事情，但应用那些知识要难得多。"他一直在抱怨骨头疼，"她说，"我以为——他毕竟年纪大了，老年人经常——"

埃文发出不耐烦的声音。"巴丽，"他说，"你是怎么知道他快死了的？"

"我摸了摸他的手肘和膝盖，就像你教我的那样。"孩子急切地说，她为自己从埃文那里学到的知识感到自豪，"它们有肿块，变硬了。下巴也是。还有胡子后面。而且他的皮肤摸起来是凉的。他是不是还浮肿了？"

"浮肿，"埃文对巴丽的回答很满意，"孩子通常能从这种症状中复原，但成人不会，从不。"

"我——我没有注意到。"玛丽斯说。

"是的，"埃文说，"你没有。"

他们默默地走着。巴丽一路快乐地蹦蹦跳跳，玛丽斯却感到无比疲倦。

空气中开始弥漫着淡淡的春天的气息。

在洁净的清晨，和埃文一起走着，玛丽斯感觉精神振奋。尽管这段旅途的终点是领主阴森的城堡，但是太阳出来了，空气清新，微风穿过她的斗篷，几乎像是在爱抚。路边灰绿色的苔藓和深色的腐殖土中，红色、蓝色和黄色的花朵像珠宝一样闪闪发光。鸟儿像一瞥而见的火焰或天空，在树木中飞来飞去，唱着歌。在这样的天气，活着和移动本身就是快乐的。

在她的身旁，埃文一直默不作声。玛丽斯知道他是在琢磨那条让他们此时离开家的消息。天还没亮，他们就被敲门声惊醒了。领主的一名传令兵上气不接下气地告诉他们，城堡紧急召唤医者。他说不出更多，也不知道更多，只说有人受伤了，需要治疗。

埃文刚从暖和的床上爬起来，还没完全清醒，一头白发像蓬乱的鸟羽一样竖起来。他可不急着去任何地方。

"所有人都知道领主身边有自己的医者，为他的家人和仆从治病，"埃文提出异议，"为什么那位医者不能处理紧急情况？"

传令兵显然只知道别人告诉他的内容，此时看上去很困惑。"城堡的医者雷尼最近因涉嫌叛岛罪被关起来了。"他呼吸急促，小声回答。

埃文咒骂一声："叛岛！简直是疯了。雷尼不可能——噢，算了，别再咬你的嘴唇了，小伙子。我们会去的，我和我的助手，去诊治受伤的人。"

他们很快就到达了狭窄的山谷,看见巨大的石头城堡赫然耸现在眼前。玛丽斯把之前松松披在身上的斗篷拉紧。这里的空气更冷:春天还没有越过山峦之墙。这里没有花朵或者颜色明亮的常春藤须蔓来冲淡岩石和地衣的沉闷,唯一能听到的鸟鸣是食腐鸢发出的尖厉叫声。

他们往山谷里没走几步,就被一个脸上有疤的年长卫兵拦住。那人腰间别着匕首,背上挎了一把弓。她仔细询问他们,对他们进行搜查,接管了埃文的手术包,然后护送他们走过两个检查点,通过大门进入城堡。玛丽斯注意到,与她上次来相比,在高而宽的城墙上巡逻的卫兵人数更多了,内院操练的士兵身上也出现了以前没有见到的凶狠和一种压抑着的兴奋。

领主在外厅接见了他们,除了身后五步之处如影随形的贴身护卫,他没有带别人。看见玛丽斯,领主沉下脸,对埃文厉声说:"我派人去请的是你,医者,不是这个没有飞翼的飞行者。"

"玛丽斯现在是我的助手,"埃文冷静地回答道,"而且你应该很清楚,她不是飞行者。"

"曾经是,永远是。"领主低吼道,"她有飞行者朋友,我们这里不需要她。安全——"

"她是医者的学徒,"埃文打断领主,"我替她担保。束缚我的准则同样束缚着她。我们不会泄露在这里知晓的任何事情。"

领主仍然皱着眉。玛丽斯气得身体僵硬——他怎么能够这样谈论她、忽视她,就好像她根本不在场?

最后,领主不情愿地说:"我并不相信你说的什么'学徒',但我接受你对她的担保。不过,记住,如果她把今天在这里看到的东西说出去,你们两个人都会被绞死。"

"我们匆忙赶到这里,"埃文冷冷地说,"可我从你的态度判断,似乎没有紧急的事情。"

领主没有回答,而是转向一边,派人去叫另一名卫兵来,然后头也不回地离开了。

新来的卫兵很年轻,全副武装,他护送埃文和玛丽斯走下陡峭的石阶,进入在坚实的山体中开凿的隧道,这里远低于城堡的生活区。隧道壁上每隔一段距离就有蜡烛冒着烟燃烧着,提供了跳动而不稳的照明。在这狭窄、低矮的隧道里,空气散发着霉味和刺鼻的烟味。玛丽斯突然感到一阵幽闭恐惧,连忙抓住埃文的手。

最后,他们来到一条分岔的走廊,两边都安有厚重的木门。他们在其中一扇门前停住,守门的卫兵搬开了拦住门的沉重木栅。里面是一间小石室,地上放着一张简陋的床,还有一扇圆形高窗。靠墙站着的是一个留着浅金色长发的年轻女子,她的衣服上沾有血迹。玛丽斯过了一会儿才认出她是谁。

"泰雅。"她疑惑地叫道。

卫兵离开前锁上了身后的门,并保证他们就守在外面,以防万一。

当玛丽斯仍然不解地瞪着泰雅时,埃文已经走到她的身旁,问道:"发生了什么事?"

"领主手下的混账们在逮捕我时可毫不手软,"泰雅用她一贯冷静、讽刺的语气说道,就像在谈论别人的事,"也有可能我不该跟他们动手。"

"受伤部位在哪里?"埃文问。

泰雅苦笑道:"从感觉上判断,他们打断了我的锁骨和一颗牙齿。仅此而已,其余只是瘀伤。血是从我嘴唇上流出来的。"

"玛丽斯,工具。"埃文说。

玛丽斯把手术包拿到他身侧。她看着泰雅:"他怎么能逮捕一名飞行者?因为什么?"

"罪名是叛岛。"泰雅说。埃文的手指探上她的脖子,她倒抽一口凉气。

"坐下,"埃文说着,扶她坐下,"这样会好一些。"

"他一定是疯了。"玛丽斯说。"疯"这个字眼让她想起了肯尼哈特的疯领主。听到儿子在远方丧生的消息后,悲痛欲绝的领主杀死了传递这一噩耗的信使。此后,飞行者们对他避之唯恐不及,直到富有而骄傲的肯尼哈特变得荒凉、破败而空虚,这个名字本身就成了疯狂与绝望的代名词。那之后,没有任何领主胆敢伤害一名飞行者,直到此时。

玛丽斯摇摇头,她盯着泰雅,却又没有真正在看着她:"他失去理智了吗?他认为你从他的敌人那里带来的消息来自你自己?说这是叛岛本身就是错误的。那个人一定是疯了。你不是他的臣民——他知道飞行者不受琐碎的当地法律束缚。你与他地位平等,如何去做任何称得上叛岛的事?他说你做了什么?"

"哦,他知道我做了什么。"泰雅说,"我没有宣称我承担了莫须有的罪名。我只是没想到他会发现。我仍然不知道他是怎么发现的,我明明已经那么小心了。"她疼得眉心紧锁,"不过,现在说这个已经没有意义了。要打仗了,激烈而血腥的战争,就像我完全没有插手一样。"

"我不明白。"

泰雅对她咧嘴一笑。尽管满面淤青且明显处于疼痛之中,她黑色的双眼仍然锐利而清醒:"是吗?我听说过去有一些飞行者可以在不清楚自己在说些什么的情况下传达信息。但我一直是知道的——每一次好斗的威胁,每一项诱人的承诺,每一个潜在的战争同盟。我知道这些内容,却根本不打算说出去。我窜改了这些信息。一开始是稍做改变,使它们更委婉一些,然后带回那些能够推迟或避开战争的回复,尽管领主一心想挑起战争。这个方法起作用了——直到他发现我在骗他。"

"好了，泰雅，"埃文说，"别再说话了。我要把你的锁骨归位，会有些疼。你能够保持静止吗？还是需要玛丽斯抓住你？"

"我可以的，医者。"泰雅说完，深吸一口气。

玛丽斯茫然地盯着泰雅，几乎不敢相信她刚才说的话。泰雅做了不可想象之事——她窜改了托付给她的消息；她插手了陆民的政治，而不是像飞行者通常那样置身事外。囚禁飞行者的疯狂行为不再显得那么疯狂了——领主还能怎么办？难怪玛丽斯的出现令他如此不悦。如果其他飞行者得到消息……

"领主打算如何处置你？"玛丽斯问。

泰雅第一次露出沮丧的表情："对叛岛的处罚通常是死刑。"

"他不敢！"

"对此我表示怀疑。我担心他打算悄悄把我杀掉，埋在这里，再让逮捕我的卫兵闭嘴。我就这么消失了，人们会认为我在海上失踪了。不过，现在你来了，玛丽斯，我想他不会这样做了。你可以反驳他的说辞。"

"那时我们两个都会被绞死，罪名是叛岛加撒谎。"埃文语调轻快地说。接着，他又用更认真的语气补充道："是的，我认为你说得对，泰雅。如果领主想暗中除掉你，就不会叫我来。让你自生自灭是最简单的。越多人知道你被捕，他就越被动。"

"按照飞行者的法律，领主无权裁决飞行者。"玛丽斯说，"他必须将你交给飞行者们。法庭将被召集，剥夺你的飞翼。噢，泰雅，我从来没有听说过有飞行者像你这样做。"

"我让你吃惊了，玛丽斯，是吗？"泰雅笑了，"你不能越过打破传统的恐惧看得更远？甚至连你都不能？我早就说过你不是单翼。"

"这有区别吗？"玛丽斯平静地问，"你难道指望单翼们会集体飞到你身边，为你的罪行欢呼鼓掌？你难道觉得你还能留住自己的飞翼？

什么样的领主能够容忍这种行为?"

"领主自然不会高兴,"泰雅说,"但或许现在是时候让他们明白他们是无法控制我们的了。我得到了一些单翼朋友的支持。领主的权力太大了,特别是在东部。而且凭什么?凭出身吗?出身曾经决定了谁能够拥有飞翼,可是你的众议会改变了这一点。那么为什么出身能够决定谁来统治呢?

"你没有意识到一个领主能做什么事,玛丽斯。这与西部不同。何况你是高高在上的,与所有老一代的飞行者一样。可是,情况对单翼而言并非如此。

"我们像所有陆民一样长大,毫无特殊之处。赢得飞翼之后,领主仍然将我们视为臣民。我们佩戴的飞翼要求领主尊重我们,平等相待,但这种尊重是很脆弱的。任何一场挑战赛都可能使我们输掉飞翼,重新变成地位低下的脆弱陆民。

"在东部,在余烬岛,在大多数南部岛屿,甚至西部的几个岛屿——只要领主的权力是世袭的——领主们的尊重都是只给生来拥有飞翼之人的。他们可能会加以掩饰,但他们对我们这些只能通过艰苦的努力和奋斗才能赢得飞翼的人是心存蔑视的。平等只是表面上的。自始至终,他们都试图控制我们、买卖我们、命令我们,将消息塞给我们,仿佛我们只不过是一群训练有素的信鸽。是的,我所做的事情会动摇领主大人们,迫使他们重新审视。我们不是仆从,不会再屈从于我们所鄙夷的信息,传递那些可能毁灭我们的家庭、朋友和其他无辜之人的死亡令和最后通牒!"

"你无权那样挑挑拣拣,"玛丽斯打断她,"你不能——信使对所送信息的内容不负责任。"

"几个世纪以来,飞行者们一直是这样告诉自己的,"泰雅说,她的眼睛闪烁着愤怒的光芒,"可是信使当然是有责任的!我有头脑,有心灵,有良心——我无法假装自己没有这一切。"

突然之间,一个想法像一瓢凉水,浇熄了玛丽斯激动的情绪:"这一切与我无关。"她只感到愤怒和痛苦。她凭什么去争辩飞行者应该怎么做?她连飞行者都不是。她看向埃文。"如果你忙完了,我们最好离开这里。"她毫无感情地说道。

埃文把一只手放在她的肩上,点点头,然后转向泰雅。"只是轻微骨折,"他说,"愈合应该是没有问题的。好好休息就行。别做任何危险的事情,否则支架会脱位。"

泰雅歪着嘴笑了笑,露出变色的牙齿:"比如逃跑?我没有计划任何行动。不过你最好替我告诉领主一声,免得他的卫兵忘了这一点,又用棍棒招呼我。"

埃文敲了敲门,叫守门的卫兵来,几乎立刻就听到了厚重的门闩被抽走的声音。

"再见,玛丽斯。"泰雅喊道。

玛丽斯正要出门,犹豫了一下,转过身来。"我认为领主不敢擅自处罚你,"她诚恳地说,"他必须让其他飞行者对你进行审判。不过,我认为他们同样不会仁慈,泰雅。你的所作所为太危险,影响了太多人——或者说影响了每一个人。"

泰雅盯着她:"你多年前所做的同样如此,玛丽斯。我认为,世界已经准备好迎接另一场变革了。虽然我失败了,但我知道我做得对。"

"或许世界确实将迎来另一场变革,"玛丽斯稳稳地进行反驳,"但这就是我们改变它的方式吗?你不过是将威胁换成了谎言。你真心认为飞行者这个群体比领主们更加睿智和高贵?他们就能够承担筛选信息的全部责任,决定接受哪些,改变哪些,拒绝哪些?"

泰雅不为所动。"我还会这么做的。"她说。

回去的时候,穿越隧道的路似乎变短了。领主仍然在透风的外厅接见他们。他用犀利的目光注视着二人，似乎在寻找愤怒或恐惧的痕迹。"一场最不幸的事故。"他说。

埃文说："只是锁骨骨折外加一些瘀伤。只要给她提供充足的食物，允许她休息，就能很快恢复。"

"关押期间，她会享受最好的待遇。"领主虽然看着玛丽斯，话却是对埃文说的，"我已经让杰姆把她被捕的消息散出去了。这是一项艰巨的任务——如果飞行者有领袖或合理的组织，事情就好办得多。如今只能尽量让更多人得到消息，而这需要时间。不过，这项任务将被完成。杰姆已经为我飞行多年，他的母亲为我的父亲飞行。至少还有他是可以信任的。"

"也就是说你打算把泰雅交给飞行者来审判了？"玛丽斯问。

领主的嘴角抽动着。他看着埃文，刻意忽略玛丽斯："我突然想到，飞行者们也许想派人来转达他们的观点，正式谴责泰雅的行为，请求宽恕，提出能够替她减刑的条件。不过，既然这是对我犯下的罪行——对泰洛斯犯下的罪行，在这种情况下，只有泰洛斯的领主才能进行审判，决定惩处。你同意吗？"

"我对法律一无所知，也不懂领主该如何作为。"埃文平静地回答，"我只知道如何治疗。"

玛丽斯感觉到埃文的手放在她的胳膊上，像是在警告她，于是她一言不发。保持沉默并不容易，多年来，她习惯对自己的想法直言不讳。

领主朝埃文笑笑，那是一种幸灾乐祸的、令人不快的表情："或许你愿意学学？欢迎你和你的助手留下来，与我共进晚餐。餐后，我将为你们提供最具启发性的娱乐活动。一个叛徒——医者雷尼，将于日落时分被绞死。"

"罪名是什么？"

"叛岛。雷尼在特雷恩有家人。而且他经常被人看到跟那名叛徒飞行者在一起——事实上,众所周知,这二人是同居关系。雷尼是她的同谋。你们不留下来,看看背叛我的人有什么下场吗?"

玛丽斯感到反胃。

"不了。"埃文说,"如果你没有别的吩咐,我们就告辞了。"

埃文和玛丽斯没有再交谈,直到卫兵将他们送至山谷口后离去,他们踏上回家的路,应该摆脱了充满敌意的监听。

"可怜的雷尼。"埃文说。

"可怜的泰雅。"玛丽斯说,"领主同样决意绞死她。唉,她的行为无疑是错误的,但命运仍然可叹!我不知道飞行者们会怎么做,不过他们不会接受的。飞行者不能被领主审判和处决!"

"也可能不会发生,"埃文说,"毫无疑问,可怜的雷尼会丧生,但或许他的死亡已足够平息领主的愤怒。他嗜好杀戮,却不是完全的疯子。他一定也意识到了最终必须将泰雅交给飞行者,由他们来惩罚。"

"不管泰雅发生什么事,都与我无关。"玛丽斯叹了一口气,"这是一个很难打破的习惯,因为四十多年来我一直将自己视为飞行者。不过,现在我是陆民了,跟其他人一样,泰雅的事情对我来说没有任何意义。"

埃文伸出手臂,紧紧搂住她。两人继续往前走。"玛丽斯,没有人觉得你应该忘记自己过去作为飞行者的生活,或者必须切断与他们之间的纽带。"他说。

"我知道,"玛丽斯说,"没有人这样认为,但这对我没什么意义。是我自己必须这样做。我不知道还能怎么做。年轻时,我认为木翼的故事是浪漫的,我认为梦想是世界上最重要的事,只要你对一样东西的向往足够强烈和坚定,你就一定能够得到它,哪怕需要付出生命的代价。我没有想过,如果木翼被人从大海中救起,如果他没有在那次传奇般的坠落中丧生,他又会怎么样?如果他用他那可笑的木头翅膀漂浮在水面，被人捞起，送回他的陆民朋友们中间，他要如何带着失败和破碎的梦想活下去？他需要做出怎样的妥协呢？"她叹了口气，将头倚到埃文的肩膀上，"我已经拥有了漫长的飞行生涯，比许多人都要长。我应该满足了。我希望自己能够满足。在某些方面，我仍然是个孩子，埃文。我从来没有学会如何与失望共存——我觉得总有办法得到自己想要的东西，不必放弃或者妥协。这很难，埃文。"

"成长是痛苦的，"埃文说，"愈合需要时间。给它一些时间吧，玛丽斯。"

科尔和巴丽已经走了。他们计划最后一次游览泰洛斯，然后坐船前往其他东部岛屿。科尔向玛丽斯和埃文保证，他们很快就会回来，但玛丽斯对此表示怀疑：一件事会引向另一件事，等到她再次看到科尔或他的女儿，应该是几年后，而不是几个月后。

可事实上，父女俩几天后就回来了。

科尔气坏了。"要离开这个鸟不拉屎的破岛需要领主的许可。"他对一脸惊讶地迎接他们的玛丽斯解释道，几乎是在吼叫了，"连歌者都被当成间谍，真是时局不稳了！"

巴丽从父亲巨大的身影后害羞地探出头，然后冲上前来，先是拥抱了玛丽斯，接着是埃文。

"我很高兴我们回来了。"她小声说。

"已经跟特雷恩宣战了吗？"埃文问。他对巴丽笑了笑，又恢复了严肃。

科尔仰倒在壁炉旁的大椅子上。"我不知道这算不算开战，"他说，"但是大街小巷传的是领主已经派出了三艘满载卫兵的军船去夺取铁矿。"说话时，他不安分的手指轻轻拨弄着琴弦，随意弹出不成调的音符。"在这场小小的军事冒险结果出来之前，任何人不得登陆或离开泰洛斯,除非有领主本人给予明确的许可。商人们怒不可遏,但不敢反抗。"科尔怒气冲冲地说,"等我体面地离开这里后再说!我会写一首歌,等它传回泰洛斯时,会烧得他的耳朵起泡。会的,我保证。"

玛丽斯哈哈大笑:"你现在听上去像巴里翁。他总是说,你们这些歌者才是真正的王。"

这句话让科尔忍不住笑了,但埃文仍然面色阴沉。"歌曲没有办法使伤口愈合,或使死者复生。"他说,"如果战争迫在眉睫,我们就必须离开森林前往泰洛斯港。他们会把在交战中活下来的伤员送到港口。那里需要我。"

"街上的人都疯了,"科尔说,"各种各样的传闻满天飞。城里令人极不舒服。领主已经绞死了他的医生,大家现在都不敢去城堡。很快就会有麻烦了,而且不只是跟特雷恩之间。"他的目光落在玛丽斯身上,"飞行者们也有动静。我数到足有一打飞翼在海峡上空来来往往。我本来以为是战报,但后来我在斯库拉首和一个皮匠喝酒,她告诉了我别的事情。她告诉我,她有个当卫兵的妹妹吹嘘自己不久前逮捕了一名飞行者。领主自作主张,给一个飞行者定了叛岛罪,你能相信吗?"

"我相信,"玛丽斯说,"这是真的。"

"啊。"科尔大吃一惊。他中断谈话,问:"我可以喝杯茶吗?"

"我去拿。"埃文说。

"继续,"玛丽斯说,"还有什么传言?"

"你说不定知道得比我多。逮捕是怎么回事?我简直不敢相信。你都知道些什么?"

玛丽斯犹豫了:"我们受到警告,不得谈论此事。"

科尔不耐烦地乱拨了几下琴弦:"见鬼,我是你弟弟。别管我是不是歌者,我都能保守秘密。快说!"

于是玛丽斯把她和埃文被叫到城堡后的见闻告诉了科尔。"这就能解释得通了。"她说完后，科尔说道，"反正我也已经听说了——人们都在谈论这件事，其中甚至包括卫兵，领主并没有像他自己希望的那样守住他的秘密。不过，我真是做梦也想不到这件事是真的。怪不得来了这么多飞行者。就让领主去头疼怎么给飞行者们发许可证吧。"说到这里，他咧嘴笑了。

"快告诉我什么是'别的事情'。"玛丽斯催促道。

"好的。"科尔说，"你知道单翼瓦尔来了泰洛斯吗？"

"瓦尔？在这里？"

"他现在已经离开了。他们告诉我，他几天前来过，看上去很憔悴，像是经历了长途飞行。他不是一个人来的。还有五六个人跟他一起，都是飞行者。"

"你知道都有谁吗？"

"我只知道瓦尔的名字，毕竟他臭名远扬。但人们描述了其余几个人的样子：一个身材魁梧、满头白发的南部女人；一个大块头男人，留着黑胡子，戴着用斯库拉牙齿做的项链；几个西部来的，里面有两个长得很像，应该是兄弟俩。"

"那是达蒙和阿特恩，"玛丽斯说，"其余几个我不知道是谁。"

埃文端着热气腾腾的茶和一盘硬面包片回来了。"我知道，"他说，"起码知道一个人。戴项链的是卡迪恩，来自劳玛荣。他经常来泰洛斯。"

"不意外，"玛丽斯说，"卡迪恩，他是东部单翼的领头人。"

"还有吗？"埃文问。

科尔把吉他放在一边，吹着他的热茶，想让它变凉："我听说，瓦尔来此是代表飞行者们与领主谈判，要求释放被他关押的那个女人，泰雅。"

"瓦尔在虚张声势。"玛丽斯说，"他并非代表全体飞行者。你刚刚提到的所有人都是单翼。那些古老的家族，传统的捍卫者，仍然憎恶瓦尔。那些人永远不会让瓦尔代表他们。"

"是的，这我也听说了。"科尔说，"不管怎样，据说瓦尔提出要召集飞行者法庭来审判泰雅。他愿意让领主继续关押泰雅，直到——"

玛丽斯不耐烦地点点头："是的，是的，重点是领主到底是怎么回答的。"

科尔耸耸肩："有些人说他应对自如，有些人说他和单翼瓦尔激烈争论。不管是哪一种，他都坚持泰雅必须在他自己的法庭受审，由他来定罪和处罚。街上的消息说，判决早已有了结果。"

"也就是说，死了可怜的雷尼还不够，"埃文嘟囔着，"必须再死一个人来补偿领主受伤的自尊。"

"瓦尔对此是怎么说的？"

科尔喝了一口茶，然后说："我听到的消息是，与领主会面之后，瓦尔就离开了。有人说，单翼们会袭击城堡，解救泰雅。也有人说，瓦尔将召集飞行者众议会，旨在对泰洛斯发起制裁，孤立它。"

"难怪人们会害怕。"埃文说。

"飞行者们也应该害怕，"科尔说，"在当地人心中蔓延的情绪是对他们的敌视。在北边悬崖附近的一家小酒馆里，我无意中听到一段对话，说的是飞行者们如何秘密地统治风港，通过他们传递的消息和捏造的谎言来决定岛屿和个人的命运。"

"荒谬！"玛丽斯震惊了，"人们怎么能相信这种说法？"

"关键是人们确实是这样想的。"科尔回答，"我是一名飞行者的儿子。尽管从小受训，却从来没有真正成为飞行者。我理解飞行者的传统，将他们联系在一起的纽带，理解他们作为一个与所有人都不同的群体的感受。可我同样了解被飞行者们称为'陆民'的人们。在飞行者眼里，那些人都是一样的，像飞行者一样聚集在一个大家庭里。"

他放下茶杯，重新拿起他的吉他，仿佛这件乐器能使他表达得更清晰。

"你知道飞行者对陆民表现得多么轻蔑，"他说，"但你可能不知道陆民对飞行者有多么仇恨。"

"我有陆民朋友，"玛丽斯说，"况且所有的单翼最初都是陆民。"

科尔叹了一口气："是的，确实有崇拜飞行者的陆民——以为飞行者提供服务为生的旅馆伙计，想要触摸飞翼的孩童，还有乐于同飞行者共眠并以之为荣的人。可是，还有其他人。憎恨飞行者的人不会跟他们做朋友，玛丽斯。"

"我知道有这些问题。我没有忘记瓦尔获得飞翼时我们面对的敌意、威胁、殴打和冷漠。但这种情况无疑在改变，现在的飞行者群体不再局限于出身了。"

科尔摇摇头。"情况变得更糟了。"他说，"过去，当它只是一个出身问题时，许多人会觉得飞行者是特殊的。在南部的许多岛屿，飞行者们是祭司，是被天空之神庇佑的特殊阶层。在阿特利亚，他们是君主。就像东部的领主们从父母手中继承权力一样，飞行者继承他们的飞翼。

"可是，现在不会再有人犯这种将飞行者视为神选之人的错误了。突然之间，人们开始质疑了：和我一起长大的这个邋里邋遢的农场小子怎么就突然变得高高在上、有权有势了？以前的邻居为什么变得不同了，他是如何拥有了自由、权力和财富？单翼们不像传统的飞行者那样超脱——有时，他们凌驾于昔日同伴之上，或者插手地方事务。因为仍有利益牵扯，所以他们无法真正脱离本岛政治。这会让人们感觉不好。"

"二十年前，绝没有任何领主敢逮捕一名飞行者，"埃文若有所思地说，"不过，同样是二十年前，有飞行者敢故意误传消息吗？"

"当然没有。"玛丽斯回答。

"可我怀疑没多少人相信这一点。"科尔接着说，"既然现在发生了这样的事，就说明以前可能也发生过。被我听到谈话的那两个农民就相信飞行者们一直在操控信息。据我所知，泰洛斯的领主已经成了揭露真相的大英雄。"

"英雄？"这个词令埃文作呕。

"一个善意的谎言不可能改变这一切。"玛丽斯坚持道。

"对，"科尔说，"改变不是一夕之间发生的。你正是第一个推动者。"

"我？我跟这件事毫无牵扯。"

"是吗？"科尔朝她咧嘴笑笑，"再想想。巴里翁曾经给我讲过一个故事，姐姐。讲的是他和你躲在同一条船上，等着偷偷进入柯尔姆家偷走飞翼，这样你才能召集众议会。你还记得吗？"

"我当然记得。"

"是这样的，他说你们在水面上漂了很长时间，等着柯尔姆离家。在这段时间里，巴里翁再次思考了整件事和他自己的行为。他说，有一刻，他坐在那儿，用小刀剔指甲，然后突然想到，或许最好的选择是把小刀捅进你的身体。他说，这样也许可以给风港免去许多麻烦。因为如果你赢了，将会有远超你想象的变化发生，给几代人带来痛苦。巴里翁十分欣赏你，玛丽斯，可他也认为你太天真。他告诉我，你不可能在演唱中途改变一首歌的音符。一旦做了第一个改变，其他变化就会随之而来，直到你发现自己重新创作了整首歌。要知道，一切都有关联。"

"既然如此，他为什么要帮我？"

"巴里翁本身就是个捣蛋鬼。"科尔说，"我猜他想重写整首歌，使它变得更好。"她的弟弟调皮地笑了笑，"还有，"他加了一句，

"他从来就不喜欢柯尔姆。"

接下来的一周没有任何新的消息,于是科尔决定回到泰洛斯港,毕竟他唱歌的码头和酒馆最适合进行打探。"说不定我还可以去领主的城堡,"他得意地说,"我正在为我们的领主大人创作一首新歌,我想亲眼看看他听到这首歌时的表情!"

"你敢!"玛丽斯说。

他笑了:"我还没疯,姐姐。不过,如果领主想听几首好歌的话,去一趟倒真是值得的。我或许能得到些消息。请替我照看好巴丽。"

两天以后,一个酒贩给埃文带来了新患者:一条毛茸茸的黑色大狗。他有两条这样体格庞大的猎犬,平常帮他把木车从一个村庄拉到另一个村庄。它被一只羽冠骇鸟啄伤,现在躺在酒囊之中,浑身沾满血迹和污渍。

埃文无力回天,但仍得到一囊酸红葡萄酒作为酬劳。"他们裁决了叛徒飞行者,"坐在火边共饮时,酒贩告知他们,"她会被绞死。"

"什么时候?"玛丽斯问。

"谁知道呢?到处都是飞行者,我觉得领主害怕他们。他现在把她关在城堡里,大概是要等着看那些飞行者会干什么。如果是我,我就立刻杀了她,把这事了了。可咱没有当领主的命不是?"

酒贩离开时,玛丽斯站在门口,看着男人和仅剩的一条狗在小道上卖力地拉着车。埃文走到她身后,伸出双臂抱住她:"你有什么感觉?"

"困惑,"玛丽斯没有回头,"而且害怕。你的领主等于直接向飞行者们发起了挑战。你意识到这件事有多严重了吗,埃文?他们不得不做出反应,无法对此视而不见。"她摸摸他的手,"我好奇今晚在鹰巢的人们会说些什么。我知道我不能让自己再去关心飞行者的事，可是这很难……"

"他们是你的朋友，"埃文说，"你会关心是很自然的。"

"我的关心会带给我更多痛苦，"玛丽斯说，"可是……"她摇摇头，在他的怀抱中转过身来，面向他，"这件事让我意识到我自己的问题有多么微不足道，"她说，"我不会愿意与今晚的泰雅交换位置，哪怕她还能飞翔而我不行。"

"很好，"埃文说着，轻轻地吻了她，"因为我希望在我身边的是你，而不是泰雅。"

玛丽斯笑了。他们一起回到屋内。

半夜里来了四个打扮成渔民的陌生人。他们穿着厚厚的靴子和套衫，头戴边缘装饰着海猫皮毛的深色帽子。其中三个人携带长长的骨刀，眼神像冬天结冰的湖水一样冷。开口说话的是第四个人。"你不记得我了，"他说，"但我们以前见过，玛丽斯。我是阿利兰，是裂环岛的飞行者。"

玛丽斯仔细打量着他，想起了自己曾经见过一两次的英俊青年。在长了三天的金色胡须下，他的面容难以辨认，但那双犀利的蓝眼睛看上去有些熟悉。"我相信你是。"她说，"你来自远方，飞行者。你的飞翼在哪里？还有你的礼貌？"

阿利兰露出一个毫无真心的笑容："我的礼貌？请原谅我的鲁莽，我匆忙而来，而且冒着巨大的风险。为了见你，我们从特雷内尔渡海而来，海浪对我们乘坐的小船来说相当危险。这个老头儿试图赶我们走，所以我失去了耐心。"

"如果你再这样称呼埃文，我也会失去耐心。"玛丽斯冷冷地说，"你来这里干什么？为什么不飞过来？"

"我的飞翼安全地放在特雷内尔。我们认为最好派一个在泰洛斯无人认识的人秘密地来找你。我来自余烬岛，而且是飞行者中的新人，所以被选中了。我的父母都是渔民，我也是被当作渔民养大的。"他摘下帽子，晃晃满头细密的金发。"我们可以坐下谈吗？"他问，"有很重要的事要与你商量。"

"埃文？"玛丽斯问。

"坐吧，"埃文说，"我去煮茶。"

"啊，"阿利兰笑了，"那太好了。海上太冷了。如果我说话不太客气，请原谅。现在是困难时期。"

"的确。"埃文表示同意。他走到外面去打水。

"你为何来此？"阿利兰和他沉默的三名同伴坐下后，玛丽斯再次问道，"这是怎么回事？"

"有人派我来带你离开这里。你也知道，你不可能从泰洛斯港登船。领主不会许可你离开。我们有一艘小渔船藏在附近。旅途将是安全的。万一被卫兵撞见，我们就说是特雷内尔的渔民，被风暴刮到了东北方。"

"看来你们已经计划好了我的逃离。"玛丽斯说，"遗憾的是，没有人想到要来问我一声。"她眉头紧锁，看着乔装的飞行者，"这是谁的主意？谁派你来的？"

"单翼瓦尔。"

玛丽斯笑了："我就知道。还能有谁呢？不过瓦尔为什么想让我离开泰洛斯？"

"为了你的安全。"阿利兰说，"作为一个无依无靠地生活在这里的前飞行者，你或许会有生命之忧。"

"我对领主不构成任何威胁，"玛丽斯说，"他没有理由——"

年轻的飞行者用力摇摇头："不是领主，而是人民。你难道不知道这里发生了什么吗?"

"看样子我不知道,"玛丽斯说,"或许你可以告诉我。"

"泰雅被捕的消息传遍了整个风港,甚至包括阿特利亚和余烬岛。许多陆民开始表达他们对飞行者的不信任,就连领主们也有同样的言论。"他涨红了脸,"裂环岛的领主一听到消息便召见了我,要求我说明是否传递过虚假消息或窜改过信息。我不得不发誓对她保持忠诚。甚至就在问询的时候,她的不信任也是显而易见的。而且她威胁我!她用监禁来威胁我,就好像她可以这样做,就好像她有权——"他停下了,努力咽下自己的愤怒。

"当然,我是单翼,"他接着说,"所有飞行者如今都是嫌疑人,尤其是单翼。迪斯的斯维娜在酒馆跟人争论,为泰雅辩护,结果遭到暴徒的袭击和殴打。在东部城镇,还有人被辱骂、排斥,甚至被吐唾沫。就连那么老派的杰姆,昨天都在特雷恩被人扔了石头。卡迪恩离开家的那段时间,他在劳玛荣的家被放了火。"

"我不知道局面糟糕到了这一步。"玛丽斯说。

"是的,"阿利兰说,"而且还在恶化。泰洛斯这里对飞行者的敌视情绪最强烈。瓦尔认为暴民很快就会来找你,所以他派我们来把你带到安全的地方。"

埃文已经回来了,开始备茶。"也许你应该走,"他对玛丽斯说,声音里带着担忧,"我不愿意想到你身处危险之中。假以时日,这一切都会过去,你可以回来,或者我去找你。"

玛丽斯摇摇头:"我并不认为我身处危险之中。如果我在泰洛斯的大街小巷游行,公开支持泰雅,倒真有可能是危险的。可是在森林里,我只是一个无害的前飞行者,没有做任何事去激怒任何人。"

"暴民是不讲道理的,"阿利兰说,"你不明白——你必须跟我们走,安全起见。"

"瓦尔是多么仁慈啊，如此关心我的安危，"玛丽斯凝视着阿利兰，说，"而且如此不同寻常。在这种时候，瓦尔一定有许多事情要考虑，我实在无法想象他会花这么多时间和精力制订一个精密的计划来营救可怜的老玛丽斯，况且她甚至不需要营救。如果瓦尔真的派你来救我，那也一定是因为他觉得我在某个方面对他有用。"

阿利兰的惊讶肉眼可见："他——你错了。他非常关心你的安危。他——"

"除此之外，他还关心什么？你最好告诉我，他真正想从我这里得到什么。"

阿利兰沮丧地笑了笑。"瓦尔说你会看穿我的借口。"他说，听上去很佩服，"反正等把你安全带离此地之后，我也会告诉你的：瓦尔召集了飞行者众议会。"

玛丽斯点点头："在哪里？"

"南阿伦。离这里不远，但至少避开了一触即发的敌意，而且瓦尔在那里有朋友。需要一个月或更久来召集飞行者，但我们有时间。领主很害怕，在众议会的结果出来之前，他都会保持谨慎，不敢妄动。"

"瓦尔想干什么？"

"还能有什么？他要求发起对泰洛斯的制裁，直至泰雅被释放。没有飞行者会再登陆此地或与泰洛斯有贸易往来的其他任何岛屿。这座小岛将与世隔绝。领主要么投降，要么被摧毁。"

"这是在瓦尔能够成功的前提下。单翼仍然是少数群体，而且泰雅并非无辜的受害者。"玛丽斯指出。

"泰雅是飞行者。"阿利兰说着，感激地接过埃文递过来的茶杯，"瓦尔寄希望于飞行者之间的忠诚。不管是不是单翼，泰雅都是飞行者，我们不能抛弃她。"

"我对这一点可没有把握。"玛丽斯说。

"哦，当然会有斗争。我们怀疑柯尔姆和其他一些人会利用这一事件来诋毁所有单翼并试图关闭飞行学院。"他的嘴贴在杯子边缘，笑了笑，"至今为止，你都没有帮忙。瓦尔说你挑了一个最糟糕的时间来坠落。"

"我并没有任何选择。"玛丽斯说，"你还是没有说找我有何目的。"

"瓦尔想让你主持众议会。"

"什么？"

"你也知道，请一位退休的飞行者坐镇众议会是传统。瓦尔说你是最佳人选。你广为人知，广受尊重，不管是在单翼群体中，还是在天生的飞行者中。我们对你的推举也不会遇到阻碍。其他任何单翼都会被否定。而且，我们需要能够信任的人，而不是某个生锈的老古董，他们只会希望一切都跟过去一样。瓦尔认为你的主持会带来巨大的影响。"

"没错。"玛丽斯说。她想起了在柯尔姆召集的那次众议会上，老杰米斯起到的关键作用。"不过瓦尔必须另找他人。我不会再插手飞行者或飞行者众议会之事。我只想安静地居于此地。"她说。

"只有我们赢了，才会拥有平静。"

"我不是瓦尔棋盘上的棋子，他越早明白这一点越好！瓦尔知道若我按他的要求去做我会付出什么代价。他怎么敢向我提出这样的要求？他派你来骗我，扯一堆为我的安全着想的谎言，因为他知道我会拒绝。我连看到一个飞行者都感到难以忍受，你认为我会愿意跟一千个飞行者在一起，看着他们在空中嬉戏，听他们交换故事，直到最后剩我一个孤零零的老残疾站在地上，看着他们飞走，离开我？你认为我会喜欢那样？"玛丽斯意识到，她刚刚在冲着这个年轻人喊叫。痛苦在她的腹部拧成一团。

阿利兰的声音带着压抑的怒气："我几乎不认识你，你怎么能指望我知道你有何感受？我很抱歉，我相信瓦尔同样也感到抱歉，但是抱歉无济于事。这件事比你个人的感受更重要。一切取决于这次众议会，瓦尔希望你参加。"

"告诉瓦尔我很抱歉。"玛丽斯平静地说，"告诉瓦尔我祝他好运，但我不会去的。我老了，已经隐退，我想不受打扰地生活。"

阿利兰站起身来，他的眼睛像冰一样冷。"我告诉过瓦尔，我不会让他失望的。"他说，"我们现在是一对四。"他的手轻轻一动，右边的女人立刻将刀从刀鞘中抽了出来。那女人咧嘴一笑，玛丽斯看到她的牙齿是用木头做的。她身后的男人也站起身来，手里同样拿着刀。

"出去。"埃文说。他站在工作间的门口，手里拿着打猎用的弓，一支箭已搭在弦上。

"你的箭只能射中我们中的一个人，"木头牙齿的女人说，"而且还得你运气够好。你没有机会射第二箭，老头儿。"

"没错。"埃文说，"但箭头上浸满了蓝蜱毒液，所以你们中的一个人会死。"

"把你们的刀收起来，"阿利兰说，"好啦，放下。没有必要死人。"他看向玛丽斯。

玛丽斯说："你真的认为可以强迫我主持众议会？"她厌恶地哼了一声，"请你转告瓦尔，如果他的策略像你的一样好，单翼就完了。"

阿利兰瞥了一眼他的同伴们。"让我单独和她谈谈，"他说，"在外面等我。"另外三人不情愿地朝门口挪去。"我不会再威胁你了。"阿利兰说，"对不起，玛丽斯。或许你能理解我有多么绝望。我们需要你。"

"或许你需要的是过去的我，可是那个人已经在事故中死去了。别再纠缠我了。我只是一个老妇，一个医者的学徒，而这正是我想要的身份。别再伤害我，硬把我拖到世事中去。"

阿利兰脸上的轻蔑清晰可见。"难以想象人们还在歌唱你这样的懦夫。"他说。

他离开后,玛丽斯转头看向埃文。她浑身发抖,头晕目眩。

医者放下手中的弓,把它放在一旁。他皱着眉。"死了?"他苦涩地说,"这段时间以来,你一直是死的吗?我还以为你正在重新学习如何生活,却没想到你把我的床看作坟墓。"

"噢,埃文,不要这样。"她伤心地说。此刻,她需要的是安慰,而不是更多的指责。

"这是你自己说的。"他说,"你仍然相信你的生命随着那次事故一起结束了吗?"他的脸因为痛苦和愤怒而扭曲,"我不会爱一具行尸走肉。"

"噢,埃文。"她猛地坐下,感觉双腿再也无法支撑身体,"我不是这个意思——我是说我对飞行者们来说已经死了,或者他们对我来说死了。我的这部分生命已经终结了。"

"我认为这件事没有你说的这么容易。"埃文说,"如果你想杀死一部分自己,就有杀死全部的自己的风险。正如你弟弟说过的——准确一点,是巴里翁说过的——这就像歌唱到一半却想改变音符。"

"我珍视我们在一起的生活,埃文,"玛丽斯说,"请你相信我。只不过,阿利兰说的话——瓦尔召集的该死的众议会——又让我想起了自己已经失去的一切。它让痛苦再次袭来。"

"它让你自怜。"埃文说。

玛丽斯感到恼怒。他怎么就不明白呢?是不是陆民永远也不可能理解她失去了什么?"是的,"她冷冷地说,"这让我为自己难过。难道我没有这个权利吗?"

"自怜的时间早就过了。你应该跟现实和解了,玛丽斯。"

"我会的。我正在这么做。我正在学习如何遗忘。可是被拽进这件事，这场飞行者之间的争端，会毁掉一切，会让我发疯。你难道不明白吗？"

"我只看到一个女人在否定自己的一切。"埃文说。他本想继续说下去，但一个声音让他们俩看向四周。他们看到巴丽站在门口，表情有点害怕。

埃文的表情变得柔和。他走过去，用一个大大的熊抱将女孩举了起来。"刚刚来了几位客人。"他说着，亲了亲她。

"既然大家都起床了，我去准备早餐好吗？"玛丽斯问。

巴丽笑着点点头。埃文的表情难以捉摸。玛丽斯转身去了厨房，下定决心要忘记这件事。

接下来的几周里，他们很少谈论泰雅和飞行者众议会，但消息仍然规律地传过来，无须刻意打听：索西村广场上的发令兵，店主们的八卦，找埃文看病问诊的旅行者，他们都说到了战争、飞行者和一心打仗的领主。

于是玛丽斯知道，风港的飞行者们正在南阿伦集结。那座小岛上的陆民永远不会忘记这些日子，就像大小安柏利的人们不会忘记上次众议会一样。现在，节日的气氛一定已经在南港和阿伦顿的大街小巷中蔓延。她记得很清楚，那是两个尘土飞扬的小镇。附近五六个小岛上的酒贩、面包师、做香肠的和商人会乘坐小船，晃晃悠悠地穿越危险的海域，会聚此处，从飞行者们身上赚点钱。旅店和酒馆会爆满，到处都是成群结队的飞行者，把小镇挤得水泄不通。玛丽斯可以在脑海中看到他们：身穿深红色制服的大肖特安飞行者，额上佩戴银冠、皮肤苍白的阿特利亚飞行者，来自南部的天空之神的祭司们，还有大家多年未见的外岛和余烬岛的飞行者。老朋友们拥抱彼此，彻夜长谈；昔日恋人们交换不确定的微笑，用其他方式来度过夜晚。歌者和说书人不仅重述老故事，也会编写应景的新故事。空气中充满了流言蜚语、吹嘘、大话和歌谣乐曲，散发着奇瓦斯酒和烤肉的香气。

所有的朋友都会去，玛丽斯想。在梦中，她看见了所有人：年轻的和年老的，单翼的和天生的，骄傲的和羞怯的，爱惹祸的和好脾气的；所有人聚集在一起，闪光的飞翼和他们的欢声笑语将布满整个南阿伦。

他们还会飞翔。

玛丽斯试图不去想，但这个念头毫无遮挡地向她袭来。在梦中，她和他们一起飞翔。睡梦中，她感受到了风。风用她熟识的、温柔的手指抚摸着她，将她带入狂喜之中。在她身边，她能看到他们的飞翼，数以百计的飞翼在深蓝色的天空中闪闪发光，优雅、慵懒地盘旋、转弯和侧倾。她自己的飞翼捕捉到了阳光，短暂地发出耀眼的光芒，她无声地欢呼起来。她看到夕阳下的飞翼，在橙紫的天空下呈血红色，继而慢慢褪色，变为靛蓝，最后恢复为银白色。这时，最后一抹阳光已经消失，陪伴他们飞翔的只有星辰。

她记得雨的味道，记得远处雷声的轰鸣，记得太阳出来之前、黎明时分大海的样子。她记得如何助跑，从飞行崖一跃而下，相信风、飞翼和自己的技能可以让她留在空中。

有时，玛丽斯会在夜里颤抖着哭出声来。这时，埃文会抱住她，柔声安慰她。但是玛丽斯没有对他讲过她的梦。他从未当过飞行者或见过飞行者的众议会，他不会理解。

时光流逝。病人来找埃文，或者埃文去病人身侧，他们死去或者康复。玛丽斯和巴丽在埃文身边，做着力所能及的工作。不过，玛丽斯发现自己的心思并不总能集中在工作上。一次，埃文让她到森林里去采甜歌草，这是一种用来制作静药的草药。在凉爽而潮湿的森林里漫步时，玛丽斯不由自主地又想起了众议会。她想，会议现在已经开始了。在她的脑海中，她听到了他们正在发表的演讲，瓦尔、柯尔姆和其他人。

她权衡着他们的论点，思考着反驳的方法。她好奇辩论的走向，以及他们到底选了谁来主持会议。等她终于回来时，她手臂上挎了满满一篮野草，看起来跟甜歌草很像，却没有任何疗效。埃文接过篮子，摇摇头，大声叹了口气。"玛丽斯啊，玛丽斯，"他嘟囔着，"我该拿你怎么办呢？"他转身面向巴丽。"孩子，"他说，"趁着天还没黑，去帮我采些甜歌草吧。你姑姑现在不太舒服。"

玛丽斯只能对此表示同意。

离家大约六周后的一天，科尔回来了。他背着吉他，艰难地走在路上。他并不是一个人，身边还有萨瑞拉，仍然佩着飞翼，像个梦游人一样脚步踉跄。他们俩都脸色灰白，表情凝重。

看到他们来了，巴丽大叫一声，冲上去拥抱她的父亲。玛丽斯看着萨瑞拉："萨瑞拉——你还好吗？众议会结果如何？"

萨瑞拉哭了起来。

玛丽斯走上前，把她的老朋友抱在怀中，发现她浑身发抖。萨瑞拉两次开口想说话，却只是发出了哽咽和窒息的声音。

"没事了，萨瑞拉。"玛丽斯无助地说，"好了，好了，我在这里。"她的目光与科尔的相遇了。

"巴丽，"科尔的声音也止不住发抖，"去找埃文，请他过来。"

巴丽担心地看了一眼萨瑞拉，跑开去找埃文了。

"我在领主的城堡里。"女儿走开后，科尔开始讲述，"他知道了我是你的弟弟，就决定关押我，直到众议会结束。萨瑞拉是在会议结束后飞过来的。卫兵抓住了她，也把她带到城堡里。那里还有其他飞行者。杰姆、特雷恩的利加尔、劳玛荣的卡迪恩，再加上西部的某个可怜的年轻人。除了我和这些飞行者，还有另外四名歌者、两个说书人。当然，在场的还包括领主自己的发令官和传令兵。明白了吗，他想把消息传播出去。他想让所有人都知道他干了什么。我们都是他的见证人。卫兵把我们赶到院子里,强迫我们观看。"

"不,"玛丽斯说着,搂紧了萨瑞拉,"不,科尔,他不敢这么做!他不能这么做!"

"昨天日落时分,泰洛斯的泰雅被绞死了。"科尔生硬地说,"否认不能改变事实。我亲眼看到了。她试图讲话,但领主不允许。绞索没有绑好,她的脖子没有在下降过程中折断。过了很久,她才被勒死。"

萨瑞拉从玛丽斯的怀抱中挣脱。"你是幸运的,"她说,"他也可能——可以让你去看。哦,玛丽斯。我无法移开目光——我——这太可怕了。他们甚至不让她说临终遗言。最可怕的是——"她再次说不出话来。

埃文和巴丽回来了,但玛丽斯几乎没听见他们的脚步声和埃文打招呼的声音。巨大的冷意笼罩了她。鲁斯去世时,哈兰德在海上消失时,她都感受到了同样的麻木与眩晕。"他怎么敢,"她慢慢地说,"就没有人做些什么吗?现场没有任何人阻止他吗?"

"有几名卫兵军官建议他谨慎,特别是其中一名高级军官,应该是领主的护卫队长,但他不肯听。带我们去院子的卫兵们显然吓坏了。绞索拉开时,有几个人移开了目光。不过,他们最后还是服从了命令。毕竟,他们是卫兵,而他是领主。"

"可是,众议会……"玛丽斯说,"众议会为什么不——瓦尔呢?飞行者们呢?"

"众议会!"萨瑞拉怨恨地说,"众议会宣布她为非法者并剥夺了她的飞翼。"愤怒令她停止落泪,"众议会允许他这样做!"

"现在所有人都知道领主绞死了一名飞行者,"科尔疲倦地说,"行刑时,领主把飞翼绑在了她的身上。自然是没有展开,但我们不会看错。他还拿这件事开玩笑,让她用飞翼来逃脱绞刑架,远走高飞。"

稍晚些时候，喝了几杯埃文的特制茶，吃了一些面包和香肠后，萨瑞拉恢复了平静，向玛丽斯和埃文讲述了那场灾难性的众议会的全过程。科尔则到外面跟女儿聊天。

故事很简单。单翼瓦尔召集了风港历史上第五次飞行者众议会，后来却失去了对场面的控制。事实上，他从来也没掌控过会议。所有单翼和他们的盟友加起来不到与会人数的四分之一，而坐在主席台上的三位——南、北阿伦的两位领主和来自塔尔-克里尔的退休飞行者克尔米，他是本次众议会的主席——对泰雅的遭遇并不抱有同情。会议刚开始，就有愤怒的声音响起，谴责泰雅和她所犯的罪行，其中也包括克尔米本人。"这个陆民女孩从未理解身为飞行者意味着什么。"萨瑞拉引用了克尔米的原话。其他人也纷纷加入。一个人说，一开始就不该给她飞翼；另一个人说，她犯下的罪行不仅是与她的领主为敌，也是与她的飞行者伙伴为敌；第三个人说，她背叛了人们对飞行者的神圣信任，使所有飞行者都成了嫌疑人。

"劳玛荣的卡迪恩试图为泰雅说话，"萨瑞拉告诉他们，"却引起一片嘘声。卡迪恩怒气冲冲地诅咒所有人。像泰雅一样，他也饱受战争创伤。泰雅的一些朋友想要为她辩护，至少解释她为何那样做，但是没有人愿意听。后来瓦尔站起来，试图推进他的主张时，我曾短暂地认为我们还有机会说服大家。他表现得非常好，冷静而理性，不像他平常的样子。首先，他安抚他们，承认泰雅犯下大罪。接着，他又说，尽管如此，我们仍然要保护她，因为我们不能任由领主为所欲为，我们所有人的命运都跟泰雅的命运联系在一起。那是非常精彩的演讲，只要演讲人不是瓦尔，都有可能说服众人。可讲话人偏偏是瓦尔，会场里坐满了他的敌人。那么多年长的飞行者仍然痛恨他。

"瓦尔建议众议会剥夺泰雅的飞翼五年。五年之后，她可以通过参加挑战赛重新赢得飞翼。他还说，我们必须坚持只能由飞行者来审判飞行者,这意味着泰洛斯应释放泰雅,否则将对其进行制裁。

"他安排好了人手来回应和支持他的提议,但无济于事。克尔米从不点我们。我们几乎没有机会站起来发言。整场会议持续了将近一天,我敢说发言的单翼不超过一打。克尔米就是不想让人们听到我们的声音。

"瓦尔讲完后,克尔米点了一个来自劳玛荣的女飞行者发言。那女人谈到了瓦尔的父亲因为谋杀罪被判处死刑,还有瓦尔自己曾经夺走艾丽的飞翼,逼得她自杀。'难怪他想让我们为这个罪犯辩护,'她说。接下来的几个人跟她观点相似,他们说了很多关于犯罪的话,还有什么单翼对飞行者身份的意义只是一知半解。瓦尔的论点就这样在一片混乱中失去了说服力。

"这时,又有一些年龄大的飞行者提出要关闭飞行学院。这个观点没有得到很多支持。柯尔姆表示赞同,但他的女儿站起来反对,场面一度十分热闹。阿特利亚的飞行者们也同意这一提议,还有其他一些已经退休的飞行者。不过,虽然他们成功地迫使全场进行投票,但只有不到五分之一的人投了赞成票。学院算是安全了。"

"至少这一点值得庆幸。"玛丽斯说。

萨瑞拉点点头:"下一个发言的是多雷尔。你也知道他的威望有多高。他的演讲非常精彩——过于精彩了。他首先讲了泰雅的理想主义动机,以及他对她所做的努力有多么同情。可是接下来,他说我们不能让同情或其他情绪来左右方向。多雷尔说,泰雅的罪行直击飞行者这一整体的核心。如果领主无法信任飞行者们会忠实而客观地传递信息,充当他们在遥远土地上的代言人,那么我们还有什么用?如果我们对他们不再有用,那么他们能够忍耐多久不用武力夺取飞翼,用自己的心腹来取代我们?我们无力对抗领主的卫兵,他说。我们必须重新取得已经失去的信任,而要实现这一目标的唯一途径就是为泰雅定罪,尽管她的动机是好的。让她承受她自己的命运,不管我们有多么同情她。如果我们以任何方式为泰雅辩护,多雷尔说,陆民们都会误解,认为我们支持她的罪行。我们必须明确表示对她的谴责。"

玛丽斯点点头。"他说的很多都是事实,"她说,"不管结果有多么严重。我能理解这番演讲的说服力。"

"其他与多雷尔想法相似的人接着发言。耶提安的塔拉-库尔、阿特利亚的老埃里斯、外岛的一个女人、库哈尔的乔安、大肖特安的塔伯特——每个人都是备受尊重的领袖。他们都支持多雷尔。瓦尔气得要命,卡迪恩和阿特恩大声要求发言,但克尔米对他们置之不理。发言持续了几个小时,最后——在不到一分钟的时间里——瓦尔的主张被再次提起并否决,众议会继而宣布泰雅为非法者,将她交由泰洛斯的'仁慈'之手处置。我们没有让领主绞死她。在斯库尔尼的杰瑞尔的建议下,我们甚至请他不要这样做。不过,那也只是请求而已。"

"我们的领主大人很少听从请求。"埃文平静地说。

"我知道的就这些了。"萨瑞拉接着说,"单翼们是在这时候离场的。"

"离场?"

萨瑞拉点点头:"投票结束后,瓦尔从座位上起身,他的表情——我很高兴他手里没有武器,否则他说不定会当场杀人。相反,他说话了。他骂他们都是蠢货、懦夫,甚至更坏。他的叫骂激起一片喊声、回骂声,还有人扭打在一起。瓦尔让他所有的朋友都离开。达蒙和我不得不从人群中挤到门口,那些飞行者——我认出有些人是我相识多年的,可他们都在嘲笑,说着难听的话。——太可怕了,玛丽斯。会场里的愤怒……"

"但你们还是出来了。"

"是的。我们飞到了北阿伦,单翼几乎都去了。瓦尔带我们到了一块空旷地,那是旧时的战场。他站在堡垒废墟的顶部,对我们讲话。我们召开了自己的众议会,聚集了风港四分之一的飞行者。我们投票决定对泰洛斯进行制裁,哪怕其他人不会这样做。这就是卡迪恩跟我一同飞到这里的原因,我们是来通知领主的。之前,他已经收到消息,得知了飞行者们的另一个决定,不过我们要用单翼的威胁与之对抗。"她苦笑一声,"领主冷冷地听着。我和卡迪恩说完后,他说我们这群人都不适合做飞行者,没有什么比单翼再也不来他的岛更令他高兴的了。他说会让我们知道他对我们、对瓦尔,以及对所有单翼的看法。

"他真的给我们看了。日落时分,他的卫兵来了,我们和其他人被押进院子,他给我们看了。"萨瑞拉脸色灰白,对这件事的讲述再次撕开了她的伤口。

"哦,萨瑞拉。"玛丽斯难过地说。她伸出手,握住朋友的手,但当她们的手碰到一起时,萨瑞拉突然惊恐地打了一个寒战,然后,再一次痛哭出声。

玛丽斯很久都没有睡着。她在床上辗转反侧。梦境黑暗无状,都是关于飞行的噩梦,最终结束于一根绳索的末端。

离天亮还有几个小时,在黑暗中,她被远处传来的微弱音乐声惊醒。

埃文在她身边睡着,朝他的羽绒枕头轻声打着鼾。玛丽斯起身穿衣,离开卧室。巴丽正香甜地睡着,这是独属孩童的天真睡眠,不受困扰其余人的沉重负担的折磨。萨瑞拉也睡着了,身体在毯子下面蜷缩成一团。

科尔的房间是空的。

玛丽斯跟随着柔软的、逐渐减弱的音乐。她在外面找到了他。星光下,科尔倚着一侧屋墙坐着,用吉他安静而忧郁的乐声填满了黎明之前凉爽的空气。

玛丽斯在他身旁潮湿的地面上坐下："你在创作一首新歌吗？"

"是的，"科尔回答，他的手指缓慢而慎重地移动着，"你是怎么知道的？"

"我还记得，"玛丽斯说，"在我们俩都还是小孩子的时候，你会半夜起床，到屋外去，悄悄创作一些你不想让别人知道的新旋律。"

科尔弹了最后一个哀伤的和弦，把吉他放到一边。"积习难改。"他说，"好吧，我别无选择。当这些词语在我脑中乱窜时，它们根本不让我休息。"

"完成了吗？"

"没有。我有心将它命名为'泰雅的坠落'，歌词大部分想好了，但旋律还没定下来。我几乎能听到这首歌，可是它在不同的时候听是不一样的。有时，它是黑暗而悲惨的，是一首哀伤的慢歌，就像《亚伦和珍妮之歌》一样。可是后来，我又觉得它的节奏应该更快，像一个因愤怒而窒息的人跳动的血脉，它应该燃烧、伤害和悸动。你怎么想，姐姐？我应该怎么写这首歌？泰雅之死给你什么感觉，悲伤还是愤怒？"

"两种都有。"玛丽斯说，"我知道这个答案对你毫无帮助，但我确实是这样想的。两种都有，还有其他的感情。我觉得内疚，科尔。"

她告诉他阿利兰和他的同伴们来过，还有他们提出的要求。科尔同情地听着，等她说完后，他把她的手握在自己手中。他的手指布满老茧，却轻柔而温暖。"我不知道这件事，"他说，"萨瑞拉什么也没说。"

"我怀疑萨瑞拉也不知道，"玛丽斯说，"瓦尔很可能吩咐阿利兰不要告诉其他人我拒绝帮忙。单翼瓦尔心不坏，不管别人怎么说他。"

"你的内疚是在犯傻，"科尔对她说，"我怀疑就算你去了也没什么用。一个人能够改变的东西有限。你去或者不去，众议会都有可能分裂，泰雅仍然可能丧命。你不应该为了无法改变的事情，用悔恨来折磨自己。"

"也许你是对的，"玛丽斯说，"可我仍然应该试一试，科尔。他们或许会听我说——多雷尔和他的朋友们，风暴城的一帮人，科琳娜，甚至柯尔姆。他们认识我，他们中的每一个都认识我。瓦尔永远无法令这些人信服。如果我按照瓦尔的要求去主持会议，或许可以维持飞行者群体的团结。"

"这只是猜测，"科尔说，"你在毫无必要地折磨自己。"

"或许是时候折磨一下我自己了。"玛丽斯说，"我害怕再次受伤，所以阿利兰来找我时我拒绝了。我是一个懦夫。"

"你无法为风港的所有飞行者负责，玛丽斯。你不得不先考虑自己，把自己的需求放在首位。"

玛丽斯笑了："很久以前，我就只想到自己。我改变了周围的整个世界来适应我自己。啊，我自欺欺人地想那是为了所有人，但是你我都知道，实际上只是为了我。巴里翁是对的，科尔。我太天真了。我不知道我的举动会导致什么，只知道我想飞。

"我应该去的，科尔，这是我的责任。可我当时在意的只有我的痛苦，我的生命。我本该让自己的胸襟更加广阔。我的手上同样沾了泰雅的血。"说着，她举起一只手。

科尔抓住她的那只手，用力握紧："瞎说。我只看到我的姐姐在毫无道理地折磨自己。泰雅已经死了，没有什么是你能做的；就算曾经有，现在你也无法改变任何事情。结束了。不要为过去的事情烦恼，这是巴里翁告诉我的。把你的痛苦变成一首歌，把它献给全世界。"

"我不会创作歌曲，"玛丽斯说，"也不会飞。我总说我想做个有用的人，却对需要我的人置之不理，假装自己在做医者的工作。可我不是医者，也不是飞行者。那么我是什么？我是谁？"

"玛丽斯……"

"就是这样，"她说，"小安柏利的玛丽斯，改变了世界的女孩。如果我曾经这样做过，或许我可以再一次做到，至少可以尝试。"她突然站了起来。东方地平线已染上微光，那光微弱而苍白，照亮了她严肃的面容。

"泰雅死了。"科尔说。他拿起吉他，站起身来，与姐姐面对面："众议会分裂了。都结束了，玛丽斯。"

"不，"她说，"我不接受。还没有结束。还来得及改变泰雅之歌的结尾。"

她轻轻一碰，埃文立刻就醒了，在床上坐起身，准备应对突发状况。

"埃文，"玛丽斯说着，在他的身边坐下，"我知道我必须做什么了。我要先告诉你。"

他抬起一只手摸摸自己的头，把乱糟糟的白发捋顺，皱着眉问："你说什么？"

"我……我是活着的，埃文。虽然我不能飞，但我仍然是我自己。"

"听到你这样说我很高兴，而且我知道你是认真的。"

"而且我不是医者。我永远无法成为一名医者。"

"看来，在我睡着的这段时间你有了很多发现，对不对？是的……我一直知道，但我不能告诉你。你似乎并不想知道实情。"

"我当然不想知道。我还以为那是我唯一的选择。我还能干什么呢？只剩痛苦，还有关于痛苦的回忆和无用感。现在痛苦还在，回忆还在，但我可以不那么没用。我必须学会与痛苦共存，接受它或者忽略它，因为有些事情我必须去做。泰雅死了，飞行者群体分裂了，有一些事情只有我才能做到，把错误纠正过来。所以你看……"她咬着嘴唇，不敢看他的眼睛，"我爱你，埃文，可我不得不离开你。"

"等等。"他抚摸着她的脸颊，与她四目相对。玛丽斯想起第一次看进这深邃的蓝眼睛的时候。她感到一阵即将失去他的痛苦，强烈得出乎意料。"告诉我，"他说，"你为什么必须离开我。"

她无力地拉开他的手："因为……我在这里没有用。我不属于这里。"

他喘了一口气——不知是强忍的抽泣还是笑意，她无法判断。

"难道你认为我是将你当作学徒、当作医者来爱的，玛丽斯？你又能给我多少帮助？坦率地说，你做医者的工作是在考验我的耐心。我是将你当作女人来爱的，爱你这个人，爱你本来的样子。如今，你已经意识到自己是谁，一直是谁，却认为必须离开我？"

"我要去做一些事情，"她说，"吉凶未卜。我说不定会失败，跟我有牵连可能会给你带来危险，也许你会像雷尼那样……我不想让你冒险。"

"你无法让我冒险，"他坚定地说，"是我自己要冒险的。"他拉起她的手，用力握住，"说不定我能给你一些帮助——让我去做吧。我将分担你的负担，分担你的风险，并使之减轻。要知道，我能做的不只是为你的朋友们煮茶。"

"可你不必这样做，"玛丽斯说，"你不应该无谓地拿自己的性命冒险。这不是你的战斗。"

"不是我的战斗？"他听上去有些生气，"难道泰洛斯不是我的家乡？领主发布的命令也会影响我、我的朋友、我的病人。我的血液流淌在这些山脉、这片森林中。你才是这里的陌生人。不论你为你的人民、你的飞行者们做成什么，其结果都会影响我的人民。你不会像我这样了解他们。他们也了解我，相信我。许多人欠了我的情，用钱无法偿还的那种。这些人会帮助我，而我会帮助你。我认为，你需要我的帮助。"

玛丽斯似乎感觉到力量正在全身涌动，从他紧握的手沿着她的手臂向上流动。她笑了，很高兴自己不是独自一人，也对自己将要做的事更有把握。"是的，埃文，我的确需要你。"她说。

"随时听命。我们什么时候开始？"

玛丽斯倚在木质床头板上，贴着埃文手臂的曲线："我们需要一个隐蔽的地方，一个降落场。这个地方能够让飞行者们安全地来去，不让领主或他的探子发觉他们来了泰洛斯。"

她刚说完，就感到他点了点头。"没问题。"他说，"离这里不远的地方有座废弃农庄。农庄主人上个冬天刚刚去世，所以森林还未覆盖那块地方，但又能够提供遮掩。"

"太好了。或许我们可以暂时搬到那里，以防卫兵来抓我们。"

"我要留下，"埃文说，"如果卫兵找不到我，病人同样找不到。必须让他们随时能够找到我。"

"可是这里不安全。"

"我认识索西村的一家人，他家有十三个孩子。我帮助那位母亲挺过了一次难产，又救了她的孩子们五六次，他们会很愿意帮助我。他家就在大路边上，而且无论什么时候都有一个孩子能抽出空来。如果卫兵来抓我们，那里是必经之路，他家的孩子可以跑在前面发出警告。"

玛丽斯笑了："好极了。"

"还有什么？"

"首先，我们必须叫醒萨瑞拉。"玛丽斯坐起身，离开他温柔的怀抱，腿搭在床沿，"我需要她成为我的飞翼，帮我传递消息，许多消息。不过，第一条最关键——收信人是单翼瓦尔。"

瓦尔自然过来找她了。

她在一座狭窄的两室小木屋的门口等着他。小屋久经日晒雨淋，家具上都发了霉。周遭的土地已被杂草覆盖。瓦尔的银翼在阴沉的天空中暗淡无光，他在上方盘旋三圈，判断没有危险，才落到地面。

玛丽斯帮他解下飞翼，当她的手触碰到柔软的织物金属时，内心仍然感到有什么东西在收紧和颤抖。瓦尔抱了抱她，笑了："对一个残疾老太太来说，你看上去还不错。"

"对一个蠢蛋来说，你话太多了。"玛丽斯毫不示弱，"进来。"

科尔也在小屋里，正弹着吉他。"瓦尔。"他点头致意。

"坐下，"玛丽斯对瓦尔说，"我想让你听个东西。"

瓦尔不解地看了她一眼，但还是坐下了。

科尔唱了《泰雅的坠落》。在姐姐的鼓励下，他创作了两个版本，如今唱给瓦尔的是悲歌。

瓦尔礼貌地听着，只流露出一点点不耐烦。"很不错，"科尔唱完后，他说，"很悲伤。"他目光犀利地看向玛丽斯。"这就是你让萨瑞拉我来的原因？不顾我已经发誓再也不来泰洛斯，还是让我冒着生命危险飞到这里。为了这个？来听一首歌？"他皱着眉头，"你的脑袋到底受了多重的伤？"

科尔哈哈大笑。"再给她半个机会吧。"他说。

"没关系的，"玛丽斯说，"瓦尔和我已经习惯这样了，对不对？"

瓦尔微微一笑。"就给你半个机会。"他说，"告诉我这是怎么回事。"

"简单地说，"玛丽斯说，"为了泰雅，以及如何修复众议会的分裂。"

瓦尔眉心紧锁："已经晚了。泰雅死了。我们做出了反应，现在等着看会发生什么。"

"如果我们一直等着,那才是太迟了。我们不能等着飞行者们关闭学院,或者规定只有不参与制裁的人才有权参加挑战赛。你离席了,选择在没有众议会支持的情况下行动,无异于将武器交给柯尔姆那帮人。"

瓦尔摇摇头:"我只是做了不得不做的事。每年都会有更多的单翼诞生。泰洛斯的领主现在还能笑得出来,但他没法永远笑下去。"

"可你并不能永远等待。"玛丽斯说。她沉默了片刻,脑中思绪飞速翻滚。她绝不能跟瓦尔离心离德。没错,正如她对科尔说的,她和瓦尔彼此理解,可是瓦尔仍然敏感易怒,他在众议会上的表现已经证明了这一点。想让他承认自己错了也是很难的。

"你上次派人找我的时候我应该去的,"过了一会儿,她说,"但我当时胆怯而自私。如果我去了,也许可以阻止众议会的分裂。"

瓦尔波澜不惊地说道:"说这些没用,事情发生了就是发生了。"

"但这不意味着发生的事情就无法改变。我理解,你觉得你必须做些什么,但事实证明,你所做的事情可能比什么都不做要糟糕得多。万一飞行者们决定剥夺你的飞翼、禁飞所有单翼怎么办?"

"他们可以试试。"

"你能怎么办?与他们肉搏吗?不能。如果飞行者们决定剥夺所有参与制裁之人的飞翼,你什么也做不了——或许除了杀死几名飞行者,然后看到更多的单翼像泰雅一样死去。各岛领主无疑会派出他们的卫兵来支持飞行者。"

"要是真的发生这种事……"瓦尔凝视着玛丽斯,表情平静得可怕,"要是真的发生这种事,你的梦想就死了。它对你还是这么有意义吗?当你知道自己再也飞不起来以后?"

"这件事比我的梦想或性命更重要,"玛丽斯说,"它超越了个人。你明白这一点。你也同样在意，瓦尔。"

寂静似乎包裹了小屋里的每一个人。就连科尔的手指也放在琴弦上一动不动。

"是的。"这个词像一声叹息，从瓦尔口中吐露，"可是我……我能做些什么？"

"撤销制裁。"玛丽斯立刻回答，"趁你的敌人还没有利用它来对付你。"

"领主能撤销泰雅的绞刑吗？不，玛丽斯，制裁是我们唯一的武器。其余飞行者也必须加入，否则我们只能保持分裂。"

"这样的制裁毫无用处，你是知道的。"玛丽斯说，"泰洛斯不会想念单翼。其余飞行者还会照常往来，领主有足够的人手为他传递消息。你们的制裁毫无意义。"

"意义是我们言出必行，不会做无谓的威胁。另外，制裁是大家一致同意的，我不能仅凭自己的想法就将它撤销。你在浪费口舌。"

玛丽斯轻蔑地笑笑，但在内心深处，她觉得有希望了。瓦尔正在让步。"别跟我玩游戏，瓦尔。你的意志就是单翼的意志，所以我才请你过来。我们都知道，不管你说什么，他们都会照做。"

"你当真想让我忘记领主的所作所为？忘记泰雅？"

"没有人会忘记泰雅。"

轻柔的和弦响起。"我的歌声可以保证。"科尔说，"几天之后，我就会在泰洛斯港唱起这首歌，其他的歌者会偷学。很快，到处都能听到。"

瓦尔看着他，一副难以置信的表情。"你说在泰洛斯港唱？你疯了吗？你难道不知道，在泰洛斯港，哪怕只是提起泰雅的名字都能引起骂战和打斗？不管你在港口的哪个小酒馆里唱，我敢保证你都会被割断喉咙，扔到水沟里。"

"歌者被赋予了某种许可,"科尔说,"特别是出色的歌者。最开始,泰雅的名字或许会引发嘲笑,但他们听完歌后就会有不同的感觉。过不了多久,泰雅就会成为一个英雄,一个充满悲剧性的牺牲者。这就是这首歌的作用,尽管很少有人会承认或意识到这一点。"

"我从来没有见过像你这么自负的人。"瓦尔说,似乎还没有完全理解。他看向玛丽斯:"是你让他这样做的?"

"我们讨论过。"

"那么你们讨论过他有可能被杀吗?或许会有人愿意听一首把泰雅塑造成英雄的歌,但还有一些愤怒的、酒气熏天的卫兵会把这个歌者的头打爆,以阻止他散播谎言。你们想过吗?"

"我能照顾好自己。"科尔说,"我不是所有的歌都受人欢迎,特别是在刚开始。"

"随便,这是你的生活。"瓦尔摇摇头,说,"要是你活得足够长,或许你的歌真能促成某种改变。"

"我想请你再派一些飞行者过来,"玛丽斯说,"至少会基本的弹唱的那些。"

"你想让科尔训练他们,免得失去飞翼后没法谋生?"

"科尔的歌必须传到泰洛斯之外,越快越好。"玛丽斯说,"我想让飞行者学会这首歌,不管他们去哪里,都能把这首歌教给当地的歌者。我想让他们带着这首歌去各个地方,把它当成我们发出的信息。风港的所有人都会知道泰雅,并会唱起科尔的歌,讲述她曾经想做的事。"

瓦尔若有所思。"很好,"他说,"我会让我的人秘密前来。离开泰洛斯,这首歌或许会流传开来。"

"你还要散播消息,告诉大家针对泰洛斯的制裁已经撤销。"

"我不会这么做。"瓦尔断然拒绝,"要为泰雅复仇,一首歌可不够。"

"你难道不了解泰雅吗？"玛丽斯问，"你难道不知道她试图做什么吗？她试图阻止战争，并且证明给领主们看，他们无法控制飞行者。可是，你发起的制裁会让我们重新回到领主们的股掌之上，因为它分裂和削弱了我们。只有统一行动，团结一致，我们才有跟领主们对抗的实力。"

"你把这话说给多雷尔听，"瓦尔冷冷地说，"不要只责怪我。我召集众议会就是为了让大家共同行动，一起拯救泰雅，而不是向泰洛斯的领主屈膝投降。多雷尔将众议会的发言权从我手中夺走，削弱了我们。告诉他，看看他如何回答你。"

"我会这么做的。"玛丽斯冷静地说，"萨瑞拉已经在前往劳斯岛的路上了。"

"你打算让他到这里来？"

"是的，还有其他人，反正我现在没法去找他们。正如你所说的，我残疾了。"她摆出一个阴沉的笑脸。

瓦尔犹豫着，显然正试图在脑中把这些碎片拼凑起来。"你想要的不只是撤销制裁，"终于，他说，"这只是第一步，把单翼和天生的飞行者团结起来。之后呢？你有什么计划？"

玛丽斯心中一松，她知道自己应该能够得到瓦尔的支持了。

"你知道泰雅是怎么死的吗？"玛丽斯问，"你知道泰洛斯的领主有多么残忍和愚蠢，竟然让泰雅身佩飞翼受刑吗？泰雅死后，他们把飞翼从她身上解下来，交给两年前被她战胜的那个人。泰雅的尸体埋在城堡外的无名坟地，那里通常是埋葬盗贼、杀人犯和其他不法之徒的地方。她身披飞翼而亡，却没有享有飞行者的礼葬，也没有得到人们的哀悼。"

"所以呢？这和我有什么关系？你到底想让我怎么做，玛丽斯？"

她笑了:"我想让你哀悼,瓦尔。仅此而已。我想让你为泰雅哀悼。"

玛丽斯和埃文首先从一个流浪说书人口中得到了消息。这个坏脾气的老妇来自泰洛斯港,她在此处短暂停留,是为了请埃文拔掉她一只赤脚上扎的刺。"我们的卫兵已经从特雷恩手中夺取了铁矿,"埃文治疗时,她说,"还有人说,会进攻特雷恩岛。"

"愚蠢,"埃文嘟囔道,"会死更多人。"

"还有其他消息吗?"玛丽斯问。飞行者继续在她的秘密基地来来去去,但是自从科尔把歌教给五六个单翼飞行者并前往泰洛斯港之后,已经过去一周了。这段时间经常下雨,气温也低,尤其令人焦躁。

"来了一个飞行者。"老妇说。埃文的细骨刀把刺和她的皮肉分开,她痛得一哆嗦。"仔细点,医者。"她说。

"飞行者?"玛丽斯说。

"有人说是幽灵。"老妇说。这时埃文已经把刺取出来了,正在往伤口上抹药膏。她继续说:"也许是泰雅的幽灵。那是一个全身黑衣的女人,不说话,不休息。在我离开前的两天,她从西方的天边出现。地勤跑出去迎接,准备帮她着陆,接过她的飞翼,可是她没有落地。她默默地飞过群山和领主的城堡,又飞过乡村,来到泰洛斯港。她也没有在那里降落。她从刚到这里开始,就一直绕大圈,从泰洛斯港到领主的城堡,一圈一圈地飞。从来不落地,也不向下喊话。飞,一直飞,不管晴天还是雨天,白天还是黑夜。日落时在,天亮了还在。她不吃东西,也不喝水。"

"有趣,"玛丽斯忍住笑意,"你认为她是幽灵?"

"可能。"老妇说,"我亲眼看见她好几次。我在港口的小巷子里走着,觉得有个影子落到身上,抬头一看,她就在那里。大家都在议论。人们很害怕。有个卫兵还说，最害怕的人是领主，尽管他努力不表现出来。她飞到城堡上空时，领主不肯出来看，或许他害怕看到泰雅的脸。"

埃文用浸满药膏的绷带裹住说书人受伤的脚。"好了，"他说，"试着站起来。"

老妇站起身，靠在玛丽斯身上保持平衡："有点疼。"

"已经感染了。"埃文说，"你运气不错。要是你再拖几天才来，你的脚就保不住了。穿上靴子吧，森林里的路很危险。"

"我不喜欢穿靴子，"老妇说，"我喜欢脚踩着泥土、青草和石头的感觉。"

"那么你喜欢刺扎到肉里的感觉吗？"埃文说。他们争论了片刻，最后老妇勉强同意穿上软布靴，但只穿在受伤的那只脚上，而且只穿到伤口愈合为止。

说书人离开后，埃文笑着对玛丽斯说："已经开始了。幽灵为什么可以不吃不喝？"

"她随身带了一袋坚果和水果干，还有一个水囊。"玛丽斯回答，"长途飞行时，飞行者们经常这么干。否则你认为我们怎么才能飞到阿特利亚或余烬岛？"

"我从来没想过这个问题。"

玛丽斯心事重重地点点头："我怀疑他们在夜里悄悄换了人，让'幽灵'可以休息。瓦尔很聪明，派了一个长得像泰雅的人来。我应该想到这一点的。"

"你已经想得够全面了，"埃文说，"不要苛责自己。你的表情为什么这么严肃？"

"我多么希望，"玛丽斯说，"飞在天上的是我。"

两天之后,一个女孩上气不接下气地跑到了他们的门口,她是欠了埃文人情的那家人的孩子。玛丽斯心中一瞬间充满恐惧,担心是卫兵来抓她了。所幸只是有新的消息了。埃文请那家人把在索西村听到的所有消息都告诉他。

"来了一个商人,"女孩说,"他说了关于飞行者的事。"

"飞行者怎么了?"玛丽斯问。

"商人告诉旅馆的老穆勒许,领主害怕极了。他说,现在有三个人。三个身穿黑衣的飞行者,绕了一圈一圈又一圈。"女孩站起来,展开短短的胳膊,转了一圈,为他们演示她说的意思。玛丽斯看看埃文,笑了。

"现在有七个黑衣飞行者。"一个大胖子告诉他们。这是一个衣衫褴褛的卫士逃兵,来到门口时浑身是伤,血流不止。"他们想让我去特雷恩,"他解释道,"我要是去那里就完了。"不说话时,他就咳嗽,总是会咳出血来。

"七个?"

"这是个不吉利的数字,"男人咳嗽着说,"所有人都穿着黑衣服,这也是个不吉利的颜色。他们绝对不怀好意。"咳嗽突然加剧,他说不出话来了。

"放松,"埃文说,"放松。"他给男人喝了一杯掺了药草的葡萄酒,和玛丽斯一起把他扶到床上休息。

胖男人却不肯休息。这阵咳嗽刚结束,他就又开始说话了。"如果我是领主,我就派出弓箭手,趁他们从上方飞过时将其射杀。是的,我会这么做的。有人说,箭会从'幽灵'身上穿过去,但我不相信。我觉得他们跟我一样是血肉之躯。"他拍了拍他的大肚子,"不能让他们这么继续飞下去。这些人会带给我们厄运。最近的天气很糟糕,鱼也不游了。我听说，在泰洛斯港，这些飞翼的影子落到人身上，人就会生病、濒临死亡。我知道特雷恩会发生可怕的事，所以我不会去那里的，哪怕这边的空中有七名黑衣飞行者。不，我不去。这东西很邪恶，我告诉你们，这不会带给我们好运气的。"

不管怎么说，这起码没给这个胖男人带来好运气，玛丽斯想。第二天，玛丽斯送早餐时，发现他庞大的身躯已经变得僵硬而冰冷。埃文把他埋在森林里，在其他十几个旅行者的坟墓旁边。

"瑟妮娅去了泰洛斯港，想卖掉她编的挂毯。"埃文接生的那群孩子中的另一个说道，这次是个男孩，"回来之后，她说那里现在有十几个黑衣飞行者，他们在港口和领主城堡之间来回飞。每一天，都有更多飞行者到来。"

"二十个飞行者，全部穿着黑衣服，安静，阴沉。"年轻的歌者说。她有着金色的头发和蓝色的眼睛，声音甜美，性情随和。"我可以为他们编一首绝妙的歌！如果我知道这件事的结局，我现在就开始。"她说。

"你认为他们为什么会来这里？"埃文说。

"当然是为了泰雅。"姑娘回答。她很吃惊，竟然有人会问这个问题。"她撒谎想阻止战争，因此被领主杀害了。我敢说，那些人是为了她才穿黑衣服的。许多人都为她感到悲伤。"

"啊，是的，"埃文说，"泰雅。或许可以把她的故事编成一首歌。你没有想到编这样一首歌吗？"

歌者咧嘴笑了。"这样的歌已经有了，"她说，"我在泰洛斯港听到了。来，我唱给你们听。"

玛丽斯在废弃农庄见到了劳玛荣的卡迪恩。在那块地上，纤细的绿色蔓草和畸形的土龙疯长，迅速挤占野麦的地盘。戴着斯库拉牙齿项链的大个子身佩银翼优雅地滑翔而下，同样全身黑衣。

玛丽斯带他来到室内，递给他水，问道："怎么样？"

他擦掉嘴唇上的水珠，大大咧咧地对她笑了笑："我飞得很高，他们在我下方绕圈。啊，你真应该去看看！我猜总共有四十副飞翼。领主一定眼馋得口水都流出来了。消息也已经传出去了。更多的单翼从东部各地赶来。瓦尔亲自把消息送回了西部，所以用不了多久，会有更多人加入我们。现在人数已经够多，就算离群休息或吃饭也不会被注意到。我可不羡慕打头阵的亚兰。毫无疑问，她的实力非常强，我都没见她累过。他们目前让她在特雷内尔秘密休息，不过她很快就会回来。至于我自己，我也要去加入队伍了。"

玛丽斯点点头："科尔的歌怎么样？"

"在劳玛荣、南阿伦和鸢临城，人们正在传唱。我自己都听到过几次。它还传到了南部、外岛，当然还有西部——到了你的小安柏利，还有库哈尔和鲍威特。我听说，这首歌已经在风暴城的歌者之间传唱了。"

"很好，"玛丽斯说，"很好。"

"领主派杰姆去找黑衣飞行者问话。"埃文的朋友向他复述了索西村的消息，"据说杰姆认出了那些人并辱骂了他们，可他们就是不搭理他。你应该到城里来看看，埃文。不管你什么时候抬头，都能看到满天都是飞行者。"

"领主命令飞行者离开泰洛斯上空，但没有人听他的。他们为什么要听呢？正如歌者们唱的，天空属于飞行者！"

"我听说从特雷恩来了一名飞行者,带着特雷恩领主给我们领主的消息,但领主在会客厅接见她时,吓得脸都白了,因为那名飞行者从头到脚都穿着黑色。飞行者向浑身发抖的领主传达完消息准备离开时,领主拦住她,质问她为什么要穿成这样。她平静地说:'我要去加入黑衣飞行者,为泰雅致哀。'她真的这样做了。真的这样做了。"

"据说,泰洛斯港的歌者们这些天也都穿着黑衣服,还有其他一些人。街上到处都是卖黑布的商人,染布师傅们忙坏了。"

"杰姆也加入了黑衣飞行者!"

"领主命令所有卫兵从特雷恩撤回。我听说,他非常担心黑衣飞行者的下一步举动,所以想把他最出色的弓箭手都留在身边。城堡里现在人多得挤不下。据说领主现在都不肯到室外去,生怕黑衣飞行者飞过上空时,飞翼的阴影会落到他身上。"

萨瑞拉带来了好消息:多雷尔在她后面,一天之内就能到达。整个下午,玛丽斯都在悬崖上观望。她太迫切,没办法和萨瑞拉一起留在家里耐心等待。所幸,她终于看到一个黑影朝内陆滑行而来,赶快进入森林与他会合。

天气很热,没什么风,这是一个不利于飞行的日子。玛丽斯一边挥手赶走叮咬的昆虫,一边在几乎将小屋遮蔽的高高的草丛中艰难跋涉。推开垂挂在铰链上的厚重的木门时,她的心激动得剧烈跳动着。

她眨了眨眼。刚从户外刺眼的阳光中进入黑暗的室内,她几乎什么都看不见。这时,她感觉到他的手放在了她的肩膀上,听到他熟悉的声音叫出她的名字。

"你……你来了。"她说,突然间呼吸困难,"多雷尔。"

"难道你怀疑我不会来?"

现在她能看见了:熟悉的微笑,令她记忆深刻的站姿。

"我们坐下聊好吗?"他问,"我累坏了。从西部飞过来路途遥远,而且我不该试图追赶萨瑞拉。"

他们在两把紧挨在一起的椅子上坐下。这两把椅子是一套,曾经一定很精美,但如今坐垫已经沾满灰尘,泛着绿色,略带潮湿的霉味。

"你怎么样,玛丽斯?"

"我……还活着。一个月后再来问我,我可能会给你更好的答案。"她凝视着他充满关心的黑眼睛,又挪开了目光,"很长时间了,是不是,多雷尔?"

他点点头:"你没来众议会,我就明白了……我希望你正在做的是最适合你的。萨瑞拉带着你的消息来找我,让我去见你的时候,我不知道有多高兴。"他在椅子上略微坐直身体,"不过,你让我来肯定不会只是为了见一见老朋友吧?"

玛丽斯深吸一口气:"我需要你的帮助。你知道黑衣飞行者吗?"

他点头表示肯定:"早有耳闻。我飞过来的时候也亲眼见到了。场面壮观。是你做的?"

"是的。"

他摇摇头:"我敢说,这肯定不是你的目的。计划是什么?"

"你能帮我吗?我们需要你。"

"'我们'?看来你已经跟单翼们站在同一战线了。"他的语气听不出愤怒和谴责,但玛丽斯明白,他已经微不可察地从她身边退开了。

"这不是选择战线的问题,多雷尔,起码不是在飞行者内部。不可以这样,因为这就意味着死亡,以及我们所珍视的一切的终结。飞行者们——不管是单翼还是天生的飞行者——绝不能分成派系,四分五裂,听凭领主们处置。"

"我同意,但是已经太迟了。在泰雅说出她的第一句谎言,践踏所有法律和传统的时候,就已经太迟了。"

"多雷尔,"玛丽斯试图温和地同他讲道理,"我并不赞同泰雅的做法。虽然她的出发点是好的,但她做的事是错的。我同意,但是——"

"我同意,你同意,"多雷尔打断了她,"但是。我们的谈话总是会回到这个词。泰雅死了——这一点我们能够达成共识。她死了,但事情还没有结束,远没有结束。其他单翼把她称为英雄、殉道者。她为谎言的事业而死,为撒谎的自由而死。还要说多少谎?还要过多久,人民才能忘记对我们的不信任?自从单翼拒绝承认泰雅有罪并跟我们分道扬镳开始,就出现了一种言论……一些人要求关闭飞行学院,叫停挑战赛,回归传统,回到过去那种一朝拥有飞翼,就永远拥有飞翼的状态。"

"你并不想看到那种结果。"

"是的,是的,我不想。"他的肩膀一反常态地耷拉了一会儿。他叹了口气:"可是,玛丽斯,这不仅是我想怎样或你想怎样的问题。我们已经无能为力了。瓦尔带着单翼们离开众议会,发起他的非法制裁时,就等于发布了他们的死刑令。"

"制裁可以撤销。"玛丽斯说。

多雷尔盯着她,眯起了眼睛:"是单翼瓦尔对你说的?我不信任他。他在耍花招,试图利用你来骗我上当。"

"多雷尔!"玛丽斯愤怒地站起身来,"请给我一些信任吧!我不是瓦尔手中的提线木偶!他没有许诺撤销制裁,他也没有利用我。我试图说服他,让天生的飞行者和单翼再次团结起来,一致行动,这才是对所有人最有利的。虽然瓦尔顽固又冲动,但他不瞎。尽管他不肯许诺撤销制裁,但我的确让他明白他错了——他的制裁是无用的,因为只有一小部分人参加,而且飞行者内部的分裂对任何人都没有好处。"

多雷尔若有所思地看着她。他也站了起来,开始在满是灰尘的狭小房间里来回踱步。"了不起啊,能够让单翼瓦尔认错。"他说,"不过那又有什么用呢?他认同了我们的计划才是正确的吗?"

"没有,"玛丽斯说,"我同样也不认为你的计划就是正确的。我认为你过于严厉了。啊,我知道你怎么想——我知道你不得不谴责她的罪行,而你觉得最好的方法就是把她交给领主处置。"

多雷尔停下脚步,皱眉看着她:"玛丽斯,你应该知道那不是我的本意,我从来没有想过泰雅会死。但是瓦尔的主张是荒唐的,那会使人觉得我们纵容了她的行为。"

"众议会应该坚持泰雅必须移交飞行者进行惩罚,然后永久性摘下她的飞翼。"

"我们的确摘下了她的飞翼。"

"不是,"玛丽斯说,"你们给了领主权力去做这件事,在他将身披飞翼的泰雅绞死之后。你觉得他为什么要这样做?是为了告诉人们,他可以绞死一名飞行者而不用承担任何后果。"

多雷尔露出惊恐的表情。他走过来,一把抓住她的胳膊:"玛丽斯,不!他行刑的时候让她戴着飞翼?"

她点点头。

"我不知道这件事。"他跌坐到椅子上,仿佛双腿受到了重击。

"他证明了他想表达的重点,"玛丽斯说,"他证明了飞行者可以像任何其他人一样被轻易杀死,而这将成为更多飞行者的命运。你和瓦尔将飞行者分成了两个敌对阵营,给了领主们可乘之机。他们会要求效忠,会建立规章制度来管理各自的飞行者,会用叛岛的罪名处置反对者——假以时日,他们或许会宣称飞翼是各岛的私有财产,然后把它们交给听话的人。以后，还会有别的飞行者被逮捕，甚至被处死。只要再有一个领主意识到他可以这样做——因为飞行者群体四分五裂，没有还手之力。"她坐下来，盯着他。她等待着他做出正确的反应，几乎忘记了呼吸。

多雷尔慢慢点点头："你所说的是一个可怕的事实。可是……我能怎么做呢？只有瓦尔，以及其他单翼，能够决定是否重新加入我们。你绝对不会指望我来试着集合其他飞行者，也发起一场迟到的制裁吧？"

"当然不是。但此事的走向绝不仅仅取决于瓦尔——这是不可能的。既然有两个阵营，那么你们双方都必须做出某种和解的姿态。"

"什么姿态呢？"

玛丽斯俯身向前。"加入黑衣飞行者，"她说，"向泰雅致哀。加入其他人。一旦劳斯岛的多雷尔与单翼共同哀悼的消息传播开来，大家便会效仿。"

"致哀？"多雷尔皱着眉问，"你想让我也穿上黑衣，去天空盘旋？"他的声音里充满怀疑，"还有呢？我还要跟你的黑衣飞行者一起做什么事？这就是你的计划吗？让所有飞行者列队飞在泰洛斯上空，从而强行推进对这座岛屿的制裁？"

"不，不是制裁。他们不会阻止任何飞行者为泰洛斯送来或送走消息。而且，如果你或你的任何一位追随者想要结束盘旋，没有人会阻拦你们。只是一个表态。"

"不只是表态，也不只是哀悼，对此我很有把握。"多雷尔说，"玛丽斯，跟我说实话。我们认识彼此已经很多年了。因为我仍然爱你，所以我可以为你做很多事情，但是我不能违背自己的信仰，也不能接受被人欺骗。请不要玩单翼瓦尔的把戏，试图利用我。我认为你有义务对我坦诚。"

玛丽斯镇定地回望着他的眼睛，但心中感到一阵愧疚。她的确正在试图利用他——多雷尔是她计划的重要组成部分，而且正因为他们曾经深爱彼此，她才确信他不会拒绝。不过，她真的没有打算欺骗他。

她平静地说："我一直把你当作我的朋友，多雷尔，即使是在我们意见相左的时候。但我不是出于友谊来向你提出这个要求。这比那更重要。我认为修复单翼与天生的飞行者之间的裂痕对你来说同样重要。"

"那么就告诉我全部真相。告诉我你想让我干什么，以及原因。"

"我想让你加入黑衣飞行者，证明单翼们不是孤军作战。我想让天生的飞行者和单翼再次凝聚在一起，让世界看到他们仍然可以作为一个整体行动。"

"你认为只要单翼瓦尔和我一起飞，我们就能忘记所有的分歧？"

玛丽斯苦笑道："很久以前，我曾经那么天真过。现在不会了。我只希望单翼和天生的飞行者能够共同行动。"

"怎么做？在这场怪异的哀悼仪式之后，以什么方式共同行动？"

"黑衣飞行者不携带武器，不进行威胁，甚至不在泰洛斯降落。"她说，"他们只是哀悼者，仅此而已。然而，他们的存在令泰洛斯的领主非常紧张，因为这是他无法理解的。他已经吓得撤回了派往特雷恩的所有卫兵，也就是说，黑衣飞行者完成了泰雅没有做到的事情，结束了战争。"

"但是领主一定能够克服恐惧，况且黑衣飞行者无法永远盘旋在泰洛斯上空。"

"这里的领主是一个急躁、残忍而可怕的人。"玛丽斯说，"暴力之人惯于揣测别人怀有同样的心思。等待对方先动手不是他的风格。我认为他过不了多久就会有动静，从而为飞行者们提供行动的理由。"

多雷尔皱着眉问："比如？往天上射箭把我们打下来？"

"'我们'？"

多雷尔摇摇头，脸上却露出了笑容："这很危险，玛丽斯，激怒领主，让他动手……"

他的笑脸令玛丽斯精神振奋："黑衣飞行者除了飞翔，什么也没做。要是泰洛斯港在他们的阴影下变得躁动不安，那也是因为领主和他的手下。"

"特别是歌者和医者——我们都知道他们有多么能惹麻烦！我会照你的要求去做，玛丽斯。等我以后有了孙子孙女，可以把这个精彩的故事讲给他们听。珍越来越出色，我的飞翼也留不了多久了。"

"噢，多雷尔！"

他抬起一只手。"我将穿上黑衣，以示对泰雅的哀悼，"他小心翼翼地说道，"我会加入盘旋。但是我不会做任何可能被视为宽恕她罪行的事情，或者因为她的死亡而向泰洛斯发起制裁。"他站起身，伸展一下腿脚，"当然，如果发生了任何事，如果领主越界滥用他的权力，威胁到了飞行者，到那时候，我们所有人——单翼和天生的飞行者，将会共同行动。"

玛丽斯也站起身来。她笑了。"我就知道你会理解。"她说。

她用双臂环住他，将他拉近自己，深情地拥抱他。多雷尔抬起她的脸，吻了她。这个吻也许只是为了往昔，但有那么一刻，玛丽斯和多雷尔之间横亘的多年岁月仿佛从未存在过，他们再次变成两个相爱的年轻人，天空——从一边的地平线到另一边的地平线——都是他们的，还有天空下的一切。

但是这个吻终究结束了，他们又一次分开，变回被记忆和些微遗憾联结的两个老朋友。

"一路平安，多雷尔，"玛丽斯说，"快点回来。"

目送多雷尔出发返回劳斯岛之后，玛丽斯从海边悬崖回来时，心中充满了希望。希望之下也有悲伤——当她帮多雷尔展开飞翼，看着他飞上温暖的蓝天之时,熟悉的渴望再次席卷了她。

但是这一次,痛苦稍微减轻了一些。虽然她愿意付出一切来换得再一次与多雷尔同飞,但把自己从无望的死路中拉回到更实际的问题上并不那么困难。多雷尔承诺尽快带着更多追随者返回,玛丽斯很高兴能看到空中的黑衣飞行者组成更大的环形。

接近埃文的房子时,从屋内传来的一声尖叫将她从沉思中惊醒。

她飞快地跑过最后几步,一把推开门。她一眼看到巴丽正在大哭,埃文徒劳地试图安慰她。萨瑞拉和一个索西村的小男孩站在一旁。

"怎么了?"玛丽斯叫道,她担心最坏的事情发生了。

听到她的声音,巴丽转过头,哭着跑向姑姑:"我爸爸,他们把爸爸抓走了,让他们,求求你,让他们……"

玛丽斯把哭泣的孩子抱在怀里,失神地抚摸着她的头发:"科尔发生什么事了?"

"科尔被逮捕并带到城堡了。"埃文说,"领主同时逮捕了其余五六名歌者,他们都演唱过科尔写的泰雅那首歌。他打算以叛岛罪审判他们。"

玛丽斯继续把巴丽抱得紧紧的。"好了,好了,"她说,"别哭,别哭,巴丽。"

"泰洛斯港发生了一场骚乱,"索西村的小男孩说,"当卫兵们来到月亮鱼酒馆想抓走歌者兰雅时,酒客们试图保护她,结果被卫兵们用棍子打退了。没有人丧命。"

玛丽斯麻木地听着,试图理解,试图思考。

"我去找瓦尔,"萨瑞拉说,"我要把消息传递给黑衣飞行者——他们都会来的。领主必须释放科尔!"

"不。"玛丽斯说。她仍然抱着巴丽,孩子的抽泣已经止住了。"不,科尔是陆民、歌者,他对飞行者没有号召力——他们不会团结起来拯救他。"她说。

"可他是你弟弟!"

"没有区别。"

"我们必须做些什么。"萨瑞拉坚持道。

"是的。我们曾经希望激怒领主,让他对飞行者采取行动,而非针对陆民。可是,既然事情已经发生了……科尔和我讨论过这种可能性。"她把一根手指放在巴丽颌下,温柔地抬起她的脸,为她擦干眼泪,"巴丽,你现在必须离开。"

"不!我要爸爸!我不要一个人走!"

"巴丽,听我说。你必须在领主来抓你之前离开。科尔不会想看到你也被抓起来。"

"我不在乎,"巴丽固执地说,"我不在乎领主来不来抓我!我只想跟爸爸在一起!"

"你难道不想飞吗?"玛丽斯问。

"飞?"巴丽的好奇心被勾起来了。

"萨瑞拉可以带着你飞过大海,"玛丽斯说,"如果你已经是个大孩子,不会害怕的话。"她抬头看向萨瑞拉:"你可以带上她吗?"

萨瑞拉点点头:"她很轻。特雷内尔有瓦尔的人。这趟飞行很轻松。"

"你是个大孩子了吗?"玛丽斯问,"还是说你不敢?"

"我才不怕,"巴丽的自尊心受到了伤害,气鼓鼓地说,"要知道,我爸爸过去也会飞。"

"我知道。"玛丽斯笑着说。她想起了科尔对飞行的恐惧,只希望巴丽没有遗传他的这个特点。

"你会去救我爸爸吗?"巴丽问。

"会的。"玛丽斯说。

"我把她带到特雷内尔之后呢？"萨瑞拉问，"然后怎么办？"

"然后，"玛丽斯牵着巴丽的手站起身来，"我想让你飞到城堡，替我给领主带个消息。告诉他，这一切都是我做的，科尔和其他歌者都是我指使的。如果他想抓我，我会让他如愿的。告诉他，只要他释放科尔和其他人，我就听凭他处置。"

"玛丽斯，"埃文对她提出警告，"他会绞死你的。"

"或许吧，"玛丽斯说，"但我不得不冒这个险。"

"他同意了。"萨瑞拉回来后，对他们这样说，"为了表示诚意，他已经释放了除科尔以外的其他歌者。他们被用船送到特雷内尔，并被命令永远不得返回泰洛斯。我亲眼看着他们离开的。"

"科尔呢？"

"我获准跟科尔交谈。他看上去没有受伤，但他很担心他的吉他——他们不允许他把吉他留在身边。领主说，他会将科尔关押三天。三天之内你不露面，他就绞死科尔。"

"那我必须立刻出发了。"玛丽斯说。

萨瑞拉抓住她的手："科尔告诉我让你离开。他说，不管发生什么事，你都不要去。这对你来说太危险了。"

玛丽斯耸耸肩："对他同样危险。我必须去。"

"这说不定是个陷阱。"埃文说，"不能信任领主。也许他打算绞死你们两个人。"

"这个险我必须冒。如果我不去，科尔肯定会死。我的良心不允许我置身事外——是我牵连了他。"

"我不赞同。"埃文说。

玛丽斯叹了口气："领主早晚会来抓我，除非我立刻离开泰洛斯。我现在自己送上门去，还有可能救出科尔。或许还能做些别的事情。"

"你还能做什么？"萨瑞拉质问道，"他会绞死你，很可能和你的弟弟一起，就是这样。"

"如果他绞死我，"玛丽斯平静地说，"我们就得到了一个契机。我的死比任何事情都更能够让飞行者们团结起来。"

萨瑞拉脸上的血色消失了。"玛丽斯，不。"她小声说。

"我想，可能就是这样。"埃文的声音异乎寻常地冷静，"所以，这就是你整个计划中不可言说的一环。你决定只活到成为殉道者的那一天。"

玛丽斯面露难色："我不敢告诉你，埃文。我想过可能会发生这样的事情——制订计划时，我必须将它考虑在内。你生气了吗？"

"生气？不。只是失望、受伤、非常难过。当你告诉我你打算活下来时，我相信了你。你看上去更快乐、更强壮，我以为你真的爱我，以为我可以帮助你。"他叹了一口气，"我没有意识到，你并非打算活，而只是选择了你认为更高尚的方式去死。我不能拒绝你按照自己的意愿进行选择。我每天都跟死亡扭打，从来也不觉得死亡是高尚的，但或许我离它太近了。你会如愿以偿的。毫无疑问，你走后，歌者们会把你的故事讲得非常动人。"

"我不想死。"玛丽斯平静地说。

她走近埃文，双手搭在他的肩膀上。"看着我，听我说。"她说。埃文蓝色的眼睛凝视着她，她看见了他眼中的哀伤，由此憎恨把那份哀伤带给他的自己。

"亲爱的，你要相信我。"她说，"我去领主的城堡，是因为这是我唯一能做的事。我必须尝试拯救我的弟弟和我自己，还要让领主明白，飞行者是不可以轻视的。

"我的计划是把领主逼到极限，直到他崩溃，做出蠢事——这点我承认。我知道，这是一个危险的游戏。我也知道我有可能死，要么是我的一个朋友可能死，但我并没有精心为自己筹划所谓高尚的死亡。

"埃文，我想活下去，而且我爱你。请不要怀疑这一点。"她深吸一口气，"我需要你的信任。我一直都需要你的帮助和你的爱。

"我知道领主可能杀死我，但我必须冒险前去，这样才有可能活。这是唯一的方法。我不得不这样做，为了科尔和巴丽，为了泰雅，为了飞行者们——也为了我自己。因为我必须知道，真正知道，我仍然是能够做成某件事的，我活下来是有意义的。你能理解吗？"

埃文看着她，在她的脸上搜寻着。最后，他点点头："是，我理解。我相信你。"

玛丽斯转过头："萨瑞拉？"

萨瑞拉的眼睛里含着泪水，但她努力微笑着："我害怕你会出事，玛丽斯，可你是对的，你必须去。我祈祷你会成功，为了你自己，也为了我们所有人。我不希望用你的死亡来换取我们的胜利。"

"还有一点。"埃文说。

"什么？"

"我跟你一起去。"

玛丽斯和埃文都穿着黑衣。

两人上路不到十分钟，就碰到了埃文的朋友——一个女孩，她气喘吁吁地从索西村跑来，向他们发出警报：五六个卫兵正往这个方向来。

半个小时后，他们遇到了那些卫兵。那是一群疲惫的人，拿着带尖刺的棍棒，佩着弓箭，脏兮兮的制服沾满长途行军的汗水。卫兵对待玛丽斯和埃文近乎恭敬，而且似乎丝毫不意外在半路遇上他们。"我们将护送你们去领主的城堡。"为首的年轻女子说。

"很好。"玛丽斯说着，步履轻快地向前走去。

进入城堡所在的幽僻山谷前一个小时，玛丽斯第一次看到了黑衣飞行者。

从远处看，他们就像许多昆虫，是在天空中爬行的黑色斑点，尽管没有昆虫可以如此赏心悦目地缓慢移动。从玛丽斯第一次注意到地平线上的动静开始，黑衣飞行者就没有离开过她的视线；一个人刚刚消失在一棵树或一块突出地表的岩石后方，就会有另一个人出现在同一个位置。他们一个接一个地飞过来，连绵不断。玛丽斯知道这支空中的队伍向后还有几英里，一直到泰洛斯港；向前则到领主的城堡和大海，然后转向，与尾部相接，形成一个巨大的圆环。

"看。"玛丽斯指着天空，对埃文说。埃文抬头看看，露出笑容。他们俩握住彼此的手。不知为何，仅仅是看到空中的飞行者，玛丽斯就感觉好多了，从中得到了力量和信心。随着她继续向前走，午后天空中移动的那些斑点渐渐地有了形状，并继续变大，直到她可以看见飞翼上银色的闪光，以及飞行者为了找到合适的风而侧倾或掉向。

在始于索西村的道路与始于泰洛斯港的干道交会的地方，黑衣飞行者径直从他们头顶上方飞过。剩下的旅途中，一行人始终被笼罩在飞翼的阴影之下。此时，玛丽斯已经能够很好地辨认出那些飞行者。少数人始终飞得很高，那里风力更强，但大多数人几乎擦着树梢掠过，银翼与黑衣同样显眼。每过一会儿，就会有一名飞行者赶上并超过玛丽斯、埃文和押送他们的卫队，飞翼的阴影就像拍击海岸的碎浪一样规律地覆盖到一行人身上。

玛丽斯注意到，卫兵从不抬头看天上的飞行者。事实上，空中的动静似乎令他们烦躁易怒，而且至少有一个人——一个面色煞白、满脸麻子的年轻人——每次被阴影扫过都会浑身发抖。

接近日落时分，他们翻过最后几座山丘，到达第一个检查点。卫兵径直通过，未做停留。几码开外，道路突然向下倾斜，从一个制高点可以看到下方的整个山谷。

玛丽斯猛吸一口气,同时感觉到埃文的手攥紧了。

在微闪的夕阳红光中,色彩逐渐变淡、消失,与此同时,阴影鲜明地蚀刻在山谷地面之上。在他们脚下,世界就像被鲜血浸透,城堡像一头由阴影组成的瘸腿巨兽,黑得不可思议。城堡内燃烧的火焰释放出的热浪让黑色的石头仿佛在蠕动、颤抖,使整座城堡看上去就像在恐惧中抖动。

上方,等待着的,是黑衣飞行者们。

黑衣飞行者布满了山谷的天空,玛丽斯数到十就数不清了。热浪拍打着石头,形成巨大的上升气流。飞行者们借力高飞到半空,然后旋转摆脱这股气流,画出优雅的大弧,降到低处。他们一圈圈移动,盘旋着,等待着,仿佛黑色的食腐鸢迫不及待地等着下方的巨兽死去。这是一个忧郁、沉默的场景。

"难怪他会害怕。"玛丽斯说。

"我们不能停下。"领头的年轻军官说道。

玛丽斯看了最后一眼,继续向下进入山谷。沉默的哀悼者们在阴影笼罩的城堡上方不祥地盘旋着。泰洛斯的领主在他冰冷的石墙内等着,惧怕开放的天空。

"我想把你们三个都绞死。"领主说。

他坐在会见室的木头宝座上,手指抚摸着横放在膝头的一把沉重的铜匕首。他身穿白色丝绸衬衫,脖上所佩戴的象征身份的银链在油灯的照耀下闪着柔和的光芒。然而,他的神色与衣着并不相称:他的脸苍白、憔悴而抽搐。

房间里站满了卫兵,他们沿墙而立,沉默着,面无表情。房里没有窗,也许这正是领主选择此处的原因。外面,黑衣飞行者正在散落的夜星下盘旋。

"释放科尔。"玛丽斯说,她努力让自己听上去不那么紧张。

领主皱皱眉,用手中的匕首示意卫兵。"把歌者带上来。"他命令道。一名卫兵迅速离开了。"你弟弟给我制造了很多麻烦,"领主继续说道,"他唱那些歌本身就是背叛,我找不到释放他的理由。"

"我们有约定,"玛丽斯立刻说,"我来了。现在你必须给科尔自由。"

领主的嘴角抽动着:"不要妄想告诉我我该怎么做。你凭什么认为可以对我指手画脚?我们之间没有条件可谈。我是这里的领主,我代表泰洛斯。你和你弟弟都是我的囚犯。"

"萨瑞拉把你的承诺带给我,"玛丽斯回答,"如果你违背诺言,她会知道的。很快,整个风港的飞行者和领主都会知道。你的许诺将变得一钱不值。到那时,你要如何统治或谈判?"

领主眯起眼睛。"哦?或许是吧。"他笑了,"不过,我从来也没有许诺会完整地释放他。我好奇,如果我拔掉他的舌头、剁掉他右手的手指,他还能不能为泰雅唱挽歌?"

一股眩晕感突然向玛丽斯袭来,她仿佛站在巨大的悬崖边上,没有飞翼,即将坠落。这时,她感觉到埃文握住了她的手,与她手指相扣。不知为何,她突然想到了该如何对领主进行回击。"你不敢,"她说,"就连你自己的卫兵也会对这样的残暴感到胆寒,而且飞行者们会把你的罪行传播到风能到达的任何地方。到那时,刀剑也没办法保护你多久。"

"我决意释放你的弟弟,"领主大声说,"并非我惧怕他的朋友和你空洞的恐吓,而是因为我是一个慈悲的人。不过,他或任何歌者都不得在我的岛上弹唱泰雅之歌。他将被驱逐出泰洛斯,此生不得返回。"

"我们呢?"

领主笑笑，拇指抚过铜匕首的刀刃。"医者不算什么，毫无价值。他也可以走。"他在宝座上向前倾身，用匕首指着玛丽斯，"至于你，失去飞翼的飞行者，我也会向你表现我的慈悲。你同样可以离开。"

"你有条件。"玛丽斯肯定地说。

"让黑衣飞行者离开我的天空。"领主说。

"不。"

"不？"领主尖叫着喊出这个词，将刀尖用力扎进座椅的扶手，"你以为自己是在哪里？我受够了你的自大。你怎么敢拒绝？如果我愿意，可以在你走进来的那一刻就绞死你。"

"你不会绞死我们。"玛丽斯说。

领主的嘴唇抖动着。"哦？"他说，"那么继续说。告诉我该做什么，不该做什么。我洗耳恭听。"他的声音里充满难以抑制的愤怒。

"或许你是想这么做的，"玛丽斯说，"但是你不敢。原因正是那些你急于让我们请走的黑衣飞行者。"

"我敢绞死一个飞行者，"他说，"就敢绞死更多。黑衣飞行者吓不到我。"

"是吗？那么为什么你最近不敢到外面去？甚至不敢在自己的院子里散步？"

"飞行者发过誓，不得携带武器，"领主说，"他们能对我造成什么伤害？让他们永远飞在天上好了。"

"多年来，飞行者从未将任何武器带到空中。"玛丽斯小心组织着语句，"这是法律和传统。法律同样规定，飞行者不得参与陆民政治，必须无差别地传递所有信息，不去思考它们的意义。但是泰雅仍然做了她做的那些事。你为此杀了她，尽管按照千百年来的传统，领主无权审判飞行者。"

"她是个叛徒，"领主说，"叛徒只有一个下场，不管他们是否披挂飞翼。"

玛丽斯耸耸肩:"我想说的是,在这样动荡的日子里,指望传统来提供保护是靠不住的。你认为自己是安全的,因为飞行者们不会携带武器?"她冷冷地看着他,"每个给你带来消息的飞行者都身穿黑衣,其中某些人或许还心怀悲愤。你在听他们复述消息的时候,会忍不住一直想:会是这个人吗?这会是另一个泰雅,另一个玛丽斯,另一个单翼瓦尔吗?古老的传统会在此时、此处,在鲜血中终结吗?"

"这种事不会发生。"领主说,声音异常尖厉。

"确实不可想象,"玛丽斯说,"就像你对泰雅做的事同样不可想象。绞死我吧,这个终结会更快到来。"

"我想绞死谁就绞死谁。卫兵会保护我。"

"他们能挡住从空中射来的箭吗?你能封闭所有的窗吗?你能拒绝跟所有的飞行者见面吗?"

"你在威胁我!"领主勃然大怒。

"我在警告你,"玛丽斯说,"或许你根本不会受到伤害,但你永远也无法确认。黑衣飞行者将确保这一点。在你的余生中,他们都将跟随你,像泰雅的鬼魂一样纠缠你。每次你抬头看星星,都会看到飞翼;每次有阴影从你身边掠过,你都会怀疑。你将无法看窗外或走在阳光下。飞行者将永远在你的城堡上空盘旋,就像苍蝇绕着尸体飞。临死前,你还会看到他们。你自己的家将变成你的监狱,但即使在那里,你也无法放心。飞行者可以飞越任何墙壁,一旦摘下飞翼,他们看上去就跟任何人一样。"

玛丽斯说话时,领主一动不动地坐着。玛丽斯仔细观察着他,希望自己刺激他的方向是对的。他浮肿的眼中有一种狂野,难以揣测,这令她心中惊惧。虽然她声音平静,但额头上布满汗珠,双手感到湿冷黏腻。

领主的目光来回闪动，仿佛在寻找从黑衣飞行者的幽灵手中逃脱的机会，直到那目光落在一名卫兵身上。"带我的飞行者来！"他吼道，"立刻！马上！"

领主要找的人应该就等在门外，立刻就进来了。这个人消瘦、秃顶、弯腰曲背，玛丽斯认出了他，但此前跟他并无交往。"沙恩。"她想起了他的名字，大声叫道。

沙恩并未理睬她的招呼。"领主。"他恭敬地致意，声音尖细。

"她威胁我。"领主愤怒地说道，"她说，黑衣飞行者会纠缠我到死。"

"她在说谎。"沙恩脱口而出。玛丽斯猛然想起了这个人是谁。泰洛斯的沙恩，生于飞行者家庭，守旧派。两年前，他将飞翼输给了一个单翼新秀。现在，由于她的死亡，他收回了自己的飞翼。"黑衣飞行者构不成威胁。他们什么都不是。"他说。

"她说那些人永远不会离开我。"领主说。

"不会的。"沙恩以他细弱的声音讨好地说道，"你无须担心。他们很快就会离开的。那些人有责任在身，他们有各自的领主，各自的生活，各自的家庭，还有要传递的消息，不可能永远待在这里。"

"其他人会接替他们的位置，"玛丽斯说，"风港有许多飞行者。你永远无法摆脱飞翼的阴影。"

"别在意她的话，领主，"沙恩说，"她并没有得到飞行者的支持。只有几个单翼而已，他们只是空中的垃圾。这些人离开后，没有人会接替他们的位置。你需要做的只是等待，我的领主。"并非语句，而是他语气中的某种东西，令玛丽斯感到震惊和不适。突然之间，她明白原因了。沙恩说话的样子像在面对一位上级，而非平等的人。他惧怕领主，将飞翼视为领主的施舍，他的语气足以显示他明白这一点。这还是第一次，飞行者完完全全成为其领主的宠物。

领主转身再次面向玛丽斯，眼神冰冷。"在我看来，"他说，"泰雅对我说谎，被我发现了。单翼瓦尔试图用空洞的威胁恐吓我，现在你同样如此。你们所有人都在撒谎，但我比你们想的要聪明。你们派来的黑衣飞行者不会采取任何行动，不会。你们所有人都是单翼。真正的飞行者们，他们对泰雅毫不在意。众议会已经证明了这一点。"

"是的。"沙恩点点头，表示赞同。

一瞬间，玛丽斯被怒火吞噬了。她想冲过去，抓住那没骨气的飞行者，用力摇晃他，直到他受伤。可是，埃文用力握住她的手。她朝他看去，看见他摇了摇头。

"沙恩。"她柔声叫道。

沙恩不情愿地转头看着她。玛丽斯发现他在颤抖，或许是为了自己变成现在这副样子感到羞愧。看着他的时候，玛丽斯觉得她看到了一点她所熟识的所有飞行者的影子。那些我们为了飞行所做的事，她想……"沙恩，"她说，"杰姆已经加入了黑衣飞行者的行列。他并不是单翼。"

"的确，"沙恩承认，"可是他跟泰雅很熟。"

"如果你是领主大人的幕僚，"她说，"就告诉他劳斯岛的多雷尔是谁。"

沙恩犹豫了。

"谁？"领主不耐烦地问，他看看玛丽斯，又看看沙恩，"回答我。"

"劳斯岛的多雷尔，"沙恩不情愿地答道，"是西部的一位飞行者，我的领主。他来自一个非常古老的家族，本人也十分出众。他跟我年龄相仿。"

"他又怎么了？我为什么要在意他？"领主失去了耐心。

"沙恩，"玛丽斯说，"要是多雷尔加入黑衣飞行者，你认为会怎样？"

"不，"沙恩迅速否定，"他不是单翼，不可能加入。"

"万一呢？"

"他备受推崇，是一位领袖。会有其他人效仿。"显然，沙恩并不喜欢自己正在说的话。

"劳斯岛的多雷尔正带领一百名西部飞行者加入空中盘旋。"玛丽斯坚定地说。这个数字很可能是夸大的，不过反正他们也无从知晓。

领主的嘴巴抽动着。"是真的吗？"他质问他的宠物飞行者。

沙恩紧张地咳嗽起来："多雷尔，我——呃，很难说，领主。他很有影响力，不过，不过……"

"闭嘴，"领主说，"否则我就找别人接管你的飞翼。"

"不要听他的。"玛丽斯厉声说，"沙恩，领主无权施与或夺走飞翼。飞行者们已经联合起来证明这一点的真实性。"

"泰雅是戴着这副飞翼死去的，"沙恩说，"他把它们给了我。"

"飞翼是你的，没人因此责怪你。"玛丽斯说，"不过，你的领主不该如此行事。如果你在意，如果你同意泰雅不该那样死去，就加入我们。你有黑衣服吗？"

"黑衣服？我——嗯，我有。"

"你疯了吗？"领主说。他用匕首指着沙恩："把那个蠢货抓起来。"

两名卫兵迟疑地向前走去。

"别靠近我！"沙恩大喊道，"我是飞行者！该死的！"

卫兵停住了，回头看向领主。

他再次挥舞匕首，嘴唇抽搐着，似乎气得不知该说什么："你们——你们把沙恩抓起来，然后——"

他没能把话说完。会见室的门被猛地推开，两名卫兵把科尔拖了进来。他们把他往领主面前推去,他向前跌倒,手膝着地,又跌跌撞撞地爬了起来。他的右脸上有一块巨大的紫红色瘀伤,眼圈像身上的衣服一样黑。

"科尔!"玛丽斯惊恐地叫道。

科尔虚弱地笑笑:"都怪我,姐姐。不过我没事。"埃文走到他身边,检查他脸上的伤。

"我没有下令揍他。"领主说。

"你说不许他唱歌,"一名卫兵答道,"可他不肯停下。"

"他没事,"埃文说,"只是瘀伤,会好的。"

玛丽斯松了口气。尽管他们之间谈论过死亡,但看到科尔受伤还是让她震惊。"我已经厌倦了。"她对领主说,"如果你想知道我的条件是什么,就好好听着。"

"条件?"领主不敢相信自己听到了什么,"我是泰洛斯的领主,你只是个无名小卒。你不能跟我谈条件。"

"我能,而且我会这么做。你最好仔细听,否则承担后果的不会只有你一个人。我认为你并没有明白你自己和泰洛斯当下的处境。在整座泰洛斯岛,人们都在传唱科尔的歌,而且歌者们正从一个岛到另一个岛,把这首歌传遍全世界。很快,所有人都会知道你杀害了泰雅。"

"她是个骗子、叛徒!"

"飞行者不是臣民,也就不可能是叛徒。"玛丽斯说,"她说谎,是为了阻止一场毫无意义的战争。是的,她的行为将一直引起争议,但若你低估歌者的力量就太蠢了。你将被众人唾弃。"

"闭嘴!"领主说。

"你的人民从来就不爱戴你,"玛丽斯说,"而且他们现在很害怕。黑衣飞行者令他们惊恐,歌者被逮捕,飞行者被绞死,贸易被中断,你发起的战争不了了之,就连你的卫兵都在逃跑。你是这一切的根源。早晚有一天，人们会想摆脱你。他们现在就已经知道，除非你下台，否则黑衣飞行者不会离开。"

"到处都在传，"玛丽斯接着说，"泰洛斯是厄运之地，被诅咒了；泰雅的鬼魂在城堡出没，领主疯了。大家会躲避你，就像躲避第一个疯王——肯尼哈特的领主。你的人民不会忍耐太久，因为他们知道解决问题的方法：他们会奋起反抗你。歌者点燃火星，黑衣飞行者添柴煽风，你将被吞噬。"

领主露出狡猾、骇人的笑容。"不，"他说，"我会把你们都杀掉，了结此事。"

她也朝他笑笑："埃文是将自己的一生奉献给泰洛斯的医者，救过成百上千条人命。科尔是风港最伟大的歌者之一，在一百个岛屿上为人熟知和爱戴。我是小安柏利的玛丽斯，被传唱的女孩，曾经改变了世界。对素未谋面的人来说，我是一个英雄。你要杀掉我们三个人？很好。黑衣飞行者会成为见证者并散播消息，歌者会创作歌曲。到那时，你认为你还能稳居高位吗？下一次的飞行者众议会将不再分裂——泰洛斯将像肯尼哈特一样变成荒土。"

"撒谎。"领主说着，手摸上了匕首。

"我们对你的人民没有恶意。"玛丽斯说，"泰雅已经死了，无法复生。但你必须接受我的条件，否则，我所警告你的一切都会发生。首先，你要交出泰雅的遗体，这样她才能依照飞行者的传统被带往海上，从高处抛下，葬入海中；其次，你要如她所愿，实现和平，你要放弃引发与特雷恩争端的那座铁矿；再次，你要每年选派一个穷人家的孩子前往空中之家学院接受飞行训练。我想，这会是泰雅乐意看见的。最后，最后——"玛丽斯暂时停下，盯着领主眼中蓄积的狂风暴雨，仍决定继续说下去，"你要退位，全家离开泰洛斯，到无人认识你的岛上安度余生。"

领主的手指抚摸着刀刃，他割伤了自己，却似乎毫无察觉。一小滴血落在他精致的白衬衫上。他的嘴抽动着。说完上述一席话后，在突如其来的沉寂中，玛丽斯感觉眩晕而疲惫。她已经做了能做的一切，说了能说的一切。她等待着。

埃文的手臂搂住她，她用眼角的余光看见科尔肿胀的嘴唇扭出一个浅浅的微笑。突然之间，玛丽斯觉得自己的不适几乎消失了。不管结果如何，她都已经尽力了。她感觉就像刚从漫长的飞行中归来，四肢疼痛颤抖，浑身湿透，冷得彻骨，但她记得天空，记得她的飞翼如何升起，这就够了。她心满意足。

"条件。"领主说，他的语气恶毒无比。他从座椅上站起，沾血的匕首握在手中。"我来告诉你我的条件。"他将匕首指向埃文，"把老头儿带下去，砍掉他的双手，"他命令道，"然后把他扔出去，看他能不能给自己治伤。那场面一定很精彩。"他大笑起来，手往旁边一挥，匕首指向科尔，"歌者失去舌头和一只手。"刀尖再次移动，"至于你，"刀锋指向玛丽斯，"既然你这么喜欢黑色，我就让你喜欢个够。我要把你关进没有窗户也不见光的牢房，那里日日夜夜都是黑的。你会一直待在里面，直到你忘记阳光是什么样子。你喜欢这些条件吗，飞行者？喜欢吗？"

玛丽斯感到泪水涌上双眼，但她不会让眼泪掉下来。"我为你的人民感到悲哀，"她柔声说，"他们没有做错任何事，却有你这样的统治者。"

"把他们带下去，"领主说，"执行我的命令！"

卫兵们面面相觑。其中一人犹豫着往前踏了一步，却发现自己是唯一听命的，便停住了脚步。

"你们还等什么？"领主尖叫道，"逮捕他们！"

"领主大人，"一个身穿高阶制服的威严的高个女人劝道，"请你慎重。我们不能让一名歌者残废，或者囚禁小安柏利的玛丽斯。这是自取灭亡，飞行者们会摧毁我们。"

领主怒目而视，继而将匕首转向她。"你也被捕了，叛徒。既然你这么喜欢她，就把你关在她旁边的牢房。"他对其他卫兵说，"抓住他们。"

还是没有人动。

"都是叛徒，"他嘟囔着，"我身边全是叛徒。你们都要死，你们所有人。"他的眼睛找到玛丽斯："你，你是第一个。我会亲自动手。"

玛丽斯真切地意识到他手中握着刀，看见沉重的铜质刀身和锋刃上的一抹血迹。她感到一旁的埃文绷紧了身体。领主露出微笑，一步步向他们逼近。

"阻止他！"领主方才试图逮捕的高个女人命令道。她的声音疲惫却又坚定。领主立刻被包围了。一个魁梧的男人扣住他的双臂，另一个苗条的年轻女子从他的手中夺走匕首，就像将其从刀鞘中拔出一样轻松流畅。"对不住了。"主持局面的女人说。

"放开我！"他命令道，"我是这里的领主！"

"不，"她回答，"不，领主大人，恐怕你病得非常严重。"

这座阴森而古老的城堡从未有过这样欢乐的气氛。

灰色的墙壁上装饰着鲜艳的旗帜和彩色的灯笼，空气中弥漫着木柴燃烧和焰火的味道。城堡里仍有守卫，但很少有人穿着制服，武器也已被遗忘了。

绞刑架被拆掉了，行刑台改成了舞台，杂耍艺人、魔术师、小丑和歌者在上面为来往的人群表演。

城堡内部，房门敞开，厅里挤满寻欢作乐的人。地牢里的犯人都被放了出来,就连泰洛斯港小巷里最底层的流民也可以来参加聚会。主厅里架起了桌子,桌上摆满巨大的圆形干酪、整篮的面包,以及烟熏、腌制和油炸的各种鱼类。炉膛里一如既往地散发着烤猪和海猫的香味,麦酒和葡萄酒积成的小水洼在石板地上闪闪发光。

空气中弥漫着音乐和欢笑。在泰洛斯人的记忆里,岛上从来没有过如此丰富和盛大的庆典。人群中有一些穿黑衣的,从面容来看,他们并不是来哀悼的。他们是飞行者。这些飞行者,不管是单翼还是天生的飞行者,与之前被流放的歌者一样,都是庆典的贵宾,受到所有人的欢迎与致敬。

玛丽斯在喧闹的人群中徘徊,随时准备躲开认识的人。聚会已经持续了太久,她感到疲惫。而且因为不断有人敬酒,她喝得太多,也有些不舒服。她现在只想找到埃文,回家休息。

有人叫了她的名字,玛丽斯不情愿地转过身去。她看到了泰洛斯的新领主,身穿一条并不适合她的刺绣长袍。没有穿制服,她看上去不太自在。

玛丽斯摆出一个笑脸:"什么事,领主?"

前卫队长官做了个鬼脸:"我想我会习惯这一头衔,尽管它现在还是会让我想起一个非常不同的人。我今天没怎么见到你——可以和你说几分钟话吗?"

"当然可以,想说多久都可以。你救了我的命。"

"不值一提。你的行为比我勇敢多了,而且并非出于自利的目的。以后,他们会这样讲述我的故事:我精心谋划,废黜领主,取而代之。这并不是真相,但歌者们才不会在乎真相。"她的语气是讽刺的,玛丽斯吃惊地看着她。

她们穿过一个个挤满赌徒、酒鬼或恋人的房间,直到找到一个可以坐下聊天的空房间。

因为领主仍然一言不发,所以玛丽斯开口道:"肯定没有人怀念上一任领主吧?我相信他并不受人爱戴。"

现任领主蹙额答道:"是的,没有人怀念他。等我退位后,同样也不会有人怀念我。多年来,他一直是个好领袖,直到他吓破了胆,开始胡思乱想。我很抱歉不得不那样做,但我认为别无选择。举办庆典,是我为了让这一交接变得快乐,而非恐惧。举债狂欢,以让我的人民感受到繁荣。"

"我认为人们会感激你这样做,"玛丽斯说,"所有人看起来都很快乐。"

"是的,现在是这样,不过人们的记忆是短暂的。"领主在座位上稍稍活动身体,仿佛要将这个想法抛到一边。她两眼之间的线条变得平缓,五官也显得柔和了一些。"我并不打算用我个人的担忧来烦扰你。我请你单独谈话,是想告诉你,你在泰洛斯是多么受人尊重。还有,我敬佩你为维护飞行者和泰洛斯人民之间的友好关系所做的努力。"

玛丽斯不知道自己的脸是否变红了。"请不要这样说,"她说,"我……坦率地说,我考虑的是飞行者,而非泰洛斯的人民。"

"没有差别。重要的是你做成了什么。你为此甘冒生命危险。"

"我只是做了自己能做的事。"玛丽斯说,"但我终究没有取得多少成果。停战,暂时的和平。而真正的问题,即天生的飞行者和单翼之间的矛盾,还有领主和为其工作的飞行者之间的矛盾,仍然存在,早晚还会爆发——"说到这里,她停住了,因为她发觉领主并不在意,也不想知道,当下的快乐结局并非真正的结局。

"飞行者在泰洛斯不会再遇到麻烦。"领主说。玛丽斯发现,这个女人有一种有用的本领,可以让一句简单的话听上去像是法律。"我们尊重飞行者——以及歌者。"她说。

"明智的选择,"玛丽斯笑着说,"拉拢歌者站在你这一边永远不会吃亏。"

领主继续往下说，仿佛不曾被打断："还有你，玛丽斯，不管你什么时候回来做客，我们都欢迎。"

"做客？"玛丽斯不解地问。

"我明白，因为你不再飞行，坐船旅行或许会……"

"你在说什么？"

频繁被打断，令领主面露愠色："我知道你马上要离开泰洛斯前往海牙，在木翼学院安家。"

"谁说的？"

"我想，是歌者科尔。怎么？这件事要保密吗？"

"不需要保密，但也不是事实。"玛丽斯叹了口气，"木翼学院提出要我过去，但我并没有答应。"

"如果你留在泰洛斯，我们当然会非常高兴，这座……我的城堡的大门将永远为你敞开。"说完这句话，领主站起身来，显然结束了对玛丽斯的正式会见。玛丽斯也站起身来，两人继续说了一些无关紧要的话。玛丽斯几乎没有在听她说什么。她脑中的思绪再次翻江倒海，为了一个她本以为已经结束的主题。难道科尔认为把一件事当作事实说出来就能让它成真吗？看来她必须找他谈谈了。

不过，几分钟之后在外院的门口找到科尔时，他并不是一个人。巴丽和他在一起，还有萨瑞拉，萨瑞拉拿着她的飞翼。

玛丽斯急忙走到他们身边："萨瑞拉，你要走了吗？"

萨瑞拉握住她的手："我必须走了。领主要往迪斯送个消息。我主动提出由我去送——反正我也要回家了，最多一两天就要往南飞，没有必要再让杰姆或沙恩长途飞过去了。我刚刚请埃文去找你，告诉你我要走了。不过，你也知道，没有必要伤感，我们很快就能在木翼学院再见了。"

玛丽斯对科尔怒目而视，后者却露出失忆一般的表情。她只好对萨瑞拉说："我告诉过你，我会在泰洛斯终老。"

萨瑞拉看上去十分不解："但你不是改变主意了吗？毕竟经历了那么多事情。要知道，木翼学院仍然想请你去，尤其是现在，你已经再次成为英雄！"

玛丽斯沉下脸："我希望大家不要再这样说了！我凭什么成了英雄？我做了什么？我只不过是把破洞修补起来，让我们多撑一段时间罢了。万事尚未有定局。至少你应该意识到这一点，萨瑞拉！"

萨瑞拉不耐烦地摇摇头："别改变话题。你忘了你给我们讲的那段精彩的话了吗？关于寻找生活的目标的。你自己又怎么能背弃你注定要投身的事业？你也承认，你成不了优秀的医者，那么你打算在泰洛斯做什么？你打算拿自己的人生做什么？"

玛丽斯也问过自己同样的问题，并在大半个夜晚辗转反侧，与自己辩论。此时，她平静地说："我会找到能在这里做的事。领主说不定会为我安排。"

"可是这样太浪费了！玛丽斯，木翼学院需要你，你属于那里。就算没了飞翼，你仍然是飞行者——过去一直是，也将永远是。我还以为你已经明白这一点了！"

萨瑞拉的眼睛里含着泪。玛丽斯感到愤怒和困窘——她不想与人争论这个问题。她努力让自己听上去镇定而冷静："我属于埃文。我不能离开他。"

"据说偷听的人从来听不到什么好话。"

玛丽斯扭头看见了埃文。他的眼睛是那么温柔，令玛丽斯忘记了心中挥之不去的疑虑。她的决定是对的，她不能离开他。

"但是没有人让你离开我，"他说，"我刚刚跟一个年轻的医者聊了会儿天，他急于搬进我的房子，接手我的病人。一周之内，我就可以离开。"

玛丽斯瞪着他："离开？离开你的家？为什么？"

他微笑着说："跟你一起去海牙。或许那不是什么令人愉快的旅程，但至少我们可以在晕船的时候彼此安慰。"

"可是……我不明白，埃文。你难道是说——这里是你的家！"

"我打算跟你一起走，不管你去哪里，"他说，"我不能仅仅为了把你留在身边，就要求你留在泰洛斯。我不能这么自私。木翼学院需要你，你属于那里。"

"可是你怎么能离开呢？你要怎么生活？你从来没有离开过泰洛斯。"

他哈哈大笑，尽管笑声稍微有些勉强："你说得好像我要住在海里似的。我能像任何人一样离开泰洛斯，坐船走。我的生命还没有结束，而在它结束之前，我没有理由不能改变。一个老医者当然能够在海牙找到事情做。"

"埃文……"

他伸出手臂抱住她："我知道。相信我，我已经想清楚了。你难道认为，昨晚你翻来覆去思考将来的时候，我就睡得那么安心？我决定，不能让你走出我的生活。这一生，我必须大胆一次，做一些不同的事情。我要跟你一起走。"

玛丽斯已经无法控制眼泪，尽管她说不清自己到底为什么而哭。埃文把她拉近，更紧地拥抱她，直到她恢复平静。

离开埃文的怀抱后，玛丽斯听到科尔正向巴丽保证，她的姑姑很开心，流泪是因为高兴。她也看见站在稍远位置的萨瑞拉脸上的喜悦和关切。

"我放弃了。"玛丽斯说，她的声音有些颤抖。她抬起双手，擦干眼泪："没有别的借口了。我去海牙——我们一起去海牙，找到船就出发。"

最开始，只是几个朋友陪萨瑞拉前往飞行崖，后来变成了一支队伍，将城堡内的庆祝延伸到了外面。玛丽斯、埃文和科尔是受人欢迎的英雄，许多人都想接近他们，亲眼看看飞行者、医者和歌者到底有何过人之处，才能废黜残暴的领主，终止一场战争，结束沉默的黑衣飞行者带来的阴森威胁。如果还有人敢认为泰雅做错了，活该有那种下场，也只能把这种不受欢迎的想法默默地藏在心里。

然而，玛丽斯知道，哪怕是在这群欢乐的崇拜者之中，仍然埋藏着古老的仇恨。她并未完全消除陆民与飞行者之间的仇恨，也没有解决将单翼和天生的飞行者割裂开来的冲突。各方的较量早晚会再次发生。

这次，穿越山间隧道的旅程不再孤单。谈话声在石壁上大声回响，十几支火把燃烧、冒烟，把潮湿黑暗的隧道变成了与平日截然不同的模样。

隧道尽头是漆黑而多风的夜晚，星星被云层遮盖。玛丽斯看见萨瑞拉站在悬崖边上，跟一个仍然穿着黑衣的单翼飞行者交谈。只是看着萨瑞拉站在那个对她来说过于熟悉的悬崖边上，玛丽斯就感到自己胃部缩紧，头晕眼花。要不是埃文扶住她，她觉得自己可能就要掉下去了。她知道，她不想看到萨瑞拉从这个她自己坠落——不是一次，而是两次——的悬崖上跃下。她突然害怕起来。

此时，几个年轻人跑上前，大声争夺着帮萨瑞拉准备飞行的特权。萨瑞拉半转过身，寻找玛丽斯。她们的目光相遇了。玛丽斯深吸一口气，稳住心神，尽力驱散心中的恐惧，松开埃文的手，迈步向前。"我来帮你。"她说。

她太熟悉了。织物金属的质地，飞翼在手中的重量，支杆锁定时的清脆响声。即使她自己再也无法戴上它们，她的双手仍然热爱这项如此熟悉的工作。为萨瑞拉准备飞行的时候,她感受到了一种快乐,哪怕这种快乐被忧伤包围着。

当飞翼完全展开,最后一组支杆也锁定之后,玛丽斯感到心中的恐惧又回来了。她知道,这种恐惧是非理性的,而且她不能对萨瑞拉吐露半个字,但她就是觉得,只要萨瑞拉抬脚迈出悬崖,就会像她以前那样掉下去。

最后,玛丽斯强迫自己说:"一路顺风。"她的声音非常低。

萨瑞拉仔细观察着她。"啊,玛丽斯,"她说,"你不会后悔的——你的决定是正确的。我们很快就会见面。"接下来,她不知道该怎么说,便倾身向前,吻了她的朋友。

"一路顺风。"萨瑞拉说,这是一个飞行者对另一个飞行者的祝福。说完,她转身朝崖边走去,朝向大海和广阔的天空,纵身跃入风中。

萨瑞拉抓住一股上升气流,在悬崖上方盘旋一周,飞翼隐隐闪光。围观的人群鼓掌喝彩。然后,她升得更高,飞向大海,几乎立刻就消失在人们的视线之中,与夜空融为一体。

萨瑞拉消失后,玛丽斯仍然长时间地注视着天空。她的心很充实,除了痛苦之外,还有坚定的信心,以及一丝旧日的喜悦。她会活下去。哪怕失去了飞翼,她仍然是飞行者。

尾声

房间里散发着疾病的味道。门开了，老妇醒了过来。房间里还有其他气味：海水、烟、霉味，还有已在床边变冷的香料茶挥之不去的香气。不过，在所有这些气味之上，仍然是疾病的味道，压倒性的，令人窒息，使整个房间的空气显得厚重而稠密。

门口的女人拿着一根冒烟的细蜡烛。老妇能够看见蜡烛的光，那是跳动着的黄色光团。女人身边还有一个人，但老妇看不清这两个人的脸。她的视力已经大不如从前。头抽痛得厉害，她睡醒后经常会有这个症状，已经好多年了。她抬起一只柔软的、静脉凸出的手覆住前额，眯起眼睛。"是谁？"她问。

"奥德拉。"拿着蜡烛的女人说。老妇听出这是医者的声音。"你要找的人来了。你现在有力气见他吗？"女人问道。

"是的，"老妇答道，"是的。"她挣扎着在床上坐起来。"靠近一些，"她说，"我想看看你。"

"要我留下吗？"奥德拉不确定地问，"现在需要我吗？"

"不，"老妇说，"你已经无法医治我了。他一个人留下。"

奥德拉点点头——老妇可以看出这个动作，但对方的脸仍然是一团模糊的。奥德拉小心地用手中的蜡烛点亮油灯，然后关门离开了。

那位访客从对面拖了一把直背木椅，在紧靠床边的地方坐下。从这个距离，她可以看得很清楚。他很年轻，事实上，还是个孩子，不超过二十岁，胡子还没长出来，上嘴唇只有几缕淡淡的金色绒毛。一头鬈发颜色非常浅，眉毛也淡得几乎看不到。不过，他手中拿着乐器——一把粗糙的方头吉他，只有四根弦。他刚坐下来，就开始调音。"你想让我为你唱歌对吗？"他问，"有没有想听的歌？"他的声音悦耳、轻快，略带口音。

"你离家很远。"老妇说。

他笑了："你怎么知道？"

"你说话的声音。"她说，"我很久没有听过这样的声音了。你来自外岛，对不对？"

"是的，"他说，"我家是天尽头的一个小地方，你很可能从来没有听说过，叫'天边的风暴锤'。"

"那儿啊，"她说，"我记得非常清楚。朝东的瞭望塔，以及上一座塔的废墟。还有你们那里的人用根茎酿造的苦味饮料。你们的领主坚持让我尝一尝，看到我把它咽下去之后脸上的表情，他哈哈大笑。他是个侏儒。我再没见过像他那么难看的人，也没见过比他更聪明的。"

歌者的脸上露出短暂的惊愕。"他已经死了三十年了。"他说，"不过你是对的，我听说过关于他的故事。也就是说，你去过那里？"

"去过三四次。"她欣赏着他的反应，回答道，"这是很多年前的事了，那时你还没有出生。我曾经是飞行者。"

"哦，"他说，"难怪。我应该猜到的。海牙到处都是飞行者，对不对？"

"其实并不是。"她答道,"这里是木翼学院,学院里的大多数人是还没有赢得飞翼的梦想家,或者早就放下飞翼的老师。比如我。在我生病之前,我是这里的老师。如今我只能躺在床上,把大多数时间都用来回忆。"

歌者抚弄着他的琴弦,拨出一串轻快的旋律。音符很快归于寂静。"你想听什么?"他问,"有一首最近在风暴城很流行的歌曲。"他低垂了眉眼,"但它有点下流,你可能不喜欢。"

老妇哈哈大笑:"哦,那可不好说。我记得的东西可能会让你吃惊。不过,我叫你来不是为了让你唱歌给我听的。"

他瞪大了绿色的眼睛看着她。"什么?"他困惑地问,"可是他们对我说——我当时在风暴城的一家小酒馆里,事实上,是刚到那里,东部来的船是前天抵达的。突然,有个男孩走进来,对我说海牙需要一名歌者。"

"所以你就来了,离开了酒馆。你在那里生意不好吗?"

"挺好的。"他说,"我以前从来没去过大小肖特安,那里的客人懂得欣赏,也不小气,可是——"他猛地停下,脸上写满了惊慌。

"可是你还是来了,"老妇替他说完,"因为他们对你说,一个快要死去的老妇人要求找一名歌者。"

年轻人一言不发。

"别觉得愧疚,"她说,"你并没有泄露任何秘密。我知道自己快死了。奥德拉和我彼此坦诚。我很可能几年前就该告别人世了。我的头经常疼,而且我担心我会变瞎。不管怎样,我似乎已经比世界上一半的人活得久了。啊,别误会。我并不想死,但我并不执着于以这副样子活下去。我不喜欢疼痛,也不喜欢无助感。死亡令我恐惧,可是它至少能让我摆脱这个房间的气味。"她看到他的表情,微微笑了笑,"你不用假装没有闻到,我知道这个味道一直在——生病的味道。"她叹了口气,"我更喜欢清新的气味,香料、盐水,甚至汗液、风、暴雨,我还记得闪电划过后留下的气味。"

"我会唱一些歌。"年轻人小心翼翼地说,"高兴的歌,让你心情愉快……好笑的歌,或者悲伤的歌,如果你想听的话。这些说不定能减轻疼痛。"

"奇瓦斯酒能减轻疼痛。"老妇回答道,"奥德拉给我很烈的奇瓦斯酒,有时候还往里加甜歌草或其他药草。她用静药帮我入睡。我不需要你的歌来止痛。"

"我知道我很年轻,"歌者说,"但我歌唱得很不错。我可以证明给你看。"

"不。"她笑了,"我相信你很不错,真的,虽然我很可能并不会欣赏你的才华。或许我的耳朵也不如从前了,或许只是衰老耍的把戏,过去十年里我见过的任何歌者似乎都没有记忆中多年以前的歌者唱得好。我听过最棒的。很久以前,我在维黎斯听过萨拉莎和特赫涅安的双人演唱。还有盖尔的贾拉德,流浪汉单眼杰里,以及科尔。我还认识一个叫哈兰德的歌者,我敢说他为我唱的歌比你刚才打算唱的要下流得多。年轻的时候,我甚至听过巴里翁唱歌,不是一次,而是很多次。"

"我跟他们中的任何人一样出色。"年轻人固执地说。

老妇叹了口气。"别不高兴了。"她犀利地说,"我相信你很出色,但你永远没办法让一个像我这么老的人承认这一点。"

他紧张地拨弄着乐器。"如果你不想在临终时听首歌,"他说,"为什么要到风暴城找歌者呢?"

"我想唱歌给你听。"她回答,"不会太糟,但我既不会弹琴也唱不准调。几乎就是背歌词。"

歌者把乐器放在一旁,抱着手臂洗耳恭听。"真是奇怪的要求,"

他说,"不过,在我学会唱歌很久之前我就会聆听了。顺便说一句,我叫达伦。"

"很好。"她说,"很高兴认识你,达伦。我真希望你能够在我更有活力的时候认识我。现在,认真听。我想让你记住歌词,在我死后唱这首歌,如果你觉得它还不错的话。你会的。"

"我已经会唱很多首歌了。"他说。

"不包括这一首。"她回复。

"是你自己创作的吗?"

"不,"她说,"不。这是给我的礼物,某种告别礼物。我的弟弟在弥留之际唱了这首歌给我,并且强迫我记住所有歌词。当时他忍受着巨大的疼痛,死亡对他来说是种解脱,可是他不肯离去,直到我把每一句词都记在心里才心满意足。所以我记得飞快,自始至终都在哭。就这样,他死去了。那是在小肖特安的某个镇上,不到十年前。你应该能明白,这首歌对我意义非凡。现在,如果你愿意,请听我唱。"

她开始唱了。

她的嗓音苍老而疲惫,单薄得令人心疼。歌唱把她的嗓子逼到了极限,所以她不时会咳嗽或气喘。她知道自己五音不全,唱歌的水平并没有随着年龄的增长而有所长进。可她记得歌词,她真真切切地记得。悲伤的歌词,配以简单、柔和、忧郁的音乐。

这首歌的主题是一位非常有名的飞行者的死亡。歌中说,当她年迈、时日无多的时候,她找到并拿走了一副飞翼,就像她在传奇般的青春岁月里曾经做过的那样。她将它们绑在身上,向前奔跑,她所有的朋友都在后面追赶着,喊叫着,让她停下来,让她回头,因为她已经太老、太虚弱,而且多年没有飞行过。她老糊涂了,甚至都不记得要将飞翼展开。可她就是不停步。在朋友们赶上来之前,她就到了悬崖边,纵身一跃,向下掉去。她的朋友们哭喊着捂住眼睛,不想看到她重重地摔到海面上。可是,在最后一刻,她的飞翼突然打开了,绷紧的银色翼面从她的肩膀上旋出。风接住她,将她托举。从他们站立的地方,朋友们听到了她的笑声。她在他们上方高高盘旋,头发在风中飞舞,银翼像希望一样明亮。他们看到,她又变得年轻了。她向他们挥手道别,轻点飞翼致敬,然后向西飞去,消失在夕阳下,从此再也没有出现过。

老妇唱完这首歌之后,房间里一片寂静。歌者斜坐在椅子上,盯着闪烁的油灯。他仿佛正看向远方,不知在思索什么。

最后,老妇烦躁地咳嗽起来。"怎么样?"她问。

"噢,"年轻的歌者笑了,坐直身体,"对不起。这是一首好歌。我只是在想,如果配上音乐,它会是什么样。"

"无疑会很好听,不过还要有一副唱歌的好嗓子,不会大喘气或破音。"她点点头,"嗯,它听起来一定会非常棒,一定会。你把所有歌词都记住了吗?"

"当然,"他说,"你想让我重唱一遍吗?"

"是的,"老妇答道,"否则我如何知道你是否都记住了?"

歌者咧嘴一笑,拿起他的乐器。"我知道你会给我机会唱歌的。"他愉快地说。他抚上琴弦,手指欺骗性地缓缓移动着,小房间里充满了忧郁的气息。接着,他用他高亢、甜美、充满活力的声音为她重唱了那首歌。

唱完后,他微笑着看着她:"怎么样?"

"别自鸣得意,"她说,"你把所有歌词都记住了。"

"我唱得好吗?"

"好,"她承认,"好。而且你会变得更好的。"

这个评价令他很满意:"我看出来了,你之前并没有夸大其词——你确实懂得欣赏好的演唱。"他们相视而笑。"很奇怪,我从来没听过这首歌。当然,关于她的其他所有歌我都听过,唯独没有这一首。我甚至从来都不知道玛丽斯是这样去世的。"他的绿眼睛目不转睛地看着她,眼中折射的光芒令他看上去心事重重。

"别耍心眼,"她说,"你很清楚我就是她,我没有以那种方式或任何一种方式死亡。我是说,目前还没有,但是快了,快了。"

"你真的会再偷一次飞翼,从悬崖上跳下去?"

她叹了口气:"那样会浪费一副飞翼。我并不认为自己能完成乌鸦的特技——在我这个年纪是不可能的,尽管我一直想这么做。一生中,我见过五六个人尝试它,最后一次是个女孩。有根支杆断了,女孩因此丧命。我自己从来没有尝试过,但我会梦到,达伦,是的,我会梦到。这是唯一一件我想做但没有成功的事。对我这样长的人生来说,能这样说不算失败。"

"完全不算。"他说。

"至于我的死亡,"她说,"嗯,我觉得我会死在这里,就在这张床上,在不久的将来。或许我会让他们把我抬到外面去,让我最后看一次日落。也可能不会这么做,因为我的视力已经很差了,根本看不清。"她发出啧啧声,"不管怎样,我死后,会有某个飞行者把我的尸体吊在系带上,然后带着尸体的重量加上他自身的重量,费劲地飞到空中,把我丢入海中。众所周知,这是飞行者的葬礼。好吧,其实我也不理解。尸体当然是不会飞的。割断绳子以后,它会像石头一样掉下去,沉入水里,或被斯库拉当成食物。没什么道理,但这是传统。"她叹了口气,"单翼瓦尔想的是对的。他就葬在海牙,埋在一个巨大的石墓里,顶部立着他的雕像。他亲手设计了自己的坟墓。不过,我从来也没有办法像他那样漠视传统。"

年轻人点点头:"所以,你宁愿人们记住这首歌,而不是你真实的死法?"

她轻蔑地看着他。"我还以为你是一名歌者。"她说着,移开了目光,"歌者应该是能够理解的。这首歌——这就是我真正的死法。科尔是明白的,当他为我写这首歌的时候。"

年轻的歌者犹豫着:"可是——"

房间的门再次打开了,医者奥德拉站在门口,一手举着蜡烛,一手拿着玻璃杯。"歌唱到此为止,"她说,"你会累坏自己的。该吃助眠的药了。"

老妇点点头。"是的,"她说,"我的头疼得更厉害了。达伦,千万不要从一千英尺的高处掉下来摔到头。就算要掉下来,也不要用头着地。"她接过奥德拉手中的静药,一口喝干。"真难喝,"她说,"你至少应该加点香料。"

奥德拉开始把达伦往门口拉。快走到的时候,他停下脚步。"那首歌,"他说,"我会唱的。其他人也会唱。不过,我只有——只有在听到消息之后,才会开始唱。"

她点点头。困意已经侵入她的四肢,那是静药带来的小小的、缓慢的麻痹。"时机合适。"她说。

"那首歌,"他问,"叫什么名字?"

"《最后的飞翔》。"她笑着告诉他。当然,是她的最后一次飞翔,也是科尔的最后一首歌,这一点也十分相配。

"《最后的飞翔》,"他重复道,"玛丽斯,我认为我懂了。这首歌是真实的,对吗?"

"是真实的。"她表示赞同。不过她不确定年轻的歌者是否听到了她说的话。她的声音是那么虚弱,而且奥德拉已经把他拽到了门外,关上了他们之间的门。过了一会儿,医者回来吹熄了油灯。玛丽斯独自留在散发着病痛气味的漆黑的小房间里,在木翼学院浸染鲜血的古老石穹之下。

尽管服用了静药,她却发现自己无法入睡。她有一些激动,这是一种她很久没有体会过的眩晕感。

在她头顶上方很远很远的地方,她觉得自己听到了风暴开始的声音,还有雨点敲打着风化岩石的声音。石堡十分坚固,她知道它不会坍塌。可是,不知为何,她仍然觉得今夜时辰将至。过了这么多年,她终于可以再次见到父亲了。

Copyright © George R.R. Martin and Lisa Tuttle 1981
This edition arranged with The Lotts Agency Ltd.
through Andrew Nurnberg Associates International Limited

© 中南博集天卷文化传媒有限公司。本书版权受法律保护。未经权利人许可，任何人不得以任何方式使用本书包括正文、插图、封面、版式等任何部分内容，违者将受到法律制裁。

著作权合同登记号：字 18-2025-006

图书在版编目（CIP）数据

风港 /（美）乔治·R.R. 马丁 (George R. R. Martin),（美）莉萨·塔特尔 (Lisa Tuttle) 著；任战译 . -- 长沙：湖南文艺出版社 , 2025. 8. -- ISBN 978-7-5726-2438-4

Ⅰ . I712.45

中国国家版本馆 CIP 数据核字第 2025HK8631 号

上架建议：畅销·外国文学

FENGGANG

风港

著　　者：	［美］乔治·R.R. 马丁（George R.R. Martin）
	［美］莉萨·塔特尔（Lisa Tuttle）
译　　者：	任　战
出 版 人：	陈新文
责任编辑：	张子霏
监　　制：	吴文娟
策划编辑：	姚珊珊
特约编辑：	赵浠彤
版权支持：	王媛媛　姚珊珊
营销编辑：	傅　丽
封面设计：	利　锐
版式设计：	李　洁
出　　版：	湖南文艺出版社
	（长沙市雨花区东二环一段 508 号　邮编：410014）
网　　址：	www.hnwy.net
印　　刷：	北京中科印刷有限公司
经　　销：	新华书店
开　　本：	875 mm × 1230 mm　1/32
字　　数：	301 千字
印　　张：	11.25
版　　次：	2025 年 8 月第 1 版
印　　次：	2025 年 8 月第 1 次印刷
书　　号：	ISBN 978-7-5726-2438-4
定　　价：	59.00 元

若有质量问题，请致电质量监督电话：010-59096394
团购电话：010-59320018